马小苏\著

花之恋
HUA ZHI LIAN

敦煌文艺出版社

图书在版编目（CIP）数据

花之恋 / 马小苏著. -- 兰州：敦煌文艺出版社，2020.6（2021.8重印）
ISBN 978-7-5468-1914-3

Ⅰ.①花… Ⅱ.①马… Ⅲ.①长篇小说－中国－当代 Ⅳ.①I247.5

中国版本图书馆CIP数据核字(2020)第106411号

花之恋

马小苏　著

责任编辑：余　琰
装帧设计：陈　珂

敦煌文艺出版社出版、发行
地址：（730030）兰州市城关区曹家巷1号新闻出版大厦
邮箱：dunhuangwenyi1958@163.com
0931-8152307（编辑部）
0931-8120135（发行部）

三河市嵩川印刷有限公司印刷
开本 880 毫米 ×1230 毫米 1/32　印张 12.5　插页 1　字数 350 千
2020 年 9 月第 1 版　2021 年 8 月第 2 次印刷
印数　1001~3000 册

ISBN 978-7-5468-1914-3
定价：56.00 元

如发现印装质量问题，影响阅读，请与印刷厂联系调换。

本书所有内容经作者同意授权，并许可使用。
未经同意，不得以任何形式复制转载。

目 录

引　子	/ 001
第一部	/ 005
第二部	/ 095
第三部	/ 201
第四部	/ 305
后　记	/ 391

引 子

江西永新县溪岗村坐落在群山怀抱中,一条小溪,弯弯曲曲穿过翠绿的山坡,顺着重重叠叠的山峦逶迤而去。

传说元末明初我们的老祖宗从广东赶着一群鸭子,千里迢迢,历尽艰辛,路过此地。彼时田野里长满了即将成熟的水稻,空气里弥漫着阵阵清甜的香气,小鸟叽叽喳喳欢快地歌唱,给这里平添了无限的生机。

他仰望天空,深深的蓝映入他的眼睛,这样的蓝和绿黄色的稻田的气息相互交融成了一幅唯美的画卷。

在看远处巍峨的青山和近处潺潺的溪水,空气中充满迷人的诱惑。在往前走,触手可及的翠绿在身边流动,让人好像进入梦境。人在梦中,水在山中,山在云中,水似山般的寂静,山似水般的流动……是一种久违的依恋的感觉。

这潺潺的流水,唯美的意境,自然、清新,他发现他的心已属于这里。他每向前迈出一步都是踏实的、轻松的。

他心想:这正是我多年以来梦寐以求想要居住想要生活的地方。尤其是那些可爱的小鸭子,也非常适应这里,来到这里没几天,个个长得又肥又大,下的鸭蛋也比以前增加了许多。

老祖宗大喜,年轻、俊朗的脸上露出久违的微笑。因此他决定在这里停下来、住下来,娶妻、生子、种地、打猎、伐木、练武,他育有七子,就成了现在溪岗村马氏七房的布局。

他的后代在这片乐土上日出而作,日落而息,过着自给自足、幸福淳朴的生活。

第一部

第一部

1

  1918年腊月初二，随着一声婴儿清脆的啼哭声，一个男婴在溪岗村一间农舍出生了。婴儿的母亲龙小珍看见婴儿稚嫩的小脸和明亮的大眼睛，用还很无力的手臂将他抱在怀里，亲了又亲，喜极而泣。他们为这个男婴取名马梦华，这是溪岗村第七房马敦德的第七个孩子了。

  这样七爷就有了三男四女七个孩子，两男三女是原配所生，原配三年前突发急病去世了，一女和新添的男婴由填房龙小珍所生。

  龙小珍的丈夫七爷马敦德体格强壮、身材挺拔，有一双精明的小眼睛，喜欢看书，对农活、伐木包括持家样样在行。

  妻子龙小珍是七爷的填房。龙氏温柔贤惠，一头乌黑的秀发松松地绾了个髻儿，鸭蛋脸上长着一双迷人的杏眼。

  时光如白驹过隙，不知不觉马梦华长大了，在马梦华六岁时和六姐马苏华一起上了学堂。

  转眼到了1929年秋天，马梦华已经是十一岁的少年，那双明亮深邃的大眼睛，酷似他的母亲。小姐姐苏华听话、乖巧、聪慧，长得像母亲一样漂亮。姐姐虽然只年长弟弟一岁却像小大人一样处处护着弟弟，他们手牵着手一起上学、一起玩耍。

  到了晚上，梦华边学习，边看着母亲做针线活，依偎在她身边，看着她是那样的恬静、安详和美丽。这时的梦华觉得自己又快乐又幸福。

  母亲对梦华慈爱中透着严格，如果梦华遇见什么困难或有不会解的难题,她总是鼓励他:"孩子,我相信你,你能行。"她会一直站在马梦华身后,直到他把问题解决了。

在母亲的熏陶下,马梦华从小养成了自信、独立、善于思索、勇往直前、永不服输的性格。

有一天灾难突然降临到马梦华身上,在一夜之间马梦华失去了双亲。马梦华感觉到像噩梦一般的悲痛和恐惧。

这一天,在溪岗村马氏祠堂前人头攒动、熙熙攘攘,在祠堂前的一个木桩上,绑着一个人,此人身高八尺、虎背熊腰、浓眉大眼,长得相貌堂堂。他叫刘虎,是溪岗村的重案犯,他身上有不可饶恕的命案,几天前他杀了马梦华的父亲马敦德,还砍了溪岗村的镇村之宝——一根奇特的竹子。

突然一个约莫十来岁的小女孩穿过人群,冲了进来,紧紧抱住刘虎的腿,大声地哭喊者:"爸爸、爸爸,你犯了什么罪?他们为什么要把你绑在这里?"

刘虎见是自己的女儿刘雅,慈爱地抚摸着女儿浅栗色的秀发,眼泪不由自主啪啪啦地往下掉:"小雅,是爸爸不好,一时冲动,杀了人,犯了弥天大罪,是罪有应得啊。"

刘雅疑惑地问:"那个人是谁?你为什么要杀他?"

爸爸指了指人群中两个和刘雅年龄相仿身穿白色孝衣的小孩:"是他们的父亲,害得他们的母亲也自尽了!"

刘雅眼睛里噙满着泪水,吃惊地望着好像变得陌生的爸爸:"你不是经常告诉我要做一个善良、正直的好孩子吗?你怎么能……"

刘虎突然发疯似的大喊:"是爸爸有罪,是爸爸害了他们,让他俩一夜之间变成孤儿,爸爸愿意用自己的死去赎罪,将来如果有机会只有你替我弥补我的罪过了!"

刘虎的话还未说完,就见一个身穿团丁服装的人将刘雅连拉带扯地拉到人群中,嘴里还嚷嚷着:"小孩子家快出去,马上开始行刑了!"

刘雅正好被拉到一个身穿白色孝服、鸡窝头、圆眼睛的少年身旁，让她吃惊的是那个少年很是漂亮，尤其是那双承载星光的眼睛。

这个少年正是马梦华，他的眼睛直愣愣地盯着她，嘴角勾出一道浅浅的线，不怀好意地冷笑着。两人对视了一会儿，突然这个少年郎握紧拳头，向她打去，刘雅机敏地一闪，接着他又来了几个更加迅猛的拳，凭着刘雅练过武功的底子又被她闪开了，她瞬间炸毛："好呀，你这个臭小子竟然给我动真格的！"她立马来了一个横扫腿，将他绊倒在地，两人扭打成一团。她这一还击让马梦华感到汗颜，刚刚的得意，在这个小丫头连踢带踹下荡然无存，"哼！这丫头片子竟然还有这么一手。"

他们打到正酣处，突然旁边一个同样穿白色孝服的漂亮小姑娘将他拉住："七弟，别打了，你看她也挺无辜的，一会儿她也没有爸爸了。"

少年很听话地先松了手，眼睛却狠狠地盯着她。刘雅感到这个少年眼眸的光太亮，璀璨得让人不敢对视，他的眼神就像鹰隼盯着兔子，恨不得将她撕个粉碎，他对着她说："你、你还我的爸爸和妈妈！"

这声音好像山间冷冽的清泉，是拒人于千里之外的清冷，语调又暗藏几分阴森。

正在这时刘雅的大伯走过来，拉着刘雅的手厉声喝道："小雅，你怎么跑到这里来了？赶紧走，再不要给大伯惹事了！"说着拽着刘雅转身离开。

话说这件事情的起因就在马梦华母亲龙小珍那里。

龙小珍出生在一个当地较有名望的书香之家，其父是一个博学、善良、豁达具有正义感的知识分子。有一天，他看到一本革命党人邹容写的书《革命军》，书中的救国思想使他很受启发和鼓舞。

他想：现在各国列强对中国进行疯狂的侵略、掠夺、凌辱、欺压和分割，而清政府无耻出卖国家主权，加强对人民的压制和奴役。作为一个有良知的中国人，一定要为我们国家做些什么。

1905 年 8 月 20 日，同盟会在东京成立，孙中山先生提出"驱除鞑虏，恢复中华，创立民国，平均地权"的主张，颇合龙父的心思，因此他加入了同盟会。

1906 年 12 月 4 日同盟会在萍乡、浏阳、醴陵同时宣布起义，并提出："必建共和民国，与四万万同胞享平等之利益，获自由之幸福。而社会问题尤当研究新法，使地权与民平均，不至富者愈富，成不平社会。"

清政府急调湖南、湖北、江西等军队五万多人四面围剿，同盟会和清军奋战近月，交战二十余次，终于寡不敌众而失败。龙小珍的父母双双阵亡，家中被抄，龙小珍也被悄悄送到姑母的婆家刘家庄。

龙小珍在刘家庄慢慢长大，出落成村里最漂亮的姑娘。村里的男女老少都十分喜欢她。她举止端庄，善解人意又温柔贤惠，虽然姑母家里并不富裕，但村里的许多年轻男人都钟情于她。

而她也已有心上人，就是她同村的远房的表兄刘虎。刘虎长得浓眉大眼，魁梧高大的身材，还有一身好功夫，刘虎非常爱小珍，但由于刘虎家境贫寒，小珍的姑母就是不同意，在她十七岁那年把她嫁给溪岗村七爷马敦德做了填房。

刚开始小珍不愿意，整天哭哭啼啼的，但时间一长，七爷彬彬有礼，温存体贴，又知书达理，渐渐打动了小珍，两人开始和和睦睦过着平凡的日子。爱情在逐渐成长，生活也过得有滋有味。

刘虎也远走他乡，发誓要混出个模样再回来，就这样，不知不觉十几年过去了。

就在这年秋天，刘虎发了笔横财回来了。这时的刘虎经过十几年磨炼已变了不少，虽然也已结婚生子，但始终忘不了他的初恋恋人龙小珍。

这天小珍在家里正给七爷缝冬衣，她突然听见身后传来一个熟悉而又亲切的声音："小珍妹，你、你还好吗？"

龙小珍扭头一看，原来是昔日的恋人虎子哥回来了。

她兴奋地垂下那浓密的睫毛，以掩饰她那水汪汪的眼睛，她依然记得他这种神情。她突然感觉到一种淡淡的伤感，一种深深的渴望，一种幸福的热潮在她身上流淌。她悲喜交织扑到他怀里，嘤嘤地哭了起来并捶打着他宽阔的胸膛："虎子哥，十几年来你跑到哪里去了，你跑到哪里去了呀？"

她用手温柔地抚摸着刘虎英俊而略带憔悴的脸庞："这些年来你还过得好吗？"

刘虎哽咽地点点头："还好。"

刘虎看见他日思夜想的龙小珍还是那么漂亮，那湖水一般深邃澄澈的杏眼和羞涩时嚅嗫着的樱唇，散发着独特的娴静，还透露出成熟女人的风韵，就迫不及待紧紧拥抱着她："小珍妹，十几年来，我吃尽了苦头，但只有一个信念支撑着我，就是日日夜夜、时时刻刻想念着你。如今，我的日子好了，你跟我走吧，我会给你幸福的。"

小珍挣脱了他的手哭泣地说："虎子哥，当初你到哪里去了？马家七爷说：'强扭的瓜不甜'，一直尊重我，善待我。我还苦苦等着你来救我，一等就是一年多，人家对我那么好，一个女人已没有了盼头，就随了他。"

刘虎后悔极了，捶打着自己的胸膛痛苦地说："我、我当年怎么这么笨、这么傻呀！"接着又拥抱着小珍说："小珍妹，现在也不晚，我依然和以前一样喜欢你，而且我已不是当年的穷光蛋刘虎了。"

他说着，突然哈哈哈地狂笑起来："小珍妹，我现在很有钱，我的钱都是你的，我会给你许多钱，你跟我走吧！"

听到了这番话，小珍疑惑了：钱？我龙小珍虽然家境贫寒，但绝不是贪财的人，当年我爱的是刘虎这个人，虎子哥，他、他变了，他的心里都是钱，我在他心中已没有了爱，只是一个嫌贫爱富的女人而已。

想到此处，小珍猛地挣开了他的手，用干涩的声音问："虎子哥，你为什么要说这些？当初我看上你，你还是一个身无分文的穷小子；

我看上你，是因为我们相爱，这些你难道都忘了吗？"

刘虎还继续狡辩着："小珍妹，我俩当初分开的原因，不就是你姑母收了马家三十块大洋嘛！"

这时的龙小珍已经冷静下来，用美丽的杏眼仔细地端详着他心想：虽然他依然充满活力、风度翩翩，但十几年来他真的变了，变得陌生了。他的左额头上有一个明显的刀疤，原来明亮清澈的眼睛还露出一丝凶光，满脸络腮胡子道出他十几年的沧桑，已暴露出他暴躁的脾气，他已不是我以前无限仰慕的虎子哥了。

龙小珍一下子清醒过来了，她神情肃然，慎之又慎地回答："虎子哥，我不能跟你走。十几年都过去了，我们各自的生活不同，经历不同，我嫁鸡随鸡嫁狗随狗，好女不嫁二男。何况七爷对我很好，我不能辜负了他，咱俩已有缘无分了！"

刘虎呆呆地盯着小珍好像被她狠狠地打了一棒，但他还想挽回，继续不依不饶地说："小珍妹，我真的、真的十分在意你，你就是我的生命，只要有你在我身边，哪怕是赴汤蹈火我都在所不惜；就是我有金山银屋，没有了你，我的生活也就没有了乐趣。"

龙小珍听到虎子哥诚恳又多情的话，她的心又变乱了，但理智战胜了她："我、我不能跟你走。"

她思索了片刻字斟句酌地说："虎子哥，你应该明白，现在早已时过境迁，你我都变了，我早已不是当初的龙小珍了，那个迷恋你的龙小珍早已随着你的出走而死了！"

她的这句话像一把匕首戳入了刘虎的心。

刘虎十分刻薄地说道："龙小珍，你的薄情让我心碎。你给我听好了，当初马家用三十块大洋买你，现在我用三百块大洋赎你，你可否愿意！"

听到这里龙小珍感到脑袋里一片混乱，一颗心好像刹那间跌入了冰窖，一切美好的往事和回忆突然间土崩瓦解了。

龙小珍一下子跪在刘虎面前，抓住刘虎的胳臂摇了几下并苦苦地哀求道:"虎子哥,我们已无可挽回了,请你原谅我,好吗?我不是有心伤害你,今后我们还是好兄妹,行吗?"

刘虎火爆脾气上来了心想:龙小珍你敬酒不吃吃罚酒,软的不吃就给你硬的!

想到这里,刘虎就上去搂抱住小珍并强行撕扯小珍的衣服,企图采用暴力手段来对付小珍。

小珍奋力抵抗,打了他一个大耳光,说:"虎子哥,你清醒清醒吧!你为什么还不明白,咱们真的已经不合适了,况且我已有一双儿女了!"。

这时的刘虎已被愤怒冲昏了头脑说:"这些年来,我风雨来雨里去,都是为了你,你说不干就不干了,没门!"。

他们正在厮打中,苏华和梦华放学回来,看见妈妈踉踉跄跄跑了出来,头发凌乱,衣服也被撕破了,胸脯一起一伏,喘得很厉害,紧接着一个面容狰狞、满脸络腮胡子的男人也跑出来。苏华看见妈妈被人欺负了,惊恐地扑到妈妈怀里,大哭起来。

刘虎一双充满恨意的眼睛看起来已经相当的疲倦,但他还是撂了一句狠话:"既然得不到你的心,但我们的情债是一定要了结的!"说完扬长而去。

梦华赶紧跑过来说:"妈妈莫怕,妈妈莫怕,等我长大了,我来保护你!"小珍搂着梦华深情地说:"梦华,妈妈没事,妈妈已经没事了。"

往事如烟,时光追溯到龙小珍出嫁的那天,小珍大声地哭喊:"虎子哥,救救我,救救我呀!"刘虎冲了上去,无奈自己身单力薄,被几个身强力壮的人绑起来,眼睁睁看见小珍坐着花轿离他而去。

小珍的姑母家早已收到马家三十块大洋和丰厚的聘礼,小珍姑母大喊:"穷小子,想娶我侄女等到下一辈子吧!"

等他们把刘虎放出来已是第二天的下午,刘虎心中十分沮丧,心想:现在小珍妹早已变成别人的媳妇了。他本是一个有勇无谋的莽汉,一赌气就离开了这个让他爱恨交加的是非之地！

刘虎经过颠沛流离终于来到东方的大都市上海，为了赚钱他吃尽了苦头，身强力壮的他当过码头搬运工、黄包车夫、杂工等等。

有一天忙碌了一天的刘虎拖着疲惫的身躯下班回来。此时已是寒冬腊月，北风呼呼地吹着，还时不时飘洒着雪花，走到一个离家不远的街边，看到人们在围观什么，他也挤进去，见是两个俄国女人，年轻的女孩正抱着年长的女人号啕大哭着，旁边一位长者叹口气轻轻说："真可怜呀！"

刘虎心生怜悯就过去摸了摸这个女人的额头，发现她额头很烫。他急忙抱起那个年长的女人对俄国少女说："她病了，正在发烧，这里太冷，走，到我家去！"

到了刘虎居住的简陋的窝棚里，刘虎拿出仅有积蓄给年长的女人看郎中、治病、抓药、熬药，终于她醒了过来。

从俄国少女那里得知，她叫冬丽雅，那个年长的女人是她的母亲，她们是俄罗斯贵族，1917年11月苏维埃革命，一家人为了躲避动荡跑到中国，没想到此时中国也正处于军阀混战之中，她们一家走散了。她们母女俩颠沛流离来到上海，现在她俩已是无依无靠，身无分文。刘虎也是一个人，就收留了她们。

冬丽雅是一个漂亮的姑娘，一头金黄色的秀发，深蓝色的眼睛映衬着长长的睫毛，那像一朵花似的脸蛋和喁喁细语的声调，激起了他想呵护她、保护她的欲望。天生聪慧的她很快学会了一些汉语，还能像模像样地和刘虎进行简单的对话呢。

原来刘虎是一人还能勉强维持生计，这一下又多了两张嘴，生活就变得异常艰难。幸亏冬丽雅善解人意，刘虎回到简陋的窝棚总有简单、可口的饭菜等着他；冬丽雅的母亲玛塔夫人十分感激刘虎的救命之恩，对他很好，刘虎心理也得到满足，尽其所能多多赚钱。

有一天他刚从码头上卸完货回来，因为晚上还要拉黄包车，回到家急忙吃了点饭。冬丽雅用她那美丽的大眼睛盯着刘虎温柔地说:"虎子哥,今天你就别去了,你看天气变了,外面还飘着雪花呢!"刘虎犹豫了一下,还是去了。

这次他等了好长时间,终于来了一个人,手中还提了个皮包,匆匆忙忙上了他的车说:"到金陵饭店,快、快点!"

刘虎把他送到那里,那人匆匆下车离去。因为那人到金陵饭店要会见一个重要的客户,是一笔很大的买卖,为了充分准备,还在车上翻阅了文件,匆忙之下竟把给女儿过生日买的蓝宝石吊坠首饰盒掉了出来,落在车上。

刘虎拿着首饰盒在风雪中苦苦等候着。晚间的北风彻骨生寒,衣裳单薄的他冻得瑟瑟发抖,几乎快冻僵了,但他仍然坚持着,一直等了三个多小时直到那人回来。

回到家中的他感到很累,冬丽雅也没睡,一直等着他,见他回来了,冬丽雅高兴地一下子冲过来顺势将他紧紧地抱住,刘虎感动了,胸口荡过一阵阵暖流。

第二天一大早,刘虎正打算出门打工,就听见急促的敲门声,打开门一看,门口站着昨天晚上那个人。

原来此人是上海黑帮头目张子强,通过此事张子强认为刘虎本质很好,是可用人才。见刘虎为人忠厚、身体强壮,还会点武术,就收留了他,让刘虎做他的贴身保镖,并给刘虎给了些银两,置办了家产,刘虎终于在上海滩站住了脚。

张子强的生意做得很大,有运输、贸易等包括军火、毒品,凡是有钱赚他就敢做,刘虎又对他忠心耿耿,也很能干;张子强是个豪爽之人,在他的资助下刘虎也逐渐富裕起来。

玛塔夫人见女儿冬丽雅对刘虎已暗生情愫,感到刘虎这小伙也不错,是一个可托付终身的人,便从中撮合了一下。此时的刘虎也喜欢冬丽雅,尤其是她那美丽的大眼睛总是深情、快乐、依恋地望着他,于是他俩就结婚了。

1919年12月,冬丽雅生了一个可爱的女孩取名刘雅。

刘雅渐渐长大,刘虎十分疼爱她,回到家就教她武术,小刘雅生性活泼聪慧,一学就会。

不料"天有不测风云、人有旦夕祸福"。张子强和上海滩最大的黑帮火拼,张子强死了。刘虎身负重伤逃回家中,只见家中惨不忍睹,妻子不见了,岳母也惨遭杀害,女儿刘雅因上学逃过一劫。

刘虎抑制住心中的悲痛将岳母的后事办完,领着女儿东躲西藏寻找妻子。这天他将女儿托在一个熟人那里照看,他自己又寻找了一天,依然没有一点线索,他拖着疲惫的步子回来。

天气突然变了,乌云压顶,气温骤降,刘虎感到周围有几分肃杀之气,他放慢脚步,侧身猛地打开房门,砰砰砰门口响起密集的枪声,他迅速倒地,身体诡异地翻滚着、躲闪着,他将手中的飞镖甩出,只听见门里一片惨叫声,他趁势跑了出去。

他用尽全身力量快速地奔跑着,一个翻滚他藏身在一棵树后。这是一个静谧之处,周围静悄悄的,只有风吹动树叶发出的沙沙声。他喘了一口粗气,想放松一下,乌云突然散尽,月光直刺刺泻下来给大地镀上了一层闪亮的银辉,空气湿润润、沉甸甸地在地面徘徊。突然,一个黑影蹿出来,他心中一惊,只见那人拽了他一下:"小兄弟,跟我来。"

他将刘虎领到一个破旧的屋里。刘虎定眼一瞧,这是一个鹤发童颜、精神矍铄的老者,有一双鹰隼般锐利的眼睛。他目光恳切地望着刘虎:"小兄弟,我知道你是那个俄罗斯女人的丈夫,我劝你别找了,为了你的女儿和你的性命,该放手时就放手吧。"

刘虎含着泪问他:"为什么?"

老者叹了一口气答道:"因为他们太强大了,你不是他们的对手。"

"老伯,你能告诉我您是谁,为什么救我?另外,他又是谁呢?"

老者固执地摇了摇头:"还是不知道为好,你走吧。"

在上海滩刘虎已失去了憧憬和希望，幸亏他的大多数银两存在银行里，他把钱财取出，带着刘雅回到久别的故乡。

面对故乡美丽的大自然景色那些不堪忍受的烦恼突然消失殆尽，他又有了心平气静地审视自己的勇气，这时他想起他的初恋情人龙小珍！

刘虎从龙小珍那里回到家中，无缘无故地大发脾气，粗暴无礼，几乎让人不能忍受。

连女儿刘雅都吃惊地想：爸爸今天是怎么了？

他心情又郁闷又沮丧，他的脑海中全是龙小珍的倩影：她甜甜的微笑、轻轻的启齿、簌簌的低语……

他知道他永远也得不到龙小珍了。他由强烈的、刻骨铭心的爱变成了疯狂的、失去理智的恨，他要开始报复了。

这时的他只想自己，他痛恨所有妨碍他的东西。

自刘虎那天走了后，小珍的心里总是忐忑不安，有一种不祥的预感。从情感来讲，小珍还是喜欢她的虎子哥，内心里有一种说不出的留恋，但这次见面后却感到是那样的陌生。

这天早上，孩子们上学后她正在缝补七爷的冬衣，七爷一大早带着几个雇工到田里干活去了。

中午，七爷的老仆人急急慌慌跑进来对小珍说："咱溪岗村的宝竹昨晚被人砍断了！"。

小珍心中一沉，心想：这一定是虎子哥干的。

在溪岗村的山冈上，长着一片青翠欲滴的竹林，其中有一棵碗口粗的竹子，形状独特，略成方形，这棵竹子是溪岗村的镇村之宝，也是溪岗村村民的精神寄托。

溪岗村历代都有考上进士，出村做官的传统，据说这棵宝竹里就坐着小进士，每当竹子里面的小进士成熟了，村里就会出个进士。

每年，溪岗村的村民在会考前都会对着这棵宝竹焚香祭拜。溪岗村的风水宝地被破坏了，引起了轩然大波。溪岗村的村民个个义愤填膺团结起来决定迅速捉拿凶手。

这天黄昏将近,落日的余晖被层层叠叠的云雾遮住,微弱得几乎看不见光芒。突然天空堆满了乌压压的黑云,闷得人喘不过气来,暴风雨就要来临了。

七爷带着雇工刚从地里干完活,准备回家,突然从树林里蹿出一个人手里拿了一把砍刀,见了七爷就砍。因七爷没有防备身受重伤,但已认出凶手就是小珍的初恋恋人刘虎。七爷平静地说:"虎子兄弟,有什么事好好商量,何必舞刀弄枪的。"

七爷的雇工将刘虎团团围住,只见七爷厉声喝道:"住手,都给我回来!"

刘虎看见他的目光是如此平静,异常震惊。刘虎整个人僵住了,他惊恐地退了回去,突然他醒悟了过来,撒腿就跑。

孩子们已放学回来,在院子里玩耍,只见七爷浑身是血,被人抬回来了。

苏华和梦华扑到七爷怀里大声啼哭起来,小珍悲痛欲绝,大滴大滴的眼泪不断涌出,秀美的大眼睛已经失神,嘴里低声哽咽着:"是我不好,都怪我、都怪我呀……"

七爷脸色惨白,知道自己的伤是致命的,深情地把小珍搂在怀里说:"小珍,对不起,我这一生欠你太多,只有来世再还了。"

小珍抽泣着说:"当家的,你一定要坚持住,大夫马上就来了。"

七爷断断续续地说"小——珍,不要管我了,这十几年来有你的陪伴,我已知足了。"

小珍突然歇斯底里大喊:"不、不……我、我恨我自己,是我对不起你,真的对不起你呀……"

紧接着七爷又是一阵剧烈的咳嗽,他喘了一口粗气,眼睛瞪得又圆又大:"小珍,答应我,好好活下去,要学会宽恕,你自由了,赶紧找他去吧,走得越远越好,做你喜欢做的事吧。"

接着，他看见泪流满面小梦华，他失神的眼睛里充满了太多的不舍，他无力地抓住梦华的手说："好孩子，要、要听话……"他的声音越来越微弱，越来越微弱……

随后就听见屋内一片啼哭声，屋外狂风怒吼声和那哗啦哗啦的雨点声此起彼伏共振着无限悲伤的心。

晚上，小珍头发散乱着，眼泪啪啦啪啦不断地往下掉，迷人的杏眼哭得已经肿成了一条缝。她紧紧搂着梦华和苏华姐弟俩嘴里不停地说："罪孽、罪孽呀，是我害了你们，害了这个家呀，我的孩子们，是妈妈对不起你们呀。"

小珍突然疯狂地雨点般地猛亲一双儿女额头和眼睛说："苏华、梦华，妈妈要陪爸爸了，你们睡觉去吧；你们一定要好好活着，你们都是好孩子，长大了一定要做个好人"。

聪慧的苏华好像已知道是什么意思就乖巧地点点头、悲悲切切地说："我舍不得妈妈。"梦华也懵懵懂懂地点点头说："我也舍不得妈妈，妈妈我喜欢你。"

此时的小珍已经是悲痛欲绝，她也舍不得离开这双儿女，他们年龄还小，还需要大人照顾。但她深知她的事一旦被马氏家族的人知道，不但会给她带来沉塘的命运，还会影响这一双儿女，为了这一双儿女的名誉，她决定跟着七爷一块走。她强忍着悲痛把苏华和梦华安排睡觉，等两个孩子睡着后，她从卧室走出来。

龙小珍来到书房，强忍悲痛，开始写信，信写好后，用漆封好，她把老仆人叫来说："姜老伯，这封信是给刘家庄刘虎的，明天一早你把它送过去。"

她拿出几张银票交给老仆人："用这些钱给七爷办一个风风光光的葬礼！"接着问："这些钱够不够？"姜老伯诚惶诚恐地说："太太，够了，足够了。"

然后她又拿出一些银圆："姜老伯，这些是给你的，那些是给雇工们的。"

老仆人用疑惑的眼神望着她但他没敢多问,就唯唯诺诺退了出去。

小珍又回到卧室,看了看两个孩子睡熟的小脸,亲了亲两个孩子粉嫩的脸蛋。

小珍悄悄地走出卧室,梳洗打扮了一番,在五更时用三尺白绫结束自己的生命。

这天气总是令人琢磨不透,大雨已经下了整整一夜了,马梦华被瓢泼大雨吵醒了,他恨这呼啸的风声,恨这重重敲打窗户的雨声。他发现妈妈不见了,他起身走出去,发现堂屋的屋梁上一个人影在晃动,他心中一惊接着大声哭喊着:"妈妈、妈妈……"他一下子昏倒在地上。

第二天早上,刘虎心中五味杂陈,他很得意,觉得自己干得很漂亮,他报复了小珍,他又感到内疚,觉得自己好像做错了事,是七爷宽恕了他,否则,他可能昨天就命丧黄泉了。

这时七爷的老仆人送来了一封信,他看了这封信后犹如晴天霹雳。

在信中小珍写道:"当你看到这封信时,我已陪七爷去了,七爷宽容、豁达、善良、理智接纳了我,他临终前说,给了我自由,让我来找你,但我选择了陪他,我喜欢他。而你所做的丧尽天良的事,能瞒过别人但瞒不过我。你、你变了,变得自私、狭隘、残暴、无情,因此我恨你。"

刘虎看见这滴满泪痕的信,如梦方醒。

他恨自己是如此的自私,小珍的死给了他震撼性的冲击。

这时溪岗村抓捕他的人到了,问他是否杀害了七爷并砍了溪岗村的镇村之宝那棵宝竹时,他爽快地承认:"是我干的!"

女儿刘雅跑过来紧紧拽住刘虎的衣服大声地哭喊:"爸爸,不要,不要走呀。"刘虎慈爱地抚摸着刘雅柔软的秀发,悲痛地说:"小雅,在家里好好听大伯的话,爸爸做错的事爸爸一定要负责,做人一定要有信誉,一定要正直,别学爸爸那么莽撞!小雅,等你长大后,如果还能回上海,你去找一下你的母亲,我相信,她还活着;她、她长得很美,她的左耳后有一颗褐色的痣。"

根据溪岗村家族规定，犯重罪的人要以火刑处置。

数天后，刘虎被绑在一根木桩上，周围堆满了桐木，浇上桐油，桐木燃烧后发出像鞭炮一样噼里啪啦的响声……

据说，从此以后溪岗村和刘家庄积怨成仇，刘虎成了刘家庄的英雄，他的灵牌一年传一家进行祭拜，而溪岗村和刘家庄年年都有族群的争斗。

2

苏华、梦华姐弟俩一夜之间失去父母成了孤儿。

苏华、梦华有两个同父异母的哥哥：二哥、三哥，还有三个同父异母的姐姐：大姐、四姐和五姐，三个姐姐均已出嫁了；二哥锦华到省城南昌读书去了，因学习优异，思想活跃被校长看中已留校教书了。

苏华、梦华年龄还小，就寄养在三哥真华家。三哥马真华长得比较瘦弱，有一双无神的大眼睛，是一个老实厚道、性格有点木讷的年轻人。

三嫂李秀云是个模样很一般的姑娘。她个头不太高，脸色苍白，尤其是那又大又扁的鼻子和长而方的下巴，好像总是有冷着脸子看人的感觉。他们新婚不久，还没有孩子。

李秀云第一次见到这个老实甚至有点木讷的马真华时，便羞答答地喜欢上了他。

李秀云其实是一个聪明干练，处事坚定果断，性格非常泼辣、强势的女人，丈夫马真华过于软弱，更加造就了她专横和霸道。

这天晚上他们商量六妹苏华和七弟梦华的事，三哥真华说："让六妹七弟继续上学吧？"但三嫂秀云不同意，撇了撇嘴说："六妹、七弟已半大不小的，咱家不能养两个闲人，叫六妹在家里做饭、洗衣、做家务，叫七弟放牛去，还顶半个劳力哩。"

三哥无语，这事就这么定了。

从此以后梦华的命运发生重大改变，由一个小少爷变成了放牛娃，而苏华也从一个娇小姐变成了一个做饭、做家务还要伺候人的小丫头。

苏华是一个非常漂亮的女孩。一头柔软的棕黑色的头发，一张小圆脸，大大的杏眼又黑又亮，鼻子长得清秀好看。特别是她那善解人意的个性，凡是见到她的人觉得这个小姑娘太聪慧、太让人怜惜了，让人忍不住升起一种爱怜的感觉。

父母的突然离世使聪明的她仿佛已从梦境中醒来，她很清楚以后的艰难生活和帮助弟弟梦华的责任，这个不满十三岁的纤弱而温柔的小姑娘的心中充满了与命运抗争的勇气。

清晨，雾气还没散尽，梦华戴着斗笠、披着防雨的蓑衣，拿着干粮上山放牛去了，三哥在后边大声说："七弟路上小心点！"三嫂接着吼着说："再带一捆柴火回来。"

梦华把牛赶上了山坡，看到远处的山突然陡立起来，上面长满了树和竹子，给人一种神秘朦胧的感觉。

看着那蓝蓝的天，朵朵的白云，翠绿的山峦，还有青青的草地和牛群，天地是那么的宽阔，梦华的心情仿佛也融入这天地之间，变得开阔起来。

傍晚，梦华将吃的肚皮滚圆的牛赶回圈里，又将一小捆柴火交到三嫂秀云手里。秀云嫂嫌梦华砍得柴火少，长得像驴样的长脸拉得更长了，嘴里嘟囔着："就这么点柴火。"

吃晚饭时，三哥心疼摸了摸梦华的后脑勺说："七弟，今天辛苦你了。"然后夹了一大筷子梦华爱吃的菜，放到梦华的碗里："好好吃！"秀云嫂变得像块石头一样僵硬，她酸溜溜地看了一眼真华，紧闭的嘴突然刻薄地蹦出一句："七弟，以后家里规定吃三口饭才能吃一口菜。"梦华看见三哥气得脸色铁青，为了避免因为他而伤了哥嫂的和气，梦华便笑嘻嘻地说："三嫂，我爱吃饭，最不爱吃菜了。"

但趁三嫂不注意，机灵的梦华就大大地吃上几口菜。

不去放牛时，秀云嫂也给他安排干不完的活儿，对待这个七弟像对待小长工一样。梦华的内心感受到了生活的残酷，但他像风中的落叶那样已经身不由己了。

苏华看小梦华干的活儿挺重还经常吃不饱肚子，就把自己的吃食节省下来，悄悄地给七弟送过去。有时苏华趁赶集买菜或到池塘里洗衣时偷偷跑到山坡上去看梦华，每当梦华看见小姐姐来看他时，就十分高兴。

他们躺在草地上，那杂草开的花儿，红色、黄色、白色和紫色构成一幅炫目的彩图，灿烂得耀眼，馥郁的花香仿佛迷了路，滞留在空气中。他们望着蓝天、白云、红花、绿水，唱着山歌，颜色的波浪、芬芳的波浪和声音的波浪融合在一起，是那么的美妙、奇异、舒畅。

苏华要走时，还帮七弟砍些柴火，以免他又受到三嫂的训斥。

这一天苏华从市场买菜回来，又跑去看弟弟梦华。她大声地喊："七弟，你猜我给你带来什么？"梦华转了转又黑又亮的大眼睛说："是糖？"苏华摇摇头，"是花生？"苏华依然摇摇头，"是皮球？"梦华疑惑了："那还能是什么呢？"苏华笑眯眯地打开篮子：原来是一对雪白的、红眼睛、毛茸茸的刚出生不久小白兔。

梦华看见这么可爱的两只小白兔，两只眼睛发亮，他轻轻地抚摸着兔子问："六姐，从哪儿搞的？"

"有一个卖菜的大婶很喜欢我，给我送的，还说我长大以后要我当她家的儿媳妇呢。"

梦华沉思了一下说："六姐，妈妈曾教育过我们别人的东西不准拿，虽然我也很喜欢它们，但明天还是把它们还回去吧。"

苏华虽然很舍不得，但还是点点头："七弟说得有理，明天我就把它们还回去。"

突然马梦华忧郁的眼神显得幽深而温柔，他若有所思，并用商量的口吻诚恳地说："六姐，我们还小，现在谈婚论嫁太早了，将来我们长大后，我们自己的事情要自己做主，你说呢？"

苏华想了一想，认真地说："七弟说得有理，当她家儿媳妇的事我还没有想好，我听你的。"

梦华高兴地将苏华拥抱了一下："那就对了，六姐真好，我喜欢你！六姐，这样吧，我也给你送一样东西，保你也喜欢。"

苏华转过头来，见七弟猫着腰，蹑手蹑脚在草丛中寻找什么，小苏华心中疑惑就朝他喊："找什么？""嘘！"梦华摆摆手，示意姐姐不要出声，然后侧耳倾听，"看你还往哪里跑！"他在草丛里抓住了一只绿油油的大蝈蝈。

苏华咯咯咯发出银铃般清脆的笑声拍手道："这个大蝈蝈我喜欢，好可爱呀。"苏华要抓它，梦华赶紧关心地叮嘱："小心点，它咬人呢。"

虽然日子过得很清苦，但他们心里充满对彼此的关爱，每一天都过得很充实，很愉快。

有时他俩手牵着手沿着小溪走着；有时他俩在草丛中翻滚着、打闹着；有时他俩还脱下鞋子赤着脚在小溪中抓着小鱼，在浅浅的、清澈的小溪里互相追逐着。他们开心地笑着，笑声传得很远、很远……

不知不觉，第一个寂寞的、寒冷的、没有温情的、没有父母疼爱的冬天到了。鹅毛大雪夹裹着呼啸的北风落了下来。这天梦华干农活时淋了雨雪，头痛欲裂，就早早回到家里，刚躺在床上，三嫂秀云过来喊道："嘿，七弟你不害羞吗？怎么成了一个游手好闲的人，为什么不找点活儿干干？家里柴火没了，快劈柴去！"马梦华拖着疲惫的步子，到厨房劈了一些柴火。

到了晚上，感染上了风寒的梦华发起高烧来，小脸蛋烧得通红，梦华感到头疼欲裂、喘不过气来，他被一种就要死的阴森恐怖的感觉折磨着，全身细胞好像处在崩溃的状态，一个念头闪电般划过："如果真的死了，是不是可以见到爸爸、妈妈，和妈妈永远在一起？如果那样的话，也好！"

他的意识渐渐模糊起来，嘴里说着胡话还不停地喊："妈妈、妈妈！"在一旁看护的小姐姐苏华已慌得六神无主像一只无头苍蝇在屋里转来转去，此时三哥三嫂已经睡了，她犹豫了片刻，只好无奈地敲三哥三嫂的门，大喊："三哥，三哥！快起来看看，七、七弟病了，发着高烧，还说胡话呢。"

三哥真华要起来，三嫂秀云拉着真华不让他起来，嘴里还嘟囔着："明天早上再说！"

苏华见哥嫂没有回应，她看了看窗外，只见白雪皑皑，天空黑得已伸手不见五指了，一身银装的大地同苍穹之间竟然是如此的黑白分明，但她看见弟弟被烧红的小脸蛋和已经迷迷糊糊的样子，还是壮了壮胆，推门出去找郎中。

鹅毛大雪纷纷扬扬地下着，北风呼呼地吹着，被风吹打的树枝不停地晃动着发出咯吱咯吱的响声，远处传来孤狼的嚎叫声。苏华非常害怕，小心脏不由自主咚咚咚地跳个不停，苏华总感觉有什么东西跟着自己，但为了弟弟，她只有加快脚步拼命地向前跑着，道路十分泥泞，她不小心摔倒了，摔倒后爬起来又往前跑……终于跑到了郎中刘大爷的家。

她拼命地拍门："刘大爷，开门，快开门！我弟弟病了，他快、快不行了！"

刘大娘听见一个稚嫩的声音在门外叫喊，就披着衣服将门打开，只见是满身满脸糊的都是泥水，已变成小雪人的脏兮兮的小姑娘马苏华。刘大娘心疼得直落泪，她忙打了一盆热水，帮苏华擦洗，嘴里还嘟囔着："没娘的孩子真是可怜啊。"连忙熬了一碗姜汤让苏华喝上。

郎中刘大爷也被苏华为了救弟弟的忘我行为所感动，连忙收拾好药品，背着药箱随苏华一起去给梦华看病。

郎中刘大爷过来见到梦华时，梦华的四肢已开始不由自主地抽搐，嘴巴张大急促地呼吸着，意识逐渐变得模糊，经诊断梦华得的是急性肺炎。刘大爷急忙给他扎针、灌药，忙了一个晚上，直到鸡叫时，梦华才慢慢苏醒过来。

他感觉到有热泪滴滴答答落在他的脸上，梦华睁眼一看原来是六姐苏华，他刚说了一句"六姐，别伤心"又昏了过去。幸亏郎中刘大爷来得及时救了梦华一命。

苏华生活得也很艰难，但为了弟弟任何困难她都能挺住。她爱弟弟，她有时在想：如果自己不幸福至少要让自己的弟弟幸福！

心灵手巧的苏华熬夜给弟弟缝补衣服，苏华总是把弟弟打扮得干干净净、整整齐齐的。

梦华也懂得感恩，会在山里摘一些野果、桑葚或采些美丽的野花，有时还从鸟窝里掏个鸟蛋给六姐苏华，让六姐高兴。

就这样马梦华就像一棵幼小的树苗，在风吹浪打中顽强不息茁壮地成长。

1928年4月，毛泽东率领的秋收起义部队和朱德、陈毅领导的部分南昌起义部队在井冈山会师，1931年在井冈山地区成立了中华苏维埃共和国临时中央政府。

从此，溪岗村也被夹裹这红色潮流之中。

1931年早春，嫩绿的新芽已探出头来迎接含笑的春光，柳枝轻轻地摇摆着逗弄四处的绿意，溪流发出愉快的欢唱，一切都洋溢着朝气蓬勃的生命力。

马梦华十三岁了，已长成一个英俊的少年。他继承了父亲的品德，成长为一个诚恳、正直、善良的孩子。

梦华每天都要放牛、砍柴、干农活，在阳光雨露的沐浴下，练就了一副健康强壮的体魄。在放牛的空隙时间里，他如饥似渴地读着爸爸留下的书。

有一天，二哥锦华突然回来了。他年长梦华八岁，身穿灰色长袍，高高的个头，结实的身体，让人感到他总是那样生机盎然、充满活力，漆黑而明亮的眼睛里显示出自信、坚定。他在学校加入了共产党，这次来就是要在溪岗村发动群众开展土地革命运动。

锦华的声音淳厚圆润，使他讲话时带着很有磁性的魅力。他给梦华讲革命理想，讲人民的苦难生活，讲各国列强如何瓜分中国，讲日本军国主义对中国的侵略，讲蒋介石政府的腐败……

听他讲话，仿佛是一种享受，他的语调是那样的感情充沛，疾徐有致，温馨亲昵，充满激情。

二哥锦华还拿了一些书、报纸和杂志让梦华读，就这样梦华听着、读着、思考着，梦华的心胸突然开阔了，心想：一个人的人生道路应由自己选择，我应该面对挑战去开创自己想要的人生。"国家兴亡匹夫有责"，现在祖国正遭受苦难，人民正在水深火热中挣扎，每一个热血男儿都应该为祖国的富强、为民族的自由而奋斗，这就是我的理想！

恰巧此时，堂哥马磊因事路过此地，顺便看望一下双亲，马磊是溪岗村马氏族长四爷的儿子，在"苏维埃"政府中主管医疗卫生工作。

马磊身材威武挺拔，处事果断精明，浑身散发着一股不可抗拒的魅力，同样他也是一个有远大理想的优秀的共产党员。他听说儿时玩伴堂弟马锦华也回来了，就专程过来看望一下。

他俩正聊得高兴，马磊突然看见从门外冲进来一个长相极其英俊的少年，马磊定眼一看，原来是锦华的七弟梦华，马磊开怀大笑高兴地说："七弟，长大了，变成了一个英俊的少年郎。"说着，就拉着梦华的手，仔细端详着并问："七弟，你急急忙忙跑进来，好像有什么话要讲？"

原来梦华看见二哥和红军哥哥在一起，一股冲动涌了上来就急忙跑了进来，见马磊这么一问，对着马磊就跪了下去，明亮的眼睛望着马磊，神情磊落而自信，急切对马磊说："红军哥哥，我要像你一样，也要参加红军！"

马磊看见七弟大而明亮的眼睛里透露着纯真、执着和渴望，顿时非常喜爱，马上把他拉起来对他说："七弟，男儿膝下有黄金，可不能说跪就跪哦。有话好好说，我们红军讲的是人人平等，可不能这样做。"并问他："读了几年书？今年多大了？"梦华说："读了五年私塾，虚岁已十四了。"

马磊满意地点点头对锦华说："现在，蒋介石又组织了第三次围剿红军的战役，前方伤亡很大，所以医务人员奇缺，红军总院准备办一个医训队培训班，医院正好缺有文化的人才，就让七弟到我们红军总院医训队去，我看你这个小弟机灵，悟性好，是可造之才，应该好好培养培养他，同时我还想邀请你当医训队的政治和文化教员呢。"

马梦华见马磊哥哥答应了他的要求，他高兴极了，明亮的眸子盛满了笑意。

这天，天才露出些许的光亮，马锦华带着马梦华就要走了。马梦华告别了三哥三嫂，因害怕六姐苏华伤心，梦华狠心未告诉她就踏上了充满荆棘的艰难的未知的道路……

在朦胧的晨曦中，梦华往后远远看见六姐手拎着一个菜篮，脚上穿着一双母亲留下的不合脚的大鞋，在扬起的尘土中磕磕绊绊穷追不舍地跑着，白净的鹅蛋脸影影绰绰从晨曦的朦胧中浮现，美丽的杏眼里噙满泪水，大声地喊道："七弟、七弟，是你吗？"

马梦华既惆怅又高兴地喊道："六姐，是我，是我呀！"

苏华跌跌撞撞一下子扑过来紧紧拥抱着梦华，泪水已沾满衣襟，一股脑把篮子中的东西塞给梦华，十分幽怨地说："七弟，你要走为什么不给姐姐说，为什么不给姐姐说呀！"

此时梦华的心撕裂般地剧痛，眼泪像开闸般地流出，一下子扑到她的怀里，六姐苏华像母亲一样紧紧拥抱着他……

马梦华突然产生了一种失落感，但内心里同时又涌起一种希望和即将进入新生活的兴奋，他说："六姐，对不起、对不起了。我没有告诉你是因为我怕你伤心，无法面对你！"

他俩紧紧拥抱在一起，都哭成了泪人，苏华慢慢镇静下来，用稚嫩的小手轻轻擦着梦华的眼泪，像母亲一样絮絮叨叨说着离别的话："六姐不在你身边，没人操心你，你可一定要注意身体，天冷了要多加衣裳，读书可以但不要熬夜……"

面对此情此景二哥锦华被六妹苏华至真至纯、无私地爱护弟弟的心感动了，看着六妹的双眸流露出渴望的眼神，他的心头像压着磐石一样……

他恨不得将六妹苏华一块带走，但冷静下来一想，现在面临着残酷的战争，环境恶劣，随时都有牺牲的可能，她又是那么美丽善良、与世无争。她敏感而脆弱，迷人的杏眼，显得安静而忧伤，让人怜爱。而且她还是个小女孩呢。

马锦华狠了狠心，还是算了吧，想到这里，他走过来搂住她，并温柔地抚摸着她柔滑如缎带的黑发说："六妹，别哭了，等你再长大点，我就带你走。"

此时苏华依然哭泣着，轻轻地如同耳语说了一声："好吧，二哥，我不哭了，但你要答应我，一定回来接我，我也要当红军。"

梦华强忍着心中的悲伤，依依不舍地同她告别："六姐，过些日子我一定再过来看你！"

苏华用她那美丽、动人的杏眼久久地注视着梦华："七弟，你一定要回来看我，我、我等着你，我等着你呀！"

马梦华强忍悲痛地走了，走到远处，他回头一望，看见了已变成小黑影的苏华，但依然感觉到六姐苏华灼热的、爱的目光，这目光热得让他心痛……

从此马梦华走上了坎坷的、未知的、充满艰辛的革命道路。

3

　　马梦华参加了红军总医院医训班的学习，他心中涌动着一种兴奋的激情。这种生活的变化有时弄得他心神不宁，有时好像完全失去自己，随着这种新生活的潮流来回旋转着。

　　善于观察的马磊发现马梦华情绪的异常，这天刚吃过晚饭，马磊邀请马梦华到外面走走。

　　极目远望，水稻已经灌浆，散发出阵阵稻花的清香，一条小溪在路旁潺潺流淌，低垂的柳枝随着水波得意地摇曳不止。马梦华茫然的心情也随着流水变得舒畅起来。

　　马梦华抬头看见马磊正用明亮的、充满智慧的眼睛看着自己，就嗫嚅地说："马、马老师。"

　　马磊轻轻地抚摸着马梦华散乱的头发，温和地说："七弟，头发长长了，该理理了，咱们是同宗兄弟，就不生分了，叫'磊哥'就行了。"

　　马梦华感动地点点头，轻轻地叫了一声："磊哥！"

　　马磊接着说："七弟，这几天在医训班的学习和生活是否有一点儿不适应啊？"

　　马梦华脸色微微有点发红，心想：这个马老师看得真准，真是一针见血啊。便答道："是的，有点儿，磊哥。"

　　突然马磊神情严肃地说："七弟，这几天在医训班我认真地观察着你，你聪明、接受能力强、学习刻苦、积极上进，但还是缺了点儿什么？"

　　马梦华急切地问："磊哥，我还缺什么？你给我指出，我一定补上。"

　　马磊铿锵有力地说："你缺的是信仰，因此你感到好像没有动力，没有方向。信仰会使人的内心更强大、更坚强。"

　　马梦华好奇地问："磊哥，信仰是什么？我要像你一样，也好想拥有啊。"

马磊疼爱地搂着马梦华的肩，语重心长地说："七弟，我们崇高的信仰就是共产主义，共产主义就是要实现人人平等，消灭剥削和压迫；一个共产主义者，应该为信仰而战，也是你的价值所在；为了实现它，为了全天下的劳苦大众，为了多灾多难的中华民族，要用我们的青春、热血甚至生命为我们的信仰去奋斗，这样我们才能做到真正的无私和利他，也才有一往无前、所向披靡的精神动力啊。"

接着马磊拿出一本油印的《共产党宣言》交给马梦华："七弟，回去后，认真读读，从这本书里，你可以找到答案。"

就这样他们俩边走边聊、边聊边走，最后变得无话不谈，他们哥俩的心越靠越近，一直聊到熄灯前才回去。

晚上，马梦华翻来覆去兴奋得睡不着觉，满脑子都是磊哥的影子。他所说的每一句话都让人感动、吃惊和兴奋，给人以动力，在他身上有一种独来独往，我行我素的潇洒，还有一种强烈的打动人心的力量。

马磊出生在溪岗村最富有的家庭里，他比马梦华的二哥马锦华大三岁，身材挺拔，仪表堂堂，头发自然卷曲乌黑，嘴唇红润，一笑就露出洁白的牙齿，所以非常引人注目。

马磊在中华苏维埃共和国临时中央政府担任要职，他很忙，但他还是挤出时间给医训班上课。他讲的是创伤医学，是同学们最爱听的课。

在课堂上，他生气勃勃、诙谐幽默、借古讽今，非常善于调动同学们的情绪。

在马磊的谆谆教导下，马梦华很快就适应了这种新的生活。

学习是紧张、繁忙的，除了医疗专业课外还有文化课、政治课、军事训练课等，另外马磊利用业余时间教他英语，并送给他一些简单的医学方面的英文读本。在这里马梦华每天都过得十分的充实，他从一个被忽视的精神束缚下解放出来，他感到有用不完的力量，去学习、去工作、去战斗。

由于马梦华有文化知识的基础，加上他的聪慧、刻苦、好学，因此他在班上各科成绩都名列前茅。

马梦华的出色表现让马磊十分欣慰,他是这次医训班的组织者和领导者,他在英国留学期间学的就是医疗专业,因此他倾其所能培养马梦华,一些大的手术也手把手地教给他,不到半年马梦华已成为医训班的佼佼者和医疗骨干。

1931年八月底,红军总院迎来了一个尊贵的客人,他是上级组织委派来的特派员郑之生同志。他二十多岁,戴了一副金丝眼镜,皮肤白皙,显得文雅秀气。他曾经在苏联留过学,自称是坚定的布尔什维克。

他到总院的蹲点,想大展拳脚,搞一场轰轰烈烈的运动。

这天,从前线送来了一个伤员,他的伤势非常严重,整个身体就像一个被打碎的陶瓷罐,全身到处都需要修补,医院紧急请来正在开重要会议的马磊进行会诊。马磊赶来后马上投入到工作中。马磊看了一下,那人的伤口约有十五六处,全是弹片伤,整个人都浸在血泊之中,人已处在昏迷状态,马磊命令立即输血,马上准备手术。

他们正在讨论手术方案,面对这一棘手的难题,马磊正陷入深深地沉思之中。

突然郑之生走了进来,一些医生知道他的身份,都热情地和他打招呼,态度极其恭顺,只有马磊依然目不斜视,仿佛目中无人。郑之生觉得他的面子被重重一击。

马磊虽然很聪明,但他生性孤傲,从不趋炎附势,这是他最致命的弱点。他本来就有一些看不起这个郑特派员,马磊见他愤怒地盯着自己,醒悟过来,抬头看了郑之生一眼,温和地、不卑不亢地说:"郑特派员,我们正在讨论一个重伤员的手术方案,这可关系到一个人的生命,是人命关天的大事,若有什么事,请手术后再来,恕我现在不能奉陪。"

郑之生听到后,只觉得热血在刹那间涌上头顶,气得青筋暴起,脸已胀成紫色："马、马磊，是组织清理队伍中的异己分子重要，还是你的伤员重要？"

马磊沉着地回答："当然伤员重要。人的生命是宝贵的，我们要爱护生命、尊重生命，对每个人而言，生命都是平等的。"

马磊犀利的言语说得郑之生哑口无言，更重要的是使他的颜面大伤，从此小肚鸡肠的郑之生对马磊怀恨在心。

他的贼眼始终盯着正在红军总院蹲点，并组织和领导医训班的马磊身上，刚开始他慑于马磊在总院和医训班的威望，没敢轻举妄动。

几个月来，他深入到医生、护士、战士之中找这个谈话，找那个交心，忙得不亦乐乎，果然将一批人笼络在他的周围。

这时中央已经觉察到这些特派员权力过大的错误。在特派员中有好的自然也有鱼目混珠的素质极差的人，郑之生正是极差的这类人。因为这些人的权力太大，组织上正着手纠正错误，郑之生觉得显示他政治才能的机会马上就要结束了，因此他开始行动了。

1932年1月初的一天，刚刚过完新年，马磊正在跟给同学们讲课，郑之生带着一帮战士突然闯进了来，并用枪指向马磊说："马磊，你被捕了，你是红军队伍的异己分子，是地主分子的狗崽子！"

课堂上响起一片喧哗声，同学们一个个交头接耳、议论纷纷。

马磊的思绪被这突如其来的声音打乱了，他咬着牙倒吸一口凉气，用眼睛盯着郑之生。

郑之生见马磊迎着他的是不动声色的目光，仿佛是对他权威的挑衅，便歇斯底里地喝道："我、我是上级组织派来的特派员。我命令你立即接受组织审查！"

马磊用坚定的目光死死盯着郑之生说："郑特派员，我反对。你的双手沾满了自己同志的鲜血，比战场上的敌人还可怕。"

听到马磊这一席铿锵有力、义正词严、一针见血的话，郑之生的脸霎时变成铁青色，好像全身的血液被抽干了一样，全身不停地颤抖，用金丝眼镜后面的邪恶的小眼睛盯着马磊:"你、你、你必须接受我们的审查!"

这时,同学们纷纷围了上来,屋子里的人越来越多,大家都已愤怒地捏紧双拳,恨不得向他打过去。

马磊义愤填膺接着说:"同学们,这个郑特派员,已经混淆了敌我矛盾,使我党我军已失去了许多同志,我们应该枪口一致对外,对准蒋介石反动派,对准日本帝国主义,我们不能红军打红军呀!"

马磊的话语直白犀利,一字一句像刀一样直刺郑之生内心深处的丑陋灵魂。

郑之生厉声喊道:"把他带走!"

这时,马梦华突然猛地扑了上去,紧紧抱住马磊,用身子挡住指向马磊的枪并对他们大声地喊:"磊哥是好人,你们不能带走他!你知道吗,他要为红军造就出多少人才。伤员离不开他,医院离不开他,红军离不开他,苏维埃离不开他!"。

所有的学员均围了上来,齐声喊道:"马老师是好人,你们不能带走他!"现场一片混乱。

此时郑之生有点慌乱,他咽了一口吐沫,好让自己镇静下来,结结巴巴地说:"你们、你们,敢对抗组织,把他们全都押下去!"

他向跟随他的战士使了个眼色,跟随他的战士突然把枪指向马梦华和其他同学。

马磊见状异常冷静果断地把枪推开对郑之生说:"把他们放了,他们都是些孩子,我跟你们走。"

这时,医训班的其他老师和医院里的医生护士闻讯也赶了过来,屋子里的人越来越多。

突然一个凄厉的声音喊着:"磊哥,你不能跟他们走啊,你这一走,肯定就回不来了!"

马磊定眼睛一看,是马锦华扶着他的未婚妻王水仙来了。王水仙见了他，一下扑了上去，紧紧地抱住他嘤嘤嘤地哭起来。

郑之生看到后一下子愣住了，只见她白皙美艳，眼波盈盈流转，红唇微微翕动，他差点被她的美惊得无法呼吸了。

郑之生内心感慨：没想到，马磊好有艳福，这么一个迷人的小美人竟然是他的未婚妻。

可能是因为美人的泪水，他突然动了一点恻隐之心，便命令道："让他收拾一下再走吧。"

马磊将水仙托付给马锦华照顾，收拾了一下，对大家说："同学们，你们要记住，我们的军队和国民党军队不同，就是我们有远大的理想，有为共产主义奋斗的信念，有为劳苦人民解放的决心。答应我，将来你们要做一个无私无畏的人。"

接着他又深情地说："同学们，你们都是学医的，希望你们将来都成为一个好医生。你们一定要记住，医为仁人之术，必具仁人之心，必想患者之需，必报人民之情！"

周围传来一片抽泣，这声音越来越大，越来越悲戚。

突然出现了一阵骚动，一个慌乱的声音传来："王、王老师，她、她晕倒了！"

马磊努力克制住自己，镇静了一下，从容地将几本从英国带来的医学方面的书籍和中英大辞典交给马梦华，用依依不舍的神情对马梦华说："七弟，听磊哥的话好好学习，将来做个好医生，要救死扶伤，厚德行医，医德共济，追求理想，奋斗不止。"

然后他走过去，紧紧拥抱着已经昏厥的王水仙，他深情地吻着水仙婆娑的泪眼和粉嫩的脸颊，无限不舍地哽咽道："锦华弟，水仙妹我就交给你了。她是一个好姑娘，今生今世一定要好好待她。"

他努力控制住自己的情绪，用波澜不惊的双目看着大家，面含微笑紧紧握了一下马梦华的手和其他同志的手："永别了，同志们。"

此时许多医务人员和伤员也过来阻拦，均被驱散，他们还是强行将马磊带走了。

他们将马磊带到附近的山里，这里峰峦起伏，山崖上危石错落、枯枝横斜，路越来越难走，前面一处断崖黑幽幽深不见底。郑之生命令大家在这里休息一会儿。他突然来到马磊面前，镜片后面的小眼睛中露出凶光面带奸笑，令手下将马磊的手铐打开，得意地问马磊："这里风光如何？"并意味深长地问："你还有什么话要说？"

马磊轻蔑地说："你这个双手沾满同志们鲜血的败类是没有资格审问我的！"

郑之生听到后气急败坏喊道："就地枪决！"

他手下的一个人跑过来，唯唯诺诺地问："郑特派员，马磊之事还没有经过组织的审讯和甄别，这样做不妥吧？"

郑之生压低了声音，但声音有点颤抖和慌乱："立、立即枪决！"

马磊大义凛然、面带微笑地对郑之生手下说："同志们，赶紧醒悟过来吧，牺牲了我一个人不要紧，但不能再牺牲别的同志了，一定要用我的事去提醒人们，红军再不能自己打自己了！"

马磊接着说道："同志们，我马磊一生做人行事光明磊落，仰不愧于苍天，俯不愧于大地。我怀着一颗赤子之心回国参加红军，参加革命，是想报效祖国，拯救我们多灾多难的民族，却遭到小人的暗算，我心里只剩两个字'仇恨'，不，是'悲哀'，是'本是同根生，相煎何太急'的悲哀！"

这时所有的战士都被感动了，他们将枪放下，用渴望的眼神望着郑之生。

只有郑之生一个人还歇斯底里地大喊："枪毙——枪毙，立即枪毙！"

马磊用无比留恋的眼光环顾了一下四周，他知道他将永远长眠在这里了。他神情坚定而深情地说："现在前方战事吃紧，武器弹药紧缺，把这颗子弹留下来，用在蒋介石白狗子身上，永别了，同志们！"

说完他纵身朝悬崖下一跃，这一跃是如此凄美和决绝，就连天地都为之动容，为之叹息。

他大声高呼："共产主义万岁，红军万岁！"

那苍凉、悲壮的声音在山谷中久久回荡着、回荡着，给淡淡的、凄绝的夕阳增添了几分沉重和悲伤，他像一只翩翩飞舞的蝴蝶，飘然而去，隐没在谷底缥缈的云雾里，永远置身于大自然的怀抱里，万籁俱寂、空旷无依，只有远处的森林在晚风中阵阵低吟。

王水仙得知磊哥已经跳崖的消息，悲痛得难以自已，她病倒了，仿佛是一个失掉生趣的朝天旅客，任凭悲哀变成沉重的夜幕将自己合拢，形影相吊地倾听黑夜的风声，磊哥的身影如同汹涌的风浪铺天盖地向她袭来。

第二天一大早，马锦华就过来看她，只见她娇艳的面庞露出悲伤凄楚的表情，显出憔悴生硬的神色。她的眼泪不由自主涟涟而下，以前红润的嘴唇变得苍白干裂，整个人毫无生气，看得马锦华的心都快碎了。

马锦华只有默默地坐在她的床边，陪着她，一会儿给她端杯水，一会儿给她递个手绢，无微不至地照顾着她。

几天后，王水仙的情绪慢慢好转了，马锦华对她说："水仙妹，斯人已去，请节哀！"

王水仙悲悲切切地说："锦华哥，这些天来我满脑子都是磊哥的影子，我受不了了，我实在是受不了了。"

他说："水仙妹，要哭，就痛痛快快地哭，我陪你一起哭吧。"

这一次，她真的放大声哭了出来，哭得肝肠寸断。她憋了这几天的情绪，终于发泄了出来。

他拿了一面小镜子递给她："你自己看一看吧。"

她拿着镜子一瞧只见镜中人头发散乱，皮肤粗糙，双眼下陷，嘴唇干裂，还带着泪痕和污垢，活像是刚从哪个黑坑深处爬出来的，但仔细端详，确实是自己。

他说:"水仙妹,看看这几天,你变成啥样子了。难道你忘了,你还是一个共产党员;你忘了,我们还要为我们崇高的信仰去奋斗;你忘了,我们的同胞还在水深火热之中。你知道磊哥为什么要跳崖吗?他是为了保护其他的同志不要再受到迫害,红军不能再自己打自己呀。"

在马锦华说服和帮助下,王水仙渐渐好转起来。

马锦华依然天天来照顾她,开导她,给她讲故事,逗她开心,他们俩的心慢慢靠近,变成无话不谈的好朋友。

实际上,王水仙和马锦华都在省城南昌读过书,她小马锦华一岁,还是同班同学呢,是马锦华的小学妹,她多才多艺、能歌善舞,许多男同学都仰慕和追求她,当然也包括马锦华,但她心早有所属,那就是她的老表马磊哥。

这一次马锦华和王水仙又在医训班相遇。马锦华是政治文化课教员,而她是中医药教员,马磊牺牲后,他们互相安慰、互相鼓励、互相帮助,渡过这一人生的难关,他俩的友谊又进一步加深了。

4

1932年6月马梦华经红军总医院医训队培训后,被分到红军医院第四分院。

同行的还有他们的中医药教员王水仙同志。王水仙长得清秀甜美,皮肤白皙,微微一笑还有两个醉人的小酒窝。她身材纤细,气质柔弱,但举止果断,而且很有才气,写文章、作动员都是她拿手好戏。她出生在中医世家,今年二十一岁,比马梦华大七岁,可以说是红军总院的老革命了,这次被分配到第四分院,是为了加强四分院的技术力量。

这次同行还有马梦华的同学刘雅,刘雅是马梦华的杀父仇人刘虎的女儿,可以说是"不是冤家不聚头"。

刘雅长着一双带有野性的浅棕色大眼睛,一头浓密的浅栗色的秀发,白里透红的肤色透着诱人的光泽。她身材高挑,从小跟父亲习武,登高凫水、舞刀弄枪样样精通，性格活泼开朗，全身迸发出无限活力和蓬勃生机，简直就像刚刚迎着春光蹦跳着来到这个世界的小精灵。她小马梦华一岁，是医训班里最漂亮的姑娘。

他们两个人真的很有缘，竟然是同一医训班的学员。虽说当时老师一再教导："革命战士，要放下家仇和族恨，因为他们是我们的兄弟姐妹，要记住国家仇、民族恨；现在中华民族正处在水深火热之中，我们要有远大的理想和目标，要有共产党员的博大胸怀。"但马梦华心中还是有恨，不管刘雅如何找借口赖着他，如何示好，他从不主动搭理这个"小蛮女"。

刘雅也深知父亲做了对不起马梦华一家的事，她也非常愧疚，但自从两年前在她的父亲行刑那天遇见了马梦华就被他深深地吸引了，他那又长又密的睫毛后藏着一双大而明亮的眼睛，高挺的鼻梁和棱角分明的嘴，有一种似曾相识的感觉，就好像前世已有约定，她觉得这就是她要找的人，她默默地暗恋着他，随时注视着他。

在医训班日夜相处中，她发现了马梦华更多的优点。他性情温和，进退有度，涵养、品行、学识兼优，人缘也极好。当她听说马梦华分到红军医院四分院时，她就找领导死磨烂缠，终于如愿以偿。

清晨，天刚刚破晓，他们三人一块出发了，他们挥泪向送行的同学、战友们告别。在这短短的一年多的时间里，马梦华有太多的不舍，这里有共同学习、生活、成长的相濡以沫的同学；有他的导师、挚友及兄长马磊老师的身影；有他刚刚踏入这个社会大课堂中最难忘的经历。

他们走在杂草丛生的小路上，马梦华回头一望欢送的人群已时隐时现在茂盛的夏草间，心中顿时五味杂陈。

王水仙把他们俩一边牵了一个，边走边聊："到了四院你们俩就不要喊我老师了，就叫我水仙姐好了。"

刘雅快言快语："叫水仙姐当然好了，这样咱们就更加亲近了。小马哥你说呢？"

马梦华笑了笑点头表示同意了。

刘雅心里高兴,边走边跳,还哼着山歌,又蹦蹦跳跳在路边采摘野花,野花中或浓或淡的气味让人迷离。不知不觉他们已走了二十几里山路,前面的山路越来越窄,越来越陡,突然就听见刘雅大叫一声:"哎哟!小马哥,我的脚崴了,你帮帮我好吗?"

马梦华一想他们三人之中只有他一个男子汉,他只好走了回来,连拉带扯将她拉上来。他小心翼翼搀扶着刘雅走着,生怕这小丫头的脚崴得更厉害,麻烦可就大了。

刘雅倚在他的怀里,很是温暖,心里窃笑。

他们三人好容易爬上了山顶,放眼一望,让他们惊叹大自然的鬼斧神工。这里是松涛阵阵,草绿风轻,风光旖旎,一片难以言喻的美,前面还有一大片令人神往的桦树林。

王水仙说:"咱们在这儿休息一下,吃点干粮,喝些水再往前走。"

王水仙温柔地说:"小刘,我看一看你的脚踝,做一下应急处理,我们要走的路还长着呢。"王水仙让她活动了几下脚踝,发现没有骨折,又仔细检查了一下软组织也没有红肿,心中已明白几分,微微笑了一下,心想,这个小丫头是想折腾一下小马弟了。

刘雅吸了吸秀气的小鼻子,嘟囔道:"这些东西还不够我解馋的。这样吧,我去抓两只野兔,咱们吃烤兔肉,小马哥你负责生火。"

马梦华大叫:"哎!你的脚……"就见刘雅已消失得无影无踪。不大一会儿,刘雅手里果然提了两只野兔回来,马梦华高兴得双眼放光,没想到这个小丫头还有这等本事。

等他们吃饱喝足了,也休息好了,水仙姐宣布还要继续加把劲走,天黑之前要找间客栈落脚,明天更加辛苦,要通过敌人的封锁线了。

刘雅听到后又蹦又跳地往前走,突然马梦华在后面厉声喝道:"刘雅,你给我站住,你要是再撒谎我就不理你了。你不是说脚崴了,怎么一会儿就好了。"

刘雅委屈地说:"小马哥,我没有想撒谎,只想看看你是否真的不愿搭理我。"

王水仙马上打圆场:"好了,好了,别闹了。你们两个小鬼头在一起就像两只好斗的小公鸡,不一会儿就能掐起来。"

晚上,他们找了一间客栈住下。王水仙让大家用热水泡脚,泡完脚后她还仔细检查他们脚底是否有水泡,见马梦华脚上有一个,王水仙用消毒好的针将水泡挑破,上了药,让他们先睡,不大一会儿,两人都睡着了,发出轻微的鼾声。王水仙心想:他们到底还是孩子呢!

王水仙轻轻关上门,见天上的星星微笑地向她眨着眼睛,一阵晚风吹来,让她激灵了一下突然清醒了:得先打探一下消息,才能决定明天怎么走。

听客栈老板说最近在封锁线上的检查站检查得非常严,据说是和要抓的几个"共匪"有关。

王水仙心中有了底,就回去睡觉了。

第二天早上,王水仙他们从集上买了两只篮子,还有绳子和砍刀。他们走进山里,砍了一些柴火,将王水仙防身的手枪、两颗手榴弹和马磊大哥给马梦华留下的几本书都藏在柴火里,用绳子捆好,再用泥巴将马梦华的脸涂得脏兮兮的,刘雅拍手笑道:"小马哥变成了一个小樵夫喽!"

王水仙和刘雅采了一些蘑菇和山货,装扮成姐妹俩。

他们快到检查站时,水仙姐使了一个眼色,刘雅突然提着篮子撞在马梦华身上还骂骂咧咧:"这位小哥,怎么搞的,我刚采的蘑菇被你撞没了,这可花了我一上午的工夫哩。"

刘雅突然哗啦啦眼泪流了出来:"你赔,你赔我的蘑菇!"

马梦华也毫不相让:"大家瞧一瞧,是这个细妹子撞在我身上了,是她不讲理还是我不讲理!"

说着两人厮打在一起,现场一片混乱。一个白狗子走了过来。踢了他们一人一脚:"两个小兔崽子,去去去,到前面打去!"

马梦华背着柴火,刘雅提着篮子溜了过去,边走边打边闹着,王水仙走过来故意劝解,这场纠纷终于结束了。

他们走出封锁线后王水仙喘了一口粗气,定了一下心神。刘雅高兴地向马梦华递了个眼色。

王水仙带着刘雅和马梦华日夜兼程,马不停蹄来到了井冈山深处一个叫小井的地方。

放眼望去,这里山峦起伏,苍茫巍峨,云蒸霞蔚,如大海般的壮阔,到处都显示着激动人心的力量。王水仙对马梦华和刘雅说:"红军四分院马上到了,将来我们就要在这里工作、学习和生活。"

突然王水仙神情庄重而悲痛,梦华和刘雅齐声问:"水仙姐,怎么啦?"王水仙说:"这里曾经发生过最最悲痛、惨烈的事件。"

水仙姐看见马梦华和刘雅想要知道真相的渴望眼神就娓娓道出缘由。

1929年1月在第三次"反围剿"中,我红五军团和蒋介石部队展开激烈的战斗,正当蒋介石的部队有转机时,突然我红军主力部队在一夜之间不知去向,敌军将领气急败坏。这时一个当地的一个游民为了贪图银两就告密说:"我知道这里有一个红军医院,没准能从他们口里打探到红军主力的下落。"

敌军将领大喜马上给了他一些银两。就在这天夜里,白匪军在这个游民带领下绕道偷袭了小井村,当时住在红军小井医院的伤病员和医护人员130多名,全部被捕,经严刑拷打和威逼没有一个人屈服,没有一个人说出主力部队在哪儿,他们一个个表现出忠贞不屈、视死如归的气魄,让白狗子感到震惊。他们在震怒中将这些医务人员和伤员全部赶到一片稻田里,用机枪进行扫射,这130多人全部壮烈牺牲!

鲜血染红了这片红色的土地,清风徐徐,山谷幽幽,只有漫山遍野的山花在阳光下翻滚着色彩斑斓的波浪,无言地讲述当年那悲壮、难忘的故事。

听到这个悲壮的故事，刘雅浓密的睫毛也跟着复垂在柔润的脸上，泪珠涟涟而下，她情不自禁扑到王水仙怀里抽泣道："水仙姐，这也太惨烈了，我、我一定要为我们的先烈们报仇，他们的血是不会白流的。"马梦华心中也充满感慨，他发誓：我一定要继承革命先辈的革命意志，将革命进行到底！

就在这个过去红军小井医院的原址上，红军又组建了红军第四医院。

在红军第四医院里，王水仙、马梦华、刘雅开始了新的战斗的生活。

在这里马梦华进步很快，在院长王水仙的培养下，很快就成了能独当一面、业务能力出众的医生，并在一年后加入了中国共产党。

刘雅也不赖，很快就胜任了护士工作。她对所有伤病员都和蔼可亲又满腔热情，每一天都精力充沛地努力工作，处理伤员脓血、发臭的伤口也不嫌不避，动作敏捷轻巧。而且她天生性格活泼，走到哪里都给人带来欢乐。她为了让马梦华看得上她，也暗暗和他较劲，学习马梦华喜欢看书的优点；她还耐心地倾听别人的建议，尤其是爱听马梦华和王水仙的，倾听他们的这些建议，使她受益匪浅，进步也很快。

每天晚上，马梦华都拿出马磊大哥送给他的医书如饥如渴地学习，在知识的海洋里吸取更多的营养。

这天晚上马梦华正在看书，刘雅笑眯眯跑过来："小马哥，你猜，我今天又给你带了什么？"马梦华恼怒地说："我现在正学习呢，没时间搭理你。"

刘雅嬉笑地说："哦，人不大，脾气还不小哇。看你房子乱得跟猪窝一样，我帮你收拾一下。"刘雅麻利地收拾起来，不大一会儿就收拾得干干净净，刘雅问："小马哥，现在是什么感觉？"马梦华转头左右环顾一看，眼睛发亮赞叹道："我这里一下子蓬荜生辉了嘛！"

刘雅嘟着小嘴说："这还差不多。"她又朝马梦华看了一下："小马哥，看你，衣服那么脏，脱下来，我帮你洗洗。"

刘雅把马梦华的脏衣服拿走，顺便把几个鸟蛋放在他手里："这是我爬树掏的，你吃吧！"

衣服洗完后，刘雅又回来了，用一双妩媚的大眼睛还偏着头盯着马梦华讨价还价地说："小马哥，我今天为你做了那么多，怎么感谢我？"马梦华调侃道："小丫头，辛苦了。"刘雅说："这还差不多。"说着哈哈哈大笑起来，像一阵风跑出去。

5

1934年3月，蒋介石组织100多万军队，对红色苏区发动了第五次"围剿"，这一次他使用了德国顾问推荐的堡垒战术，采取步步为营的"铁桶阵"，而红军放弃了原来的游击战术，用"阵地战"对抗多自己几十倍的强大敌人，这个战术造成了灾难性的结果，使红军损失惨重。

4月"广昌战役"失败了，苏区的城镇乡村继续不断地落入敌人之手，第五次"反围剿"失败了。

第五次"反围剿"失败后，红军被迫走上战略性转移的道路。

7月下旬中革军委命令第六军团退出湘赣边革命根据地，执行中央红军战略性转移先遣队任务，准备向湖南中部突围，在湘中建立新的苏区并与红三军取得联系，以便为中央红军向湘西实施战略性转移打通道路。

红五团的任务是掩护红六军团撤退，它担负着断后和总收容任务。其中它的后一个任务是抢救战场上的重伤员，收容因病、伤而掉队的人员。因此他们挑选配备了最精干、最优秀的医疗卫生人员组成的医疗队跟随红五团一起出征，同时还配备了大批的民工。

红五团成立了医疗队，任命王水仙同志为医疗队长兼党代表，任命马梦华同志为医疗队副队长，任命刘雅同志为护士长。

红军医院第四分院的其他同志也要随红六军团一起撤退，先行出发，为了轻装上阵，伤病员均留在老乡家养伤。

8月7日清晨，淡淡的雾气还未散尽，王水仙、马梦华、刘雅等二十几个进入红五团医疗队的同志，依依不舍和战友们告别，马梦华和他们在两年的工作中结下了深厚的友谊，隐隐地，有一缕忧伤在马梦华心底升起：这次分别不知何时才能重逢，也有可能是永别。

这忧伤隐隐约约又挥之不尽，像清晨那淡淡的晨雾。刘雅和好友燕子搂抱在一起放声大哭，这种情绪弥漫在全体送别人员的心里。

此时红六军团大部队开始出征，医疗队在王水仙带领下到红五团报到。

俗话说：有缘千里能相逢，竟没料到马梦华的二哥也在红五团，还是红五团的参谋长呢，马梦华和马锦华又见面了。

一见面，马锦华就给马梦华一捶："嘿，七弟！"马梦华看见二哥兴奋地和他紧紧拥抱在一起，接着马锦华扶住七弟的双肩，定定地逼视着七弟，上下打量着，接着莞尔一笑："不错，确实有点变化，两年多不见，个头蹿高了、身体长结实了。"

马锦华又看见了王水仙，经过这两年多，她心灵的创伤已得到了恢复。他稳定了一下情绪，潇洒地伸出右手和她握了一下："水仙同志我们又见面了。"

王水仙故意嗔怪白了他一眼："这两年多过去了，连封信都没有，还说是朋友呢。"

马锦华嚅嗫道："这、这怪我，太忙了，但、但……"并爽朗地大笑起来："我俩真的、真的很有缘啊！"

红五团出征后，医疗队由红五团参谋长马锦华协助管理。

在马锦华的力挺下，还抽调来了红五团的侦察排长赵力钢同志。此人机智、勇敢是红五团不可多得的人才，将他和他领导的一个加强排调往医疗队，让他负责医疗队的安全保卫工作。

他们开了支委会，参谋长马锦华列席参加，他们布置了医疗队今后的工作和任务。

马锦华明确指出："我们这支医疗队是红五团的一部分，一切要听从红五团的指挥，但又是一个独立的集体，可单独进行活动，你们的主要任务就是在战场上抢救伤员和转移伤员。"

在会上他们作了分工："王水仙同志负责医疗队的政治思想工作并掌握全局，马梦华同志和刘雅同志负责抢救伤员及伤病员的转移，医疗队警卫排排长兼事务长赵力钢同志负责后勤医药的供应工作和医疗队的安全工作。"

在会上马锦华用不急不缓、严肃低沉的口气将一个个问题恰如其分地指出来，有一种耳目一新的感觉，让人新奇，让人振奋！

王水仙看着马锦华的眼睛深邃黑亮闪烁着激情和勇气，脸上棱角分明的线条勾勒出男人的阳刚之气，她把马磊和马锦华反复比较，觉得这堂兄弟俩真的有点相像，他们同样充满智慧，同样相当成熟，同样意志坚定。她心中突然一颤，她感到她已失去了磊哥但再也不能失去锦华哥了，她好像寻求滋养似的渴求着他，想和他在一起。原来在她的感觉中还有少女那种小小的骄傲，小小的矜持现在不知不觉间已被他彻彻底底俘虏了，马锦华的身影已经无法抑制地扎根在王水仙内心深处。

红六军团主力9700余人，从江西遂川出发，突围西征，于8月11日到达湖南桂东寨前圩并在此召开西征誓师大会。

9月9日，红六军团西进至绥宁地区，蒋介石集结了6倍于我的兵力防我北进，红六军团随即改变方向，令红五团佯攻，而大部队转而袭击通县县城。

9月10日上午红五团接到命令。

团长曾程、政委陈东、参谋长马锦华仔细研究了战情，进行了战斗部署，他们决定利用高山、丘陵的地形打一个伏击战。

让团长曾程心急如焚的是，敌军数量是我军的几倍，本团的新兵较多，从苏区出发后还没有碰上一个上规模的战斗。

参谋长马锦华得知曾团长的心事后分析道:"虽然我团新兵较多,但我们的对手湘军也不强,可以说是一盘散沙;我们是有理想的革命队伍,而他们是一群没有信念的乌合之众,且我们是有的放矢地去打,只要我们充分准备,我相信会打赢他们。"

马锦华循循善诱,入情入理,切中时弊的分析仿佛一下子在前面打开了一扇窗户,犹如一缕清风瞬间吹进脑海,让人清醒,令人振奋。

曾团长点头表示同意,但要告诫同志们不要轻敌,要打有准备、有把握之仗。

红五团的战士们和医疗队的同志们个个摩拳擦掌、信心满满,他们在伏击地挖战壕、修工事、埋地雷。

上午11时,红五团派一个精干的小分队佯攻,敌军仗着人员多、武器精良的优势,毫无顾忌地跟着上来了。小分队边打边退引诱敌军,湘军果然上当,利用人数优势气势汹汹地过来了。他们刚进入伏击圈,就听见"轰隆""轰隆"几声巨响,先头部队已踩到地雷,他们还没有缓过神来,又是几声巨响,顿时从两边的山坡上滚下大量巨石和木头将道路堵塞,尘土漫天。

曾团长坚定地命令:"打!"突然间子弹、手榴弹如蝗虫般向湘军袭来,爆炸声惊天动地,阵地上火光冲天,大地剧烈地抖动着,打得湘军血流成河、鬼哭狼嚎。

马梦华第一次看到这残酷的战斗场面,猛烈的爆炸声使他感觉到身心都处在惊涛骇浪之中,子弹嗖嗖嗖地从耳边划过,他不由自主地将双耳捂住,突然身后传来了银铃般的声音:"小马哥,你怕吗?"马梦华见是刘雅,勇敢地摇摇头:"我不怕!"刘雅说:"我也不怕!"

湘军旅长王麻子被突然的袭击打得晕头转向,刚缓过神来,想组织抵抗,就听见"嘀嘀嗒、嘀嘀嗒嘀嗒"冲锋号的声音,只见红军战士如猛虎下山,冲出战壕和敌军拼刺刀。

王麻子见势不妙,气急败坏地大喊:"撤,给我撤!"

刘雅对马梦华说:"走,咱们去抢救伤员!"

在这次战斗中以红五团完胜而结束,湘军伤亡200多人,红五团伤亡20多人,并获得火炮2门,迫击炮4门,重机枪5挺,轻机枪8挺及其他武器弹药。

战斗刚一结束后,曾团长命令,立即撤退,追赶大部队,刘雅兴奋地对马梦华说:"小马哥,这场仗打得真过瘾,好刺激呀。"

而红六军团此时也击溃湘敌两个团获得大批辎重,武器和弹药,并向西进入清水团流域。

10月5日红六军团向黔东北的江口地区前进,入黔的湘军、桂军与黔军集结兵力,企图围歼红六军团于石阡地区。

此时,天上又下起了蒙蒙细雨,这里山路崎岖,道路泥泞,行军速度相当缓慢,蒋介石派飞机对行军部队分批、分次进行低空轰炸。

低空飞行的飞机就是一部死亡收割机,飞机喷出的炮火像长着眼睛,在人群中跳跃着、尖叫着。

王水仙接到命令,带领医疗队直奔敌机轰炸重灾区进行抢救伤员和运送伤员的任务。

医疗队赶到那里,那里的惨状令人震撼:空气中弥漫着浓重的硫黄味、焦臭味及血腥味;到处都是残肢断臂、裸露的内脏、血肉模糊的尸体及令人毛骨悚然的惨叫声。

医疗队在王水仙的带领下,很快进入工作状态,他们不分昼夜地积极抢救伤员、运送伤员并对已经牺牲的战士进行处理和掩埋。

马梦华、刘雅在战争中经受了考验,在战火中逐步成长起来。

红六军团经过多天的艰苦转战并于10月24日在贵州的木黄与红三军汇合。

至此红六军团历时70多天西征,途经湖南18个县市,跨越5000余里,突破敌人的围追堵截,探明敌军虚实,沿途察访民情,为中央红军战略性转移开辟了道路。

红二六军团会师后，为配合中央红军的战略性转移，牵制了敌人的有生力量，发动了湘西攻势。

1934年10月初，中共中央召开会议，决定撤出江西苏维埃根据地。

中央红军经过数天跋涉，很快突破了蒋介石布防的第一道、第二道封锁线。

11月14日，红军主力在良口、宜章之间越过第三道封锁线转入广西北部。

中央红军已经长途跋涉40多天了，蒋介石这才恍然大悟判明红军是要"西进"突围意图是要和红二六军团会师。

蒋介石任命湖南军阀何键为"剿共"总司令，凭借湘江天险设下第四道封锁线。总共25个师，超过30万的国民党军队，在越城岭和都庞岭之间的湘江两岸布下了绝杀之阵。

11月27日晚，红军先头部队迅速渡过湘江，并控制了30公里的湘江两岸，但中央直属纵队行军速度缓慢，所携带的坛坛罐罐太多，用4天才走了72公里，29日才达到界首，就这样稍纵即逝的战机被延误了。

此时湘、桂两军开始反扑，于11月28日向守渡口的红军先头部队从南、北两个方向进行夹击，已渡过湘江的先头部队在敌人猛烈炮火和飞机轰炸下损失惨重，付出巨大的牺牲，直到12月1日中央红军主力才全部渡过湘江。

在湘江的一个拐弯处，红军的尸体密密麻麻，一眼望去全部是灰色，湘江已变成一条灰色的江、死亡的江，暗淡而晦涩的湘江水隐忍着内心的悲痛呜呜咽咽向前流去！

中央红军突破了蒋介石的第四道封锁线，但付出惨痛的代价，湘江战役后，中央红军从8万多人锐减到3万人。

与此同时，红二六军团策应行动吸引了国民党军10个师的兵力，减轻了中央红军突破湘江封锁线的压力，有力地配合了中央红军的战略性转移。

11月30日晚,抢救完伤员的医疗队在王水仙、赵力钢带领下返回了红五团。此时的红五团为掩护主力部队已和湘军一个师激战了两天两夜,陷入孤军奋战的险恶境地,处处是猩红的血迹和战友们惨不忍睹的尸体。被炮火点燃了的树木发出噼噼啪啪的声音,整个战场都笼罩在沉寂的阴霾里。

他们好不容易找到参谋长马锦华。他已经受伤,满脸血污、神情疲惫,见王水仙的医疗队回来了,突然像一只暴怒的狮子,双眼布满血丝向他们咆哮起来:"谁叫你们回来的,你们是来送死的吗!难道你们没有看到我们已陷入绝境之中了吗?"

王水仙突然扑过去将马锦华紧紧抱住:"锦华哥,冷静,作为一个指挥员现在最重要的就是保持冷静!"

马锦华突然缓过神来,用有气无力的散焦的目光看着王水仙,他低低地喟叹道:"水仙妹,我们已被打残了,团长曾程身负重伤,曾程的爱人机要员李莹同志也身负重伤,政委陈东壮烈牺牲,我们只剩下这一百来号人了。"

接着开始马锦华慢慢述说着:"昨天上午你们刚走不久,我团奉命在此地阻击敌军,为我主力突围争取时间;战斗打了整整一天,敌军仗着人数、武器、装备的优势,对我们发起猛烈地进攻,我们奋起反抗,战至傍晚,粉碎了敌人的五次进攻,但我们损失也十分惨重,一营营长、二营营长壮烈牺牲,我军指战员也伤亡近600人。

"晚上,利用战斗歇息的间隙我们开了一个支委会并决定:我们的任务就是掩护主力突围,我们绝不后退,哪怕战斗到最后一个人!

"没想到今天天刚亮,敌军调整了昨天的战术,首先用火炮轰炸我方阵地,密集的炮火呼啸而来,顿时我军阵地火光冲天、浓烟滚滚,几枚炮弹正好落在团指挥所掩体上,政委、参谋、报务员全部壮烈牺牲,发报机被炸毁,团指挥所已成一片废墟,团长曾程身负重伤。

"而我当时去各个营检查防御工事。等我回来后发现惨状,我抱起身负重伤的曾团长,他要求我完成任务后带兄弟们冲出去。

"今天,我们又抵抗住敌人组织的六次疯狂的进攻,一直打到现在。水仙妹,现在我们已无退路,我们就剩下这些兄弟了,只有利用现在的条件组织抵抗了,也有可能会全军覆灭呢。"

王水仙表现得异常的坚定和勇敢:"锦华哥,既然命运将我们推到这条路上,我们应该坦然接受、共同面对。锦华哥,你曾经告诉过我,不勇敢的要在战斗中学会勇敢,害怕困难的去顽强地熟悉困难,我相信,这点困难你能克服,你能带领剩下的战友们走出困境。"

马锦华看着王水仙坚定的目光,听到她发自肺腑的一番话,他顿感释然,心绪一下子平和下来。

马锦华说干就干,和三营营长刘江同志一起商量,改变了战术,制定了明天阻击的方案。

在敌强我弱、武器装备简陋的情况下,也要发挥我军的优势,诱敌深入、捕捉战机打运动战,利用夜幕掩护悄悄撤离,去寻找有利地形和时机,再进行出击,保证完成阻击任务,让主力安全转移。

第二天,敌军又开始用密集的火炮炮轰红五团阵地,等炮击完后,他们冲了上去,顿时傻了眼,红军已撤走了。

敌军开始大摇大摆地追击。在追击的路上敌军一会儿遇到地雷爆炸,一会儿遇到山上的巨石滚落,一会儿遭到手榴弹、机枪的袭击,一会儿后勤部队又遭到攻击,忙得这些湘军首尾不能相顾,只能招架和应付,前进极其缓慢。

到了中午马锦华接到侦查员的消息:我二六军团主力已经突围!

马锦华听见这个消息,异常兴奋,命令红五团剩余人员,抬着负重伤的团长曾程急行军,想追上大部队。

为了防止被敌人发现,他们沿着崎岖的小路上行进,沿途的景象把他们都看呆了,所有的渡河、口岸、道路均被敌军占领,举目一望漫山遍野全部是红军的尸体，他们顿时泪如泉涌。

此时马锦华深知他所带的红五团的剩余人员和医疗队已离主力部队很远很远，发报机的损毁让他们和二六军团彻底失去联系。

马锦华立志要保存这些被截留在湖南的红军力量，他带领这些红五团剩余人员和医疗队，决定向西南方向突围。

红五团参谋长马锦华感到身上的担子沉重，但他随性坦然，遇事不卑不亢、不惊不惧，从小喜读兵书善于抓住重点，集中兵力打有把握之仗。

当天晚上，一个湘军的宿营地响起了激烈的枪声，这是红五团的突击小分队偷袭了该营地，把湘军消灭在睡梦中。他们的任务很简单就是抢夺湘军的衣物、粮食和武器弹药。

清晨，湘江水面上笼罩着一层雾气，如漫漫的轻纱，无边无际；水面的空气也是湿冷得令人胆寒。

一支红军队伍活跃在湘西，他们战斗力强、纪律严明，尤其他们有远大的理想和坚定的信念。

6

这一小支红军部队经历了无数次战斗，边打边退，于1934年12月上旬，在参谋长马锦华带领下，红五团的剩余人员、医疗队和伤病员安全转移到武功山中。

武功山与衡山、庐山齐名称江南三大名山，有诗曰："衡首庐尾武功中。"

武功山奇峰突兀，魁奇壮丽；怪石林立，形态诡异；处处深壑幽谷美妙绝伦；峰峰悬崖峭壁，涌泉飞瀑。

主峰白鹤峰，峰高风大，不长树木，只生茅草.恰好是初冬之际，茅吐白絮，冰封峰顶，站在其他地方远眺，俨然像一只白鹤昂首挺立。刘雅高兴地对马梦华说："小马哥，你看，这座山好美呀！"

到了山里，马锦华将医疗队、伤员安置好，带领部队下山寻找党组织。

马锦华要走了，面对王水仙，他常常陷入莫名的纠结之中。她的美丽，她那甜美的笑容和带有少女的娇羞，使他怦然心动。他内心深处已深深地爱上她，但想到目前动荡的时局和艰苦的环境，他深知要奋斗就会有牺牲，他明白自己身上的责任，他清楚水仙妹已经不能再一次承受这种打击了，因此他把这份爱深深地埋在心里。

此时已是冬初时节，白杨树、梧桐树、白桦树的叶子在北风的戏弄下无奈地纷纷凋落，一阵风吹过，经霜打的枫叶、银杏叶也脱离树枝，时而像红色的、黄色的蝴蝶在空中翩翩起舞，时而纷纷落下给大地铺上一层金黄色的地毯，走在上面"咔嚓""咔嚓"的声响仿佛在演奏初冬天的乐章。

马锦华和王水仙各自想着心事，心情沉重，默默地走着，无心观赏这美丽的景色，只听见脚踩着落叶的沙沙声，走到一个三岔路口，马锦华见部队已经走远，就对王水仙说："水仙妹，天色已晚，送君千里，终须一别。过些时候我还会回来看你，一定要保重身体，答应我快乐些！"

水仙低下头，故作轻松，略作沉吟，少顷温柔地一笑："锦华哥，咱俩来对诗，诗曰：玲珑骰子安红豆。"

马锦华看着她的眼睛是那样的深邃而清澈，令人怦然心动。他的心不由自主加速跳动起来，他努力稳定住自己的情绪，故意装作不知道，揉揉头，拍拍脑门说："水仙妹，你太有才华了，我比较愚笨，一时想不起来，容我回去再想想，好吗？"

水仙腼腆地说："锦华哥，下次来可要给我答案呢。"

锦华心想：此诗后半句为"入骨相思知不知"，如此情深我怎么不知？他生怕控制不住自己的感情，为了革命，为了理想，为了拯救多灾多难的中华民族，生命和爱情均可抛弃，想到这里他头也不回，大步流星地走了。

1935年2月初，医疗队已进山两个多月了，今年的冬天特别冷，山中已是银装素裹，冰晶似玉。

此时，大部分苏区已被国民党军队占领，红军已陷入各自为战、孤立奋斗的状态。

医疗队为了预防敌人的偷袭在武功山中不停地转移，从一座山转移到另一座山里。

山中缺粮少药，战士们都衣服单薄。医疗队长王水仙带领大家自力更生，胳膊腿能动的伤病员也参加，他们有采药的，有打猎的，这下子刘雅也发挥出她的特长，有时会带回一些野兔、山鸡，好的时候还会带回一头野猪或挖些冬笋回来，就连马梦华都对她刮目相看，心想：这个"小蛮女"还有些本事。

晚上，马梦华在昏暗的油灯下读马磊大哥留下的医书，刘雅会悄悄溜进他住的山洞，塞个野味或端杯热水，给小马哥一个惊喜。

刘雅是一个热情善良的姑娘，像一只快乐的小鸟，看见一些伤员因缺少麻醉药和止疼药疼痛得不停呻吟，就唱山歌给他们听，被伤员称为"百灵鸟"。

团长曾程的伤在王水仙精心的治疗下，渐渐好转，但令他恼怒的是，伙食一天比一天差。这一天又到了吃饭的时候，警卫员小张给他端来了一碗没有一点油水和咸味的南瓜汤及一小碗红米饭，这次曾程真的发脾气了，他把碗一撂，星目怒瞪，对小张大声吼道："每天吃这'猪食'，我的伤能好吗？去，去把王队长给我叫来！"

王水仙过来跟曾团长解释道："曾团长，现在医疗队已经快断炊了，这饭在我们医疗队已是最好的，因为你的伤还未完全恢复，还需要营养。不信，你问小张。"

此时，小张的脸已饿成菜色，他咽了口吐沫战战兢兢地说："曾团长，现在医疗队的伙食分三等，一等是为你准备的，二等是给伤员，三等才是给医疗队的。"

曾程听到后依然不依不饶:"那参谋长马锦华到哪里去了?他倒好,带着人马到山下逍遥快乐去了。"

听到此,王水仙辩解道:"马锦华同志带队伍下山去找党组织去了。另外我们又没有电台,医疗队经常转移,我们暂时和他们失去了联系。"

曾程听到后更加生气,嘲笑讥讽道:"看来,你跟马锦华关系很好吗,到这时还处处护着他。"

王水仙见越解释越说不清,便对曾程说:"曾团长,这顿饭,你就将就着吃,明天我立即组织力量上山打猎和采摘山货去。"

曾程的爱人李莹劝解道:"老曾,别跟王队长发火了,你看她也挺难的。自从上山以来,你的脾气见长哟。"

曾程紧蹙双眉心想:刚才我是咋啦?这么这样对待小王队长,她可是一个漂亮又温和的年轻姑娘,何况还是我的救命恩人呢!噢,原来是我的嫉妒心在作怪。我看不惯既年轻又有学问的马锦华在思考问题和解决问题时总比我技高一等。

第二天,曾程的伙食果然改善了,吃的竟然是美味的野兔,这可是护士长刘雅的功劳呢。

好日子没过几天,这天突然下起鹅毛大雪,雪花飘飘洒洒飞扬满天,轻摇曼舞,舒缓曼妙地坠入冬季的武功山里。

几天后,大雪封山了,猎物暂时也没有了,医疗队几乎走入绝境。曾程的伙食比以前更加糟糕。晚上又冷又饿的曾程失眠了,他绝不能再忍受过这种饥寒交迫的日子,他想起警卫员小张已带有菜色的脸,他想:我宁可战死也不愿意当冻死鬼或饿死鬼!他不顾爱人李莹的劝阻执意下山。

第二天一大早,曾程带着小张在医疗队的伙房里搜罗了一些吃的,他们大吃一顿后,又将剩余的食品全部带上,这可是医疗队和伤员两天的伙食呀。小张有点不好意思,轻轻地问:"曾团长,咱们这样做,妥当吗？"

曾程说："反正我们要离开了，绝不能当饿死鬼，管不了那么多了！"

早上，轮到马梦华查房，他看见曾团长门房大开，人已不见踪影。他预感到什么，就朝下山的路追去，并向随行的护士芦小花说："曾团长两口子和小张出走了，你立即向水仙姐汇报，我追他们去！"

年轻的他体力极好，又是缓坡路，马梦华开始奔跑，跑了一阵子，马梦华终于发现，在前方白雪皑皑的山里，有三个黑影。其中一人穿着一件破破烂烂不合身的长衫，他看起来更像是一位意志消沉、营养不良的病人，是他，曾团长！

马梦华兴奋地大声喊："曾团长，等一等，我、我是小马！"果然他们停住了脚步。

马梦华气喘吁吁追上去问："曾团长，你们这是去哪儿？"曾程明确地答道："我准备下山去。在这里，这种饥寒交迫的日子我已经过够了！"

马梦华有点不相信自己的耳朵，吃惊地张大嘴，有一点结巴地问："曾、曾团长我一直崇拜你，把你当成我的偶像，你这话当真？"

曾程认真地点点头说："小马，你很年轻，没有经验，但我很看重你是一个人才。如果你愿意可以和我们一块走。"

马梦华思索了一会儿诚恳地说："曾团长，虽然现在很苦，但我们也绝不能气馁，失败和成功都不重要，重要的是我们应该为我们的信仰和目标而奋斗！"

曾程说："信仰，你说的是共产主义吧，虚无缥缈，像幽灵一样，你信吗？"

马梦华说："曾团长，我信！恕我直言，共产主义的信仰如江河之渠，要以万年永固的心态去构筑和维护，还要靠我们这一代及无数代人的努力和奋斗！"

曾程讽刺道："小马，你好天真啊。你现在连肚子都填不饱，瞧你已经饿得皮包骨头,脸成菜色,以后可能小命都要扔到这里,还谈何信仰,谈何革命。"

李莹爱怜地抚摸一下马梦华的头说:"小马,看你现在的样子,衣衫褴褛,面黄肌瘦的,听老曾的话没错,跟我们走吧。"

马梦华倔强地答道:"哦,不,绝不!虽然我们现在处在低谷,但不要丧失希望,'山重水复疑无路、柳暗花明又一村',我们要坚持自己的信仰,永不停歇,我相信前途就在自己的脚下。"

马梦华见说服不了曾程,只好默默地目送他们远去。他转过身,在回去的路上神情茫然低一脚高一脚地缓慢地行走,悲伤完全压抑着他。雪花静静地飘着,四周异常空旷静谧,身后时而响起低微而干涩的"咔嚓""咔嚓"的声响,不知是雪的呻吟,还是它们的话语?

这天大雪已下了整整一天,到了傍晚,天已经蒙蒙黑了,马梦华去追曾团长、李莹和小张还未回来,王水仙已派赵力钢等人到各个方向去寻找,刘雅急得哭泣起来:"水仙姐,小、小马哥不会出事吧?"

王水仙安慰她:"小雅妹,别哭。我们等等、再等等,我相信他会回来的!"

突然赵力钢将马梦华背回来了,据赵力钢讲,小马为了追下山出走的曾团长,在回来的路上神情恍惚失足掉进了雪窝子中。

只见马梦华双目紧闭,全身已经冻僵,呼吸微弱。王水仙非常镇定,立即进行抢救。她派人取了大量的雪进行揉搓,并派刘雅去熬了姜汤给他灌下,再用棉被将他包起来。突然刘雅做出了一个惊人的动作,她镇静地将自己的外衣脱掉,钻进马梦华的被窝,然后紧紧抱住他。刘雅用她的体温温暖马梦华已冻僵的身体。过了一个时辰马梦华渐渐苏醒过来,猛地睁开眼睛,浓密的长长的睫毛微微眨了一下,明亮、深邃的目光紧紧盯着还在拥抱他的刘雅。那眼神犹如深山里的清潭,在月光下闪着粼粼波光,还带着惊讶和如水的温柔。刘雅吃惊地"啊"了一声,羞得满脸通红,急忙钻出被窝跑掉了。

马梦华清醒了,看见王水仙便呜呜呜地哭起来:"水仙姐,怪我太笨,我说服不了曾程,他已经下山了。"

王水仙安慰马梦华:"小马弟,你做得很好,你已经尽力了,但'天要下雨、娘要嫁人',既然曾程要走的决心已定,你是阻挡不了的。""小马弟,吃点东西,暖暖身子,明天一早我们立即转移!"

这时,刘雅已经端来了热气腾腾的红薯稀饭,刘雅嘟着小嘴说:"小马哥,你身体还未恢复,还是我来喂你。"

此时的马梦华已被刘雅刚才的行为所感动,他很顺从地答应,表现出了一副乖宝宝的样子,吃完饭,马梦华问刘雅:"你用你的少女之身温暖我,为了我而当众损伤了你的清白值得吗?"

刘雅噘着小嘴,闪动着妩媚大眼睛撒娇地说:"当然值得呀。咱俩已是一根绳上的两只蚂蚱,你的病就是我的病,你的痛就是我的痛。这回呀,你就是想甩我也甩不掉了。"

马梦华调皮地逗她:"小丫头,那我拿什么回报你呀?"突然拉起她的小手,顺势将她搂住。刘雅羞红了脸,挣脱了他,像一只快乐的小鸟飞了出去。

当天晚上刘雅做了个梦,梦见爸爸刘虎笑眯眯地望着她。刘雅高兴地扑了上去说:"爸爸,小马哥终于认可我了,我好喜欢他呀,我长大了一定要嫁给他。"

爸爸刘虎说:"好女儿,是我的愚蠢和狭隘伤害了他们,我所欠的债由你帮我还吧。一定要好好地对待他,好好地爱他。"刘雅高兴地点点头,从梦中笑醒了。

这时马梦华也在想:我仿佛在黑暗中闻到了芬芳。其实自己还是挺幸福的,幸福有时候其实很简单,有一个人总是默默地在注意着你的一举一动,你的快乐,甚至你的悲伤。

从此,马梦华也被刘雅这份执着的爱所感动,他也要用真挚的爱来回报她。

那天马梦华失足掉进雪窝子后是赵力钢把他从雪窝子里救了出来，因此马梦华非常感激他，所以常找赵力钢拉拉家常。

赵力钢年长马梦华七八岁，出身贫寒，没有多少文化，性格朴实沉稳，家中还有妻子和一个一岁多的儿子，因此他也常想念家，经常给这个小兄弟讲自己儿子的趣事。

赵力钢挺喜欢马梦华，喜欢他那双黑亮的大眼睛和那张纯真的面孔。虽然马梦华很年轻，但医术精湛，手术做得又快又好，伤口缝合得又精细又美观，对人真诚，因此他既欣赏又佩服这个小兄弟。

这时春天不知不觉地到了，山里的粮食已支撑不了几天了，赵力钢准备又下山买粮去，顺便看看老婆和孩子，马梦华也十分挂念六姐苏华，王水仙同意了他们下山的请求。

他们沿着崎岖的山路一路狂奔，心情迫切地想马上见到家人。

走了两天山路到了傍晚时，他们到了赵力钢的家。赵大嫂桂花见当家的回来了，高兴地扑了上去，紧紧地拥抱着他，眼泪不断地往下掉，儿子狗蛋正牙牙学语，不停地喊："爸爸，我要爸爸。"

赵力钢将马梦华拉过来向妻子介绍说："这是我们医疗队的小马医生。"赵大嫂走过来仔细端详着说："长得好英俊的小兄弟。"

赵大嫂说得马梦华不好意思了，像一个大姑娘一样羞红了脸。晚上赵力钢一家久别重逢，其乐融融，好不高兴。

而马梦华一个晚上翻来覆去睡不着觉，他满脑子都是小姐姐苏华的倩影，他想起他们同甘苦、共命运的艰难岁月。

想起他走的那个早上，她那美丽的眼睛里露出的绝望和对他的不舍和眷恋的眼神，想起了他们的姐弟在一次次回家的路上、在黑夜里、在雪地里、在狂风暴雨里，那份相濡以沫的姐弟深情。

天空微微发亮，马梦华才迷迷糊糊睡着了。他梦见小姐姐苏华用凄美的眼神静静地凝视着他。他惊喜地喊道："六姐，我来了，我来看你来了！"他伸手想抱住她，只见小姐姐苏华惊恐地往后退着，悲悲切切地说:"七弟,你来晚了,你来得太晚了!"

突然,一阵急促的敲门声将马梦华从睡梦中惊醒:"小马,快起床,我们该上路了!"

早上天刚麻麻亮,他们就上路了,又走了两天山路,一直到深夜才回到溪岗村三哥家中。

敲开家门,三哥激动地拥抱着七弟,三嫂秀云挺着大肚子步履蹒跚地走过来,唯独不见六姐苏华的影子。梦华急切地问:"六姐……六姐呢?"

三哥嘴唇颤抖了一下,嘴里硬憋出几个字:"六妹她、她、她……失踪了。"

梦华听到这个消息犹如晴天霹雳,他的心仿佛被人撕碎般的疼痛,脸色霎时变得惨白,眼泪涟涟而下,他紧紧抓住三哥的手大吼道:"发生了什么事?到底发生了什么事?"

等到梦华的心情稍微平静了,赵力钢和三哥将他按在椅子上才慢慢道出缘由。

三哥真华说:"你走后这三年来,六妹苏华也慢慢长大了,她出落成方圆百里最漂亮的姑娘,上门提亲的人络绎不绝。"

六妹就是不同意说:"我年龄还小,不想出嫁,要等七弟梦华回来接我,我也要当红军。"

她每天都要到村口的路上盼望着你回来,这一等就是三年。

突然之间"天"变了,红军迅速地撤退,国民党白狗子潮水般地涌来,他们在这里干尽了坏事。

六妹出事的前几天,总有一辆黑色的小轿车在村口转悠。有一天六妹去河边洗衣服,到了晚上她还未回来,我们到各处去寻找,在小河边,看见六妹盆子里的衣服撒落一地,但没有见到六妹。

据乡亲们说,六妹被强行塞进了一辆黑色的小轿车中,小轿车一溜烟扬长而去。

我们还是不甘心，还继续寻找。

老族长四爷对我们说："别找了，她已被国民党的大官抢去当了姨太太了。这丫头太漂亮了、太招人了，这可能也是这个丫头的命吧，唉！"

马梦华听到后又自责又后悔，他心中出现了一个冰冷沉重的空洞，这个洞正在逐渐地扩大，他突然变成另外一个人似的，总是怔怔地发呆，整个人像丢了魂似的。

第二天早上，三嫂秀云忙着杀鸡宰鹅招待他们。

马梦华他们要走了，三哥真华将六妹苏华给七弟梦华做的衣服交给他，有一套棉衣，一套单衣，两双鞋子还有两个肚兜，一个肚兜上绣着水仙吐蕊，另一个肚兜上绣着梅花傲寒，绣得栩栩如生，活灵活现。赵力钢看了直赞叹："真是个心灵手巧的姑娘啊！"。

三哥还给七弟梦华带了一些腊肉、盐巴，说："山里条件艰苦，可以用得上。"梦华拿出两块大洋交给三哥，三哥三嫂依依不舍地送走了七弟梦华。

马梦华在归来的路上，与其说是前进，不如说是任意飘荡，毫无生气、毫无目的。

自马梦华下山后，刘雅做什么事都蔫蔫的，打不起精神来。伤员大李打趣说："'百灵鸟'这几天怎么不唱歌了，怎么心神不宁的，是不是又在想小马哥了？"伤员们一起起哄，和她逗乐。

刘雅不好意思地说："大叔、大哥们，别再取笑我了，这几天我已经够难受的。"

她天天都要到路口等着，十几天后的一个黄昏，王水仙和刘雅终于盼到马梦华、赵力钢和几个老乡背着粮食回来了，她们几乎同时兴奋地喊："小马、小马哥，赵大哥。"

她们见马梦华比以前更加清瘦，眼睛里露出憔悴的表情。他目光呆滞，脸色苍白，当他看见水仙姐和刘雅时突然扑了过去，抱着水仙姐号啕大哭起来，把这几天的痛苦、忧愁、自责、内疚、后悔一股脑儿全部爆发出来了。

当天晚上，马梦华就病了，发着高烧，嘴里说着胡话，不停地喊："六姐，六姐……"

这两天马梦华一直高烧不退，灵魂好像出了窍，刘雅慌得无所适从，只有每天为他做护理，陪伴着他。

两天后水仙又过来问刘雅："怎么样？"刘雅苦笑地说："还是那样，没有好转。"

水仙对刘雅说："小马的六姐的失踪对他的伤害太大，我们要为他转移这种伤害。"

然后给刘雅耳语了几句，刘雅急忙跑了过去使劲摇晃着马梦华说："小马哥，赶紧起来，敌人马上就来了，我们要立即转移。"

马梦华突然惊醒了。

刘雅发现，他的眼睛很透明，那是一种没有归宿的透明，他仿佛背负着沉重的十字架在人生途中孤独地挣扎着。

刘雅看见的是一个失魂落魄，就像吃了迷药的他，他静静地躺着，一动不动，仿佛在探索着，他的声音像梦中的呓语。

刘雅看见他是这个样子，她俯下身子，紧紧地搂着他，大滴大滴的眼泪犹如泉水般地涌出，滴在他的脸上，沾满他的衣襟，她痛楚地喊道："小马哥，你怎么啦？你一定要振作起来，你知道吗，没有了你，我会去死、死的！"

马梦华突然眼睛亮了一下，刘雅感觉到他这一次是真的醒了。

傍晚，刘雅陪马梦华散步，不大一会儿，天渐渐暗了下来。他们仰望天空，天空群星闪现，云雾遮掩，刘雅指着天空，激动地喊道："小马哥，你看——那是猎户座，听我外婆讲它是我的照命星宿呢。"

那星座闪闪发亮，它的猎狗在天空奔跑着，竭力想从厚厚的云层中挣扎出来，让他感慨万分，若有所思。

他们回去后，刘雅给他讲开心的事，想着法子逗他笑，让他开心；水仙姐给他给讲故事，还讲他所关心的医疗队最近发生的事及其伤员的事。

又通过几天的调理，马梦华的病慢慢好转了。

转眼到了1935年的8月，正是盛夏时节，医疗队又转移到武功山中的另一座山里。

山中的瀑布像一个宽宽的大水帘飞溅激冲下来泛起千万朵水花，美极了。

瀑布下面有一个深潭，苍郁的林木笼罩着潭的四周，看见这样的美景，刘雅像一只小鹿一样，欢呼着、跳跃着，兴奋地在潭边奔跑，浅栗色的秀发飞扬着，她突然脱掉外衣一个猛子扎进水中，像一条快乐的小鱼在水里游来游去。

马梦华受到感染一个猛子也扎了下去，刘雅在水中高兴地大喊："小马哥，看谁游得快，你快来追我呀！"

马梦华迅速地游过去，小刘雅突然潜下去，不见踪影，又飞快地浮了上来。

水仙看见小马和刘雅在水中嬉闹着，十分欣慰，小马终于从"梦魇"中走出来了。

此时医疗队的伤员大部分已痊愈，许多伤员都急切地想回部队参加战斗，但医疗队近8个月来没有发报机，早已和外部失去联系。

王水仙决定在此休整一下，让大家利用这个天然的资源清理一下卫生，将自己的被褥、脏的纱布、绷带都洗干净，同时将警卫排排长赵力钢叫来，让他派人下山侦查并联络马锦华同志。

过了几天，侦查员向水仙汇报说："马参谋长已经找到了。他带领部队下山后，很快和地方党组织取得联系，现在已将原红五团剩余的人员整编为湘赣游击队，马锦华同志任大队长，目前他们正和国民党军队激战，马大队长许诺过几天他们就过来找你们。"

王水仙悄声地问:"马大队长还好吗?"侦查员说:"很好!"她一颗悬着的心终于放下了。

王水仙利用这次休整期间给大家讲课,她讲政治课,马梦华讲战地负伤的自救,还有一个当过红军副营长的伤员讲军事课。

天气晴朗,天那么蓝,还飘着几朵淡淡的白云,远山和近水在一抹晨雾中相互凝视,看上去那么纯洁美丽。

队长王水仙让马梦华和刘雅一起出去巡诊并寻找野味,刘雅兴奋极了。这可是她第一次单独和她心仪的男人一块出去。他俩像两只被关鸟笼的小鸟突然飞了出来,他们快乐地唱着、打闹着、奔跑着、追逐着……

树梢间泻下的阳光,在她的肩部一闪一闪地跳跃着,走着走着刘雅一双美丽的大眼睛滴溜转了一下,突然"呀"了一声,娇滴滴地说:"小马哥,我肚子痛,哇,好痛呀!我、我、我走不动了。"表情异常痛苦。

马梦华见此很无奈地说:"小丫头,那我就背着你走,在我的背上你可不要调皮,否则我就将你扔到这个荒山老林里喂了狼!"

刘雅噘着小嘴嘟囔着:"小马哥,你真坏,你敢吗?"

马梦华背着她,刘雅感觉到了这热乎乎的身体及特有的男人气息,不由得在他背上窃笑,在他背上感到好温暖、好舒服哦!

山里的天气说变就变,刚才还晴空万里,现在已是电闪雷鸣,乌云密布,突然轰隆一声,暴雨倾盆而下。他们急忙找到一个避雨的地方,马梦华悄悄地骂着:"怎么这么背时碰上了这个鬼天气!"

但见刘雅笑得一脸灿烂,马梦华挠了挠头,惊异地望着她,马上醒悟过来:"小丫头,你又骗我了,你的肚子痛怎么又好了?看我怎么收拾你!"

刘雅深知这下可是"羊入了虎口了"连忙大声求饶:"小马哥,我再也不敢了!"

这天,他俩什么野味也没打到,回到医疗队已变成"落汤鸡"。

王水仙笑着说:"今天可有美味吃了,把这两只'落汤鸡'给吃了!"逗得大伙哈哈大笑。

7

1935年十月上旬,王水仙在这里等了近两个月的时间,马锦华终于来了。十个多月未见面,他英俊的脸庞上多了几分沧桑和疲惫,明亮而漆黑的眼睛里多了几分成熟和稳重,王水仙一见到马锦华心顿时就怦怦怦乱跳起来。王水仙扬起脸,两眼火辣辣地盯着马锦华,与他握手时意味深长地说:"你、你终于又回来了。"

马锦华在她火辣辣的目光下乱了阵脚,脸红得有点发紫,呼呼地喘着粗气,嚅嗫着:"水仙同志,是、是的。"但他立刻恢复过来满脸堆笑,讨好地说:"水仙同志,这次我给医疗队带来了粮食、药品、电台、军饷和一些枪支弹药呢。它们都是从蒋介石国民党军队那里夺来的,这些东西你肯定喜欢。"

马锦华又瞅了一眼水仙说:"另外,我还给你们医疗队又增加了任务,带来了四十多个游击队的重伤员其中还有我们游击队的政委郑之生同志。"

王水仙故意嗔怪:"你这可是先斩后奏哦。"

马锦华有点尴尬,故意咳嗽了两声,并向她作了个揖:"水仙同志,多有得罪了。"

随后马锦华将医疗队队长王水仙介绍给了郑之生,郑之生虽然身负重伤,但一见王水仙就眼睛发亮,心想:医疗队竟然有这么漂亮的队长。

马锦华马上感觉到还少了一个人,就问:"曾团长呢?他的伤好了没有?"只见大家都怪怪的,互相推诿着,不好意思说,还是刘雅快言快语:"曾程他忍受不了山里的艰苦生活,已经下山了,据说已经投靠国民党了。"

马锦华眼睛里露出失望的神色。顿时，大家都沉默了。

到了晚上，马锦华约王水仙出去走走，水仙欣然同意。他们漫步走到深潭边，这里夜色很美，月亮洒下柔和的银光，天上的星星一闪一闪地眨着眼睛，潭面波光粼粼，瀑布声像撩人心弦的天籁，极远又极近，极朦胧又极清晰，极渺茫又极真实，好像对他们倾诉着心事。

他们坐在潭边，王水仙盯着他那张年轻的、英俊的、充满沧桑的脸，不知不觉入了迷。

马锦华微笑地给她讲述如何历经艰难找到了党组织，如何成立湘赣游击队之事。

王水仙惊异地问："你们游击队的那个政委好面熟，好像就是原先那个特派员叫郑之生的，他就是害死磊哥的那个凶手。我、我恨他，我这一辈子都不会原谅他的。"

马锦华苦笑道："水仙同志记性真好，正是此人。"接着又严肃地说："我们共产党人是允许人犯错误的，我们必须遵循'有则改之、无则加勉'的原则，这就是我们共产党人的魄力和胸怀，我相信水仙妹也会有这种胸怀的。"

王水仙疑惑地问："江山易改、本性难移。他能改吗？"

马锦华沉吟了一下："我们应该相信他。"

王水仙无奈地答道："好吧。"

马锦华又和她聊起他们如何与国民党军队战斗的事；讲中央红军如何摆脱蒋介石的围追堵截，已在近期到达陕北革命根据地的事。他讲得有趣而生动，逗得水仙不停地咯咯咯大笑。

在夜色的衬托下，马锦华的面容冷峻动人，一双明亮的眼睛深邃平静，带有磁性的声音和山间潺潺的流水相映成趣，使他有一种不可抗拒的魅力，王水仙此时已经彻彻底底被马锦华的博大的胸怀和个人魅力所征服。

王水仙给他讲医疗队的事；讲团长曾程因忍受不了山上的艰苦生

活而下山的事；讲他的七弟梦华的事。当他听到六妹苏华失踪的事后，他愣了一下，好像被当头打了一棒，他像个孩子抱着她失声痛哭起来。此时的他感到很无助，很脆弱，感觉到都是自己的错，他不停地自责："六妹呀、六妹，是二哥没有保护好你呀，是二哥食言了，是二哥食言了啊！"

王水仙看见马锦华真性情的一面，她觉得她的心都停止跳动了，心想：他是唯一让我如此的人。

她温柔地抚摸着他，她这才发现她喜欢的人既有坚强的一面，也有脆弱的一面。他也需要女人的温柔和安慰。她爱他，从来没有像此时此刻爱得那样深，那样强烈。

马锦华突然发现自己失控了，猛地把拥抱的双手缩了回去。她看见他的窘相，嫣然一笑，这一笑宛如春天和煦的阳光，让人浑身舒服，紧张一下子烟消云散了。

她突然将他紧紧地拥抱着，脸贴在他宽阔的胸膛前，马锦华只觉得"轰"的一声，浑身上下像着了火，沉睡多年的激情骤然爆发……

第二天早上王水仙醒来，内心充满幸福和快乐。马锦华过来给她送了一把从一个国民党军官手里缴获的德国制造的"勃朗宁"手枪作为定情之物。

他们约定：等马锦华下次来就举行婚礼。

幸福的日子总是匆匆而过，一个星期后，大队长马锦华又要走了。马锦华先去看了看政委郑之生同志，鼓励他安心养伤，早日康复，并派了一个警卫员小李专门照顾他的饮食起居。

临走之前马锦华又给七弟梦华交代："你已经是小男子汉了，要关照好你的二嫂水仙。"

马梦华听到这话非常高兴，他可爱、可亲、可敬的水仙姐终于成了他的二嫂。等马锦华他们走了的第二天医疗队又转移到另一个山中。

游击队政委郑之生，戴了一副金丝眼镜，脸色苍白，显得温文儒雅。他出生于一个大地主家庭，学生时期思想活跃进步因此加入了中国共产党，后被组织送到苏联留学。他曾是红军总院蹲点的"特派员"，因在处理马磊同志等问题上犯了严重错误，受到了处分。红军战略性转移前，在一次战斗中他负了伤，就留下来。

他自恃有才，在游击队经常和大队长马锦华因作战方案发生冲突。这一次，他利用大队长侦查还未回来时，想显示自己的军事才能，私自发动了对国民党军队的进攻，结果是输得一塌糊涂，使游击队伤亡五十来人，他自己也身负重伤。

这一次负伤对他的打击很大，尤其是伤了他自尊心和虚荣心，他有点心灰意冷了，但他很快就被医疗队长王水仙吸引了。

王水仙恨他，但把这恨埋在心里。她抱着救死扶伤的态度，实行革命的人道主义的精神，对每一个伤员都以温柔体贴的态度认真工作，他却误认为王水仙对他也有好感。

马梦华也觉到这个政委很面熟，得知他就是当年害死马磊大哥的"特派员"，就非常恨他，但出于对党的信任，为了顾全大局，他强忍着仇恨对他敬而远之。

五个月后，郑之生伤势有好转可以下地走动时，就开始猛烈地追求王水仙。

这一天，郑之生捂着肚子，在警卫员小李的搀扶下又来医疗队队部找王水仙。马梦华远远看见他来了，心想：这个色鬼又来了，那双小眼睛整天盯着水仙姐滴溜乱转，这样看那样看的，怕是水仙姐又有麻烦了。

梦华马上告诉水仙姐，让她先避一避，他来打发郑之生。

马梦华笑眯眯地迎上去说："郑政委，伤口咋样，需要我看看吗？"

郑之生心中暗暗地骂着：他娘的，怎么又是这个小兔崽子？"你们队长呢？"马梦华说："不好意思啊，王队长又出去巡诊了。"

郑之生一屁股就坐在椅子上说："那我就等等吧。"

马梦华斜睨着他，心想：这个坑货，一会儿我要好好耍耍他。

马梦华偷偷用毛毛草捅了捅鼻子，紧接着"阿嚏、阿嚏"打了几个大喷嚏说："政委，对不起，我感冒了，别给您传染上！"

郑之生睁大眼睛盯着他，疑惑地问："是吗？"马梦华装着痛苦的样子又揉鼻子又揉眼睛的："我这次病得可不轻呢。"接着又补充一句："还传染呢。"

郑之生只好说："小马，那我就不打搅了。"然后悻悻离去。

王水仙这才走了出来，马梦华对王水仙说："这个自鸣得意的家伙，癞蛤蟆还想吃天鹅肉！"逗得大家哈哈大笑。

这些天来王水仙的心情十分郁闷，郑之生经常过来纠缠，人家是首长还不好得罪，有时他们替她挡一挡，但有时她……他可能还不知道她曾是马磊的未婚妻，她恨他，怎么可能对他还有爱？

王水仙翻来覆去睡不着觉。她太想她的爱人马锦华了，他那迷人的微笑，他那矫健的体魄，他的诙谐幽默，他的一切的一切。也不知他现在怎么样？郑之生这样纠缠下去也是件挺麻烦的事，唯一的办法就是和马锦华马上结婚，断了郑之生这个念头。

经过数天的思考，王水仙决定下山走一走。

王水仙把医疗队的工作交代给了马梦华，她带着刘雅下山去侦查，同时购买药品和简单的医疗用品并去寻找游击队。

下了山后王水仙和刘雅边走边看，她们被眼前的景象惊呆了：到处是残垣破壁，上面布满密密麻麻的弹痕，有的房屋已完全坍塌，有的屋顶被炸毁，裸露着碎瓦和屋梁。虽然已是早春，但没有一点绿色，为了防止红军游击队的突袭或躲藏，山下的树木已被国民党部队砍得一棵不剩，满目沧桑。

在一个破房子前面贴了一个布告，刘雅急慌慌地对水仙姐说："水仙姐，你看！"

上面写着：通缉"共匪"头子马锦华，凡抓住者赏大洋一千元

水仙心中一悬，恨不得马上飞到锦华哥身旁。

她们来到地下党的接头点——春光饭馆，经过暗号对接后，听说她们是红军医疗队的，地下党负责人老张热情地接待了她们。

老张说："红军主力撤退后，目前苏区全部被国民党军队和地方保安团占领，各个地区的党组织和游击队都遭受了很大的损失，并先后和中共中央和中央分局失去联系，已形成游击区各自为战，独立坚持的局面。

"游击队在马大队长的带领下，依靠人民群众并利用各种有利地形，与国民党军队和地方保安团的持续清剿进行斗争。

"他采用了灵活的战术，有把握就打，无把握就撤，因此最近打了几个胜仗，使游击队已渡过难关，得以保存并有所发展。国民党军队和保安团恨得咬牙切齿，这不还发了什么通缉令想抓捕他，这几天他领导游击队又打了一个小胜仗，已撤回山里休整去了。"

听到老张平静而轻松的述说，王水仙一颗悬着的心终于放下了，刘雅还不由地赞叹："锦华哥真牛！"

老张还说："游击队侦查员经常在此活动，要不了几天就会来的。"

她们在这里等了几天，游击队的侦查员小潘果然来了。

小潘听说她们是红军医疗队的王水仙和刘雅，非常高兴地对水仙说："嫂子，马大队长经常念叨你哩。"

老张听说王水仙是马大队长的女人，上下打量着说："大队长真有福气，娶了个像仙女般的老婆。"

第二天王水仙和刘雅跟着小潘走了三天山路，中午时来到了游击队驻地。

小潘兴冲冲闯进大队长的房间，兴奋地说："大队长，我给你带来了一件宝贝！"

马锦华戳了一下小潘的额头说："小滑头，什么宝贝？"

正说着，王水仙和刘雅已走进来了。马锦华见水仙突然来了，兴奋得不知所措，搓着双手，像个孩子一样傻笑。

还是刘雅机灵说:"锦华哥,我渴了,要喝水。"

这时马锦华才缓过劲来,忙拿凳子请她们坐,叫小潘给她们倒水。

马锦华问:"你们怎么来了?"刘雅快嘴快语地说:"水仙姐想你了!"羞得王水仙满脸红晕。

马锦华对水仙说:"咱俩结婚的事,组织上已批了。"

刘雅高兴地拍着手说:"那就今晚上办!"并大喊:"我要吃喜糖了,我要吃喜糖了!"

水仙拍了一下她,羞涩地说:"死丫头,就这么急!"

马锦华和副大队长刘江商量了一下,决定今晚在游击队举行简单的婚礼。

刘江马上把司务长叫来说:"大队长今晚结婚,赶紧去买酒、买肉、买菜、买糖。"

司务长高兴地说:"是,保证完成任务!"刘雅急忙帮水仙姐梳洗打扮,还在山里采了许多美丽的野花编成一个花环,准备今天晚上给新娘子水仙姐戴上。

马锦华从一个旧皮箱子里取出一件红色的羊毛衫说:"水仙,现在环境艰苦,只有委屈你了,今晚就穿着它吧。"

水仙也调皮地回答说:"锦华哥,遵命!"

刘雅急忙抢过来看并说"锦华哥细心又体贴,我羡慕死了,买的羊毛衫真漂亮,很有眼光啊。"

到了晚上,马大队长的婚礼变成了游击队的狂欢,听着百灵鸟刘雅唱优美动听的山歌,大家推杯换盏,猜拳豪饮,好不痛快,像冬日的暖阳普照大地,一扫近两年来残酷的战争的阴影……

清晨,一缕阳光从窗帘边透射进来,马锦华轻轻地吻着她,王水仙感到这种情感已将她的心填得满满的,有点像她想他时的那种情感,热烈、快乐,对,应该是快乐、幸福。

游击队决定给马锦华放三天假。第二天清晨马锦华对王水仙说:"亲爱的，咱们出去转转。"

王水仙看见这里是高山林密，重峦叠嶂，地势险峻，有"一夫当关，万夫莫开"之势，水仙不由得赞叹："真是个易守难攻的好地方呀！"

马锦华又拉起王水仙的小手一溜烟地往山上小跑，跑得她气喘吁吁，看见她的狼狈相，他开怀大笑，她娇嗔道："你、你可真坏呀！"

婚后的第三天，侦查员来报："国民党的给养部队已出县城，准备给地方保安团送给养。"

刘江过来说："兄弟，你现在正是新婚，这次行动就不参加了。"马锦华摩拳擦掌地说："这么一大块肥肉送到嘴里了，馋死人了，一定要去！"

马锦华是埋地雷和打伏击战的老手，他们仔细制定了如何伏击的方案，准备立即上路。王水仙和刘雅也要求参战，马锦华沉思了一会儿说："让你们锻炼锻炼，去抢救伤员，但首先要保护自己，一定注意安全。"

这次战斗进行得很顺利。马锦华有个习惯，撤退时喜欢留在最后以便照顾其他战士。突然一阵巨响过后，巨大的气浪把他掀翻在地，他滚了几个跟头之后，浑身上下弄得狼狈不堪，一张白净的脸被熏得漆黑。他扭头望了一下王水仙和刘雅，见她们俩的脸也被黑色的烟熏成了大花猫，他们互指对方嘲笑起来，马锦华假装严肃地说："王大猫、刘小猫加快脚步，赶紧跟上部队。"逗得大伙大笑不止。

刘雅兴奋地直喊："真过瘾，太刺激了！"

这次伏击战只打了半个多小时以最小的伤亡，得到了大量的武器、弹药，粮食和补给后，马大队长命令迅速撤回山里。

自王水仙和刘雅下山后，郑之生也找过马梦华数次并问："你们王队长到哪里去了？"

马梦华明知水仙姐到游击队去找二哥，可能已经结婚了，但他却说："水仙姐下山购买药品顺便回家看看。"就这样搪塞过去了。

8

　　1936年的春天已悄悄地来临了，此时大部分伤员基本康复了，马梦华将他们分成两组。

　　一组是采药组，让他们在山里采摘败酱草、地丁、蒲公英、穿心莲、马齿苋、青蒿等具有抗菌、抗疟作用的中药材用以补充药品的短缺，还要采摘蘑菇、木耳、春笋、荠菜等可以吃的野味。这组由马梦华领队，马梦华边采摘边把水仙姐讲给他的中草药知识教给他们。

　　二组是打猎队，由赵力钢领队。

　　马梦华还每个星期安排两次课，文化课由他本人来讲，政治课由郑之生来讲。

　　为了增强伤员的体力，马梦华还组织了几次体育比赛，如跑步、爬山等，把医疗队搞得井井有条，生龙活虎，就连目中无人的郑之生也对他刮目相看，心想：这小子还挺能干，后生可畏呀。

　　到了晚上马梦华在幽暗的油灯下读书。无论条件多么艰苦，环境多么残酷，时局多么不利，他依然坚持每晚读书。

　　他在书中得到了知识，汲取了力量，获得了真理。

　　为了预防白狗子的暗探，他还将他获奖的两枚宝贵的银圆有意放在一个明显之处，同时改造了烟道，将生火用的烟道全部对着山里。

　　有时他也会想起水仙姐和刘雅，想起近两年来和她们在一起度过的日日夜夜。他总觉得最近医疗队缺少了些什么，噢，缺少了阳光女孩给医疗队带来的欢乐和歌声。

　　三个月后水仙姐和刘雅回来了，他的二哥锦华也来了，还带来了三十来名重伤员、药品、给养等。

　　梦华得知二哥和水仙姐在游击队结婚的事非常高兴，他激动地说："终于盼到水仙姐变成我的二嫂，我太高兴了！"

　　马锦华和王水仙心领神会，双目含情地相望，锦华慈爱地抚摸了一下梦华的头说:"七弟,也长大了。"

三个多月未见,刘雅也文静了许多,怯生生地过来叫了一声:"小马哥!"

马梦华用调皮的还带点霸气的口吻对她说:"小丫头,想我了?"

刘雅心想:这个小男人骄傲、强大、不可一世,身上不仅有大男孩的阳光,还有一些童心未泯的幼稚,有一种不可抵挡的魅力,叫人又爱又恨!

刘雅闪着带有野性的浅棕色的大眼睛盯着他故意说:"当然想,想死你了!"搞得马梦华十分尴尬,逗得大伙哄然大笑。

王水仙准备在医疗队补办婚礼,因此她吩咐赵力钢准备今晚婚礼上的酒、肉、菜等。马梦华将苏华绣的水仙吐蕊的肚兜作为结婚的礼物送给水仙姐,水仙姐看了以后啧啧称奇:"六妹的手真巧啊,可惜了她这朵美丽的小花。"

马锦华去看望政委郑之生并和他聊聊天。

郑之生见马大队长来了,高兴地让他坐下,忙给他倒水点烟。马锦华问他:"伤口恢复得如何?"他说:"多亏医疗队长王水仙医疗技术高超,我已基本痊愈了!"

"那好呀!"马锦华接着又说,"你负伤后的近十个月来游击队跟国民党军队和地方保安团打了大小二十几次仗,基本上是胜多负少。"

郑之生兴奋地说:"他娘的,狠狠地打他狗日的!"

马锦华又说:"今晚我和王水仙在这里举办一个简单的婚礼,请郑政委当证婚人。"

当他听见这个消息一下子就蒙了,脸色瞬间变得惨白,想极力摆脱强烈的挫败感,他把烟狠狠地按在烟灰缸中。马锦华见状以为他不舒服,就告辞说:"你先休息,我们晚上见。"

刘雅跑到马梦华那里跟他聊天,讲述这三个多月来她在游击队的经历,讲她共参加了八次战斗,说得眉飞色舞、手舞足蹈,让马梦华羡慕不已。

到了晚上，王水仙和马锦华的婚礼如期举行，水仙挽着锦华的胳膊，两人脸上洋溢着幸福的微笑，接受着医疗队战友和伤员真挚的祝福。

只有郑之生内心很落寞，默默地喝着闷酒。郑之生喝醉了，他的"女神"嫁人了，他的心头郁结着太多的心结，他痛苦、伤感、愤懑、嫉妒，他自持才高八斗，但总是比不过马锦华，有"既生瑜何生亮"的感觉。他每天都要喝闷酒，他开始憎恨马锦华了！

从此以后，他俩见了面虽然很客气，但彼此的心结已是心照不宣的。

郑之生从小过着养尊处优、衣来伸手，饭来张口的生活，养成了自私、狭隘、暴戾的性格，参加革命后也是一帆风顺，没有受过艰苦环境的磨炼。这次负伤到医疗队疗伤后，相对舒适的环境激起了他人性丑陋的一面，他对信仰产生了动摇，觉得共产主义是缥缈的，是遥不可及的，一想到游击队艰苦的残酷的环境，每天都有牺牲的可能，他就不寒而栗，他不想再回游击队了。

他突然想到一个极端的办法"自残"。有一天他装作喝醉酒，用破碎的酒瓶将自己割伤，假装摔倒在地，被警卫员小李发现后马上让医生对他进行了缝合包扎。

马锦华在这里待了近一个月时间，突然有一天侦查员小潘来了，向大队长汇报："国民党军队集聚了三千多兵力准备清剿游击队。"

马锦华又要走了，还带上已经痊愈的四十多名伤员，郑之生推脱伤还未好，没有走。

王水仙默默地给马锦华收拾着行装，马锦华在一旁看着，她红唇惹人怜爱地微张着，一缕缕秀发披散在她秀气的脸上，他看着看着，呼吸不由自主急促起来。

她突然抬起头望着他，美丽的大眼睛里噙满了泪水，分明显露出不舍和渴望。

马锦华心头一颤，温柔地将她拥在怀里，吻了一下她红润的嘴唇说:"亲爱的,坚强一些,爱你的心已长在我心里了,我的心是暖暖的,很舒服,不信你摸摸。"

水仙破涕为笑,用小手捶着他说:"什么时候了还开玩笑!"

水仙突然想起了那首诗,就问:"锦华哥,你还欠我东西呢?"马锦华眼睛一转,故作优雅,迈着方步吟着:"玲珑骨子安红豆,入骨相思知不知?"水仙突然醒悟过来,睁大眼睛盯着他说:"你早就知道?你真坏呀!"

锦华说:"正因为我太喜欢你了,怕你受苦,怕你受半点委屈。亲爱的,不管我们将来是何种境地,你要相信,爱一直在你身边,一直在我心里,我对你是'愿得一人心,白首不相离'"

水仙眼泪又流下来:"锦华哥,我真的、真的舍不得离开你呀。"

马锦华回到游击队驻地,马上针对这次"清剿"制定作战方案。面临大于数倍的敌人和优良的武器装备,他们确定采用"集中优势兵力各个击破"的方法。游击队驻地山高林密,沟壑纵横易守难攻,他们利用自己的优势和敌人周旋,马锦华乐呵呵地说:"哼,咱们和这些白狗子玩一会儿'老鼠逗猫的游戏',看谁玩过谁!"

他们在山的进口处埋了大量地雷和"石头"雷,白狗子刚进山口就遭到地雷的袭击,继续往前走,突然轰隆一声巨响,山崩地裂,大量的石头犹如"石头流"滚下山来,还没见游击队人影就已经伤亡惨重。

马锦华把游击队分成6人一个战斗小组,等白狗子进了山里,人地生疏,这些灵活机动的小组时聚时散灵活机动到处打击敌人。而这些白狗子对游击队无可奈何,只能处处挨打。等白狗子去打他们,游击队哗啦一下散得无影无踪,让白狗子干瞪眼睛没辙;当白狗子人少时,游击队狠狠"咬"一口就跑;当白狗子想组织进攻时,连人影都找不到;当白狗子想睡觉,游击队又偷袭白狗子的营地和给养,有时还伏在地上不予还击和白狗子来一个捉迷藏。

在这重峦叠嶂的群山中,到处都是可以隐藏人的山林和乱石,就算怎么小心也无法防备暗处射出的冷枪，这种敌驻我扰、敌疲我打、敌退我追的灵活的战术打得敌人晕头转向，屁滚尿流。白狗子跟游击队周旋了一个月来月，只好灰溜溜地溜走了，游击队取得了反"清剿"的胜利！气得国民党白狗子"清剿"赵司令吹胡子瞪眼睛跺着脚大骂："他妈的，你、你们耍赖，不按常理出牌！"

马锦华走后王水仙心中一直忐忑不安，十分关心这次敌强我弱的反"清剿"的战斗，当得知游击队胜利了，王水仙和医疗队的同志们兴奋得睡不着觉，当晚就进行狂欢。

郑之生此时也没闲着，他加快对王水仙追求的攻势。郑之生对水仙的感情并没因为水仙的结婚而熄灭，而是愈烧愈烈，只要见到她，就有十分强烈的占有欲望。

这一天，王水仙为郑之生检查伤口，郑之生看见王水仙的纤纤玉手抚摸了一下他的伤口，这小手纤细白嫩而灵巧，顿时一种过电般的麻酥酥感觉瞬间蔓延到全身，郑之生情不自禁使劲捏了一下王水仙的手。这一动作将王水仙给激怒了，她涨红了脸，大声斥责道："郑政委，请您放尊重些！"

郑之生一下子恼羞成怒，心想：他娘的，王水仙你等着瞧，我得不到你的心，但我要得到你的人！

此时郑之生的割伤已经好了，他经过数天的思考，想出了一个恶毒的计划。这一天，郑之生带着警卫员小李去医疗队办公室向王水仙告别。他的双眼透露出吓人的目光，显露出内心的阴暗，他嘴角一动，漾出一丝冷笑："感谢王队长的照顾，我已痊愈了，准备回游击队去。"然后用阴森的声调补充了一句："我们后会有期。"

王水仙暗暗高兴，这个"丧门星"终于终于走了，她松了一口气，她没有想到在她的头上，正悬着一把剑，马上就要劈下来了。

这几天，绵绵的秋雨淅淅沥沥地下着，天气又阴冷又潮湿，像人的心情一样郁闷。晚上，王水仙总感觉哪里不对头，好像要发生什么事，翻来覆去怎么也睡不着，她起来看了一下锦华哥送给她的怀表：22点45分。

她知道该到查岗的时候了。她查到马梦华那里，发现他没睡，仍然还在看书，幽暗的油灯一闪一闪，发出柔和的光亮，她走过去，温柔地抚摸着他散乱的头发："七弟，你也累了一天了，时间不早了，该睡觉了。"

马梦华冲着她笑了笑："二嫂，查岗呢。反正我睡不着，跟你一块去吧？"

她笑着点了点头。

他们沿着崎岖的山路走着，一轮明月从乌云中挣脱出来发出隐约的光，夜色一时清楚一时模糊地交错着。

他们走在一个隐秘的山坳中，突然听见树丛中有窸窣的声响，王水仙一把将马梦华拽倒，捂住他的嘴巴："不好，有敌人偷袭！"

王水仙马上意识到可能是郑之生领人来的，此时的她非常自责："是我大意了，当初郑之生一走，我就应该带领医疗队和伤员转移的，我造成的错误应由我承担。"

王水仙命令："七弟，你马上通知赵力钢带领医疗队和伤员立即转移，我在这里吸引敌人"

马梦华倔强地说："不，我来吸引敌人。"

王水仙说："这是命令，立即执行！我们的最最重要的任务是一定要保护好伤员的安全，不能丢下一个！"

王水仙用尽全身力气声嘶力竭低声喝道："时间紧迫,快、快、快！"

马梦华当然明白军令如山的道理，他只好离开。回去后，马梦华命令赵力钢带领一班、二班负责伤员的转移，而他带领三班去支援王水仙。

果然是郑之生带着白狗子来了，他们已攀绕到了山中，封住了出山的退路。

他们手中的枪的保险已经打开，全部进入攻击位置，郑之生在看怀表，只等23点整行动。23点整，他们开始行动了，两个白狗子先行探路。王水仙等到探路的两个白狗子离她只有几米远时，她手中的勃朗宁手枪突然响起，两个白狗子应声倒地，王水仙在枪响的同时身子已侧滚了出去。

"嗖嗖嗖"王水仙刚刚待过的地方响起密集的枪声，惊得她一身冷汗。

王水仙感到身边有动静，发现是马梦华带领三班赶过来支援她了。她瞪了他一眼，嗔怪道："傻小子，你怎么来了？"

马梦华答道："我是代替二哥保护你的。"

这句话让王水仙很无奈，傻小子，到这个时候还贫嘴！

激烈的枪声打破夜色的沉寂，战斗异常惨烈。

三班长铁蛋两眼冒火，推开机枪手喊道："娘的，拼了！"他端起机枪开始扫射。

三班副屠豆是一条壮汉，他提着用绑腿布绑的六颗手榴弹，一起丢了出去，嘴里还吼道："白狗子，我送你们上天！"

在屠豆瞬间扑倒在地的同时，一声天崩地裂的巨响，白狗子的机枪手连同机枪全都飞到了半空。

马梦华打得正酣，就听见一个女声喊："小马哥，小心点！"他扭头一看见刘雅也在，就狠狠地瞪了她一眼："谁叫你留下的，不要命了！"

渐渐地王水仙他们的手榴弹和子弹都打完了，就听见郑之生声嘶力竭地吼道："他们子弹打完了，抓活的！"

马梦华上好刺刀和他们肉搏，见一个白狗子冲上来了，就拼命地刺了过去，这个白狗子吭都没有吭一声就倒在地上。由于用力过猛，刺刀拔不出来了，马梦华还没有反应过来，就见又一个白狗子向他冲过来，他本能地冲了上去，抱住白狗子连打带踹，他们一块儿摔倒了，翻滚着,突然有一个沉重的东西重重地落了下来,砸到他们,他被砸得喘不过气来,脑袋猛地磕在地上,眼前金星乱冒,他昏死了过去。

赵力钢将伤员安置好后带领一班、二班接应王水仙时,只听见这一带枪声骤停,显得异常寂静,硝烟笼罩着上空,到处都是弹痕。雨又开始下了起来,细雨纷纷扬扬飘落在七零八落的尸体上,血水已染红了泥土,无声地诉说着这场惨烈的战斗……

他们焦急地寻找着,但还是找不到王水仙和马梦华。赵力钢突然发现山坡下一个白狗子将马梦华压在身下。他们立即将那人挪开,发现马梦华还有微弱的呼吸,就派人紧急抢救。马梦华终于苏醒过来,他看见身边被砸得血肉模糊的白狗子,心中已明白几分,原来他们被滚落的石头砸中,只是他还算幸运,因为他在那个白狗子的身下。

赵力钢急切地问:"小马,王队长到哪儿去了?"

马梦华摇了摇头迷迷糊糊、断断续续地说:"她、她、她……可能被敌人抓走了,我们一直拼到最后一颗子弹和手榴弹,当时我正在和这个白狗子纠缠中,仿佛听见白狗子们大喊:'把那三个女的留下,抓活的!'好像还、还隐隐约约听见'跳、跳崖了!'后来我什么也不知道了。"

马梦华也糊涂了:"一个、两个怎么变成三个女的了?"

在赵力钢的带领下他们掩埋好战友的尸体,带着受重伤的三班副屠豆和马梦华离开了。

回到山里,马梦华清醒过来了,他们马上清点人数,果然发现还少了两个女的,是刘雅和刘雅的好朋友芦小花。

原来马梦华带领三班支援王水仙时,刘雅和芦小花也悄悄尾随过来。她们想跟着水仙姐和小马哥一块战斗,但毕竟敌众我寡,等打完最后一颗子弹后,她们三人已逼上悬崖,只听见身后的郑之生带着白狗子们在叫嚣:"抓活的,将这三个女的都留下。"

王水仙紧紧拉着刘雅和芦小花的手说:"我们宁可粉身碎骨,也不能当俘虏。"说完毅然决然跳下悬崖。

现在正好是秋天，茂密的树林层层叠叠、密密麻麻像一件绿色的大衣包裹着悬崖和山坡。

马梦华和赵力钢带着几个战士在悬崖旁搜索，他们将粗麻绳拴在粗壮的树木上，顺着绳子滑下去，果然发现了刘雅和芦小花，但唯独不见王水仙的身影。

芦小花还好，幸运地被挂在树上，只是身体大多数地方被擦伤；刘雅这一次可是狼狈不堪，衣服被撕得破碎不堪，右腿被树杈戳穿了，血肉模糊，被救上来后，紧急进行了手术，马梦华亲自给她主刀。

手术完后马梦华去看她，爱怜地说："你这个不知天高地厚的小丫头，无组织、无纪律还差一点把自己的命都搭上了；你看你，好险啊，你是伤在股静脉上，如果伤到股动脉或股神经,这条漂亮的腿可就废了。"

刘雅瞥了他一眼："你还是看看你自己吧。"原来马梦华也伤得不轻，嘴唇破裂肿得老高，鼻子也歪了，眼周青紫，现在是一个十足的丑八怪。

马梦华嘟囔道："咱俩彼此彼此嘛。"

接着马梦华微笑地调侃着："你希望我变丑？"

"不，当然不是！"刘雅脸红了，然后捣了一下马梦华的胳膊，"你，你真坏！"

王水仙掉下悬崖，不知多久才慢慢苏醒过来，发现自己竟然趴在一个水沟边。她撕下衣服强忍着疼痛将几处伤口包扎好，因失血过多又昏迷过去。醒来后，她发现自己躺在一个老乡家里。原来是这家大爷上山砍柴，遇见了她，将她救起，背了回来。大爷和大娘的儿子也是红军，随部队打仗去了，因此像对待自己亲闺女一样照顾她。

在养伤的这几天里她太想念还在武功山里的战友们和她的爱人马锦华，她知道他们为自己的安危担心。几天后伤好一些，已经能走路了，她告别了二老执意要走，二老依依不舍地送走了她。

一个星期后王水仙又回到医疗队，大家高兴地紧紧拥抱在一起。

经过这次生死离别的经历,他们更懂得"战友"这两个字的情深义重。

马梦华见王水仙回来了,他呆呆地看着,嘴唇动了动,眼泪开始成串地滚落下来。他像孩子一样扑到她怀里:"二嫂,你知道吗,我没有保护好你,我们找你找得好苦啊!"

王水仙帮他擦掉眼泪,温柔地抚摸着他的头:"七弟,我这不是好好地回来了嘛。如果我真不在了,你也要坚强。我们革命者,可以悲伤,但不能被悲伤打倒。"

马锦华得知他的爱妻王水仙失踪后,曾经彻夜不眠。他自责、悔恨,恨自己没有照顾好妻子,明知郑之生不怀好意,依然宽容他,造成无法估计的后果。

现在爱妻王水仙回来了,他恨不得插上双翅飞回去,去安抚她,去爱她。

他深深地感到:我们为什么要厌恶战争,除了残忍和血腥,我们更害怕分离。生与死,只有一线距离,我们应感受生命的伟大,更要珍惜爱情、享受生命。

为了不让妻子王水仙再受到伤害,也为了医疗队和伤病员的安全,他决定像在红五团一样,游击队和医疗队住在一起,这样也好相互取长补短,医疗队也能在抢救伤员、治疗伤员中发挥更大的作用。

马锦华和王水仙在一起了,小日子过得甜甜蜜蜜,度过了他们人生最美好、最幸福的几个月。

9

时光如风匆匆滑过天际,转眼间冬天到了,武功山上已处在一片银装素裹的美丽的冰雪世界之中。

自从郑之生下山后,就胁迫警卫员小李一块投降了国民党,他带领国民党军队偷袭了医疗队。虽然没有抓到王水仙,但还是得到白狗子的赏识,白狗子把他当成一颗消灭红军游击队和医疗队的有用的棋子，随时可能发挥意想不到的作用。

俗话说：不怕贼偷，就怕贼惦记着。郑之生对王水仙的欲火是越燃越烈，可以说是昼夜不眠、寝食难安，他突然想出了一个极其歹毒的计划。

他利用曾在游击队待过的优势，认识很多人，他要在游击队找个奸细，此人必须是善于投机取巧、见利忘义的小人。

他突然想起游击队的司务长石槐，此人是个好赌好色的小人。想到这里高兴得他贼眼发亮，连连直呼："这计太妙了！马锦华呀马锦华，看谁能斗过谁！"

有一天，司务长石槐带几个战士买粮，被郑之生抓获。有金钱美女的诱惑，石槐很快就同意和白狗子合作，当了奸细。

转眼间1937年新年就要到了，王水仙想下山采购点药品顺便买块衣料给丈夫马锦华做件新衣。

刚开始马锦华为了王水仙的安全不同意，但拗不过王水仙就同意了。石槐知道这个消息后就屁颠屁颠地跟在马锦华身后，积极要求下山去买菜买肉为过年作准备。

他和王水仙带几个战士下了山，来到了一个小镇上，此时小镇上全是白狗子的便衣。王水仙来到一家衣料店，正在扯衣料时就遭到突然袭击被打昏，塞进一辆小车之中，小车扬长而去。石槐假惺惺地冲了进去，摇醒被打晕的战士急切地问："水仙嫂呢？你把水仙嫂跟到哪里去了？"

衣料店的老板吓得哆哆嗦嗦地说："那个女人被一伙人抢走了，并塞进了一辆小车里。"

郑之生终于抓获了医疗队队长王水仙，心中十分得意，他想：他娘的，这个小娘们，终于落在我的掌心里。

因他设计抓捕了医疗队队长王水仙有功，被授予国民党中校军衔，担任团参谋长的职务,并作为特使专门对付共产党要犯王水仙和游击队。

王水仙被捕后，因是共产党政治要犯，被关押在一间单人牢房里。

这一天郑之生穿着国民党的中校军服有意打扮了一番，喜气洋洋地走进牢房劝降王水仙。王水仙一见是他杏眼怒瞪大骂道："呸，郑之生你这个卑鄙的叛徒，你是一只披着羊皮的狼！"

郑之生龇牙咧嘴露出生硬的笑脸："我的小美人，不要发脾气了。俗话说：'识时务者为俊杰'，你是个聪明人，应懂得这个道理。只要你宣布脱离共产党，脱离和马锦华的夫妻关系，我们立马放你走。凭你的美貌、才华、能力和技术你有享不完的荣华富贵。"并谄笑着说："而且你还有我呢，我喜欢你！"

王水仙义正词严地说："狗叛徒你别做梦了！你这是个没有信仰、反复无常的卑鄙的小人，我鄙视你；而马锦华是我的丈夫，是我的一生挚爱，我依恋他犹如白云依恋着蓝天，帆影依恋沧海，万物依恋着太阳，孩子依恋着母亲，没有任何东西让我们分离，这些你懂吗？郑之生，你应该知道为什么我爱马锦华而不爱你！"

郑之生一脸懵逼，满嘴漏风地嘀咕道："和马锦华相比我也不差，我英俊、潇洒、聪明、有能力，更重要的是我爱你！"

王水仙冷笑一声："郑之生，你别自作多情了！马锦华最大的优点是坦荡、磊落、诚实、理智、幽默、善良，这些你有吗？跟他在一起我感到踏实，感到快乐，所以为了他，我可以去死，可以献出生命！"

郑之生一听王水仙说她为了马锦华可以献出生命，嫉火喷发，立马翻脸，气急败坏、结结巴巴地说："王、王、王水仙，我要你将来看一看到底是我厉害还是马锦华厉害！"说着，竟然对王水仙动手动脚。王水仙奋力反抗，一个耳光就扇了过去，打得他眼冒金星。

郑之生捂着被打得发红的脸颊，一副垂死挣扎的狼狈相："王水仙，你、你、你敬酒不吃吃罚酒，将来有你好果子吃！"

郑之生的警卫员小李是穷苦人家的孩子，本质是好的，在医疗队郑之生养伤的一年多时间里，他也看见王水仙做人和做事的风格，因此十分敬仰和佩服这个王姐姐，对郑之生的作风早已不满。虽然在郑之生的胁迫下投靠国民党当了郑之生的副官，当他看见郑之生想调戏或对水仙姐图谋不轨时，总是能在恰当的时候出现，来保护她。

这次郑之生诱降王水仙未成功，对她是又爱又恨，于是想出一条毒计，对她软硬兼施，不仅在精神上而且还在肉体上折磨王水仙，对她用了许多酷刑。

王水仙面对酷刑毫不畏惧，面不改色，大义凛然。他们用尽了一切威逼利诱的手段，想尽了一切可能想到的办法，想让她招供，但毫无所得，就连郑之生都暗暗佩服：他的"女神"真是个奇女子！

自从王水仙被俘后，马锦华十分震惊也非常悲痛。他度过了多少辗转反侧的不眠之夜，她的音容笑貌，她多情温柔的眼神，她的一切一切是如此的清晰，清晰得可以用手指描摹。

马锦华虽然很聪明也很会打仗，善于捕捉战机、诱敌深入，但他有一个致命的弱点就是太纯洁了，纯洁得像一个孩子，他从不搞阴谋诡计，他是用一颗纯洁的、善良的、博爱的心对待每一个同志，在这一点上他斗不过郑之生。

马锦华经过数天反复的思考，和副大队长刘江制订了如何营救王水仙的方案，这个方案就是营救失败了，游击队也损失最小，但他本人风险最大，很有可能失去生命。

刘江说："大队长，营救王水仙同志风险很大。也有可能是敌人布下的陷阱，稍有一点不慎就可能付出生命的代价，这点你可要考虑清楚呀！"

马锦华说："老弟，我已经想清楚了，我爱水仙，我就是粉身碎骨也要把她救出来！"刘江见他下了这么大的决心只有默然同意。

郑之生一计不成又想出一个更恶毒的计划：用王水仙诱捕马锦华。

此时游击队里的奸细石槐开始积极行动了，他想尽一切办法搞到了营救王水仙的方案。他心中暗暗高兴，这事情一成功，他就可享受荣华富贵了。

郑之生和马锦华在游击队共事了一年多,也深知马锦华的战术,因此他们表面上把监狱搞得易于突破,实际上已布上天罗地网,就是要让马锦华钻进去。

游击队成立了一个突击小组,由神枪手大郭、小王,拆雷高手小张和机灵鬼小潘同志参加,马锦华亲自担任突击小组的组长,游击队派船在江边接应。

马锦华深知这次任务的艰险,自己有可能回不来了,他把游击队的重担托付给了刘江。

马锦华语重心长地说:"刘江同志,游击队这五百来号人都交给你了,他们都是我们革命的火种,一定要保存好这批力量啊!"

刘江沉重地说:"大队长你放心吧,你也一定要完成任务活着回来呀!"

早上四点左右,人们还在沉睡之时,趁着夜幕的掩护,突击小组向监狱发起了袭击。

他们悄无声息地干掉了两个哨兵,一直摸到监狱值班室,只见值班室微弱的灯光下映照着一个熟悉的面孔,是郑之生的副官小李!

马锦华暗示大郭、小王、小张警戒,他和小潘以迅雷不及掩耳之势扑上去,把小李按住。小李的眼睛里不但没有畏惧而是充满喜悦地说:"我终于盼到你们来了!"

时间非常紧迫,耽误一秒钟也可能贻误战机。小李急忙拿出王水仙牢房的钥匙交给马锦华,说:"我去吸引他们,你们赶紧去救人!"并一再叮咛:"游击队里有奸细,江边埋有地雷。"

等他们走后,小李开始大声嚷嚷:"快起来,快起来,赶紧去巡逻!"并带领这些国民党的士兵向马锦华他们相反的方向走去。

突击小组迅速打开王水仙的牢门,拆弹高手小张迅速拆掉王水仙牢内的地雷和水仙身上的炸弹。

马锦华看见爱妻水仙又虚弱又憔悴,心痛得直掉眼泪,水仙嗔怪地说:"你们怎么来了?太危险了!"

马锦华不由分说,背起水仙就跑。

刚跑出监狱,年轻的小王在慌张中触碰了什么东西,顿时监狱里警铃大作,郑之生带人一看,王水仙的牢门已打开,王水仙已不知去向。

是谁?他镜片后的小眼睛骨碌一转,立刻紧盯李副官,阴邪的眼神里露出凶光,说:"你?他娘的,是你背叛了我!"不由分说,拔出手枪就将李副官击毙了,并气急败坏地喊:"给我追!"

马锦华背着水仙一阵猛跑,只听见身后枪声大作,马锦华知道大郭、小王和他们已接上火了。

眼看着已跑到江边,后面又是一阵枪声,小张一个趔趄绊倒了,小潘大声喊:"小张,你怎么了?"只见小张头部和后颈中弹,已经牺牲了。还由不得他们悲痛,王水仙看见一道闪光,听见剧烈的爆炸声,马锦华把她往地下一丢大声地喊:"对不住你了,逃命去吧!"

王水仙一看,被眼前的惨状惊呆了:锦华哥踩上地雷了,全身血迹斑斑,膝盖以下已被炸没了。

小潘和水仙同时悲痛地大喊:"大队长——锦华哥——"

他大声喊道:"不要管我,我命令你们,赶紧跑,逃命吧!"后面的枪声戛然停止,只听远处有人大喊:"不要开枪,把人留下,要抓活的!"

此时王水仙变得异常冷静,她对小潘说:"你赶紧走吧,告诉游击队里有奸细!告诉他们,一定要坚持到胜利的那一天。"

王水仙见小潘还在犹豫,就变了声调大喊:小潘,快、快、快走呀!"小潘含着泪,一个猛子扎进江里。

王水仙心想:我决不能容忍我丈夫的头颅被挂在城墙上风吹日晒、饱受羞辱。我要和他一起走!

王水仙突然也不知哪来那么大的劲,抱起已奄奄一息的锦华朝江里走去。

她坚定而温柔地对马锦华说:"亲爱的,失去了你就等于失去了我自己,我愿永远伴在你身旁无怨无悔,生死相随!"

"水仙妹,你——你在干什么?!"马锦华好容易才发出声音问。

王水仙答道:"锦华哥,我爱你,咱们一起走,咱们永不分离!"她紧紧抱着锦华哥,慢慢向江水中心走去。

身后郑之生歇斯底里地大喊:"王水仙不要,不要啊,我是爱你的——爱你的——"

江水咆哮着,呜咽着,发出低沉的哀号卷起千万朵浪花呼啸着向东奔腾而去,凄厉的风浪推动着他们,他们紧紧地结合在一起,永远不分离。

突然他们漂浮起来了,漂浮在星光灿烂,深不可测的夜空中,永远、永远!

此刻,天突然亮了,隆冬的太阳懒洋洋地升起来斜挂在空中。

游击队的船因奸细的泄密,受到白狗子的阻击,此刻才缓缓地驶来,已错过了营救的最佳时间。

小潘爬上船,失声痛哭起来:"你们来晚了,来得太晚了,嫂子为了不再被俘已抱着受重伤的大队长自沉江底,其他突击小组的同志他们、他们、他们……全部牺牲了!"

船上顿时一片寂静,好像他们在忘我地倾听浪涛轻声的呻吟及江鸥凄楚的鸣叫,空气中弥漫的悔恨、痛惜和悲伤突然间爆发了,他们发出一片撕心裂肺的哭声,这哭声让天地为之动容,为之震颤。

10

1937年一月下旬,朔风凛冽,大雪纷飞,山里已是白茫茫的一片。

自从大队长马锦华牺牲后,虽然奸细已被抓住并枪决了,但没有了马锦华灵活机动的战术和谋略,游击队遭到很大的损失,已打了好几次败仗，医疗队的伤员数量急剧增到近二百名。

这对年轻的马梦华和他的医疗队是一个严峻的考验。马梦华每天都疯狂地、超负荷地工作着，想用此来掩盖心中的悲痛。

这天晚上马梦华拖着疲惫的脚步回到了他的简陋的"家"——山洞里，一盏油灯，跳跃着欢乐的火苗把不大的山洞照映得朦朦胧胧。他不由自主又拿起王水仙给他留下的遗物仔细端详着，看见它们好像又看见了二哥和二嫂，他的眼泪不由自主顺着心中的伤痕悄然滑落，他觉得自己好像处在绝望中。

"二哥二嫂，你们知道吗？我想你们，我想念你们呀！"

这时，刘雅悄悄走了过来，她闪动着妩媚的大眼睛，噘着小嘴说："小马哥，你是不是又在想锦华哥和水仙姐了？"

马梦华泪流满面悲戚地点点头说："嗯，我好想、好想念他们呀！"

刘雅感叹道："我、我也想他们。水仙姐是我的榜样，我佩服水仙姐勇敢和无畏。他们的牺牲是狗叛徒郑之生一手造成的，俗话说'君子报仇十年不晚'，他欠下的这笔血债，我们一定要让他偿还。现在的你一定要冷静下来，没有了水仙姐，医疗队和伤员都靠你独自面对了，你身上的担子已经很重了。"

马梦华听到她发自肺腑的话语，看着她闪亮着的真诚的眼睛，他激灵一下仿佛一下子从梦魇中醒了过来。

他突然流露出内心的激动："小丫头，士别三日当刮目相看，话说得还挺在理的。为了革命，为了我们的信仰，为了医疗队，你放心，我会调整好我的情绪的。"

刘雅娇嗔地说："小马哥，别夸我了，自从锦华哥和水仙姐牺牲后，你心情一直不好，我挺难过的，也非常、非常担心你。小马哥，你已经好久没有和我一起练武，我可是你的武术教练呢，身体可是革命的本钱呀。"

马梦华点头同意并跟随刘雅走了出去，看见大雪纷纷扬扬在天上飘洒着如花、如羽、如蝶，好美呀。雪花落在脸上冰凉冰凉，这洁白的世界仿佛覆盖了他的忧伤。马梦华正痴痴呆呆地看着这雪中美景遐想着，突然一团雪球砸在马梦华的鼻子上，砸得马梦华满脸都是雪，鼻子还酸溜溜的，一副狼狈相，逗得刘雅哈哈大笑。马梦华激灵一下反应过来："好呀，你这个顽皮的小丫头，趁我不备偷袭我，看我怎么收拾你！"雪地里传出许久未有的打闹声、嬉笑声。

游击队最困难的时期终于来临了。

这一天赵力钢过来问马梦华："小马，咱们医疗队的粮食已撑不了一个月了，银圆也所剩无几了。游击队伤亡惨重自顾不暇，医疗队这二百多名人员的口粮都要靠我们自己解决，怎么办呢？"

马梦华思索了一会儿说："有两种办法，一种是利用我们的群众基础向乡亲们借粮；另一种是向还乡团中欺压百姓、作恶多端的恶霸地主强行征粮，你回去和其他同志研究研究，侦察后，再提个方案来，然后向大队长刘江汇报。"

过了几天赵力钢侦察回来了，脸上露出久违、狡黠的微笑。马梦华马上意识到有希望了，马梦华故意问："赵大哥，看你满面春风的，有什么好事？心中可能已有谱了？"

赵力钢兴奋地点点头说："我们要抓条大鱼。"

马梦华问："是谁？"

赵力钢说："这个恶霸地主就是狗叛徒郑之生的老父亲郑老爷，平日在乡里是横行霸道、无恶不作，乡亲们对他是恨之入骨。郑之生叛变后因清剿党的地下组织、游击队和医疗队有功被任命为国民党的上校团长，十天前他衣锦回乡，带回了许多金银细软。有了靠山，郑老爷更是变本加厉地欺负乡亲们。"

马梦华兴奋地打了一下赵力钢说："赵哥，咱们赶紧跟游击队大队长刘江同志汇报一下，如果他同意，就可以定下来了。"

他们马上向刘江同志进行了汇报，商量后决定：袭击"郑家庄"，但在袭击之前必须做详细的计划，必须做到万无一失，打有把握之仗。

由于马梦华和郑之生有杀兄嫂之仇，他积极请缨，要求参加，得到刘江的同意。

这几天他们是在万分紧张和十分疲劳的状态下度过的。他们先将医疗队其他人员和伤员转移到最安全的山中。要征集驮粮食用的骡马车，要发动郑家庄的群众，还从已痊愈的伤员中挑选最勇敢、枪法准的突击手。一切工作都在有条不紊地进行着。临出发之前，马梦华又重申了两条规定：一、不能伤害无辜。二、主要是针对民愤极大的恶霸狠狠地教训，让他长长记性，尽量不要杀死他们。

郑家庄风景秀丽，庄南有一条路通往50公里外的县城，沿着庄西崎岖的山路通往山中，在庄北面一幢青砖围墙的大宅院就是郑老爷家。

盼望多天的袭击郑家庄战斗终于开始了。这一天凌晨五点，他们利用内线迅速控制住郑家庄的团丁，冲进郑老爷的卧室，把正在抱着姨太太睡觉做美梦的郑老爷抓了个正着。

郑老爷吓得瑟瑟发抖，尿顺着大腿往下淌，脚下一片水渍，他哆哆嗦嗦跪在地上直喊饶命，马梦华说："留命可以，必须约法三章。"郑老爷说："只要留我的命，你们要什么我都答应！"

马梦华说："一、开仓济贫，拿出银两支援红军；二、不准盘剥佃户；三、不准欺男霸女，欺压百姓。"并立即画押签字。

马梦华大声喊："把管家押上来！"当着管家的面，让郑老爷发下毒誓："若日后又违反此约，天打雷劈，不得好死！"发誓后，郑老爷无奈地对管家挥挥手，心疼地说："去、去办吧！"管家唯唯诺诺地说："老爷，是、是、是！"

大约过了半个时辰，马梦华说了一声："对不住了，撤！"并命令突击队员："把他俩绑起来，把嘴堵上。"然后他们锁上门，扬长而去。

郑之生听说自家遇袭，急忙领兵过来，此时已是人去楼空，游击队早已带上粮食和银两溜之大吉。郑之生看到自己的老爹和小妈被五花大绑绑在卧室里,嘴里还塞着臭袜子,气得他脸色瞬时变成猪肝色声嘶力竭地大喊:"他娘的!是哪个王八蛋干的?"

郑之生老爹一把鼻涕一把泪地说:"领头的是一个大眼睛长得挺英俊的年轻后生,他们都管他叫马队长。他给我制定了'约法三章',让我发了毒誓,还打劫走了家里的粮食和银两……"

郑之生气急败坏地说:"他娘的,又是这个小兔崽子马梦华,只要落到我手里,我绝不饶他!"

游击队回到山里后,马梦华命令大家带着"战利品"立即转移。赵力钢高兴地捶打着马梦华赞叹地说:"小马老弟,你的鬼主意还蛮多的。"

不觉间到了1937年4月,此时游击队调整好自己的战术,打了几次小胜仗。

游击队也因成功偷袭郑家庄度过了最困难的时期。

在和煦的春风吹拂下,满山遍野的杜鹃花开了,它们绽放着朵朵花蕾,潇洒地舒展着自己的身影,把山中装扮得姹紫嫣红分外妖娆。

春天是花的季节,春天给人带来温暖,带来了美丽,带来了遐想,也带来了希望!

1937年7月7日,震惊世界的卢沟桥事变发生了。8月13日日侵略军又突然发动了对上海的大规模进攻,战火已燃烧到蒋介石政府统治心脏地区,在蒋介石看来中日之间的全面战争已是不可避免的,迫切需要红军开赴抗日前线共同作战,因此国共谈判了几个月长期拖延不决的问题突然急转直下得到改变。18日,蒋介石同意改编中央红军主力为国民革命军第八路军,在南方八省进行游击战争的中国工农红军和游击队改编为国民革命军新编第四军。

第二次国共合作终于实现,从此开始了全民族抗战的新局面。

又经过几个月的等待和整编,马梦华他们准备奔赴新的战场,临走时马梦华和刘雅手捧鲜花来到锦华哥、水仙嫂牺牲的江边祭拜他们。令马梦华和刘雅惊奇的是江边开遍了一种小花,它们叶色翠绿、花朵正从浅绿色的叶丛中探出头了,花瓣呈黄白色,略透着寒意,它们摇曳多姿、清香扑鼻,亭亭玉立于清波之上,宛若凌波仙子踏水而来。

刘雅高兴地大喊:"小马哥,你看是水仙花,江边开满了水仙花,水仙姐看我们来了!"

马梦华告诉刘雅:"水仙是尧帝的女儿娥皇、女英的化身,她们同时嫁给舜,舜南巡驾崩,娥皇、女英双双殉情于湘江。上天怜悯于二人的至情至爱将她们化为江边的水仙。"

刘雅说:"啊!好凄美的爱情故事,也好像是我们的锦华哥和水仙姐。"

一阵北风吹过,马梦华突然感到一阵晕眩,他仿佛看见:二哥亲密地拉着二嫂的小手,在水仙花海中漫步。

刘雅推了一下马梦华:"小马哥,你咋啦?"

马梦华突然清醒了,他想起宋代杨万里《水仙花》并吟道:"韵绝香仍绝,花清月未清。天仙不行地,且借水为名。"

马梦华感叹道:"他们走过了万水千山,经过了花开花落,依然回到了开始的原点,在山水之间去追求天人合一的境界,去感受尘埃落定的宁静和安详。他们"生如夏花之灿烂,死如秋叶之静美",他们是我的榜样!"

第二部

第二部

1

1938年1月底，红军医疗队在马梦华的带领下到达了皖中地区，并以医疗队为基础成立兵站，接收南方八省和十几个地区的游击队或伤病员，再由他们分转到新四军驻地皖南、苏北等地。

而医疗队200多名已痊愈的伤员在原红军副营长孙勇带领下，一路北上，不断补充，不断扩大，后成为八路军的中坚力量。

1938年3月，经过数月的集中和整编已将处于分散状态的红军游击队在短期内组成新四军和身处江南的一、二、三支队汇合在皖中舒城。虽然这支新组建的新四军组建时不足万人，6000多支枪，是装备最差，供给最差的部队，但由于艰苦环境的磨砺和长期的分散，这次集中，就好像无娘的孩子找到了娘，回到了自己的家，漂泊的心有了栖息地，心里一下子有了方向，因此这支队伍也是士气最高战斗力最强的部队之一。

1938年四月底新四军组建先遣支队挺进江南，6月17日先遣支队在镇江韦岗打击日军首战告捷。他们在日军重兵防守的上海和南京之间开展游击战争，寻找有利时机坚决而灵活地打击日本侵略者，创立了江南敌后抗日游击根据地。

与此同时，中国大部分土地先后沦入日本铁蹄之下：1937年11月8日太原失守，1937年12月13日南京沦陷，1938年5月19日徐州失守，1938年6月12日安庆沦陷，1938年10月25日武汉失守……此时的汪精卫已被小日本的淫威所压倒，1937年12月汪精卫公开投降日本，1940年3月汪伪政府在南京成立。抗日战争开始进入漫长艰苦的相持阶段。

1939年初新四军以原红军医疗队的班子为基础，在新四军军部总兵站樟家渡成立樟家渡医院，马梦华同志任院长。周大勇同志任樟家渡总兵站政委兼樟家渡医院政委，王涛同志任站长，赵力钢同志任警卫营营长，警卫营主要任务是保卫、警戒医院及兵站周围的安全。

经过几年战火的洗礼，马梦华已经长大了，已由一个懵懵无知的少年长成一个医术精湛、有理想、敢于承担责任的男子汉。虽然刚20岁，但身为院长他已感到自己身上责任的重大，他觉得要对得起党和组织对他的信任。

让他感到欣慰的是在最艰苦最残酷的环境下，始终有一个年轻、美丽、活泼、单纯的姑娘刘雅陪伴着他，支持着他，鼓励着他，她永远是那样开朗、快乐和充满朝气。

刘雅就像磐石下滋生出来的花草，在残酷的环境中轻轻地、静静地生长，谁也阻挡不了它吐露芬芳。

今天是星期天碰巧马梦华和刘雅都下午轮休，他们相约出去走走，并到附近小镇买一些日用品。

从小镇回来已近黄昏，刘雅发现前面有一条小路，看方向可通往驻地。刘雅噘着小嘴，撒娇地说："小马哥，咱们从这条小路回去吧，我想熟悉一下这里的环境，没准这条小路离我们驻地还近呢，我还想走一条我们以前还从没走过的路呢。"

马梦华想了想，这小丫头好奇心还挺重的，今晚正好没有什么安排，就同意了，但故意调侃道："小丫头，我早已猜透你的心事，想和我多待在一会儿。行，今天我就依了你，舍命陪一下君子吧。"

说得刘雅俏脸绯红，羞涩地说："小马哥，自从我们来到樟家渡医院后，你总是很忙，我们会面的机会越来越少，我想你嘛！"

刘雅这席话说得马梦华心中暖暖的，他克制了一下自己的情绪，轻轻拥抱了一下刘雅，温柔地说："小丫头，过几天我会给你一个惊喜的。走吧！时间不早了。"

这条小路很是荒凉，虽然已是早春，但看不出春的迹象，一路都是枯叶、荒草和飞扬的尘土。天色越来越暗了，他们有一些迷茫了，而就在这个时候马梦华注意到有一束光透过树梢照了过来，好像是手电筒的光。

刘雅惊喜地说："小马哥，前面好像有人，咱们过去看一看！"

马梦华的警惕性很高，他轻轻地向刘雅耳语："咱们还是悄悄地接近目标，别弄出一点声响。"刘雅点点头表示同意。

他们还未走到，就听见不远处一阵惨叫声，马梦华拉着刘雅的小手，急切地说："快、快！"

他俩跑上前去，一下被眼前的惨状惊呆了，一个女人，全身都是血，已倒在血泊之中。马梦华却发现有一个黑影在前面不远的林中一闪而过，马梦华对刘雅说："你快去救她，我去追人。"

刘雅迅速地检查了一下她的伤口，对她进行了止血、包扎，完毕后跪坐在地上将她的头轻轻抬起。

刘雅很清楚她的时间已经不多了："大姐，我是新四军，请你相信我，你有什么话要讲吗？"

她茫然的眼神里突然露出一丝光亮，虚弱地说："同志，我叫吴琴代号"无情"，我是上海站"旋风小组"的一名特工。由于出了叛徒，在这次行动中，小组成员全部牺牲，就剩下我……"

突然，她剧烈咳嗽起来，口中喷出一大口鲜血，她的眼神涣散，就像看到死神一样惊惧："快、快……找特工部赵部长！5869-2764-2203……"说着她突然瘫软在刘雅怀里牺牲了。

马梦华回来了，沮丧地对刘雅说："没追上，看来那人是武功高手呢。"

马梦华见刘雅还抱着的那个女人一动不动，像睡着了一样，冰冷的月光下，形成一种安宁又略显诡异的氛围，他心里已经明白了。

两人都沉默了，面面相觑了一会儿，他们的心情都不是很好，刘雅仿佛在幽远处听见马梦华的声音："我们把她埋了吧。"

这时，那个黑影又悄悄地返回来，在暗中监视着他们，等马梦华他们将吴琴埋了，他才舒了一口气，放心地离开。

他们俩回去后，马梦华一直叮嘱刘雅："小刘，你反映的情况非常重要，今晚发生的事一定要保密，你必须亲自向赵部长汇报。吴大姐所说的那一串数字要牢牢记在心里，它们是吴大姐用生命换来的。"

因为这几天赵部长不在，他们又耐心等待了几天，这一天终于等到赵部长了，马梦华决定陪同刘雅一起去，顺便去军部汇报工作，同时他自己还有一个小秘密：就是要兑现以前对刘雅的承诺。

天刚蒙蒙亮，江南的早春寒气还未散尽，星星还在天空上打着寒噤，他们要出发了，马梦华看见刘雅，便打趣地说："小丫头，昨晚没睡好觉？你看看你，你那美丽的眼睛都有黑眼圈。"

刘雅噘着小嘴说："小马哥，别逗了，想到今天要去找赵部长，我就特别紧张。我想不通，我也会失眠？再说了，我比你才小一岁，我已经长大了，别老叫我小丫头、小丫头的。"

"好啊，那就叫刘大姑娘吧。"

刘雅听见这样的称呼，忍不住吃吃笑起来，用小手捶打着他说："小马哥，这个名字更不好听了，少油腔滑调的，你给我正经点。"

马梦华斜睨地看着她，坏坏地说："我偏要叫呢？"

刘雅粉嫩的小脸涨得通红，用小手捶他："那我就打你！"

"刘大姑娘，你舍得吗？"

这句话，羞得刘雅脸色更加红润漂亮。

他们俩边走、边聊、边闹，不知不觉已经过了一个多小时了，到了一个静谧之处，马梦华说："咱们在这里休息一下吧。"

这里的山都比较平缓，绿绿的树，青青的草，深深浅浅错落有致布满了整个山冈，河水顺着山岩流淌着，发出叮叮咚咚悦耳的响声。

太阳已经出来了，河水在阳光下闪着碎银般的光亮，柔软的水草轻抚在水面，山中的野花在春风的诱惑下放肆地怒放着各自的美丽，荡漾着迷人的芬芳，啊，好美呀！

马梦华说："小刘，咱们比赛，看谁野花采的多。"

刘雅像个欢乐的精灵，在山间里来回奔跑着，不大一会儿，就摘回了一大束美丽的野花，看见马梦华原地不动正看着自己。

刘雅闪动着美丽的大眼睛撒娇地说："小马哥，你又骗我了。"

马梦华接过刘雅手中的野花，干咳了一声，突然极其温柔地叫了一声："小雅妹，我的'百灵鸟'！"

一向大大咧咧的刘雅羞红了脸，惊喜得不知所措反问："小马哥，我是不是在梦里？是你在叫我吗？"

马梦华严肃地点点头说："是的，你这个傻丫头。咱们已相处了七八年了，我也早知道你的心事。"

马梦华一个优雅的单腿下跪把花献给刘雅说："小雅妹，我喜欢你，你愿意嫁给我吗？"刘雅的脸上飞起两片红霞，转动了一下妩媚的大眼睛故意矜持地说："小马哥，你、你说什么，我没听清呢。"

马梦华咬了咬嘴唇，又大声地重复了一遍，见刘雅还要他重复，马上反应过来："好呀，你这个顽皮的小丫头，胆敢来捉弄我，看我如何收拾你。"

马梦华来了一个饿虎扑食，将她掀翻在地，刚要给她一个意想不到的动作时，只见刘雅大声呼唤："小马哥，饶命，我再也不敢了，我刚才逗你呢，你那话，我爱听，听多少遍我都不烦，我真的非常高兴，这是我多年梦寐以求的，我愿意跟你过一辈子。"

马梦华看见此时的刘雅双眼噙满泪水，她含情脉脉地望了一下他，然后对着天空大声地喊："天地作证：我愿意，我愿意！"

马梦华将一枚他用弹片精心制作的漂亮的心形吊坠挂在她光洁、修长的脖子上，吊坠前面刻着英文"ILOVEYOU"，后面刻着"送小雅妹,梦华哥"。他深情地说:"小雅妹,从今天起,你叫我'梦华哥',你就是我们马家的未过门的媳妇,这个心形吊坠就是我们订婚的见证。回去后,我们就向组织打报告——结婚。"

刘雅幸福极了,她感到她的小心脏已经包容不下她的幸福了。随着两人眼神的不断碰撞、交流,刘雅迷人的大眼睛里荡漾着如水的温柔,马梦华情不自禁抱着她,他们紧紧地拥抱在一起。

马梦华牵着刘雅的小手说:"小雅妹,走,将咱俩的喜讯,去告诉我在天堂的爸爸、妈妈。"

马梦华带着刘雅朝着西南方向跪下拜了三拜说:"爸爸、妈妈,在天堂的你们也看到小雅妹为我的付出,我将要娶她为妻,我想你们已经宽恕了她的父亲。请你们为我们祝福吧!"

这时一只喜鹊喳喳地飞了过来。刘雅兴奋地拍着小手又蹦又叫:"啊,连小喜鹊都祝福我们呢。爸爸,梦华哥的父母原谅你了,你也祝福我们吧。"

马梦华看了看表:"小雅妹,时间不早了,咱们快点赶路吧。"他们一路追逐着、奔跑着,刘雅心中充满了幸福,笑得像花儿一样灿烂。

新四军特工部赵部长是一个在秘密战线工作多年的老同志,他刚从外地开会回来,现在正坐在办公桌前蹙着眉毛沉思。

突然,他听见轻轻的敲门声,清了清嗓子说:"请进!"

进来的是一位年轻的姑娘,长得非常漂亮,而且一颦一笑都很有韵味,她向他敬了一个军礼:"赵部长,我是樟家渡医院护士长刘雅,我有一个重要情况向你汇报。"

赵部长微笑地点点头,指了指桌前的凳子:"小刘同志,请坐。"

刘雅不停地述说着,赵部长认真地听着、询问着,有时还记录着。当刘雅将吴琴大姐临终前那一大串数字复述完后,她如释重负地喘了口粗气,定定地望着赵部长。

她见赵部长正抬起眼睛十分亲切地望着她,这是一双虽不年轻但是炯炯有神的大眼睛,瞳仁很黑,很有神采。

他严肃地说:"小刘,我提几个问题,你必须如实地回答。"

刘雅从未见过这种这么严肃的场面,小心脏不由自主咚咚咚不停地跳动,额上沁满细细汗珠。她努力使自己镇静下来,心想若梦华哥在就好了,他能应付过来。

赵部长问:"1.你遇见吴琴时的时间、地点,当时你和谁在一起?周围再有没有旁人? 2.吴琴述说的那一大串数字,是你一个人听见的吗,她有没有再复述? 3.回到驻地后,你有没有告诉其他人?"

刘雅对赵部长提的问题一一做了回答,刘雅讲完后重重地舒了一口气。

赵部长听完刘雅的回答心中很诧异也很兴奋,他仔细端详着她,他面前这个漂亮的小姑娘此刻神情略显紧张,但掩饰不了她的绝世风华,轮廓分明的漂亮脸蛋上还闪烁着光芒,她有着超强的记忆力和敏锐的听力,是一个不可多得的人才。

他突然拿了什么东西向她砸去,刘雅头一偏身子一闪,顺手将它们接住,低头一看原来是一块巧克力牛奶糖,这种糖在当时很少有的。刘雅笑了,心想:一会儿给梦华哥吃。

刘雅扭捏了一下嘟哝道:"赵部长,给糖也不爽快?"

赵部长爽朗地笑着说:"好,很好!"突然用上海话问:"侬是哪里人?今年多大了?"

刘雅也用上海话对他:"我是江西人,但小时候是在上海长大的,今年不满二十岁。"

赵部长激动地从桌前走过来,拍了拍刘雅的肩膀赞叹道:"小刘,你是一个好苗子,难得的好苗子啊。"

这时马梦华汇报完工作也来了,赵部长见到他眼前一亮,他早已听说樟家渡医院的院长马梦华是一个才貌双全的人才,今天见到果然如此,真是相见恨晚啊。

赵部长和他聊了起来。发现他虽然很年轻，但他睿智、风趣、健谈、稳重，心思缜密，讲起话来头头是道、滴水不漏，他打心眼里喜欢这个年轻人。在交谈的过程中，赵部长还发现了他们两个人之间的小秘密：对，他们俩一定是情侣关系，小刘看他的眼神，充满了浓浓的爱意，他们俩挺般配的，真是天造地设的一对。

突然赵部长乐呵呵地站起来，指了指马梦华和刘雅："你们俩的关系应该是战友加情侣吧？"

刘雅快言快语："赵部长看得真准，是的，我们已订婚了，过几天就扯结婚证去。到时，我们请你吃喜糖。"

赵部长吃惊道："哦？这么年轻就结婚？"

这时秘书拿了一封密件进来，递给赵部长，赵部长看后开怀大笑，上面写道：东风又作无情计，艳粉娇红吹满地。这是刘雅复述的那一串数字的密码译文，一字不差。

赵部长突然严肃起来："我命令你立即逮捕'无情'！"

秘书敬了个军礼："是，首长！"

原来赵部长并不十分熟悉吴琴，如果吴琴的上线牺牲了，能证明吴琴身份的只有这首诗了。吴琴掌握的是那一大串数字，而特工部掌握的是这首诗，这些数字组成密码，译成了这首诗，两者吻合，就能证明她的身份，已经牺牲的那个她，才是我党真正的特工"无情"。

他们要走了，赵部长特意把他们俩送得很远并紧紧握着马梦华的手："我代表组织感谢你们，等这个案子审完后，组织上给你们俩嘉奖。"

赵部长临走前怜惜地瞄了一眼刘雅，意味深长地说："小刘，后会有期。"

这个案件终于破获了，这是上海梅机关自导自演的一个阴谋，旋风小组组长叛变后，有意将一个梅机关的特务樱子安插在吴琴身边，她和吴琴长得十分相像，当她基本上掌握了吴琴的一切动作、习惯、爱好及履历、亲友家庭情况后，便共同策划了这一行动。由于吴琴对新四军各个交通站很熟，樱子却一无所知，所以她一直跟踪到吴琴快到新四军驻地时，对吴琴下了毒手，来了个偷梁换柱，他们的计划就是让这个假"无情"潜伏在新四军特工部内部，获取情报。

幸亏这个案件被破了，否则对我党我军造成的损失可以说是无法估量的。

2

最近马梦华心情一直不太好，心中空落落的有一种说不清道不明的忧伤，弄得他十分失落和惆怅。原来是他的未婚妻刘雅被特工部借调，已走了两个多月了，当她离开后，马梦华才知道思念一个人是如此的痛苦。

淅淅沥沥春雨下了一天，马梦华做了一天手术，已到了傍晚，他伸了伸懒腰想活动活动筋骨，信步走到小河边。

不远处小村庄里的炊烟向着雨水洗净的天空袅袅升起，平静的河水缓缓流淌，柔和的带着湿气的春风吹过山林，发出阵阵低吟，小村庄依稀的灯光像点点繁星一样闪烁着，就好像在梦境中。见到此情此景马梦华触景生情，低声吟道："前不见古人，后不见来者，念天地之悠悠，独怅然而涕下。"

突然一只小手从后面蒙住他的眼睛并发出咯咯咯清脆的笑声，马梦华激动地一转身高兴地大笑："果然是你，小丫头，小雅妹，我想死你了。"

马梦华像担心失去刘雅似的紧紧地拥抱着她。刘雅闪动着美丽的双眸，万般柔情地看着他说："梦华哥，我也想你。"话音刚落，泪水潸然而下，马梦华轻轻地帮她擦着眼泪，温柔地说："小雅妹，我的百灵鸟不要难过，咱们不是又见面了吗？"

接着马梦华紧握着刘雅的小手说："走，到医院看看我们的战友，大伙都想死你了！"

刚到医院门口马梦华就扯着嗓子喊:"嗨,你们看谁回来了!""啊,是刘雅,刘雅回来了,刘雅回来了……"

大家一起呼啦啦围了上去,有的叫她"护士长",有的叫她"百灵鸟",有的叫她"小刘"。

刘雅感到无比的亲切。虽然才分别了两个多月,时间仿佛非常漫长,但是有战友、有同志、有爱人的地方就是家。刘雅有一种已到家的感觉,感动得刘雅眼泪啪嗒啪嗒地落下来。

刘雅哭了,大家一起陪着她哭了起来。

大家一起簇拥着刘雅到了她的宿舍,刘雅惊奇地发现她的宿舍和两个多月前走时一样,她的东西依然整整齐齐放在那里,一尘不染,应该是有人每天到这里打扫卫生,希望她还会回来住。

刘雅的心又被柔情包围着、沁润着,她温柔地瞥了马梦华一眼,内心充满着喜悦和幸福。

这时,警卫营营长赵力钢、事务长大吴和她刘雅的好友现任护士长芦小花也急急忙忙跑来。

芦小花激动得泪流满面,紧紧地和刘雅拥抱在一起……

赵力钢一见了刘雅就像见了久别的兄弟似的狠狠搗了她一拳说:"大妹子,两个多月不见了,越发长得漂亮了,老哥可天天惦记着你呢。"

说得大家哈哈大笑,刘雅羞红了脸,悄悄瞥了一下马梦华,见马梦华向赵力钢做了一个怪相,一脸无辜状。

大家闹腾了一阵,看已经很晚了,赵力钢看了马梦华和刘雅一眼笑着说:"我们该消失了!"随后对战友们使了个眼色,大家嘻嘻哈哈、推推搡搡一个一个悄悄地溜走了。

此时屋里只剩下马梦华和刘雅这对小情侣。马梦华用手搂着刘雅的小蛮腰,低下头要亲吻,刘雅突然向后躲闪了一下,马梦华猝然失去重心,差一点来个狗啃泥,逗得刘雅笑得花枝乱颤。

神色尴尬的马梦华故作正经说:"好呀,你这个古怪精灵的小丫头竟敢给我使阴招,看我怎么收拾你。"

刘雅皱起好看的小鼻子嘟囔说:"谁让你和赵大哥一块欺负我呢。"

突然响起咚咚咚的敲门声,他俩互相对视了一下,心想:这么晚了,还有谁?

打开门一看原来是政委周大勇,后面还跟着新四军特工部赵部长。

马梦华心中暗想:这么大阵仗,怕有什么重要的事给我们俩谈。

周政委自嘲地说:"我们来的可不是时候,你俩欢迎我们吗?"并嗫嚅道:"刚从军部开会回来,有一件事情必须给你俩说清楚。"

刘雅非常爽快地说:"周政委,您就直说吧,只要是在理的,我们都能接受。"

周政委看了看刘雅一眼说:"等会儿可不准哭鼻子。你俩的结婚申请组织暂时未批准。"

两人几乎同时问:"为什么?"

赵部长爱怜地看了刘雅一眼说:"这次刘雅同志参加我特工部的培训,以最优秀的成绩毕业了。刘雅是个人才,她在特工方面有很高的天赋。毛泽东主席说过,一个优秀的红色特工,相当于两个正规师。刘雅同志是特殊战线上不可多得的人才,我们特工部需要她。"

周政委又接着说:"但马梦华同志又是医院的顶梁柱,在生活上也需要有人关心和照顾。因此,我们进行了深入的讨论,利与弊反复权衡,大家小家难以两全呀,但为了国家的利益,我们只有牺牲小家成全大家。何况你们还很年轻,等刘雅同志执行任务后,下一次再回来结婚吧?"

周政委说完,他们两个人都用期待的眼神望着马梦华和刘雅。

刘雅听到这一个突如其来的消息已经控制不住自己的感情,在爱人、战友、亲人面前却如此的不堪一击,她把身子一弓双手捂住脸,轻轻抽泣起来。

马梦华听到这个消息后,一时也难以接受,但他马上调整了自己的情绪,连忙安慰正在哭泣的刘雅并拿出手绢为她擦泪:"小雅妹,不要难过了。对组织的决定我们应该无条件地服从,因为我们都是共产党员。"

刘雅止住哭泣,深情地望着马梦华,一副乖巧的样子:"对不起,刚才我情绪失控了。我听梦华哥的,坚决执行组织的决定,也保证完成好组织交给的任务。"

赵部长激动地连连说:"好、好、好,我代表党,代表新四军感谢你们。"

赵部长深深地向马梦华鞠了一躬说:"谢谢你,马梦华同志。"接着又说:"吴琴案的破获,你们俩都立了大功,我代表组织给你们俩嘉奖。"并从口袋里掏出十块银圆:"你们每一个人五块银圆。"并逗刘雅:"小刘,不嫌少吧?"

刘雅快言快语:"赵部长,不少了,我长那么大,还没见过那么多钱呢。"

刘雅一席话逗得俩人哈哈大笑。

周政委说:"马梦华同志,这几天组织上命令你轮休,医院的事有我负责,刘雅同志快走了,你陪刘雅多转转,多玩玩。"并意味深长地说:"这也是组织交给的任务噢。"

他们走了以后,刘雅闪动着妩媚的大眼睛难过地问:"梦华哥,这都是我造成的,你怨我吗?"

马梦华把她搂在怀里说:"小雅妹,你没错,不必自责,我还为你骄傲呢。"

他们相互依偎着,刘雅像一只快乐的小鸟一般,叽叽喳喳说个不停。

马梦华温柔地抱着刘雅吻了一下说:"我的小雅妹已经长大了,已从一个美丽善良、不谙世事的小女孩长成无私无畏的勇敢战士,让人刮目相看!"

"时间已经很晚了,今天你也累了,就休息吧,我到医院处理一些事，再查一下病房，明天一早我们就出发。哦，咱们这几天到哪里去玩呢？"

刘雅撇了撇嘴说："由梦华哥安排，你可是我的主心骨呢。"

马梦华说："那就到双目山，那里风景优美，离我们这还不太远，如何？"刘雅高兴地连连点头。

马梦华走后，刘雅躺在床上沉浸在爱的幸福中，爱可以让心变得如此温柔，如此欢乐，她兴奋地想诉说、想欢笑、想唱歌。

马梦华刚回到办公室，就听见轻轻的敲门声，马梦华嘟囔道："这么晚，还有谁？请进。"

原来是周政委。周政委神情凝重地望着马梦华："今晚我睡不着，想和你聊聊天，尤其是你的未婚妻刘雅同志的事，你自己也应有心理准备。小刘是那么的美丽、单纯、快乐，但她这次执行的任务是非常的艰巨、危险，稍不谨慎就会失去生命，所以这几天你一定要关心她、开导她，让她更加成熟，更加勇敢，更加坚强。"

马梦华迟疑了一下说："周政委，你能否告诉我她执行的是什么任务？"

周政委苦笑道："这个任务十分机密，我不知道，只有赵部长知道。"

马梦华心情沉重答道"哦！知道了。"

周政委走后，马梦华心里很乱，他将马灯关掉，把目光转向窗外，已是深夜时分，所以他根本看不清外面的情况，只能在黑暗中看到自己在玻璃窗上模糊的身影，感觉到心中隐隐的刺痛。

第二天一大早，他们商量了一下，这次出行，还是装扮成村妇、村夫的模样稳妥些。

刘雅跟战友们依依惜别后，他俩出发了。

他们在江南小镇买了一些食品和一些必备的物品就搭上了去双目山的顺车，一路非常顺利，到了傍晚时，他们已到了双目山脚下。

第二天天刚刚放亮，他俩就开始爬山了，这里的风景十分迷人，两座山峰宛若双眸仰望天穹。在小溪那边，在高大的树木和青翠的竹林映衬下一带墨绿色的山影宛若画卷一样慢慢展开。美丽清澈的小溪从"北目"奔流而下，在十里竹海形成了许多飞瀑深潭，其谷之险、水之清、竹之翠、花之艳、石之奇如入仙境，马梦华牵着刘雅的小手一路攀爬着、奔跑着、追逐着、欢笑着。

天空越来越蓝，蓝得像无垠的大海，白色的云朵像层层叠叠的轻纱柔柔地轻轻地飘着、飘着。

和煦的阳光温暖地洒在两个年轻人的身上，无边无际的绿色把刘雅妩媚的大眼睛衬得更加明亮动人。马梦华不停地说逗人的事，逗得刘雅咯咯咯地大笑。他们的欢乐是从心底流露出的，就像这遍地的野花在春日里自由自在地开放。

时间不知不觉过去了，两人都肚子饿得咕咕叫，刘雅决定显露一下本事做一顿野餐，马梦华在山中摘了许多野花用灵巧的双手编制花环，想给刘雅一个惊喜，不大一会儿，刘雅就大声喊："吃饭了！"

野餐有烤野兔、凉拌木耳，还熬得一罐蘑菇春笋野鸡汤，刘雅温柔地说："食材全部选自山里，梦华哥你看口味如何？"

马梦华馋得流着口水，放肆地大吃大嚼着烤兔肉，并一大口一大口喝着汤闭着眼睛一脸享受状，陶醉似的说道："美味、天下美味，美人持羹，玉手调汤我真是太享福了。"

刘雅看见马梦华摇头晃脑的样子，故意装作恼怒戳了一下他说："酸，酸不可耐。"

马梦华强势地一把拉着刘雅坐在自己的大腿上环着她的小蛮腰说："啊，你这个小丫头竟敢挖苦我，看我如何收拾你。"

还未动手呢，刘雅就娇滴滴假哭道："梦华哥，你欺负我。"看她那眼神就像他是大灰狼一样。

马梦华开玩笑说："小雅妹，一个多月不见厨艺大有长进，从哪儿学的？"

她皱了一下可爱的小鼻子说:"我在训练班上学的。你看怎么样?"他大声惊呼:"长进,长进,太有长进了,我甘拜下风。"

他突然像变魔术一样拿出刚编织的美丽精致的花环说:"小雅妹,送给你!"

她闪动着明亮的双眸高兴地说:"好漂亮的花环。"他帮她戴在头上,情不自禁把她抱起来转着、转着。

突然丛林中传来窸窸窣窣的声音,接着走过来一只小黑鹿,黑亮的眼睛惊恐地盯着他们,猛然缓过神似的,一会儿就消失得无影无踪。刘雅拍着手像个顽皮的小姑娘蹦着跳着兴奋地说:"好可爱的小生灵。"

这一路上他们看见许多奇花异草、珍禽异兽,山中峭壁突兀,怪石林立,林木茂密,景观幽美。尤其两个相爱的人在一起,卿卿我我,有说不完的话。时间就不知不觉地过去了,在太阳快要落山时,他们爬上了山顶。

刘雅大声地喊道:"梦华哥,快看,多么美妙的景色啊!"

青山绿水的柔和色调和夕阳的光融合为一体,仿佛有身处天堂的意境。

山顶上有一自然形成的天池,池水波光粼粼,清澈见底。他们相互依偎坐在池边,看见一群群鱼儿在水草中来回穿梭,享受着它们的自由时光;一群水鸟也不甘寂寞,在这绝美的人间仙境中自由翱翔;俊男美女的靓影倒映在水中,像一幅绝美的画,美得让人心醉。

天色渐渐暗了下来,一轮明月已悄悄挂在天空把如水的清辉静静地倾泻在水面,星星也在灰蓝色的夜幕中探头探脑地一闪一闪眨着眼睛。一阵清凉的风拂过脸颊,她不由打了个寒噤,他连忙把衣服脱下来,披在她身上,刘雅感动地哽咽道:"梦华哥,你对我太好了。"他捏了捏她秀气的小鼻子:"傻丫头,当然要对你好,因为你是我的爱人,我最爱的人!"

他们找到一个避风的山洞,刘雅到水中抓鱼,马梦华忙着点起了篝火。

刘雅把鱼抓来后，又使出拿手的本领，烤了一些野味，还用刚刚抓到的鱼熬了一罐鲜美的鱼汤，他们俩吃饱了也喝足了。

玩了一天的她累了，靠在他怀里沉沉地睡了，睡得那么的甜，那么的香。四周没有了任何声息，她那长长的睫毛在姣美的脸上轻轻地颤动着，他只是静静地看着她，眼神里蕴满了让人融化的怜爱，慢慢地陷入了沉思：这小丫头天真、美丽、活泼、单纯却承担着如此艰巨、如此风险、如此重大的任务，真是难为了她。她是如此让人心动、让人心疼、让人怜惜，我要永远好好地珍惜她。

第二天他们继续游玩，他们翻山越岭，有说不完的话，唱不完的歌，从来没有如此开心，如此欢乐，如此幸福。

到了傍晚，刘雅兴奋地指着前方对马梦华说："梦华哥，太好了，前面有一个道观，今晚我们不用露营了。"

没走几步，就看见一个年长的道士面色憔悴、衣衫褴褛，坐在一块石头上喃喃自语："作孽、作孽呀。"

马梦华急忙上前打探："老伯，你怎么了？"老道士指了指不远处的道观说："小兄弟，有七八个日本鬼子抓了十几个女人关在道观里，据说明天就要运往县城，供他们玩乐。"并指了指刘雅说："这么漂亮的妹子，小鬼子见了可不得了，你们赶紧逃吧！"

马梦华和刘雅悄悄商量了一下觉得凭武力解救这些妇女显然不行，只能智取，他突然灵机一动想出一个妙计：用亚硝酸钠造成食物中毒的假象。

研究好对策后，他们问老道士愿不愿意帮他们解救这些妇女，老道士义愤填膺地说："当然愿意，我是中国人，就是把我这老骨头拼上都行。她们都是我们的姐妹，我们的同胞，绝不能让这群丧尽天良做尽坏事的畜生给糟蹋了。噢，正好他们还让我给他们做晚饭了。"

马梦华兴奋地说道："好，正中我意。"

他们按计划分头行事，马梦华装成小道士和老道士一起去买酒、鸡、鸭、鱼等食品，刘雅到药店去买"亚硝酸钠"。一切准备就绪，已到了掌灯的时候，几个小鬼子饿得哇哇直叫，老道士和小道士端来了热气腾腾的饭菜和酒肉，又加了一个猛料——鸡汤炖毒蘑菇。这种毒蘑菇是蘑菇中最毒的一种叫"毒鹅膏"，一个小鬼子尝了一下鲜美的鸡汤还竖起了大拇指。

他们狼吞虎咽、大吃大喝，不到十分钟，一个个脸色发绀、呕吐、口吐白沫，不大一会儿就瘫倒在地陷入昏迷。

解决完这些小鬼子后，马梦华他们立即赶往这些妇女居住处，又利索地干掉在那儿看守的两个鬼子，将门上的大铁锁打开，里面的女人一个个蓬头垢面，脸色蜡黄，有的赤着脚，有的仅穿一件单衣。里面竟然还有一个十二三岁的小女孩，身材瘦小，显然还未发育成熟，一双稚嫩的眼睛恐惧地盯着他们，看着都让人心疼。刘雅赶紧过去搂着她。

马梦华大声说："乡亲们，你们不要害怕，我们是新四军，是救你们回家的。"

屋子里响起一阵阵哭声，一位约30多岁的大姐领着大家向马梦华、刘雅磕头流着眼泪说："菩萨显灵了，谢谢你们，谢谢你们。"

马梦华一把拉起她说："不要谢我们了，要谢就谢共产党，就谢新四军，这里也不是久留之地，赶紧走吧。"

只有这个十二三岁小女孩拉着刘雅的手哭着说："姐姐，我已没有了家，我的家人全被他们给杀了，我回不去了。"

刘雅问："小妹妹，你叫什么名字？"

小女孩答道："我叫孙妞妞。"

这时老道士走过来慈爱地抚摸着她的柔软的头发说："我也是一个人，孤苦伶仃、无依无靠的，不如你当我的孙女可好？"

小女孩点点头，表示同意。

老道士说:"既然你是我的孙女,那就随我姓吧。我姓沙,你就叫沙枣花,行吗?"

小女孩激动地点点头:"可以,当然可以,我喜欢这个名字。"

小女孩又想问些什么,被老道士拉住了,带着小女孩出了房门,小女孩突然大声地带着哭腔说道:"大哥、大姐我们以后还能再见面吗?"

马梦华听了心中一酸,虽然和这个小女孩接触不多,但她聪明伶俐的样子很让人喜爱。马梦华取出纸笔,写下樟家渡的住址,交给她。

小女孩接了纸条,突然跪在他俩的面前嘤嘤嘤地哭了起来:"谢谢救命恩人,谢谢救命恩人。"

刘雅忙将她扶起,安慰着她。

马梦华问:"沙老伯,你在这里是待不住了,你准备去哪儿?"
老道士嘴唇微微颤抖着说:"先去附近的老姐家住几天,以后的事再做打算。"

马梦华沉思了一下说:"沙老伯,在这次解救妇女的行动中你做出了很大的贡献,如果实在待不下去,就来樟家渡找我。"

经过几天愉快的游玩,刘雅的心情彻底修复了、放松了。

刘雅报到的日子也快到了,马梦华把她送到离上海不远的美丽小城,这可是他们即将分别的最后一站了。白天他俩游玩了小城特有的山水秀丽的园林,这里既有湖光山色烟波浩渺的气势,又有江南水乡小桥流水的诗韵。

到了晚上,洗完澡,刘雅依偎在马梦华宽阔的胸膛,两人默默地望着窗外星星。

深邃寂静的夜空一片幽渺、迷离,月光和云雾相互交缠,混合不分。突然一颗颗星星闪烁着耀眼的光辉坠落在天际中,刘雅兴奋地喊道:"梦华哥,看,是流星雨,多美呀!"

马梦华发现,这些流星雨它们来自猎户座,这可是刘雅的照命星宿呢。他好像预感到什么,心中在隐隐的刺痛,每一枚跌落的流星就像一滴眼泪刺入心房。

马梦华突然感到一种难以忍受的悲哀从心底升起，他控制不住自己，甚至不知道自己在哭。他拥抱着刘雅，控制了一下情绪，很霸道地吻着她的嘴，逼得她喘不过气来，刘雅吃惊地问："梦华哥，你怎么了？"

马梦华好像一下惊醒过来，温柔地抚摸着刘雅的秀发说："小雅妹，时间不早了，休息吧！还和以前一样，你睡床，我睡沙发。"

刘雅仿佛也被马梦华的情绪感染了，她突然扑到马梦华怀里，放声大哭起来："梦华哥，我、我现在只有一个愿望，你能答应我吗？"

马梦华轻柔地抚摸着刘雅的秀发："小雅妹，只要是我能办到的，我都会同意的。"

刘雅突然害羞地嚅嗫道："我、我们成亲吧。我想做你的女人！我怕这一次走后就再没有机会了。"

马梦华犹豫了："让我想一想。"他环顾了一下四周接着嚅嗫地问："小雅妹，这婚礼咱们应该怎么办呢？我们没有亲人、战友、同志们的祝福，没有鲜花，没有糖果，没有佳肴，屋子里只有一个暖水瓶和两只茶杯，这一切简单得不能再简单了。这可是你的终身大事，我怕委屈了你。"

刘雅固执地说："不，我就喜欢这种安静的氛围，对我来说形式并不重要，就让月亮和星星为我们做证吧！"

马梦华倒了两杯水，举起杯深情地说："小雅妹，我们以水代酒，祝贺我们的婚礼。为了我们的幸福，干杯！"说完一饮而尽。

刘雅面若桃花，双目含情地凝视马梦华，也举起水杯一饮而尽。

面对突然而至的幸福，刘雅心中一阵恍惚，她双目含泪紧紧地抱着马梦华，喃喃地说："梦华哥，你知道我有多爱你吗？"

等拜完天地后，马梦华看着刘雅，有一些不好意思地问："小雅妹，天已经晚了，我们是不是该睡了？"

刘雅脸上蓦然飞来两片红晕。黑暗中,他们相拥着,他们贪婪地吻着,他紧紧地搂着她,温柔地抚摸着她,他的手是那么温柔,他的唇是那么柔软,而圈住她腰身的手臂是那么有力,她紧紧贴在他的胸口上。

她感到他的气息在逼迫着她,她怀有一种朦朦胧胧的期待,她需要他,她要做梦华哥的女人,这是她多年来梦寐以求的。

沉睡多年的激情突然间爆发了。他很轻柔又很猛烈,既给人抚慰又十分震撼,她身体的每一个神经都被点燃了,她迷离的目光中包含着满足和激情后的慵懒,声音甜腻得能融化他的心,他们爱得昏天黑地。

两天后,刘雅要走了,马梦华给刘雅细心地梳着长发,扎好辫子,她美丽的大眼睛已经红肿,显然已经哭了很久,一动不动任由他忙活着。突然她一头扎进他的怀里带着哭腔抬起泪眼蒙眬的俏脸囔囔道:"梦华哥,我的爱人,我离不开你呀!我就想在你身边,永远陪着你,哪怕跟你一起上刀山、下火海!"

马梦华呆呆地凝望着她,她泪眼婆娑、双目含情,有着惊人的美丽,他从来没有深情地爱过任何人,只有她!

他们又拥抱在一起了,他轻轻地抚摸着她那浅棕如缎的头发说:"小雅妹,听首长说这次你执行的任务是十分艰巨的,也是十分危险的,但为了我们的祖国,为了我们的民族,为了我们的梦想,这是值得的。你还要记住,不管你遇见什么困难,你的爱人会默默地在你的身后支持着你,注视着你,等待着你,我希望听见你立功的好消息。另外,我们结婚的事,我一定会向组织汇报的。"

刘雅停止了哭泣坚强地说:"梦华哥,有你的鼓励,有你的爱,哪怕前面布满荆棘,哪怕要经历无数的艰难险阻,为了我们的祖国,为了我们追求的梦想,我都会勇敢地走下去。"

刘雅抬起头定定地看着马梦华,想把他牢牢刻在心里。

刘雅将马梦华送的吊坠解下来递给他:"梦华哥,你先替我保存好,教官说，执行这次任务，不能留有以前的任何痕迹。"

3

刘雅开始执行特殊任务，参加了军统在上海青浦训练班的学习，学习了发报、密码的应用与译解；各类枪械的使用与组装；各种车辆的驾驶；体能训练；刺杀、格斗、巷战、搜捕、潜伏、窃听、照相、急救、生存、监视、礼仪等各种技能的训练。通过刻苦学习，刘雅终于成为一名优秀的特工。

此时日军的战略重点是进攻中国的大城市，还无暇顾及占领区中农村的广大地区，新四军利用这个有利时机不断出击，在跟日军的多次对战中取得胜利。还与当地的百姓建立了深厚的情谊，敌后根据地不断扩大。

伤员经过手术后均散居村民家，建立了无数个家庭病房和水上病房，老百姓箪食壶浆、洗衣采药，把伤员视为亲人，伤员亦敬长尊俗把百姓视为家人。

刘雅已彻底改头换面了，她化名为杜鹃，代号"映山红"。

她新的身份是上海滩黑帮头目杜海的侄女，举止优雅的阔小姐，是上海76号特工部情报科的机要秘书，是千娇百媚、能歌善舞的交际花。

她的任务就是探取秘密情报，对敌实行刺杀等行动。

杜鹃的心境是复杂的，有时忧伤有时快乐，有时妖娆有时清纯，有时凄楚有时活泼，有时冷若冰霜有时热情似火。

杜鹃居住在上海虹口一间豪华的公寓中，她的贴身丫鬟吴小芳年仅18岁，是中共南方局特工部派来的交通员，也是"映山红"的下线。

1939年8月下旬杜鹃到76号特工部情报科上班了。

情报科科长贾均是一个30多岁的中年人，身材微胖，以前也是军统上海站的，日本梅机关和76号用他的家人威逼他，迫使他出卖同志投靠了76号。

来自上海黑帮的特别行动队队长胡图，长得又黑又壮，但他武艺高强，枪法精准是一个杀人不眨眼的恶魔，已枪杀了无数抗日的进步人士。他还有一个堂弟胡斌，鞍前马后紧跟着他做尽了坏事。

这天，临下班前贾科长过来对杜鹃说："今晚皇军举办一个盛大的舞会，欢迎上海滩新维持会会长上任，你马上回家打扮一下，晚上7点派车接你，跟随长官李默参加。"

舞会上，杜鹃显得特别出众。她身材高挑，体态轻盈，冰肌玉肤，貌美如花。她穿着一件乳白色的紧身晚礼服更显得清丽脱俗，卓尔不群。

舞会上的杜鹃是让男人迷恋、女人嫉妒得想发狂的女孩，是当之无愧的舞会皇后，许多达官贵人殷勤邀请她，以能和她跳一曲舞而荣幸。

当一曲终了时，又有一个人过来邀请她，一张文静清秀的脸，戴了一副精致的金丝边眼镜，瞧他的模样，倒是有款有型的。

怎么这么面熟呀，好像在哪里见过？杜鹃差一点惊叫起来：噢，是他，是郑之生！

她反应过来，但依然很镇静地把小手搭在他的肩上，开始翩翩起舞。郑之生问："小姐，贵姓，好面熟呀，好像在哪儿见过你？"

她嫣然一笑，就这么一笑也够倾城倾国的，她撒娇地说："我叫杜鹃。我对您有一种亲切感，可能咱们前世有缘吧。"然后又向他抛了个媚眼，他不由得心旌摇曳起来，然后故作镇静微微点点头说："好美丽的名字，真是人若花名啊。既然咱们有缘，今生今世能不能再续前缘，如果能，这可是我今世最大的荣幸了。"接着他巴结道："杜小姐，我、我想和你交个朋友，我们以后能否多多联系？"

她故作矜持道："能认识你这么年轻有为、风流倜傥的长官是我的荣幸，做你的朋友，我……我能行吗？"

郑之生表面上假装正经，心里像猫挠似的："可以，当然可以了。"

这首曲子刚完，郑之生紧拉着杜鹃的小手："走，杜小姐，请休息一会儿，喝点酒去。"

他们俩刚刚拿起酒杯，就见两位贵妇人翩翩而来，郑之生见状，很有眼色地马上站起来，绅士地鞠了一躬道："李太太，你们聊吧，我还有事，就先行告退了。"

杜鹃仔细一瞧，这位李太太虽然年过半百，但风韵犹存，衣着得体，一双大眼睛含着微笑，过分精致的鼻子带有几分鄙视一切的傲慢："杜小姐，我不客气了，就自我介绍一下，我是李默的太太。"

接着拉着另一个太太的手，把她推上前去介绍道："杜小姐，这位是我们76号你们长官吴四爷的太太。"

杜鹃没有想到的是，这位吴太太更加漂亮，约40多岁，身材苗条而高挑，一双动人的蓝眼睛深不可测并含有淡淡的忧愁，金色的头发如卷曲的丝缎。杜鹃对她有一种似曾相识的感觉。

那种熟悉的感觉，是那样的刻骨铭心纷至沓来，却又一闪而过；可又是那样的陌生，那种陌生的感觉，是那样的莫名其妙纷纷扰扰，却无尽无穷。

只见这个吴太太紧紧抓住她的手，声音里有细微的抖动："这、这个小姑娘好漂亮呀，如出水芙蓉，我好喜欢啊，我干脆认你作干……"

女儿两字还未出口，就见李太太骄横地瞪了她一眼，十分霸道地将杜鹃拉过来，用不容置疑的口吻说："她是我的干女儿。杜鹃，叫干妈。"

杜鹃淡淡地向李太太瞥了一眼，她是那么高傲甚至暗藏着某种不屑，但机灵的她还是对李太太甜甜地叫了一声："干妈。"

杜鹃转头看了一眼吴太太，见她的眼里露出明显的失落和悲伤。

舞会结束后，李默对杜鹃的表现赞不绝口："小杜鹃，你今天的表现太好了，撑了我们76号的面子，回去后给你嘉奖。"

杜鹃娇嗔地说："报告长官，就别嘉奖了，我从小父亲病故，是叔叔养大的。虽然叔叔对我很好，但还是有少许缺憾，您就像我的父亲，而且您的夫人刚刚还认我做她的干女儿呢。"

李默说:"哦,是吗?那我就是你的干爹了。你叔叔是杜海,我们很熟的,还是朋友呢。"

杜鹃娇滴滴地叫了一声:"干爹!"

李默高兴地哈哈大笑:"小杜鹃,我没记错的话,你今年不到20岁,比我女儿还小呢,有这么漂亮的小姐当我的干女儿,我求之不得,那就这么定下来了!"

李默抚摸着杜鹃的头发说:"小鹃,你要记住,以后就在我面前叫干爹吧,但有外人时就不可以了。"杜鹃调皮地敬了个礼说:"干爹,遵命!"

从此杜鹃在76号站稳了脚。

夜晚,万籁俱寂。刘雅失眠了,她静静地倾听着夜色中风的奏鸣、树的摇曳、夜的低语。

她想起了吴太太那双美丽的深蓝色大眼睛,是那样忧伤,爱怜中充满温情地望着自己。她多像我的妈妈冬丽雅呀。刘雅心里感到一阵煎熬和刺痛,如果真是这样,真的让她心惊胆战,无比痛苦了。

她决定,一定要调查出这个吴太太究竟是何许人也。

还有郑之生,这个卑鄙的小人——她的仇人,他是杀害水仙嫂、锦华哥和马磊老师的凶手,他怎么摇身一变成了皇协军的参谋长?凭他的聪明劲儿,难道他没有认出我?"

杜鹃深知与虎为伴的日子开始了!

人生之所以迷茫、彷徨是因为没有了信仰,没有了方向。

郑之生就是这类人,因此他性格多变、反复无常。

国共合作后,他所在部队调入前线参加了淞沪会战。目睹了战争的残酷和血腥,他心想:小日本太强大了,还是活命为好。因此他又一次选择了背叛,当了汉奸,当了日本人的走狗并出卖了无数的战友。日本人占领了上海后,由于他出卖同胞战友"有功",当上了上海滩驻沪皇协军的参谋长。

最近几天郑之生突然失眠了，他想得很多很多。

他自恃学富五车、才高八斗堪比"诸葛"，能见风使舵，灵活多变，把握时机。自认为活得比那些"死脑筋"的人有滋有味、一帆风顺。王水仙的死就让他念念不忘，无限悔恨，始终是他心中的痛。

他对女人的要求还相当的高，一般的女子他还看不上，虽然已近而立之年，家中又多次催促，但至今还未娶妻。

这次在舞会上和杜鹃的偶遇，他的脑子里就一直藏着这个形象，一个美得令人心动的形象。这个形象又激起了他的欲望，他把这两个女人反复比较，王水仙甜美端庄，清澈如水像个女神，而杜鹃娇艳活泼，妩媚多姿更像女友，没准将来还可能成为他的夫人呢。

让他感到疑惑的是杜鹃给他一种似曾相识的感觉，难道在哪里见到过她？

老奸巨猾、喜怒不形于色的他，专门派人暗暗地调查了杜鹃的身份背景，结果显示，杜鹃的确是上海人，而且家境优越。还有他很清楚杜鹃那嗲声嗲气、柔软麻酥的上海本地话只有从小就开始学，一般长大后是学不会的。

这个调查结果让他满意，因此他下定决心要对杜鹃一追到底。据说杜鹃已有婚约，但只要她还未结婚就可以追，他很相信自己的手段和能力。

郑之生开始疯狂地追求杜鹃，隔三岔五地送鲜花或高档礼品，杜鹃在郑之生面前表现得十分贪婪，对他送的这些东西是来而不拒。郑之生为了满足杜鹃的愿望，也加快了不断非法赚钱的步伐。

其实杜鹃心中有一个小九九，就是利用郑之生敛得不义之财给组织多赚取得点活动经费。

郑之生还利用一切可利用的时间约会、吃饭、跳舞。杜鹃假装十分高兴地应承，并顺便窃取情报，把皇军和皇协军的动向及时汇报给组织,因为有所准备,新四军打了好几次胜仗。

虽然都是汉奸、走狗,但为了各自的利益,讨好自己的日本主子,显示自己的高明和忠诚,76号和驻沪皇协军之间常有隔阂和摩擦,杜鹃利用这点装作很无辜的样子,从中挑拨离间,经常找好色的队长胡图诉苦,博得胡图的同情。

胡图为此事打抱不平,说:"郑之生这个狗杂种竟敢追我们76号的一枝花,有我胡图在,他连门都没有。若他再敢嚣张,老子打断他的狗腿!"并拍着胸脯义气地说:"大妹子有什么事给老哥吱一声,老哥一定为你出气,把皇协军什么参谋长打个稀巴烂。"

杜鹃故作扭捏羞答答地说:"胡大哥对我真好!"

胡图也趁机占个小便宜捏一下杜鹃的小手。

有一天郑之生又请杜鹃吃饭,杜鹃因有事来晚了看见郑之生无聊地正在玩一把做工精美乌黑锃亮的手枪。杜鹃一眼就看出是锦华哥送给水仙姐的定情之物——德国制造的"勃朗宁"手枪。杜鹃强压心中的怒火,装作十分嫉妒的样子一把夺过来说:"好漂亮的手枪,是谁送你的?"

郑之生嚅嗫道:"是非常要好一个朋友。"

杜鹃装作很愤怒的样子:"噢,比我还重要?"说完顺手拿了过来并举起它,食指扣住扳机,转了一圈突然对准郑之生。

郑之生突然面对着这锃亮的枪管和冰冷的枪口,双腿微微发抖,以为杜鹃发现了什么秘密,急忙夺过手枪声音发颤地道:"还有什么比美丽的杜鹃小姐更重要。这支枪不仅美观实用,还有一个用途呢。"

杜鹃佯装不在意地问:"还有什么用途?"郑之生答:"它后坐力小,噪音低,可用于暗杀!"

在这次聚餐中,杜鹃略施小技将郑之生灌得醉醺醺的。

郑之生白皙的脸上,因为酒精的作用微微发红。他突然将杜鹃的小手握住,带着一种不安的神情注视着她:"杜小姐,咱们交往也好几个月了。我、我的年龄也不小了,请你考虑一下,我希望我们的关系能进一步地发展。"

杜鹃一下甩开郑之生的手镇静地凝视着他,坚定地说:"郑参谋长,我已答复你多次了,我不能给你超越友谊以上的感情了。你是知道的,我是有婚约的,你再问下去,只能是自寻烦恼了。"

郑之生听到这里,突然间露出阴沉的眼神,他捏紧了拳头咆哮道:"杜鹃,你对我的坦白得有点残酷。这几个月来,我为你付出了多少!我为了讨你的欢心,不惜放下身段去赌博,你知道吗,我现在已是负债累累了。"

他说着还意味深长地瞅了她一眼:"你懂吗,你的背景可不一般,经过我的调查,还有很多疑点,但只有我才能保护你。"

杜鹃答道:"郑参谋长,我很重视我们的友谊,但你不能怪我曾经诱惑过你,你欠的赌债我可以帮你去还,但我们之间的友谊也就结束了。"

听到这儿,郑之生有点慌了,他连忙纠正:"杜小姐,对、对不起,是我酒后乱语,请你再给我一次机会。其实我的钱多着呢,够你花几辈子的。"

杜鹃小声嘟囔道:"你怎么有那么多钱?"

郑之生阴笑道:"我自然有办法。"他趁着酒劲又将杜鹃拉住悄悄耳语:"我告诉你一个秘密,我自有来钱的路子,你可谁也不能告诉呀。"

这次约会,郑之生和杜鹃虽然发生了一些口角,后来又和好如初,杜鹃还从郑之生嘴里探出这个重要的秘密:他不仅贩卖军火还贩卖毒品!

第二天,杜鹃将这个消息悄悄告诉了胡图。胡图听到后两只淫邪的小眼睛滴溜滴溜乱转,满脸横肉激动地一抽一抽,脸上露出一丝奸笑,心想发财的机会到了。

他马上警惕地看看身后无人便说:"杜鹃大妹子,这件事很重要,千万不能再跟任何人提起，大哥我一定把这件事搞定。"

杜鹃心中暗笑：瞧这狗汉奸果然和郑之生是一路货色——够贱的。"

郑之生对杜鹃身份有所怀疑的消息得到了组织的重视，他们决定在时机成熟后除掉郑之生。

转眼到了1940年早春，杜鹃终于盼到了组织指示：收网。

杜鹃积极请战，要求自己亲手除掉这个汉奸、叛徒郑之生，为锦华哥、水仙姐、马磊大哥及一切被他祸害的人报仇。

这一天杜鹃如约赴宴，在吃饭中杜鹃拿起酒杯娇滴滴地说："郑哥，小妹敬你一杯！"

说得郑之生心里麻酥酥的，高兴地笑了，他笑的样子像一只偷了鸡的狐狸，感觉怪怪的。

郑之生心想：真是功夫不负有心人啊，这块大大的肥肉终于快到手了。

郑之生用极其温柔的声调对杜鹃说："鹃鹃小妹，听到你开始叫我哥了，证明咱俩感情又近了一步，我很高兴。今天我们好好喝喝，不醉不休。"

杜鹃使出浑身解数不停劝酒，看见郑之生被灌得差不多了，就说："郑哥，这里好闷呀，我想出去透透气。"郑之生道："鹃鹃小妹，一切听你的，你到哪儿我就到哪儿。"

"那就到虹口公园吧。"临走时杜鹃给女仆小芳耳语了几句。

夕阳染红了天空，太阳像一团巨大的火球慢慢西沉，渐升的夜幕敛去最后一抹霞光。

郑之生和杜鹃在虹口公园的一片小树林里漫步着。

郑之生突然有一种冲动，借着酒醉，趁杜鹃不提防，猛地抱住杜鹃刚要亲吻，突然发现胡图和胡斌不知何时窜出来。郑之生恼羞成怒大喊："刘副官，刘副官！"

胡图阴笑地说:"你这个狗杂种,竟敢打我们76号一枝花的主意,告诉你趁早死了这份心吧!"

郑之生气得直发抖结结巴巴地说:"刘副官呢?"

胡图故作抹脖子状,其实刘副官仅仅是被打晕了,但胡图还想从郑之生那里敲诈到更多的钱。

郑之生真的发怒了,脸涨得通红说:"你、你、你他妈的狗娘养的,你从我身上讹走了多少黄金!现在又来搅我的好事,还杀了刘副官。"

胡图也被激怒了,他突然抽出匕首向郑之生冲过来,想给郑之生一个教训,郑之生仗着酒劲突然拔出手枪,"砰"的一声,胡图应声倒下。

胡斌看到哥哥中枪倒地,猛蹿过来手持匕首向郑之生刺去,郑之生又是一枪。

突然杜鹃握住郑之生的手向上一滑,她的手扣住他的手腕寸关尺脉门,接着又像利剑脱鞘似的击中他的百会穴。郑之生突然呆住了,像是有人按了他身上的暂停键,他眼神茫然,不能动弹了,浑身僵硬机械地倒下,嘴巴张着,只发出唔唔声。只见杜鹃那精致的五官好像一个美丽的瓷娃娃,冷漠而空洞,脸上露着傲人的冷酷,眼睛里还透着一种令人震惊的杀气。

杜鹃厉声喝道:"郑之生,你应该认识我,我叫'映山红',是专门杀你的。古人云:天作孽,犹可违,自作孽,不可活。凡甘心数典忘祖,仁义廉耻而不顾的败类,必是此下场!"

郑之生惊恐地点点头,明白自己已被点了穴位,但所有的一切他都想起来了:难怪那么面熟,她是刘雅,代号映山红。伤员都叫她"百灵鸟"的漂亮的小姑娘。现在她是让人心惊胆战的复仇女神,她长大了,出落得如此的美丽动人。郑之生眼睛里露出了恐怖和绝望。

映山红戴着手套拿起胡斌的匕首说:"今天我代表党、代表新四军、代表人民处决你这个祸国殃民、血债累累的叛徒、汉奸、走狗。"说着就朝郑之生身上刺了一刀。

接着映山红又举起刀说:"第二刀是你用无耻卑鄙的手段而使无数无辜战友牺牲,为他们,为马磊老师报仇!

"第三刀是为锦华哥、水仙姐和因为你的叛变而牺牲的同志们报仇!"

此时的郑之生已疼痛得快失去知觉,他深知自己罪行累累,死有余辜。

杜鹃看见胡斌还有微弱的呼吸,就用郑之生的手枪,在胡斌的身上又补了一枪,杜鹃又用胡斌的匕首刺了刘副官几下,随后把匕首又放入胡斌手里。

之后杜鹃和小芳都消失在苍茫的夜色之中。

第二天杜鹃刚上班,贾科长就神秘兮兮悄悄告诉她:"出大事了。胡队长、胡斌和皇协军的郑参谋长、刘副官都死在虹口公园的小树林里,皇军伊藤大佐和梅机关对此非常恼火,正在全力以赴侦破此事。胡队长和郑参谋长都是他们的得力干将,可以说是他们的眼睛,把他们的眼睛弄瞎了,他们能干吗!"

杜鹃故作惊恐状,脸色苍白一下子晕倒在贾科长怀里。贾科长连忙招呼手下抢救,灌药水、掐人中,忙得不亦乐乎。杜鹃终于悠悠地吐了一口长气,贾科长着急地说:"我的娇小姐,你终于醒了。你把人吓死了,身体不好,我准你几天假,回家休息几天吧。"

突然电话铃声响起,打破了早上的宁静,是李默叫贾科长到办公室一趟,贾科长急匆匆跑过去,只见李默正在办公室里生闷气。他刚受到伊藤大佐的训斥并挨了几个大耳光,半边脸还肿着呢,看来这汉奸是不好当的。李默脸上的肌肉已经僵硬,凝固在脸上的假笑跟哭差不多。他问:"最近杜鹃有无异常表现?"

贾科长谄媚地说:"小杜鹃吗?她最近身体不好,刚刚还晕了过去,我们还急救了半天。""怎么回事?""大概是女人的那回事吧。"

李默又问:"昨天杜鹃都干什么了?"贾科长说:"昨天她一直在,

昨晚还加班了。怎么，她有事，一个小姑娘家还能掀起大浪？"

李默说："有病就让她休息几天，我问的这些不要再向任何人提起。"并不耐烦挥挥手道："出去吧。"

贾科长唯唯诺诺后退出了门，心想：杜鹃小姐可是你的干女儿呢，我可得罪不起啊！

过了一会儿杜鹃到李默办公室批假。李默用已被酒精烧得浑浊的微黄的眼睛在杜鹃脸上和身上转了几圈心中叹息道："这小丫头身材丰满，玲珑有致，前凸后翘，真是个人间尤物，难怪能迷倒那么多男人，就连我这老头都眼热。"

他故作镇静地说："小鹃，听说你和皇协军参谋长郑之生走得很近？"

杜鹃做撒娇状，嘟着小嘴闪着妩媚的大眼睛说："干爹，哪里呀，这可冤枉了我，我只不过是逢场作戏吧，也为了拉好咱们和皇协军的关系。你是了解我的，况且我已有未婚夫了。"

李默又被杜鹃的娇媚状弄迷糊了，只好说："我相信我的干女儿可不是那种人，但以后交友一定要谨慎。"

杜鹃敬了个军礼调皮地说："人非圣贤，孰能无过？过而能改，善莫大焉，知我者，干爹也。"

李默突然关心地说："小鹃，有病了，就在家中好好休息休息吧。"

杜鹃说："这几天我准备看一个老中医，顺便到乡下看一下外婆。"

几天后，杜鹃回来上班了，沉闷多天的情报科又开始活跃起来了。同事大李调侃道："杜小姐，几天不见越发迷人了。"

贾科长挪着胖胖的身体屁颠屁颠走过来，拉了一下杜鹃的小手说："告诉你一个消息：郑之生和胡图的案子已告破！"杜鹃故作惊奇地问："是吗？"

贾科长一副知情人士的样子慢慢说道："皇军从郑之生家搜出大量的黄金、美钞、价值不菲的古董和一个账本，里面详细记载了收入和支出,可见郑之生这小子是倒卖军火、毒品发家的,而且他还是个十分细心严谨的人,里面记载着胡图敲诈郑之生的证据。根据现场的线索皇军得出结论:此案件属于黑吃黑。伊藤大佐气得几乎吐血,狠狠地大骂:'八嘎,中国人良心大大的坏,大大的狡猾、狡猾,武士的不是。'"

贾科长惟妙惟肖的描述逗得杜鹃咯咯咯大笑。

正好李默路过,进门眼睛一亮说:"难怪这屋这么欢乐,原来小杜鹃上班了。小娟,病好些吗?"

杜鹃优雅地来了个旋转的舞步,款款走来,突然来了一个立正敬礼:"长官,属下病已好了,有什么训示?属下洗耳恭听,绝不辱使命。"说着面带微笑,略带调皮地看着他,李默看见杜鹃这个小丫头这么调皮、活泼而灵动,十分喜爱,哈哈大笑拍了一下杜鹃的脸颊说:"几天不见越发漂亮了,小娟真是我们的'开心果'啊。"

又过了两天,李默要带杜鹃坐军用飞机去参加汪伪在南京成立伪政府的庆祝晚宴。杜鹃暗暗高兴,心想这又是一个获取情报绝佳机会。

在上海虹桥军用机场,杜鹃利用上洗手间的机会,用超人的记忆把机场的平面图如飞机的位置、油库、机场的防卫等全部都记在脑袋里了。

晚宴后举行了舞会,她突然发现了吴太太的身影,一首舞曲刚完,就见吴太太满面春风地走过来:"杜小姐,我看你也跳累了,走,休息一会儿去。"

她连拉带拽地将杜鹃拉在一个偏僻的座位上,美丽的双眸露出哀伤,深情地望着她:"杜小姐,你像我非常熟悉的一个人,好像噢。"

杜鹃吃惊地问:"像谁?"

吴太太的声音变得颤抖、沙哑而压抑,进而把脸埋在手中抑制不住地抽泣道:"你像、太像我的女儿刘雅了,我太想念她了。"

杜鹃听到后大吃一惊,脸色瞬间变得苍白,神情紧张而局促,但还是十分地镇静地站了起来,走到吴太太身边:"吴太太,你的头发有点乱,我帮你顺一下。"

杜鹃果然发现她的左耳后有一颗褐色的痣。

杜鹃顿时感到天旋地转,她的心在哭泣:她是我的妈妈,我的妈妈呀,但我不能……我不能啊……

她努力地克制自己,面无表情生硬地答道:"吴太太,你认错人了,我、我不是你的女儿,我是杜鹃啊。"

杜鹃见她绞扭着双手,摇晃着身子,仿佛就要栽倒,嘴唇不停地翕动着:"我的女儿,我可怜的女儿……"接着是一阵深沉而惨痛的呜咽。

李默突然走过来:"你们聊什么了?吴太太为什么这么伤感?"

杜鹃机智地答道:"干爹,我和吴太太聊天呢。我们聊到了宠物狗,她说她曾经养过宠物金毛犬,但出了意外,死的很突然。所以她很伤心。"

李默恍然大悟:"哦,吴太太,别伤心了。过几天我给你送一条日本纯种秋田犬来。"

李默见吴太太情绪慢慢稳定了,这时一首悠扬舞曲响起来了,他就对杜鹃说:"小鹃,我请你跳个舞吧。"

回到上海后,杜鹃立即将军用机场的情报交于组织,几天后新四军夜袭上海虹桥军用机场,炸毁敌机四架。

从南京回来后,杜鹃的精神总是恍恍惚惚的。这天杜鹃对小芳支支吾吾应付了几句就急急忙忙上了床,她和衣坐在那里,下巴颏儿支在膝盖上,凝视着窗外的万家灯火,她不想睡觉,也睡不着觉,只是纹丝不动地坐着,脑海里总是挥之不去地闪烁着一双美丽的、深蓝色的、忧郁的眼睛。

突然门"吱呀"响了一声,小芳走进来发现杜鹃这个样子,心疼地将她拥抱着,眼睛直视杜鹃:"鹃姐这几天你是怎么啦,究竟发生了什么?"

小芳发现,杜鹃的脸上显出一种吃惊的,几乎是恐惧的表情,杜鹃突然一阵莫名的、不自觉的狂怒，喃喃自语道："你走，你走啊，我不想见任何人。糟透了，简直是糟糕透了。"

小芳吃惊地望着她，她还是那个活泼、开朗、快乐的鹃姐吗？

小芳带着哭腔拼命地摇晃着杜鹃："姐，你醒醒呀，你有什么心事，快说呀。我们可是生死之交的姐妹，相信我，我们可以共同面对的。"

杜鹃整个身子都在瑟瑟发抖，嘴里突然蹦出一句："吴四爷的夫人吴太太是我的母亲，是我多年一直寻找的母亲呀。"

小芳惊恐地"啊"了一声，她慢慢从杜鹃身边退缩开去，木然地站着，眼睛默默地凝视着杜鹃，接着是长时间一片冰冷的沉默，仿佛一波巨浪淹没在她们周围。

杜鹃和小芳都很清楚，76号的吴四爷是一个杀人如麻、嗜血成性、睚眦必报的恶魔。他曾经是上海滩的黑帮老大，日本占领上海后，他摇身一变成了汉奸。他和李默两人可以说是一阴一阳，相辅相成，互相牵制。李默狡诈、圆滑，而他狠毒、阴险，日本主子在他们俩之间搞平衡，以便发挥最大的效能。

在假法币案和日本军用手票案中，吴四爷发挥了积极的作用，得到日本主子的赏识。他暗杀了无数抗日斗士，并制造了一起沪储银行惨案。原因就是沪储银行抵制日本的军票和拒绝接受假法币，他派人暗杀了行长全家后并在光天化日之下拿机枪对手无寸铁的银行员工进行扫射，他们这样做就是想达到杀一儆百的目的。

小芳愣了很长一段时间，她突然清醒了，她抓着杜鹃的胳膊摇晃着："鹃姐，我们应该给组织汇报一下，我相信他们会有办法的。"

4

长沙会战已经持续了近一年，日军依然对湖南地区久攻不下，由于战线过长、兵力不足、人力物力消耗巨大，日本国内财政经济陷入困境，日本国民的反战情绪开始滋长。由于日军的残暴行为，其所到之处血流成河、尸骨成山，将中国作为杀人比赛的场所、活体实验的场所、残酷奴役的场所，激起了中国人民的强烈反抗和斗争，日军开始处处呈现被动局面。

敌占区战斗的新四军、八路军面临着更加残酷的斗争。

1940年夏天的樟家渡。这几天天气十分闷热，马梦华刚查完房走出房间就听见空中响起巨大的轰鸣声，马梦华急忙大吼一声："是日本飞机，掩护伤员就地隐蔽！"

此时近处远处都响起了震耳欲聋的爆炸声，还夹杂着炮弹穿越空气的尖锐的呼哨声，但令人意外的是枪炮声不像过去那么密集那么疯狂，只炸了一会儿就走了。

不大一会儿，一名战士发现一枚奇怪的炸弹，马梦华跑去一看，炸弹下端是陶制的，没有引线，已经裂了一个口子，里面爬满了密密麻麻令人作呕的苍蝇、蚊子、蜘蛛、臭虫、蟑螂。

马梦华命令战士们取出样本后将此炸弹就地焚烧后深埋，并派出若干个小组寻找此类炸弹，找到后全部就地焚烧、深埋。

他带着样品回到办公室，开始做"细菌培养"。用医院唯一一台德国产显微镜观察，几天后得出结论：这些虫体身上均有"伤寒杆菌"和"炭疽杆菌"。

根据这种情况他们制定了行之有效的预防和治疗措施，避免了大规模的疫情暴发，但无法阻止局部地区疫情的传播。

上海今年夏季十分闷热多雨，令人奇怪的是蚊子、苍蝇、跳蚤、蟑螂等害虫出奇得多，不久在上海地区突然暴发了伤寒病和肠炭疽病。

在上海的抗日秘密组织针对此疫情也制定了应对方案："灭菌计划"。

为了完成此任务，获取更多的情报，杜鹃有意使自己感染上死亡率极高的烈性传染病斑疹伤寒，住进了日军的虹口医院。

高烧昏迷了5天后，杜鹃从昏睡中醒了过来，看见一个小护士正对着一个穿白大褂的英俊的年轻男医生说："村山医生，你看，她醒了！"

村山医生走到杜鹃床前，见她虽然很虚弱，脸色苍白，但眼睛却十分明亮，清澈如婴孩的眼睛妩媚至极，一头浅棕色的秀发飘散在枕上，长相极美。村山大夫一时觉得有些恍惚，使劲咽了一下口水，让自己镇静下来说："杜小姐，你昏睡好几天，终于醒了。到底年轻，这么凶狠的细菌也奈何不了你。"

杜鹃十分疲倦地弱弱地说："谢谢医生！"这柔软的语调又让他心头一颤。

村山自认为他对美女有免疫力，不曾为谁倾心过，或许内心中包着一层薄膜，能破膜而入的东西非常有限，但自从见了杜鹃，他好像变了，难道就独独对她——杜鹃小姐一见倾心？

又经过几天的治疗，杜鹃的病情已经好转，活泼、开朗、快乐的她，很快和这里的护士、医生打成一片，尤其和一个叫惠子的小护士整天腻在一起，好得跟一个人一样。

惠子告诉她："这是烈性传染病病区，一般人都不能进入，你的主管医生是村山医生，是京都医学院的高才生，还是日本国著名细菌专家安信吉老师的关门弟子，也是、也是我们病区的'白马王子'。"说着，脸上飞起一团红晕，美极了。

惠子小姐接着说："这个病房的地下室是一个实验室，里面养了许多可爱的小白鼠。噢，除了实验室的工作人员，任何人都不许入内，只有主任和村山才有钥匙，他们除了看病人其余时间都在地下室忙碌呢。"

杜鹃听到后心头一亮，毫无头绪的灭菌计划已有了方向，就是从村山医生那里下手。

这些天来，村山医生一反常态，经常在杜鹃床前转悠，有时像一只呆鹅兀自在一边痴痴地望着她，有时又非常殷勤地嘘寒问暖。

这天他又来到杜鹃床边说："杜小姐，看你好多了，脸色也红润了，精神状态很好，你的病基本好了，再治疗几天就可以出院了。"

杜鹃拍着手高兴地说："哇，太好了，我可以出院了！感谢您这些日子对我的照顾！我又可以享受阳光、自由和快乐。在这里住实在太憋气了，我这是怎么了？我感到有点头、头晕……"

说着说着就晕倒在村山大夫的怀里，急得村山手足无措。他命护士拿来水慢慢给她喂下，杜鹃悠悠吐了一口长气，突然睁开眼睛，有意用勾魂的媚眼含情脉脉地看着村山，四目对望，村山的心怦怦直跳，脸都红了。他可是第一次拥抱心仪的女孩，他清楚地感到，体内的荷尔蒙在爆发。

杜鹃看见村山的窘态，扑哧一笑娇柔地说："村山医生，不好意思，让您尴尬了。"

到了晚上村山来了，带来了美味的鸡汤和寿司，笑着说："杜小姐，你的病正在恢复中，身子弱，需要补一补，你尝一尝，这可是我亲自下厨为你做的呀。"

杜鹃尝了尝汤一脸享福状："村山医生，真的、真的好美味啊！是您做的？"村山高兴地点点头："是的。"并故作嗔怪："杜小姐，我已下班了，我下班后别叫我医生了，就叫我村山君好吗？"

杜鹃调皮地说："好的，村山君。"

杜鹃伸手拽了拽他的衣服，娇滴滴地说："村山君，一块坐下来吃。"村山脸都红了，迟疑了一会儿坐了下来。他在慌乱中碰翻了鸡汤。杜鹃赶紧起身忙帮他擦拭："太脏了，脱下来，我帮你洗一洗？"

村山脑子一片空白，老实得像个小绵羊任由杜鹃摆布。

杜鹃在村山毫无察觉的情况下将村山衣服口袋里的钥匙做了"模子"，并随手扔给他："村山君，你的钥匙。"她利索地将衣服洗净，晾上。

这一晚上他们叽叽喳喳聊得很晚，感到彼此的心离得更近了，直到该熄灯的时候，村山才依依不舍离开杜鹃，临走前告诉她明天晚上他值班。

第二天早上，惠子忙完后，悄悄溜到杜鹃床边，看着杜鹃幽幽地说：

"杜鹃小姐,我感到村山医生好像爱上你了?他看你的眼神充满深情。"

杜鹃温柔地抚摸着惠子的秀发说:"惠子小姐,你误会了,我俩是不可能的。你是清楚的,我们之间有不可逾越的鸿沟。但村山医生是个好人,有机会我会帮你的,请相信我,好吗?"惠子眼睛里噙满泪水,感动地点点头。

到了晚饭的时间,村山又来了,还给杜鹃提来了丰盛的晚餐,两人边吃边聊,十分和谐,像一对小情侣。

村山已被杜鹃彻底地迷住了,一刻也不想离开她。

他们聊到很晚,村山温柔地说:"杜小姐,你休息吧,实验室还有一些工作,明早我再来看你。"

村山刚走到实验室门口,突然一双小手从后背将他的腰环住,娇嗔地说:"村山君,能否让我参观一下实验室?我听惠子说里面有好多可爱的小白鼠,我好喜欢噢,我也想看一看。"

村山对杜鹃这样的美女毫无抵抗力,也忘了实验室不允许带外人的严格规定,脑子像进了水,稀里糊涂带着杜鹃进了实验室。

实验室宽大而明亮,里面放了许多仪器设备,还整齐摆放着许多化学试剂和培养皿,大瓶里还装满了许多可燃性液体。杜鹃把这些东西快速分类地从脑海里整理了一遍。

他们又走到另一间房子,里面放了许多笼子养着许多小动物,有小白鼠、小兔子等,竟然还有一只猴子。

杜鹃高兴地说:"这些小动物太可爱了,我好喜欢哦。"

她看完后,显得很体谅地对他说:"村山君,我不影响你了,时间太长会给你造成麻烦的,你忙吧。"然后就迅速离开。

回到病房杜鹃凭着惊人的记忆迅速地绘出实验室平面图,并标明电源、易燃物及猴子的位置并和钥匙的模子一块传递出去。

这天,村山一反常态,一直到了傍晚才来查房。杜鹃诧异地望着他,只见他累得"嘘"了一声,长叹了一口气,重重地坐在她的床边,白皙的脸上沁满细小的汗珠，原来浓黑的高高吊起的剑眉也耷拉下来，双眼显得相当的疲惫。杜鹃连忙拿出手绢帮他擦汗，关切地问："村山君，你怎么了？"

村山答道："哦，我没事，今天从外科转来了一个重病人，不是传染病，他全身都是刀伤，除了心脏完好以外，其他脏器均被刺伤，可以说是体无完肤，我今天对他进行了全面的检查，所以好累啊。"

"那他为什么会到传染病房，难道他有什么传染病？"杜鹃问。

"那倒不是，主要是这人很重要，转到传染病房安全些。其实他受伤也有五个多月了，由于当时他失血过多，得的是缺血性脑病，一直处在昏迷状态，最近仿佛有苏醒的迹象，上面担心他再遭到不测，因此转了过来。"

杜鹃吃惊地"噢"了一声，小心脏不由自主"咚咚咚"跳个不停，满了脑子都是疑问："难道郑之生没有死？我给了郑之生三刀，竟然没死，可能是我复仇心太强，反而适得其反了。"

杜鹃努力地控制住自己，暗暗给自己鼓劲：杜鹃，在这关键时刻，敌人还没有乱，可不能自己就乱了方寸。

她极其温柔地对村山说："村山君，今天你忙了一天，也累了，就早一点回去休息吧。"

村山又给她检查了一番，满意地说："杜小姐，到底年轻，恢复挺快的。那我今晚就不来了。"然后他恋恋不舍地离开了。

晚上杜鹃动用紧急情况处置规则，将这极其重要的情况给组织做了汇报，她悄悄观察了一下郑之生的特殊病房，病房外不仅有日本宪兵把守，还有几个便衣来回巡逻，可真是壁垒森严，就连一只苍蝇也飞不进去。

郑之生的刀口愈合了，伤也好得差不多了，但那层厚厚的黑幕依然遮在他的眼前，他惊恐地狂叫，在屋里扑来滚去，疯狂地抓挠，想撕开挡在眼前所有东西，这样发作了一阵，他又处在半昏迷状态。这就像一个人从梦中醒了，却发现自己被埋进了坟墓中。

这是他转入传染病区的第二天，他一反常态地静静地仰躺在床上。他仿佛听见周围有声音，好像有人在交谈什么，他的脑海里突然显现出一个美丽、娇艳的女子，他想起那天傍晚，噩梦就是由她引起的，灾难从那时开始的。他又开始发疯了，疯狂地抓挠，嘴里发出既像呜咽又像怒吼的压抑的声音。他感到有一个人靠近他，就猛地抓了过去。

晚饭后村山来到杜鹃的病房，杜鹃看见村山左边的脸上有几道大大的血口子，这对爱美、自恋的他来说可是致命的一击，他迎着杜鹃关切的目光愤愤地说："是被那个疯子抓的。我就是想不通，就这么个疯子在我舅舅心里像个宝贝一样地捧着，用重兵把守着，生怕把他含化了似的。"

杜鹃吃惊地问："你舅舅是谁？"

他心神烦躁，疲惫不堪地答道："就是梅机关的机关长伊藤。"

村山话一出口，突然醒悟过来"哦"了一声，他感到自己失言了，让杜鹃知道的太多了。

只见杜鹃带着微笑，抬起那张可爱的脸，露出她那纯洁明亮的眼睛："村山君，不要为一个病人生气了，咱们不管他了，眼不见为净。既然你到了我这里，还是轻松快乐一点吧。村山君，我在房子里已闷了大半天了，咱们到院子里走走。"

庭院中，晚风习习，无数朵美丽的小花堆积如云，随风摇摆。杜鹃快乐地跳来蹦去，村山也被杜鹃的快乐感染了，他凝视着眼前生机盎然的景象和快乐的像精灵一般的杜鹃，心中阴影慢慢地消融了。

杜鹃带着真诚的微笑对他说："村山君，你现在已感觉到了吧，当你凝视黑暗，黑暗也会凝视你；当你凝视快乐，快乐也会凝视你。现在的快乐已把你心中的黑暗、愤怒和委屈挤出了脑袋。"

村山高兴地点点头："是的，杜小姐，你真好，你真是一个快乐的精灵，只有你才能医治好我内心的痛楚。"

第三天上午，他们请来了一名日本著名的脑科专家为郑之生会诊，为了防止他狂躁病的发作，特意给他打了氯丙嗪和筒箭毒碱，他表现得很安静。

专家仔细检查了他的眼睛、声带、耳朵等，他的诊断是：视神经、语言神经因大脑缺血造成缺氧而受到损伤，过些时候或许会好或许会加重萎缩，两种可能性都有。从病人目前状况看来，他最需要的是最安静彻底的休息，他不能再受到任何刺激，否则，会加重他狂躁性精神病的发作。

这个结论让在场的医生们感到诧异，也很悲观。

他们将郑之生的病情向伊藤做了汇报，尤其是村山，他恨这个人，是这个人差一点让他毁了容，因此在伊藤面前他添油加醋地述说。伊藤听到后，沉思了一会儿说："这个人对我用处也不大了，我们梅机关撤销对他的保护，他今后如何治疗或何去何从来由医院决定。"

院长岗村江是一个狂热战争狂，也是731部队的骨干分子，他认为梅机关已把郑之生作为弃子不用了，但郑之生正当年，身体强壮，尤其郑之生身体的各种机能超过正常人，是做实验的好材料，值得研究。因此，他做了决定将郑之生秘密送往731部队。

趁夜深人静时，杜鹃又悄悄来到特殊病房，发现已是人去楼空，杜鹃感到非常意外。

一大早村山就来到病房，杜鹃故意嗔怪道："村山君，你怎么一大早就来了，那个重要病人你不管了吗？"

村山微微颔首，懒洋洋地答道："那个可恶的疯子嘛，据著名专家诊断，他的病情已没有恢复的迹象，我们送他去了他该去的地方了。"

杜鹃吃惊地问："一个不能自理的病人，他能到哪里去呢？"

村山鄙视道："就让他自生自灭吧。"

杜鹃要出院了，她收拾了衣物用品刚要走，村山满头是汗，气喘呼呼走进来说:"杜小姐,早上开了个会,来晚了,还好赶上了。我送送你,今天我轮休,不然我会遗憾终生的。"

他不由杜鹃分说,提着杜鹃的提包,跟着杜鹃走出了医院。

他们信步走到黄浦江边。下了几天雨,天刚刚放晴了,太阳从云层中钻了出来。

杜鹃一反常态默默不语,琢磨着怎么说和村山君断了关系又对他伤害不太深的话。

他们坐在江边的石凳上,看风景。村山深情地看着杜鹃,有点结巴地说:"杜、杜小姐我第一次见到你就已深深地爱上你,你能否能做、做我的女友?"

杜鹃看了他一眼,他目光清澈而又热切,但在杜鹃的心中只有马梦华,别的男人哪怕是最优秀的男人在她心中也没有位置了。

杜鹃心想:必须说重一点让他断了这个念头。

因此她略微沉思了一会儿说:"村山君,你是很优秀的男人。在你周围有许多漂亮的女孩追求你,而且她们的条件比我优越得多。比如惠子小姐,她美丽、温柔、多情又那么爱你。而你我是两个国家的人,你是'日本人',我是'中国人',我们之间有不可逾越的鸿沟。何况,我已是有婚约的人。"

村山听到这些如晴天霹雳一般,一股寒流瞬间游遍全身……失落、无助的感觉跟折断的柳枝一样。

杜鹃看到村山如此伤心,心中顿时泛起一丝怜悯,同时她又考虑到村山医生是伊藤的外甥,这条线还不能断!

她调整了一下自己的情绪,娇嗔地说:"村山君,我懂得你对我的真情,其实我对你也是有好感的,我们先从做朋友开始吧。"

村山听到后,像个大男孩一样情不自禁地握住她柔软的小手:"杜小姐,那就一言为定,后天是我 24 岁生日,我诚恳地邀请你参加我的生日晚宴,请你一定赏光。"

"惠子小姐参加吗?"杜鹃问。

村山笑着说:"她是我的朋友,当然参加。"

村山的生日晚宴是在离医院不远但环境优雅的一个小餐厅里举行的,参加晚宴的朋友大多数是医院的医生、护士,好多人杜鹃都认识。

那天杜鹃只是化了个淡妆,穿了一件极普通的麻纱连衣裙,素雅又飘逸,看上去美极了。她青春、靓丽,依然是那样的闪亮耀眼。

村山发现杜鹃不仅长得美,跳舞和唱歌也均是一流的,村山彻底被她折服了。

他们玩到快十点时,突然医院一名警卫急急忙忙跑进来说:"不好了,实验室起火后发生爆炸了!"

大家都连忙跑回医院,晚宴就此散了。村山还想送杜鹃回家,杜鹃说:"发生了这么大的事,你去忙吧,我自己可以回家的。"

几天后,村山告诉杜鹃实验室失火是一起事故。因为高压消毒锅短路引起电线着火,猴子又跑出来打碎了易燃品的瓶子,引起爆炸,只是可惜了所有实验成果,全部被毁掉了。

杜鹃暗自高兴,他们的"灭菌"计划顺利完成了。

5

1940年下半年国际形势急遽变动,9月27日,德、意、日在柏林签订协议,正式结成轴心国同盟。

在此前后英、美两国也签订了协议。

两大集团都看中中国这块大肥肉,都积极争取蒋介石国民政府的参加。

轴心国同盟要求国民政府放弃抗日,加入他们的阵营,由德国劝和,日本诱降。

而英、美则要求国民政府加入英美等的反法西斯同盟,美国愿给大笔贷款、武器和援助。

与此同时蒋介石国民政府还继续得到苏联的大力援助。

国际上三大力量都在拉拢国民政府,这使蒋介石自感身价陡升,于是得意忘形,有恃无恐,为所欲为。

因此蒋介石又开始琢磨共产党,尤其是新四军的敌后根据地竟然在富饶的江南水乡,这让他如坐针毡。在他的授意下,国民党部队不断制造摩擦。

1940年10月4日,新四军在忍无可忍的情况下对国民党顽固派韩德勤部发动了黄桥战役,历时10天,歼敌1.1万,取得重大的胜利。

这一战役更加激怒了蒋介石,他决心要向新四军下毒手了。

从1940年11月起,国民党政府停发了八路军、新四军的经费,封锁交通,使根据地日常生活更加困难。

为了顾全大局,避免更大的冲突,表明共产党抗日的决心,中共中央决定部分同意蒋介石和国民党顽固派的主张,新四军主力北移,让出江南。

1940年12月初,经过慎重的考虑,新四军决定后勤机关先行转移,包括医院等约2000余人及大批器材由云岭向东经苏南转移至苏北。

樟家渡医院已让轻伤员全部回归部队,重伤员均疏散到老乡家。

马梦华要走了,他舍不得离开被他视为第二故乡的樟家渡医院和视为亲人的乡亲们。他神使鬼差地来到刘雅的宿舍,看到刘雅的物品依旧放在那里,心中涌出一股又苦涩又甘甜的滋味和深深的忧伤。

他默默地把刘雅的物品打包收拾好,只见警卫营营长赵力钢急匆匆跑进来,狠狠打了一捶还眨眨眼睛揶揄说:"小马老弟,又想刘雅小妹了?"

马梦华说:"知我者,赵大哥也。我们这次一走,还不知何时才能回来,以后再见刘雅可就难了!"

赵力钢说:"我也三年多也没见着你大嫂和你侄儿。想开点吧,这就是革命战争,要奋斗就会有牺牲。我也没有想到三年游击战争后会跑到这里来，但想一想锦华哥、水仙姐我们还是幸运的……"

马梦华捶了一下赵力钢宽阔胸膛兴奋地说："赵大哥真有你的，哪来的理论，还一套一套的，我佩服、佩服！"

赵力钢说："我是个大老粗，喜爱看书这个优点还是跟你学的呢，你可是我的师父呢。"

突然赵力钢拍了一下脑门："哦，我这脑子呀，还有一个正事向你汇报，转移之事已全部安排好了，明天就可以出发了，我还为你准备了一匹又年轻又漂亮又听话的大洋马，走，去看看！"

第二天马梦华所在部队的大转移开始了。他们转移的路线尽量避免日伪军的占领区而接近国民党部队管辖的地域，这条路线是皖南部队和苏南部队的交通线，沿途还设有兵站，兵站的同志们随最后一批到达的非战斗人员一起撤离。

此时国民党顽固派心中暗自窃喜，虎视眈眈地盯着这支战斗力弱并携带大量物品的部队，还津津有味地吞着口水，仿佛吃着已到手的肥鹅，但上峰未发指令他们只有无奈放行，只是他们不清楚上峰后面还有更大的阴谋。

尽管已是寒冬腊月，但南方的山依然葳蕤苍翠，潺潺的溪水，青翠的松柏，霜打的红叶，蓝蓝的天上懒散游荡的白云，这壮美的山河不因战争和灾难而改变，却让行人更加心疼。

马梦华和战友们经过十几天的长途跋涉，终于到达江南新四军的最后一个兵站并和兵站的同志们一起准备冲破日伪在长江的封锁线到达江北。

由于国民党顽固派有意泄露情报，日伪军早已知道新四军要经此北移，日伪军开始大规模扫荡，大批人员冲过封锁已是不可能，只能让少数人尝试突破封锁，但被日伪扫荡部队冲散，他们只能暂留此处，寻找更好的方法。

他们与当地地下组织和游击队取得联系，采取声东击西的战术，由游击队装扮成新四军后勤部队,吸引日伪军的注意。

又过了几天,根据情报得知,日伪军已经上当了,最近日军频繁出去扫荡,江北检查站空虚,只留下十几个伪军把守,正好是过江的机会。

经过缜密的思考,他们决定:一是将部队化整为零,化装成老乡、难民、阔少等混过去;二是通过特殊战线的同志们搞到"通行证"装成日军可带物质换防过去,但前提是必须有几个精通日语的同志参加。

这一天终于等到了。天刚刚蒙蒙亮,江面上笼罩着一层朦朦胧胧的雾气,马梦华一行人穿戴好伪装的衣服出发了。

这天通往江北的检查站异常繁忙,有迎亲的、拉粪的、卖菜的、算命的、杂耍的、送葬的甚至还有醉鬼。

检查站的伪军们刚忙完了这一阵子,只见又来了一帮人,最前面一个骑了一匹威武的大洋马英姿飒爽,一看就是阔少,后面几个仆人也骑着大洋马,还跟着几辆装满东西的马车,后面一辆豪华的马车里坐着几个女眷,一个个长得如花似玉。

只见这位阔少下了马,命令仆人从车里抬下两大罐美酒和香气逼人还冒着热气的熟肉,还给每个伪军手里都塞了几块大洋,阔少双手作揖说:"各位老总辛苦了,鄙人此去江北探亲,路过此地,一点小意思,请笑纳。"

几个伪军看着手里的银圆和酒肉,嘴馋得直咽口水,心里早已乐开了花,看了一下"通行证",草草地检查了车辆就放行了。

伪军小队长二赖哑巴着满口黄牙的大嘴高兴地说:"今天真是一个好日子,天上掉馅饼了。"话音还未落,就见一列日军车队开过来,为首的一个少佐满脸杀气,一上来牛眼一瞪就给二赖几个大耳光:"老子今天换防,别挡道!"吓得这几个伪军恭恭敬敬地给这一车队的日军放行,紧张得连口令都忘问了。

马梦华他们经过近一个月的风餐露宿,千辛万苦终于到达新四军江北根据地集结点。

马梦华和赵力钢两个老战友又见面了,他俩紧紧地拥抱在一起,赵力钢狠命地捶了马梦华一下,疼得马梦华龇牙咧嘴地大喊:"老哥,你轻点行不?"赵力钢爽朗地大笑:"老弟,你这小身子骨还需锻炼锻炼,听说你阔少还扮得不错呢。"马梦华回道:"你装扮得也不赖呀。"

1941年的新年钟声敲响了,马梦华和战友们度过了难忘的一天,他们心中依然忐忑不安,到现在,他们还未听到军部及直属部队转移的消息,盼星星盼月亮却等到噩耗传来。

国民党顽固派下手了。1月4日驻皖南泾县云岭的新四军军部及直属部队共约9000余人奉命北上到日寇后方开展游击战争,6日在茂林一带国民党顽固派利用江边狭长无险可守的地势,将新四军围住。

新四军突然遭遇到国民党7个师约9万人的包围袭击,经过7昼夜的血战,因寡不敌众,直打到弹尽粮绝,除突围2000多人,3000多名指战员壮烈牺牲,剩下的人员被俘,军长叶挺在和国民党谈判中被扣押。

听到这一消息,马梦华的心情跌入低谷,让他无法想象的是昔日生龙活虎、朝夕相处的同志、战友、兄弟转眼间竟然永别或变成阶下囚,但他坚信,黑暗是暂时的,光明一定会来到。

此时共产党充分利用报纸、广播、群众聚会等形式宣传控诉国民党制造的这起千古冤案。

国民党顽固派把枪口转向抗日的新四军这种使亲者痛、仇者快的卑鄙行为,激起有良知的中国人民和具有正义感的国民党人士的愤怒。

在国内外舆论的一片责难声中和英、美、苏三国政府的外交压力之下,蒋介石突然发现自己在政治上已陷入孤立和被动的局面。

此时的日本人也趁火打劫。6月5日傍晚,日军对重庆市区进行长达5个多小时的轰炸,这是第二次世界大战间接死于轰炸人数最多的一次惨案。日军有目标地轰炸防空洞洞口和通风口,洞内市民因呼吸困难挤往洞口，造成互相践踏及大量人员窒息，数以千计人员伤亡。

校场口惨案震撼了战时陪都重庆，更激起了广大民众的愤怒，在各方势力逼迫之下，国民党这场不得人心的反共闹剧只好草草收场，这真是"搬起石头砸自己的脚"。

共产党宣布重建新四军军部，任命陈毅为代军长，刘少奇为政治委员。

日军利用新四军力量最弱的时机开始对新四军的所属部队以及苏北、苏中根据地进行大规模的、残酷的大扫荡，所到之处都实行灭绝人性的三光政策。

新四军在阜宁、盐城地区进行反击，取得胜利，歼灭敌伪军2000余名，马梦华又开始随部队向敌后根据地前进。

经过几个月战斗和跋涉马梦华及医院终于在7月中旬又要返回江南樟家渡地区。

这天，他们到了樟家渡附近的杨家庄，马梦华看见那边浓烟滚滚，他们立即跑了过去，只见整个村庄的景象惨不忍睹，没有一间完整的房子，到处是猩红的血迹和无辜村民的尸体。可见是这些日军刚施完暴行已扬长而去。马梦华此时已顾不上悲痛，救人要紧。马梦华大声喊："有人吗，还有人吗？"

突然马梦华听到在一个放满秸秆的猪圈里有异常的声音。马梦华迅速把秸秆拿开发现有一个姑娘蓬头垢面，衣服破烂，瑟瑟发抖，一双黑亮的大眼睛惊恐地望着他。

马梦华亲切地说："老乡，不要害怕，我们是新四军，是来救你的。"

姑娘听说是新四军来了，扑到马梦华怀里大声哭泣起来："恩人，你们来晚了，你们来得太晚了，我的父亲、母亲、弟弟、妹妹全被他们杀害了，因为父亲将我藏在这里，我才逃过一劫。"说着，她"呜呜呜"大声地哭泣起来，大家都为她悲惨的遭遇所震撼。

马梦华命令护士长芦小花赶紧把这个姑娘扶出去，安定一下情绪，想详细询问一下情况后再做下一步的打算。

不料她发疯似的号啕大哭还抓住马梦华的手不放。马梦华安慰了她好长时间，直到她安静下来，护士长芦小花才把她带走。

他们又开始在杨家庄进行地毯式的搜索，令人震惊的是再没有发现活着的人。

杨家庄地处茅山山区，比较偏僻，是一个只有三十多户人的小村庄，主要靠打猎为生，经日寇这次疯狂地扫荡，全村一百来口人只有一人幸存。

护士长芦小花汇报说："唯一幸存的姑娘叫杨白雪，二十一岁，因家中已无一人，坚决要求参加新四军，为爹娘、弟妹们报仇，为乡亲们报仇。"

马梦华和政委周大勇商量了一下，介于她的悲惨遭遇，全村又只剩下她一人，决定收留她。

杨白雪实际上是日本特工，代号"白羊"，原名佳玫子。日军为了让"白羊"潜伏到新四军中故意制造了这起令人发指的惨案。她目睹了日军——她的同胞为了她的潜伏任务而制造这一暴行，他们用极其残暴的手段杀戮了这些手无寸铁的村民尤其是妇女和儿童，连她自己都感到他们的行为简直连禽兽都不如，她心灵受到了巨大的冲击和震撼。

当她正在惊恐、无助、失望时，突然听见耳边响起温暖并带有磁性的声音："看，这里藏着一个姑娘。"

杨白雪也看见了马梦华，看见他明亮的大眼睛里带着对她的温柔、关心和信任，她的心不由自主怦怦跳动，一股异样的情愫从心底悄悄涌出。

从此以后，杨白雪开始想方设法接近马梦华，并千方百计打探马梦华身上的一切秘密。当杨白雪得知马梦华的漂亮的未婚妻刘雅同志执行特殊任务，已走了一年多了。出于职业的敏感，她将这一情况向梅机关做了汇报。

6

1941年初上海滩的冬天格外阴冷潮湿，这和杜鹃的心情一样，杜鹃得知新四军遭到了国民党顽固派剿杀的消息后使她悲痛欲绝，不安像一片阴霾投到她心间：不知和她并肩战斗、朝夕相处的战友如何？她深爱的梦华哥在哪里？是否也遭到厄运？"

杜鹃的脑海里不停地呈现和梦华哥在一起的甜蜜的日日夜夜，温馨的回忆像甘甜的清泉慢慢浸润她干枯、绝望的心灵。

战友小芳从外面回来了，高兴地一把搂住杜鹃，带着神秘的腔调说："鹃姐，又在担心梦华哥了？想不想听一个好消息？"

杜鹃用美丽的大眼睛瞟了她一眼，噘着嘴伤感地说："小芳妹，我这几天都烦透了，再别逗我了。"

小芳说："鹃姐，据南方局特务部的老同志说，新四军后勤部队先行转移，已经冲过封锁，到达苏北根据地，当然也包括你朝思暮想的梦华哥了。"

杜鹃激动地跳起来，在小芳脸蛋上亲了一下说："小芳妹，这个真是个好消息，这么着，今天我做东请你吃大餐。"

她们来到一个干净、偏僻、环境优雅的小餐馆，刚坐下，就见一个身穿黑色皮衣，脸型消瘦，近三十岁，一双小眼睛微微眯着，但眸子中闪烁着寒光的人急匆匆地走进来，并大声吆喝着："伙计，今个我要请客，要大碗肉，大罐酒并炒几个小菜来，请兄弟们撮一顿，嗨嗨，还要一醉方休！"

真是冤家路窄啊，杜鹃一看原来是新上任的特别行动队队长王淼。此人比原队长胡图更残忍，且比胡图更加精明和狡猾，尤其是他审问犯人的手段极其残酷，让受审者生不如死，只能招供。

杜鹃略微停顿了一下就笑吟吟地走过去，娇滴滴地说："王队长，哪阵风也把您刮来了。咱俩可真的很有缘,在这么僻静的小餐馆都能遇见。"

王森见是杜鹃小姐立马点头哈腰,露出一副谄媚样,忙说:"是呀,是呀,能在这儿遇见大美人杜小姐真是三生有幸。"

稍后,他转过身来,见到小芳一下子愣住了,用精明的小眼睛死死盯着小芳久久不愿挪开。

小芳生平第一次让一个男人盯了那么久,顿时不知所措,美丽的脸颊飞起几朵红霞,一直红到耳根。她努力克制住自己,镇静了一下,低着头,略带羞涩地挽着杜鹃的胳膊娇嗔地说:"小姐,这里人太多,咱们到别处去吧?"

王森这下子缓过神来,心想:哦?原来这位小美人是杜鹃的女佣?尤其她那害羞的样子,简直太迷人了。就赶紧说:"能遇见杜小姐和杜小姐漂亮的女佣也是我的福分,不如我请两位小姐一起吃,我买单。"

杜鹃讥讽地说:"王队长今个怎么大方起来了?"

王森对杜鹃耳语:"发大财了!"杜鹃疑惑道:"哦?"王森接着说:"伊藤机关长喜爱中国古董。我今天带兄弟们抄了一家古董店,把店老板和伙计们都当共产党给击毙了,从古董店的夹壁中发现了许多稀世珍宝,伊藤大佐大喜,赏了我们五根黄鱼呢。"

说着行动队的这帮人陆陆续续走了进来。由于有两位美女的陪伴晚餐吃得很痛快。杜鹃和小芳有意劝酒,这些人一个个都喝得酩酊大醉。杜鹃看时机已到就问王森:"那些价值连城的古董一定要放好。小心又被其他人劫走。"

王森喝得舌头僵硬,结结巴巴地说:"大妹子,你放心,它们放在有日军重兵把守的11号仓库内,等货再多一些,就用轮船送到日本去。"

说着说着就趴在餐桌上呼呼大睡起来。杜鹃和小芳看见这帮人一个个喝得不省人事,东倒西歪,就跟小餐馆的老板交代说:"今晚我们还要加班，我们就先走一步，麻烦你一定把他们照顾好。"

一回到家中，杜鹃叫小芳立刻向组织汇报，一场抢救国宝的战役悄悄打响了。

王淼这一次和吴小芳的偶遇，让他沉静的心又悄悄复活了。虽然他已有家室和孩子，但那是"父母之命、媒妁之言"，别说是爱情，连感情都谈不上。

小芳那一双黑葡萄似的大眼睛不知不觉间深深地打动着王淼，小芳年轻、活泼、充满活力的身影已经无法抑制地扎根在王淼内心深处了。

王淼最近和杜鹃的联系多了起来，他为了见一见小芳，隔三岔五地到杜鹃家闲聊，有时还透露一些行动队的秘密。

聪明的杜鹃早已看出王淼的这点小九九，故意顺水推舟，让小芳半推半就接近他，好打听那批古董和其他有用的情报，但有一个原则，决不让王淼占了便宜。

这一天晚上，王淼找借口又来了，见小芳一人在家，心中暗暗窃喜，故意问："杜小姐呢？"小芳答："小姐有事出去了。"

王淼口无遮拦地说："杜鹃是不是和那个叫村山的日本人鬼混去了？把你一个人留在家里。"

这句话激怒了小芳，小芳脸色微微发红嗔怒道："你、你给我滚出去！你污蔑小姐，小姐才不是那种人！"

王淼见小芳粉嫩的瓜子脸比刚刚还粉红几分，更加美丽动人，内心一阵冲动，一把搂住小芳的腰，刚要亲吻，小芳几个大耳光扇过来说："王队长你放尊重点！"

打得王淼一下清醒了，心想：好刚烈的小丫头，这耳光又快又狠，真够刺激的，心急吃不了热豆腐，还是慢慢来，我就不信把她搞不到手！

王淼马上把手放下，还满脸堆笑地说："小芳妹，是大哥不好，是因为太、太喜欢你了，没有控制好自己……"说着就把小芳的小手抓起来往自己脸上边抽边说："如果你不解恨就打、就再打……"

两人正在纠缠中，只见杜鹃走了进来杏眼怒睁大喊："王队长，住手，不许欺负小芳！"

王淼一看是杜鹃来了，紧张得直打战，立马停住了手，满脸堆笑巴结道："美丽的杜小姐，我正有事找你呢。"

杜鹃真的生气了，极不耐烦地说："有什么事就说，说完就赶紧滚、滚、滚！"

只见他放低声音："明天晚上，我们行动队要押运一批重要物品去11号仓库，我准备把你俩装扮成行动队的人员，带你们去看一看你们朝思暮想的宝贝，如何？"

听到是此事，杜鹃脸上立马阴转晴，故作扭捏状："我们去，合适吗？"王淼答道："当然可以，这事就这么定了，明天见！"接着又补充一句："听说这批宝物近期要离开上海港到日本去。"

第二天晚上她们如约来到11号仓库，当王淼打开箱子，杜鹃、吴小芳均被眼前精美绝伦的宝物惊呆了。

按照她们的约定，由小芳缠着王淼，杜鹃做记号。

这几天，伊藤大佐的心情不错，他送给天皇的宝物已经出航，再过几天，不出意料，他就会升职，这是他为帝国做的贡献。突然一名日本少尉慌慌张张闯进来，递给他一份电报：货船已于今日凌晨5点因事故着火在海中沉没。

伊藤手握电报像泄气的气球般瘫坐在地上。

与此同时杜鹃和小芳正在庆祝胜利：国宝已安全转移！

这天天气晴朗，蓝天闪亮得如森森的海水，上面还点缀着几朵雪白的云彩犹如洁白的风帆。杜鹃的心情和这天气一样，挺不错的，她一边整理文件一边不由自主哼起了小曲，突然贾科长屁颠屁颠地过来，神秘兮兮地说："杜小姐，出大事了！"

杜鹃撇了撇嘴："贾科长，别逗我了，现在够沉闷的，还有什么大事可出？莫非是又死人了。"

贾科长清了清嗓子："杜小姐你可真是聪明，一下被你猜中了，死的是我们76号的长官吴四爷！"

杜鹃听到后，复杂的情绪犹如潮水般地向她袭来，她脸色瞬间变得煞白，她仿佛又听见那断断续续的低语里充满无穷的绝望和悲伤："我的女儿，我的可怜的女儿啊！"这个声音在她周围不停地游荡着。

杜鹃不由自主地颤抖起来，脑中一片空白，她又听见一阵骚动，慢慢恢复知觉了，只听贾科长急切地问："杜小姐，你——你怎么啦？"

杜鹃喘了一口粗气："哦，刚刚头晕，低血糖犯了。"

贾科长嘟囔道："杜小姐，你这一惊一乍的，吓死人了。"

这天过得太慢了，终于挨到了下班，杜鹃拖着疲惫的步子回到家，一见到小芳，杜鹃紧紧将她抱住，失声痛哭起来。

小芳把杜鹃扶着上了床："鹃姐，你休息一下，我先探听一下消息，一会儿就来。"

杜鹃终于等到小芳回来了，她眼巴巴地望着小芳，想听到她母亲的消息。

小芳神情坚定地望着她："鹃姐，我们都是共产党员，在任何困难的情况下，我们不会忘记我们的信仰和目标，对吗？"

杜鹃含泪点点头："是的。"

"那我就告诉你，事情并没有你想象的那么糟糕，起码你母亲还活着，我们还有希望，组织也不会放弃的。"

杜鹃急切地问："小芳,你快说,不管是什么样的结果,我都能接受。"

小芳这才娓娓道出缘由。

吴四爷是一个生性残忍、多疑、刚愎自用的人，他一直和李默不和，并觊觎李默的位置已久。因他杀害无数抗日斗士的暴行得到日本主子的赏识，他自以为时机到了，就想用他一贯的手段对付李默，结果暗杀失败了。

让他没有想到的是，他的锋芒毕露和目中无人早已触碰到日本主子的底线，李默和日本主子联手对付了他，将他毒死了。

他一死，他手下的人是"树倒猢狲散"，死的死，逃的逃，而他前妻的女儿和吴太太也失踪了。

小芳说完后默默地凝视着杜鹃，见她美丽的脸庞挂着两行泪水。小芳知道，只有时间才能抚平她内心的创伤。

7

梅雨时节，雨帘垂直落下，一切都是湿漉漉的。这天傍晚村山突然手捧鲜花出现在杜鹃面前。原来村山因执行一个重要任务，一走就是近半年，杳无音信。

杜鹃仔细端详着他，发现他仿佛变了，明显比以前消瘦和憔悴，但更加成熟了。她噘着粉嘟嘟的小嘴，抱怨道："你怎么才回来？我以为你早把我忘了。看看你，怎么变得这么憔悴，究竟发生了什么？"他深情地凝视着杜鹃，满目爱怜："我怎么可能把你忘掉，你已是我今生无法割舍的牵挂！我真的经历了一场生死大劫。走，咱们出去我慢慢给你讲。"他情不自禁走过来，拉着杜鹃的小手。

杜鹃轻轻一笑，羞涩地点点头。他俩迎着绵绵的细雨，手牵着手默默地走着，那清凉、飞扬的雨丝不快不慢、不轻不重打在脸上，湿润着秀发，有沉默，有淡然，有幽怨，更有彻悟。

村山慢慢地说着："几个月前，我奉命护送一名重要的病人到'满洲国'。"

"哦！是那个'疯子'？"杜鹃问。

"是的，杜小姐就是聪明，一下子就猜出来了。"

"我们坐着汽车，沿着崎岖蜿蜒的山路走着，突然遭到东北抗日联军的袭击。在交火中我负伤了，子弹穿透了我的身体，差一点击中我的心脏。这时只有一个念头支撑着我，我要活着，我还要见到你！我止住了血，耗尽全身的力气拼命地爬行，不知何时昏死过去。

等我醒来，发现我孤零零地躺在一个浓密的杂草丛中。我将沾满血污的外衣脱掉，并将它们埋了，包括证明我身份的重要证件。我知道，这里到处是抗日联军和中国的老百姓，若我被他们抓住，绝对是死路一条。幸好我身上还有急救药包，我对自己进行了简单地包扎，还找了一根树枝当拐杖，走着、走着，因体力不支，又昏死过去。

等我再次醒来，发现我已躺在一个猎户的家里。是这个猎人打猎时发现了我，将我背了回来，他有一个年轻的女儿，细心地照顾着我。等我伤势稍微好转一些，就急不可耐地要离开，我不想麻烦他们了，我不想把我的救命恩人置于一种危险的境地。那家的女儿帮助我，并给了我一些盘缠，我离开了给了我第二次生命的家，我感谢他们，我真的发现了你们中国人的朴实和善良。"

杜鹃看了他一眼幽幽地说："难道你以前不是这么看的吗？"

"恕我直言，是的！在我的内心深处，中国人就是下等人，当然你除外。自从遇见他们，我的看法改变了。"

"后来呢？"杜鹃问。

"后来，我找到了关东军，他们不听我的述说就将我铐起来。我冷静地辩解一定发生了什么误会，但不起作用，我还是被投入了他们的监狱。在监狱里，受到了非人的待遇。他们将我和一名共产党的要犯关在一起，他们的目的很明显，就是让他将我'赤化'，或我受到他'蛊惑'后，有了'赤化'言论，进而抓住我的把柄。"

村山接着说："那个共产党要犯姓李，我就叫他李先生吧。李先生幽默、风趣，他的见解之新颖是无法描述的。他意志坚强，受到常人难以忍受的酷刑，仍然保持乐观的态度和坚定的信仰。他还在力所能及的范围内尽量保护我，我们逐渐成了患难与共、生死相托的朋友。他曾经推心置腹地对我说，虽然他现在势单力薄，但他坚信正义与他同在，他们的目的就是要实现全人类的解放，让全人类的劳苦大众都过上幸福、美好的生活，哪怕献出自己的生命。"

讲到这里，村山的泪水滚落下来，他悲痛得说不出话来，哽咽道："后、后来他被枪毙了，我形单影只在黑暗的监牢中反复思考着，我终于想明白了，我们进行的这场战争美其名曰为'圣战'，曾经的我也被蛊惑过。战争已让人变得疯狂、愚昧、自私和无情，我想起你曾对我说过，我们人类既然生活在同一个地球上，就不应该分什么民族、种族，我们每一个人活在这个世界上都是平等的，应该相亲相爱、和平相处。"

村山这番话让杜鹃听得很入耳，她关切地将手绢递给他："坚强点。"

"那你怎么出来的？"杜鹃神色凝重地问。

"哦，还是李先生在他临刑前通过他的关系联系到我舅舅伊藤，是我舅舅费了很大的劲才把我从监狱里救了出来。"

"啊，你们不都是日本人吗？"

"唉，我现在才了解，关东军的长官和我舅舅有矛盾，他们把我当着一颗棋子，想要以此要挟我舅舅。"

"哦，那个疯子呢？"

"我也不清楚，有可能被打死了，也有可能抗联误认是自己人被他们救了。"

杜鹃突然陷于沉思之中，她的心脏开始咚咚咚跳个不停：郑之生可能没有死，他的命可真大呀。

接着他们好像无话可说，陷入可怕的沉默之中。

村山首先打破令人窒息沉闷的气氛："杜小姐，我这次回来发现你变了，原来活泼、单纯的女孩眼睛里多了几分忧郁和深沉，能告诉我为什么吗？"

杜鹃看了他一眼，眨动着她那迷人的眼睫毛心想：他经历了那么多悲惨的事，我不能再伤害他了，还是绝了他那份念头吧。

她狠心地说："和你在一起，我总感到背负着一种罪恶感。"

村山吃惊道："怎么会这样？"

杜鹃道:"你走后这半年多发生了太多的事。你看看我们的家园变成什么样子!我能安心理得地和一个日本人谈恋爱吗?"

村山静静地听着、思索着,他沉默了,不知如何回答为好,也不知如何能消除他心爱姑娘的心结?

他们走过了滴着雨水的屋檐,走过了布满碎石和青苔的小巷,走过了精巧别致的拱桥,走过了香气四溢、热气腾腾的馄饨摊,走过了灯火依稀、道路泥泞的老街。

突然"嘎"的一声急刹车,一辆豪华的黑色小轿车停在他俩面前,从上面走下来一个四十岁左右的中年人,身材挺拔,戴着一副金丝眼镜,唇上留着一抹仁丹胡,一走下车来就大喊:"嘿,村山君,你怎么在这里?"眼睛又一转盯着杜鹃问:"这位美丽的小姐是谁?"

只见村山毕恭毕敬地说:"安信吉老师,你好,能在这里遇见你是我的荣幸。"并介绍说:"她叫杜鹃,是我的朋友。"

安信吉看着杜鹃凹凸有致的身材和美丽动人的脸颊,尤其是那一双秋波盈盈的媚眼,顿时安信吉像失了魂似的。

他十分热情地邀请村山和杜鹃到他下榻的酒店坐坐,但是杜鹃婉言拒绝了他的邀请,他只好作罢。

第二天,杜鹃因淋了些雨,有点感冒,村山立马忙前忙后、无微不至地照顾着,一会儿做饭煲汤,一会儿量体温,一会儿端水喂药,一会儿讲笑话逗她开心,忙得不亦乐乎。

杜鹃也没闲着,出于职业的本能,她开始打听村山的老师安信吉的情况。

据村山说,他的老师安信吉是京都医学院著名教授,是日本知名细菌学、生物化学专家,他这次来还带着特殊任务。

杜鹃一时怔忡,村山惊慌地问:"杜小姐,你怎么了,哪里不舒服?"杜鹃一下缓过神来淡淡一笑:"就是有点头晕。"

村山连忙扶她躺下,并掖好她的被子:"病还未好,活动量不能太大,赶紧躺下休息休息。"

到了晚上，忙碌了一天的村山准备回去，临走之前还反复叮咛："要记得吃药，晚上我煲点汤，明天带过来，给你补补。"

村山走后，杜鹃正在愣神，小芳悄悄溜进来，轻轻扑上去把杜鹃抱住，把杜鹃吓了一跳。定睛一看是小芳便故作恼怒："死丫头，吓我一大跳！"

小芳嘻嘻一笑："鹃姐，你真很有男人缘呀。看来那个村山是真心对你好的。"

杜鹃瞥了小芳一眼，叹了一口气道："唉，我也很无奈，不是为了任务吗？我知道他的心思，他对我越好，我就越纠结，越觉得对不起他。在我的心里只有梦华哥，其他的人已没有位置了。"

杜鹃将村山的老师安信吉的事给小芳说了，让她尽快向组织汇报。

过了几天，组织传来消息，从打入梅机关的日本共产党员西功同志那儿了解到：安信吉是日本著名的生化专家，也是日本731部队的创办者之一，是一个罪行累累的战争狂。这次带来了秘密武器是他最新研制的致命病毒。这个病毒是一种超级流感病毒，传播速度极快，瞬间可吞噬千万人的健康甚至生命。他还带了秘密武器的布防图和所谓"疫苗"，这种"疫苗"专门给中国的学生乃至幼儿园的孩子接种用，并已经在上海建造一个细菌实验室。所以梅机关对此人严密保护，他的住所和所有通道都有日本宪兵把守。

组织还要求"映山红"她们不惜付出任何代价窃取布防图、摧毁实验室、失活"疫苗"。因为此人危害极大，对他还要实行暗杀行动。

听到这个消息杜鹃咬着牙倒吸一口冷气，对这个安信吉已经有了一定的了解。杜鹃和小芳认为这次任务太重要了，因此她们也做了充分的准备和最坏的打算。

这一天终于来了，村山对杜鹃说："杜小姐，安信吉老师邀请我俩明晚参加文化教育部举办的欢迎他的晚宴。"

杜鹃故作忸怩地说："承蒙邀请，不胜荣幸。"

晚宴设在四川北路装修豪华的江虹宾馆里，这里离日本宪兵司令部不远。

他俩拿着烫着金字的请帖，经过严格的搜查才走了进去。

宾馆大厅的中央挂着硕大的天然水晶吊灯，灯光华丽而又典雅。

晚宴非常丰盛，有法式大餐、粤菜、日本料理等，饮料、鸡尾酒、葡萄酒敞开供应，安信吉今天是最重要的主角，因此他风光无限，春风得意。

安信吉笑容满面地过来跟村山和杜鹃打了声招呼，并对村山耳语："你的朋友真漂亮。"

晚宴结束后开始举行舞会，随着轻柔的音乐响起，灯光渐渐地暗了下来，有一种朦朦胧胧的感觉。

安信吉坐在舞厅的一个角落里手中拿着酒杯慢慢品呷着甘甜的鸡尾酒，眼睛却紧盯舞会中最惹眼的一对。坐在他身边的张心阳部长也看出端倪，指着村山和杜鹃说："安信吉教授，你看这对儿，男的英俊潇洒，女的青春靓丽，犹如鹤立鸡群般的闪亮耀眼让人赏心悦目。"

安信吉自豪地说："男的是我的得意弟子村山，女的是76号的机要秘书杜鹃。"

张心阳故作感叹："哦，真是郎才女貌、珠联璧合。"

其实张心阳的身份和杜鹃一样，现在要做的是给安信吉心中狠狠填把欲火，给杜鹃制造接近他的机会。

一曲终了，两个人手拉着手走过来，村山十分尊敬地叫了一声："老师好！"

此时又一首悦耳动听的音乐响起，安信吉站起来潇洒地弯了一下腰，伸出手邀请杜鹃跳舞。

安信吉这么近距离地和杜鹃接触，令他心旌摇曳、欲火上升，心想：这小妞人长得美，舞姿也轻盈动人。他的手忍不住往下滑去，只见杜鹃"唉"了一声:"老师,学生舞技不精,不小心踩了您的脚,对不起。"

安信吉转过头,见村山看着他并蹙起了眉头,眼睛里露出不安,他们彼此对视了一下,但心知肚明。

安信吉这下老实了,规规矩矩地和杜鹃跳舞。

舞会到一半时又安排了一个节目:施展个人才艺。

村山和安信吉都怂恿杜鹃上去唱一首歌,杜鹃说:"今天我看老师的面子,一定要给老师捧场!"说着,她就大大方方上去唱了一首日本民歌,歌声清脆嘹亮,时而活泼,时而低沉,时而欢乐,时而哀伤,把嘉宾都带入歌中。歌声刚落,张部长就大声喝彩:"好,唱得好!"

接着下面爆发出雷鸣般的掌声,大家齐喊:"再来一个,再来一个!"有一个年轻人上来献给杜鹃一捧鲜花。

安信吉回去后躺在床上辗转反侧,脑海里尽是杜鹃的俏模样,心想:杜鹃这小妞是那么的美丽,清纯中还带点朦朦胧胧的青涩和可爱,目若秋水,时而沉静,时而灵动,让人陷进去而无法自拔,我一定要找机会再约她。

晚宴后的第二天上午,杜鹃刚上班不久,就见有人给她送来一大捧鲜花,鲜花娇艳欲滴,十分美丽。同事大李过来凑热闹:"杜小姐,又是哪位翩翩公子给你送的花?好漂亮呀!"杜鹃噘着小嘴嘟囔道:"我也不知道呢。"

她拿起鲜花上的卡片:杜小姐,晚上请你吃饭,请你一定赏光。安信吉。

她本来就对他已经产生了极度的厌恶和反感,但组织要求她,继续和安信吉接触,从他身上寻找突破口,寻找最有价值的情报。她只好控制住自己的情绪前去赴约,但她脑海里一直闪动着和他见面后各种最糟糕的结局。

下班回到家里,她匆忙打扮了一下,并带上了防身用的毒戒指,这个戒指只要按动机关,就会跳出一个倒刺,里面装有迷幻剂药物,它和那种叫"巴比妥类药物"有远亲关系,只要刺入少量一点就可以迷惑人的神志,让他变得顺从且很听话。

杜鹃刚收拾妥当,就听见门外响起汽车的喇叭声,原来是安信吉派人来接她了。小芳用担忧的眼光望着她,杜鹃上去拥抱着小芳,并温柔地吻了一下小芳的脸颊说:"小芳妹,别担心了,我会应付的,如果我来晚了,你就先睡吧。"

她迟疑了一下,又强调:"如果9点30分以后,我还没回来,就让村山来找我。"

杜鹃来到约好的酒店,安信吉早已在那儿等候着,他坐在一个包厢里,见杜鹃来了,他抬起头向她微笑,这种微笑亲切而诚恳。

杜鹃故意诧异地问:"村山呢?村山君怎么没来?我可将这次聚餐也告诉了他。"

安信吉尴尬地笑了一下:"村山君,有点急事,晚点再来。"

安信吉真诚地看着她的眼睛:美丽的杜小姐我们就先吃好吗?"

安信吉见杜鹃还迟疑着,便拿起酒杯真诚地说:"能与美丽的杜小姐相识,是我的荣幸。我很喜欢和你这样美丽的小姐一起安安静静吃一顿饭,这种感觉我已经好久没有了。"说着他将酒杯的酒一饮而尽。

这时杜鹃心情一下放松了,心想:他可能也没有什么恶意,就是请我吃一顿饭而已。

杜鹃开始使尽浑身解数迷惑安信吉,并不停地劝酒。

安信吉在酒精的刺激下,和蔼的笑容变成了邪恶的淫欲,他趁杜鹃不备一把将杜鹃拽了过去将她搂住说:"可爱的小甜心,你不是说你酒量不好,不能多喝嘛,所以我在你的菜中放了别的好东西……"

杜鹃挣扎着愤怒地问:"老师,村山呢?我可是你学生的朋友!"

安信吉喷着酒气大笑:"哈哈哈,我管不了那么多了!"

幸亏杜鹃入口的饭菜并不多,杜鹃冷静了一下,将毒戒指中的药物刺入他的皮肤,并顺手拿走了他裤兜里的钥匙。

安信吉瞬间脸色变得煞白，杜鹃故意关心地问："老师，你还好吗？我看你的脸色有点不好。"

安信吉答道："嗯，我、我怎么了？"他看了看周围有点迷糊。

杜鹃说："老师，你可能喝多了，我给你倒点水去。"

杜鹃迅速来到洗手间，用以前训练过的方法，将刚刚吃的饭菜全部吐掉，快速地将钥匙上完模子，并端着一杯水走过来。

她扶着安信吉将钥匙放回原处，给他喂了点水："老师，你的胃不舒服吗？""没、没有，我没事……""那你好好休息一下，可能酒喝多了，一会儿就没事了。""好的，麻烦你照顾我，我在你面前丢丑了。"

杜鹃知道药物已经起作用了，就切入正题。

杜鹃娇滴滴地说："老师，听说您是著名的生化专家，最近还发明了一个什么病毒？"

安信吉晕乎乎地盯着她："噢，是一种流感病毒，它通过飞沫传染，就连医院的医生、护士都不能幸免，传染性极强，目前无药可治。死亡率极高，感染者最后因呼吸衰竭而死亡。"

接着他又神秘兮兮地说："我还要告诉你一个秘密，我们准备给上海中小学生和幼儿园小朋友打疫苗，它是一种病毒，潜伏在体内后，慢慢吞噬免疫细胞，等到一二十年后免疫细胞全部让它吞噬，疾病才全面暴发。"

杜鹃心中咯噔一下，但她克制住自己的情绪，依然和颜悦色地说："老师，那您的实验室在哪儿？"

安信吉木讷地说："它、它就在我的卧室兼办公室里。"突然传来一阵急促的敲门声，安信吉说："进来。"

安信吉的保镖指了指跟在身后的村山说："长官，他说他是您的学生，非要进来不可。"安信吉无奈地点点头："让他进来吧。"

村山用十分关切的眼神望着杜鹃："你、你还好吗？"杜鹃答道：

"我还可以，老师喝多了，不舒服。"

8

这几天安信吉好像得了相思病，整天想念着杜鹃就像热锅上的蚂蚁团团转，但约了她几次，杜鹃借口有事都给推掉了。他想可能是上次过分着急，有点鲁莽，这个小妖精对他有防备了。

只是又有一点希望，杜鹃给他的保镖捎了个话，说很欣赏老师的才华，有机会想和他再次会面。

机会终于来了，村山来找杜鹃说："明天是安信吉老师的生日，邀请我俩参加，并一再叮嘱我一定带上'可爱的杜鹃小姐'。"

第二天一下班，杜鹃急忙回家精心打扮了一番。她穿了一双精致并特殊的高跟鞋，高跟鞋的鞋跟是空心的，里面装着遥控定时炸弹；戴着一副漂亮的耳环，耳环内部也是空心的，里面装有麻醉剂，在释放中让人立即昏迷，头发上别了一枚漂亮的发卡，其实它是微型照相机。刚打扮完，村山就来了。

村山提着生日蛋糕，杜鹃手捧鲜花如约来到安信吉的住处——江虹宾馆8层，也是宾馆的最高层。他们经过最严格的安全检查。

他们刚走下电梯就看见安信吉热情地在门口迎接，并殷勤地说："二位请进！"进去后杜鹃看见整套房子的地板上铺着崭新、厚实、褐黄色的纯羊毛地毯，上面织着典雅的花纹，走在上面仿佛走在云中，轻微的脚步划过地毯发出细微的摩擦声，就像森林中踩着树叶一般温柔。

套房有两个卧室，两个卫生间，一个会客室、餐厅、书房，令杜鹃意想不到的是还有一个警卫室。

他们进去后，安信吉把门关上，并走向警卫室非常严厉地说："今天我要招待贵客，没有我的允许，不准出来。"只听卫兵大声回答："是！"

警卫室的门被安信吉重重地关上，此时的杜鹃才大大地松了一口气。村山和杜鹃齐声说："老师，生日快乐！"

杜鹃拿一个花瓶把花插上，环顾了四周诧异地问："就邀请了我俩？"安信吉微笑地点点头："当然。"并不怀好意地盯了一下她："嗯，私人宴会嘛，你们是我的贵客，一般人是不允许进来的！"村山眼睛里显出了一丝忧郁。

安信吉接着说："今天我特请我的学生村山和他的朋友杜鹃小姐参加我的私人生日晚宴，你们感到意外吗？"

村山说："噢，不！老师，您单独宴请我们，是学生的荣幸。我愿永远追随您。"

安信吉和村山走在前面，杜鹃紧随其后，参观了安信吉的书房，一进去一股淡淡的檀木香气扑面而来。书房的墙上挂着一幅字画，有一种古色古香的韵味，中间放着一张大的写字台，书房周围摆了一圈书柜，里面整整齐齐码放着书。博古架上摆放着青花瓷、粉彩瓷和罕见的玉雕，个个光彩夺目。杜鹃惊叹："啊，老师真是一个文人雅士，学识渊博。"听到杜鹃这样夸奖他，安信吉很是得意。

回到客厅，杜鹃将生日蛋糕打开，插上蜡烛，将其点燃，然后关上灯，只见烛光一闪一闪好像有点迷蒙还有点诡异，安信吉使劲吹了一口气，烛光突然熄灭了，房子里一片漆黑，杜鹃突然"哟"了一声，村山急忙将灯打开，看见安信吉盯着杜鹃怪异地微笑着，而杜鹃一脸漠然。

村山急切地问："杜小姐，你怎么了？"杜鹃答："噢，不小心碰了一下。"村山又问："老师，哪里不舒服？"安信吉一下缓过神来忙说："没……没事，可能一时走神了，你们不客气，边吃边聊。"

原来安信吉在黑暗中悄悄捏了一下杜鹃的小手。

安信吉一听杜鹃的解释，一颗悬起的心放下了，心想：这美丽的小姐果然兰质蕙心、善解人意，还帮我掩饰着，看来还真对我有点意思。

安信吉的心情一下舒畅起来，他拿来了日本清酒，他趁村山和杜鹃不备时，将安眠药迅速放在村山和杜鹃的酒杯里，机敏的杜鹃早已将这一切看在眼里，她切蛋糕时故意将手割破，趁他们俩慌乱之中，她将安信吉的酒杯和她的酒杯换了过来。

他们边喝边聊,三人聊得非常开心,尤其是安信吉在杜鹃娇滴滴的劝说下已喝得醉醺醺的。

安信吉和村山慢慢陷入沉睡状态,杜鹃担心他们睡得不踏实,她屏住呼吸,将麻醉剂倒入她的手帕中,她用手帕先将安信吉的口鼻捂住,又将村山的口鼻也捂了一下,房间里弥漫着麻醉剂的味道,等了大约一分钟,麻醉剂的味道散尽,她才开始呼吸,并放心地悄悄离开。

杜鹃潜入书房,仔细观察着,她发现书架旁有一个不十分明显的按钮,轻轻一按,书架缓缓移开,露出一扇门,她开门进去,眼前的情景把她惊呆了,原来是一间设备齐全的实验室。

她首先发现"疫苗"整齐地放在保温箱里,这种保温箱是可温控的,她戴上手套,旋转按钮,加热至50℃,将它们灭活。

环顾四周她发现了保险柜,她将已经配好的钥匙插入,轻轻地旋转,将保险柜打开,将布防图、规划方案及和传染性极高的流感病毒、鼠疫等研究资料用微型照相机全部拍下来,并在实验室的灯里安上遥控炸弹。

事毕,全部恢复原样后,她重重地舒了一口气才离开。回到客厅见两人依然呼呼大睡,她迅速在客厅的吊灯里也安装了遥控炸弹后,也趴在餐桌上装睡。

村山醒来后,他发现其他两人都醉得不省人事,就轻轻地推杜鹃:"杜小姐,快醒醒,快醒醒。"杜鹃睁开媚眼:"啊,我在哪里?"村山说:"杜小姐,你喝醉了,还在老师的房里呢。"

他们一看安信吉依然睡着,杜鹃说:"村山君,老师醉得一时醒不过来,咱们把他抬到卧室去,否则会感冒的。"

他俩将安信吉抬到床上,将鞋子、外衣脱了,把被子盖好,轻轻地关上门。他俩又将餐桌上的残汤剩饭收拾掉,将酒杯、餐具洗干净才悄悄离开。

一阵急促的电话铃声将安信吉吵醒，安信吉看了一下手表已近中午。原来是张心阳部长打来的电话询问如何打疫苗之事。

　　此事敲定后，他突然想起昨晚的事，急忙给村山打了个电话，得知缘由，又仔细检查了一遍，才放下心来。

　　下午2点半，张心阳部长带着他的助手小夏按时来到了安信吉的住所，商谈进行得非常顺利，敲定疫苗先从中小学生打起，由教育部统计一下人数并安排时间。

　　在商谈中，安信吉接了一个电话，张心阳懂日语，从电话中得知：明天上午9点由日本政要陪同日本的著名学者参观他的实验室并听他汇报实验成果。

　　张心阳是"映山红"在军统的上线，他回去后就通知"映山红"，把遥控定时炸弹定在明天早上9点30分电话铃声响起时。

　　第二天9点半，电话铃响了安信吉刚拿起话筒，突然响起剧烈的爆炸声，一瞬间江虹宾馆8层已变成一片废墟，安信吉、日本政要、学者、专家、宪兵和他们的秘密武器全部葬身此处，实验室也被彻底地摧毁了。

　　梅机关的机关长伊藤大佐立即赶到现场，现场一片狼藉，并没有留下有价值的线索，到处弥漫着血腥味、尸体被烧焦的味道、化学试剂刺鼻的味道。

　　伊藤大佐回来后气得直打哆嗦，抬起头，瞪着土原少佐抬脚就将他踹倒在地下，愤怒地咆哮："你们、你们给我去查，先从和安信吉最近接触的人和电话查起，到底是谁干的？"

　　结果很快反馈过来，文化教育部部长张心阳因工作需要经常和安信吉接触，在爆炸发生的前一天还带着助手到安信吉那里商量工作；村山医生带着他的朋友杜鹃在两天前为他的老师安信吉庆祝过生日。

　　伊藤大佐沉思了一会儿命令："先从张心阳入手。"

　　张心阳在伪政府干得非常出色，他人缘好、能力强，深得上级的欣赏和下级的尊重。

伊藤大佐想到此就下令:"立即秘密逮捕张心阳的助手小夏。"

他们在小夏身上使用了常人无法忍受的酷刑,也无法撬开小夏的嘴。最后他们用了731部队提供的神经控制药剂,小夏终于抵挡不住神经控制药剂的冲击,他开口了。

日本人从小夏嘴里得知:张心阳是抗日分子,但其他事小夏也一概不知。

伊藤大佐心想:有这点就足够了。因为张心阳家住在法租界,日本人白天不能贸然行动,只有到晚上才能行动。

梅机关行动队队长土原少佐带着日本宪兵队在下午已秘密包围了张心阳的公寓。

这一天傍晚,一轮血色的夕阳在西边的地平线处的雾霭中沉浮,那令人窒息的殷红将天边染成血一样的诡秘的色彩,天突然暗了下来。

张心阳心中莫名其妙地颤了一下,他预感到可能有不好的事情发生。出于职业敏感性,他仔细观察了公寓四周,发现隐隐约约有人影晃动,他明白了:助手小夏这两天来一直未露面,可能已经出事了,自己已经暴露了。

他立即叫来了妻子也是他的报务员兼交通员的王燕、司机小徐开了个临时党小组会,面临现在的局势,想要突围或转移已是不可能了,只有一条路:战斗到底!

他们迅速执行各自的任务,发电报、烧毁文件、准备非常有限的枪支弹药。等一切忙完后,张心阳的妻子王燕坐在张心阳身旁沉重地舒了一口气幽幽地说:"幸亏大女儿上学住校了,小儿子昨天送到姥姥家了。"

张心阳叹了一口气:"唉,是我太大意了,应该让你也走的。"王燕紧紧拥抱着张心阳说:"心阳,我爱你,我愿永远和你在一起,生死相随、无怨无悔!"

张心阳温柔地抚了抚妻子鬓角有些散乱的秀发,将她拥在怀里,深情地看着她的眼睛，她的眼眸里多了几分忧郁，几分深沉，更多了几分坚定，他内疚地说："唉，我欠你的太多了，你放弃富家大小姐的生活，跟着我参加革命、走南闯北、吃尽苦头，真的委屈你了。"

王燕静静地看着自己的丈夫，双手环在他的腰间，享受着这短暂的温馨轻轻地说："这是我心甘情愿的，为了我们的祖国，为了我们多灾多难的民族，我死而无憾！"

张心阳紧紧握住她的手，突然另一只手也握过来，哦，是小徐，他们三人紧紧拥抱在一起："我们死而无憾！"

突然响起剧烈的敲门声，张心阳从气窗里看到门口已聚集了十几个日本兵，就从气窗扔下数个手榴弹，只听见门外的爆炸声和惨叫声。土原少佐大喊："张心阳你们已经被包围了，没有退路了，你们投降吧！"

张心阳怒吼："我们中国人没有投降二字，有的就是战斗，就是消灭你们这些侵略者！"

张心阳和小徐拿着枪和手榴弹在事先布置好的气窗中迂回穿梭打击敌人，而王燕则给组织发出最后一封电报："同志们，永别了！"然后砸毁发报机，并跟随张心阳参加战斗。

他们已经击败了敌人多次组织的进攻直到弹药消耗殆尽，突然间出现一片寂静，时间好像凝固了。原来，日本人又重新组织一次新的进攻，过了一会儿在重机枪的掩护下，几个日本兵抱着炸药包快速向门口移动，紧接着就听见震耳欲聋的爆炸声，小徐感觉自己就像身处惊涛骇浪中，大地在剧烈地抖动着，张心阳家的门轰然倒塌，小徐被爆炸的气浪卷起来，接着又被密集的子弹击中，壮烈牺牲。

张心阳撕心裂肺地大喊："小徐！"紧接着又响起一阵密集的枪声，张心阳也被无数子弹击中，倒在血泊中，王燕痛不欲生跑过来紧紧抱着张心阳。

土原少佐带着日本兵冲进来并大喊："他们已没有子弹了，抓活的！"他们迅速地围了上来。

王燕愤怒地盯着土原少佐，慢慢站起来，突然抱紧土原，大喊一声："小鬼子，你们去死吧！"并拉响手中的手雷，一瞬间这些围过来的日本兵和土原少佐均被爆炸的手雷弹片削成了碎片，残碎的肢体纷纷扬扬落了下来。

　　张心阳、王燕和小徐在烈火中得到永生！

　　一道闪电突然划过黑暗的天空，紧接着一声惊天动地的雷声在空中炸响，豆大的雨点从空中突然落下，仿佛老天也为我们的抗日勇士哭泣，为我们的抗日勇士送行！

9

　　第二天杜鹃刚一上班就听见这个惊人的消息：昨晚日本人袭击了张心阳公寓，死伤严重包括土原少佐在内的十来人死亡，还有十来人受伤，而张心阳等三人因拒捕全部被打死。

　　事后因日本人损失严重，为了泄愤将躲藏起来毫不知情的女佣也杀了。现在伊藤大佐正在大发脾气。

　　杜鹃听到后心中为之一颤，控制不了自己的情绪，泪水不禁潸然流下。

　　就连平时大大咧咧的贾科长也看出点端倪："杜小姐，我们的开心果，你今天怎么啦？"

　　杜鹃马上意识到自己的失态，柔声道："我不舒服，肚子有点疼。"

　　贾科长疑惑道："噢？"同事大李调侃说："老实说，张心阳还是有骨气的，打击了小日本的嚣张气焰，还为我们这些'汉奸'争了光，死得壮烈！"并做了个鬼脸对着贾科长说："对吗？"贾科长一脸尴尬样，只能说："小声点。"

　　几天后的一个晚上，夜色如水，村山又过来找杜鹃。村山一双漂亮的眸子忧心忡忡地盯着杜鹃仿佛有话要说，杜鹃一看心中已明白几分便笑着说："村山君，这次可能给我带来不好的消息喽？"

村山点点头说：杜小姐，真聪明，什么事都瞒不过你。刚刚我舅舅伊藤把我传讯过去，十分详细地询问关于你的事及我们和安信吉老师过生日的事，我已解释清楚，暂时没事了。他还说虽然你的背景很深，还有和我的关系，但如果你露出一点蛛丝马迹他就会抓住你不放，以后你说话、举止要小心点，要是落入他的手里可是生不如死呢。"

杜鹃听到后真的很感动，眼泪不由自主流下来哽咽地说："村山君，你对我太好了，谢谢村山君的提醒，以后我会注意的。"

村山君温柔地答道："因为我爱你，我怕失去你，在我力所能及的范围之内我会保护你的。"

杜鹃神情磊落而自信地说："但是……"村山一反常态霸道地说："没有什么但是，我不想再听你拒绝我的话！"

突然一只手已经揽着她的腰，一个充满来势汹汹的吻快要落在她的唇上了，她机敏地一闪而过，故意撒娇道："别，老实点！"

村山一下清醒了喃喃地说："杜小姐对不起，我刚才、刚才失态了。"村山又恢复以前文质彬彬的样子。

过后，小芳将伊藤大佐开始怀疑杜鹃的事向组织做了汇报，组织决定必须要保护好"映山红"同志的安全，并一再强调最近对她们实行"冬眠"，她们不要进行任何有可能暴露自己的活动。

这天早上，杜鹃刚到办公室，就见贾科长笑眯眯迎了过来，手中还拿了一个精美的小皮箱说："李默长官命令让你将这个皮箱送到伊藤大佐那里，这里有一份非常重要的文件，这份文件是皇协军配合皇军扫荡的计划和占领区的布防图。"

杜鹃愣了一下赶紧说："是，保证完成任务！"向贾科长敬了个军礼，接过皮箱。

杜鹃心想："这么重要的文件让我去送，这以前是从未有过的，而且把内容都透露给我，这个表演太拙劣了吧，其中一定有诈！有可能是试探我，我也只能将计就计将这皮箱原封不动交到伊藤手里，再观察这个老滑头的态度。"

因梅特务机关的办公地点和76号特工部还有一段距离，杜鹃问："这么重要的文件是派车还是我自己去？"

贾科长那张胖乎乎的脸以前总是什么都不在乎，永远笑嘻嘻的，现在竟是满脸心事，懒洋洋地说了一句："随你！"

杜鹃坚定地答道："当然派车，还要保镖！"

杜鹃带着行动队队长王淼、一个枪法好的队员小范和一个车技好的队员小刘上路了，并把皮箱放在后座位下最安全的地方。

他们上了车刚开出大门不久，杜鹃就发现一辆黑色的小轿车一直跟随他们，杜鹃对王淼悄悄耳语："有一辆车跟着我们。"

随后她和王淼制订了方案。

他们的车突然加快速度，后面的车紧追不舍，小刘突然一个急刹车又来了一个180度急转弯，迎面就碰上那辆车，王淼一枪打爆前车轮，杜鹃一枪击毙司机而小范对车内进行扫射，杜鹃又朝汽车油箱开了一枪，顿时熊熊烈火燃烧起来，小刘开着车绕着此车转了一圈，见已无活着的人，便加大油门扬长而去。

杜鹃提着皮箱走进伊藤的办公室，并重重地将皮箱放在桌旁，见伊藤惊讶地看着她，他眼里的神色就像他是老鼠已被猫抓住了，老鼠知道自己将要被猫玩死又无可奈何，只能瞪目而视。

杜鹃向伊藤行了个军礼说："报告机关长，您要的重要文件交给您了，请指示。"

伊藤苦笑了一下，叹了一口气故作关切地问："任务完成得很好，一路上遇见什么困难吗？"

杜鹃轻松地答道："噢，有一辆车对我们穷追不舍，我们已经给解决了。"

伊藤大佐瞬间变了脸色，跌坐在椅子上，无力地挥挥手："你、你走吧。"看见杜鹃离去的窈窕背影，伊藤大佐的眼睛里已露着瘆人的寒光。

伊藤大喊："来人呀！"新上任的山本少佐急忙进来，见伊藤气急败坏地大骂："你们这些蠢猪、废物，赶紧把这个皮箱拿走！"这场试探杜鹃的闹剧草草收场了，真可谓"赔了夫人又折兵！"。

当然试探杜鹃的行动不但没有停止而是变本加厉地展开。

下班后杜鹃和小芳吃过晚饭，杜鹃正眉飞色舞地对小芳描述今天上午之事，就见王淼急急慌慌跑过来对杜鹃说："杜小姐，大事不好，咱俩可犯了个天大的错误。"

杜鹃故作吃惊："什么错误？看把你急的。"

王淼说："刚才李默把我叫过去告诉我，伊藤大佐为了试探杜小姐是不是抗日分子设了个局想让你钻进去，还派了几个日本人跟踪，结果你没有上当，我们以为他们是军统的把他们给打了，打得挺惨，没有一个活的。

"我当时解释道：'谁叫他们跟踪我们，还装扮成军统，难道送这个文件不重要吗？'

"李默哈哈大笑：'这哪是什么重要文件，只是为了配合日本人给杜鹃下套，那是一个爆炸力极强的皮箱炸弹。如果杜鹃是抗日分子想看里面的文件，只要打开皮箱炸弹就会爆炸，人和皮箱就会被炸个粉碎。通过此事也可证明杜鹃是清白的。"

小芳杏眼怒瞪喊道："打得好，谁叫他们要陷害小姐的！"王淼戳了一下她："小声点。"

自王淼追小芳以来其脾气、为人处事改进了不少，真可谓是"近赤者朱、近墨者黑"。

又是一个阴雨霏霏的早上，杜鹃刚刚上班，贾处长对杜鹃说："李默长官找你。"

杜鹃进去只见李默长官正在打电话，只听见他说："好，我一会儿派她去。"

李默见杜鹃已到,挂了电话说:"小鹃,伊藤大佐找你。也不知你何时得罪了他,现在正找你的麻烦,小心点!今天伊藤大佐亲自带你参观特高课的监狱,我让王淼同你一起去,也学习观摩一下。有什么问题吗?"杜鹃敬了个军礼:"谢谢长官关心。"

杜鹃和王淼来到机关长办公室,伊藤正烦躁地在屋里转着圈子。

在伊藤亲自带领下,他们来到特高课监狱,特高课监狱的确阴森恐怖,时而传来撕心裂肺地惨叫声,令人毛骨悚然。

这里关押的犯人均是抗日分子和爱国人士,只要被抓到这里,就会遭到惨绝人寰的迫害。看着伊藤得意的奸笑和他的杰作,听到日本人的吼声和极为嚣张的笑声,杜鹃内心非常愤怒,恨不得把伊藤撕个粉碎。

出于职业的本能,杜鹃用超强的记忆力迅速地将监狱的布局、设备以及下水道、排污口均全部记住。

最后他们来到了关押要犯的单人监狱,杜鹃看见一个要犯:他戴着脚镣和手铐,几乎是半裸,只穿了一条短裤,满身鲜血,胸口有几道横七竖八的烧伤痕迹,伤痕周围布满大大小小的水泡,有的水泡已经化脓,伤口周围皮肤凹凸不平而且发白,十个手指已无指甲,血肉模糊,一双脚各少了一个脚趾,他极度虚弱地躺在草席上。

她仔细一瞧,大吃一惊:是小夏,十几天不见,已被折磨得没有人形了。看见小夏现在这个样子,足以让她提心吊胆、倍感不安,她的恐惧感突然升级了。

虽然小夏不认识她,但杜鹃认识他,他是张心阳的助手。因为杜鹃和张心阳是单线联系,且杜鹃是潜伏敌人内部,张心阳是军统上海站的负责人,只有军统上海站的负责人和中共南方特工局的负责人认识她。

伊藤阴笑着:"夏博士,最近安好?你所提供的情报很准,我们已将你尊敬的老师张心阳击毙了,现在你已无退路了,在那些中国人眼里你就是个叛徒，不如你再立个功，我们也好放过你！"

突然伊藤大佐把杜鹃推到小夏面前威胁地说："仔细看看，这个人你认识吗？一定要说实话，否则你会生不如死。"

小夏看了一眼杜鹃心想：这个姑娘这么面熟，可能是我们的同志。上次因打了精神控制药，无意透露了张心阳老师的身份，害得张心阳老师壮烈牺牲，这次我一定要用我的生命保护她。

想到此，突然小夏将一口带血的浓痰吐在杜鹃脸上说："你们这些侵略者，你们这些强盗，我恨你们，是你们将美好的家园变成废墟，是你们将善良的人们变成恶魔……"

小夏不知哪来的那么大的劲，突然跳起来搂住杜鹃，将杜鹃脖子掐住并狠狠地说："掐死你，掐死你！"。幸亏王淼反应快，将他俩拉开。

伊藤大佐心中明白将此人留下已毫无价值了。

伊藤皮笑肉不笑地看着杜鹃，把枪交到杜鹃手里说："杜小姐，他那么恨你，不如你亲手解决了他。"杜鹃接过枪，哆哆嗦嗦对着小夏，几乎要昏倒在王淼怀里。

小夏说："我厌恶你们这些走狗，怕玷污了我的灵魂，让我自己解决吧。"说着小夏从嘴里吐出一大口血及一大块带血的舌头。

小夏面带微笑，颓然倒地。杜鹃看见鲜血四溅，殷红的鲜血诡秘地悬浮着、悬浮着，杜鹃感到自己似乎也漂浮在云中旋转着，好像整个世界都在天旋地转。

伊藤沮丧地叹了口气，无奈地对王淼说："真是个娇小姐，你们、你们回去吧。"王淼抱起杜鹃迅速地离开。

王淼将杜鹃送回家，就匆匆赶回76号向李默做了汇报说："杜小姐因惊吓过度已经昏厥，我已将她送回去休息了。"

李默叹了一口气说："看来这个伊藤大佐有点人格分裂，干吗抓住杜小姐的辫子不放。这样吧，你给贾科长说一下，我批准让杜小姐休息几天。"

回到家的杜鹃一阵清醒、一阵糊涂。她好像走在一条无边无际的、泥泞的森林小路上,每走一步都像陷入泥潭难以拔腿,她拼命地挣扎着,反而越陷越深,她大声喊着:"梦华、梦华哥,救——救我!"

远远地传来了声声呼唤。她慢慢地睁开眼睛,光线异样的明亮,让她目眩,只听见一个熟悉的声音叫着:"小姐她、她醒了!"杜鹃看见她床边围着她亲切而熟悉的面孔:小芳,村山。

杜鹃悠悠地吐了一口气:"我、我这是在哪里?"小芳眼睛里噙满泪水:"在、在家里。"村山怔怔地看着她,点点头:"是的,在家里。"

一直守在杜鹃身旁的村山隐隐约约听到她在喊一个人的名字好像叫"梦华",这个人应该是他的未婚夫吧!

不知为什么,现在村山的心里有点莫名的不安,村山紧蹙双眉,微微张开嘴,似乎在思考什么,实际上他不是在思考,而是在悲伤。

杜鹃感到村山的情绪有点不对就关切地问:"村山君,你怎么了?"村山竭力控制住自己喃喃地说:"对不起,杜小姐,我真没用,作为一个男人连自己心爱的女人都保护不了。我怪我的舅舅伊藤,怎么连这点面子都不给我。"

杜鹃轻轻地说:"村山君,不要自责,你看我不是好好的嘛。"

她突然光着脚丫子下了床,像一个调皮孩子双手握拳作拳击状:"不信,咱们打一架,看谁能战胜谁?"他想把她抓住,她机灵地从他身边溜过,已经坐在床沿上。村山连忙扶她躺下来,掖好她的被子:"杜小姐,别闹了,受了那么大的刺激,身体还未恢复哩,"

这时小芳过来了说:"村山医生,饭已做好,咱们一块吃吧。"村山木讷地点点头,在饭桌上,村山像换了一个人似的,说话心不在焉,仿佛受刺激的不是杜鹃而是村山。

晚饭后,村山心神不定、踉踉跄跄回到医院的宿舍里,和衣躺在床上。村山想:我这是怎么了!是因为杜小姐在昏迷中叫了"梦华哥",可以看出这个人在杜小姐心中的分量。那我算什么?但杜小姐从未给我承诺什么，我们仅仅是朋友而已。

时间缓缓流过，夜黑得越来越深沉了，村山在黑暗的环境里思索着这个一直困扰自己的问题。

村山满脑子都是杜鹃的靓影，她那完美迷人的脸庞——粉嫩的桃腮、性感的樱唇、精巧的俏鼻、妩媚的淡褐色的大眼睛和那凹凸有致魔鬼般的身材；不，还不止这些，她的纯洁、善良、快乐、大气和常人无法想象的意志力……不，我不能就这么放弃她，我爱她，和她在一起，我感觉到自己是幸福的，这就够了。

村山想着、想着，一股嫉妒之心油然而生，他喃喃地自言自语道："杜鹃你这个小妖精，你已经把我弄得神魂颠倒了，你究竟是何许人也。"他做出了决定，自己调查杜鹃。

组织上已经很清楚"映山红"已陷入困境，处境十分凶险，决定加快刺杀伊藤的行动。

从线人那得知，伊藤喜爱中国古董，最近通过杀戮的手段从民间抢夺了一套精致的紫砂壶茶具，此茶具一共5件：一只大壶，紫黑色的砂体带小红石榴皮，壶腹一面竖刻行书"江上清风、山中明月"八个字，文尾刻"丁丑年、大彬"款。还有四只古朴的杯子，据说此壶是明朝紫砂壶名家时大彬的大作。

伊藤大佐得到此物后欣喜若狂，随时把它带在身边，为了显示自己是文人雅士，还经常带此茶具到日本人开的菊子茶馆去品茶。

今天他心情不太好，安信吉的案子迟迟破不了，他又受到酒井将军的羞辱，他想借品茶来舒缓一下自己烦躁的心情。

狙击手早已在菊子茶馆的对面等待多日，等他品完茶出来刚露脸，只听见"砰"的一声，子弹正中他眉心，伊藤大佐肥胖、笨重的身子颓然倒地。

伊藤的随从慌得像无头的苍蝇大喊"有刺客！"，乱放几枪，枪手早已消失得无影无踪。

转眼就到了五月中旬,这是个星期天,正好杜鹃、村山都休息,因此相约一起出去走走。

这些天来村山因为舅舅的死,情绪一直太不好,杜鹃也想让他散散心。

五月的江南阳光明媚空气清新,鲜花盛开的季节处处姹紫嫣红,鸟语花香,一切都充满了勃勃生机。

他们顺着蜿蜒的小河向前走着,垂柳柔柔的枝条在风中软软地飘荡轻拂在水面,湍急的水流在阳光下发出碎银般的光亮,静谧的小径上布满如茵的碧草和星星点点的野花,野外的阳光温暖地洒在他们身上。不时传出他们爽朗的笑声,他们在这里尽情地玩耍着,奔跑着,尽情地释放着工作上的压抑和郁闷,他们的欢乐是从心底溢出的,就像这遍地的野花在春天里自由自在的开放。

时间不知不觉很快过去,刚回到家中,见村山望着她,眼睛里布满隐隐的愁雾。杜鹃一下看出端倪,担心地问:"村山君,你怎么了?"

村山叹了一口气道:"唉,我母亲病了,想让我回去一趟,但我又不放心你。"

杜鹃想起了自己的母亲,便爽快地答道:"当然要去,养育之恩是一定要报答的,至于我嘛,你不用担心,我会保护好自己的。"

村山痴痴地看着她,她笑起来眯着的眼睛,像弯弯的月亮,脸颊闪动着浅浅的小酒窝,像天上闪烁的星星。她是那么纯洁、那么让人着迷、那么善解人意……

村山突然紧紧地将杜鹃搂在怀里,生怕她要跑掉似的。

杜鹃就从潜伏在梅机关的日本同志那得知,日本特高课给上海梅机关又派了个机关长松井太郎,此人毕业于英国皇家军事学院,是英国反谍报人员平托上校的高徒,案件的剖析能力和侦破能力较强。

松井太郎身材消瘦,比较干练,看起来和蔼可亲,实际上是冷血魔王,随时都可能翻脸杀人,是一个很难对付的对手!

他还带来了对付中国秘密战线极具杀伤力的秘密武器:"两只披着羊皮的狼",分别为"白羊"、"黑羊",他们已经潜伏在新四军及重庆了。

另外日本同志还带来了一个惊人的消息:德国法西斯已制定出"巴巴罗萨计划"准备用闪电战进攻苏联!

这个消息并未受到苏联统帅斯大林的重视,他还是抱希望于《苏德互不侵犯条约》,在判断德军的战略意图上完全失误。

6月22日凌晨德国向苏联发动突袭,仅仅一个月时间,苏联就损失千架战机,2万多辆坦克,300多万苏联军人被俘,100多个师被德军打残或歼灭,大片大片的国土被占领……

看见轴心国老大德国的战绩辉煌,日本也蠢蠢欲动,欲望急遽膨胀他们的目光不仅在亚洲,而是整个亚太地区。

转眼间一个多月又过去了。

今天杜鹃刚一回到家,小芳突然从背后搂住她,杜鹃故意嗔怪道:"小芳,今天你怎么这么高兴呢?"

小芳笑嘻嘻地答道:"鹃姐,我是替你高兴呢。组织上传来的消息,你的母亲找到了,且已从日本人手里解救出来了,今晚咱们就去看望她。"

杜鹃眼睛里闪着晶莹的泪花:"真是太好了。"

夜幕笼罩着一个小村庄,神秘而寂静,偶尔响起几声犬吠,给这个小村庄平添了几分祥和的气氛。已到了掌灯的时间,家家户户都亮起昏暗的油灯,她们走到一家门口,小芳轻轻将门推开,杜鹃见床上躺着一个人,那人的脸色苍白得像死人一样,青紫的嘴唇紧紧闭着。杜鹃走过去,轻轻地叫了一声:"妈妈!"

母亲睁开了双眼,泪水已从她那美丽的、忧郁的蓝色眼睛里流出,她的嘴微微地翕动着:"小雅,是你吗?我的女儿,我们、我们已有十几年没有见了,我想你们,我好想你们呀。"

她疼爱地望着杜鹃:"小雅,来、来,扶我起来。"

杜鹃将她扶起,把她搂在怀里,她的身子很轻,虚弱极了。杜鹃不由自主抽泣道:"妈妈,对不起,那天我没有认你,我也不敢认你。"

冬丽雅哀求地望着她,似乎是在乞求她的原谅:"小雅,我的女儿,我知道,我那天太性急了,太鲁莽了,差一点害了你。但当你第一次突然出现在舞会时,我就认出你就是我的女儿,这就是妈妈的感觉。"

"噢,那你为什么变成吴太太了?"

"唉,这话说来就长了。"

冬丽雅娓娓道出缘由:

"那是十二年前的一天,上午天空下起了蒙蒙细雨,突然屋里闯进了一些人,他们先问你爸爸去哪儿了?我和你外婆都说不知道。他们在屋里翻了半天,什么也没有找到,就残忍地将你外婆杀害了。他们绑架了我,并胁迫我嫁给吴四爷,如果我不从就要杀了你和爸爸。为了你们,我、我违心地同意了,吴、吴四爷,他是一个杀人如麻的恶魔,我、我恨他!

"从此我形单影只,日复一日孤独过着单调的日子,这一过就是十几年啊,我已经习惯了。他虽然杀人如麻、凶残无比,但他对我很好,虽然他很爱我,但我不爱他,我只爱你的父亲。

"后来吴四爷被日本人毒死了,日本人将我和他前妻的女儿抓去了。

"你的父亲他、他还好吗?"

杜鹃嗫嚅道:"他、他早已病故了。"杜鹃不想让妈妈知道,她的爸爸是因为另一个女人而死的,因此她撒了个善意的谎言。

泪水不停地从母亲的脸上流下,杜鹃也和她一起落泪。

杜鹃见她疲惫不堪,就扶着她躺下了,她喘着气说道:"小雅,别哭了,今天我能见到你——我的女儿,我真的很满足了。"

杜鹃跪在床边,紧紧抱着母亲,她们彼此望着对方的眼睛,四目相对,母亲的眼睛是那么的蓝——蓝得像一朵美丽的毋忘我花。

杜鹃该走了，母亲的哭声使她心碎，但那碎了的心渐渐凝固成钢铁般的意志，杜鹃狠了狠心，还是走了。

她走出这个小村庄回头一望，野地里有一棵孤独、凄凉的枯树，向空中伸出无望的枝丫……

杜鹃她们刚刚离开，有一个黑影闯进了吴太太的屋内，吴太太吃惊地张大嘴，差一点喊出来，这个人居然是村山！实际上，村山已经从日本回来了，但他为了探究杜鹃的秘密，一直没有露面罢了。

原来村山一直尾随着杜鹃来到这个小村庄，等杜鹃她们刚离开，他就用麻药制服了那个护卫，大摇大摆地走了进来。

冬丽雅已经认出来了，他是她的女儿刘雅的朋友叫村山。

她笑着点点头，示意让他坐下，她说："小、小雅……"她发现她说漏嘴了，连忙改口道："杜鹃刚走，你怎么来了？"

村山笑着说："伯母，我听说杜鹃找到了妈妈，她很高兴，我说我也想看一看你，因此她就让我来了。"

村山从吴太太嘴里套出，她和女儿已经失散了12年了，其他情况她也一概不知。

他觉得，如果这个吴太太活着，对他和杜鹃都很不利，因此他在临走之前，给吴太太下了一句狠话："伯母，你要保重啊，你女儿的命就捏在你的手里了。"

冬丽雅已经听出他的弦外之音，她悲哀地感到，她的人生之路即将消失，但为了女儿刘雅她什么都愿意做。

村山回去后，躺在床上，他很兴奋，他又发现了杜鹃一个重大的秘密，难怪杜鹃那么漂亮，原来她是一个中俄混血儿。

四周寂静无声，这寂静似乎在不断地膨胀、扩大。他下了床，身穿睡衣，脚踏拖鞋，一声不响地在屋里走着，一阵阵强烈而甜蜜的快感向他袭来，心想：我终于发现了杜鹃的秘密。

几天后，杜鹃得到消息，她的母亲自尽了，母亲的目的很简单就是为了保护她的女儿——刘雅。

这天晚上,村山在门诊值班,突然门"吱呀"一声被悄悄推开,走进一个人,他蓬头垢面、衣衫褴褛,身上发出阵阵恶臭。村山厌恶地捂住鼻子心想:门卫是怎么回事,让一个叫花子进来了。但他仔细一瞧,这个人好面熟啊,哦,是那个疯子——郑之生。

村山指了指前面的凳子:"请坐。"

郑之生毫不客气,一屁股坐了下来。

"郑、郑参谋长,恢复得还可以,眼睛能看见了?"村山问。

郑之生口齿不清地嘟囔道:"你们日本人想给我做什么细菌实验,把我送到东北。不料,你们的如意算盘打错了,我让东北抗日联军给劫持了,我在他们那里的大森林里安静地养病,呼吸着清新的空气,我的眼睛也渐渐能看见了,我的疯病也好了。"

"哦,那你找我干吗?"村山紧张得声音颤抖地问。

他的脸突然涨得通红神经质地抽搐着:"我、我要报仇,伊藤大佐虽然已经玉碎,但你是他的外甥,你还是我的主治医师,我相信你,我有一个关于76号的情报科参谋杜鹃的重大秘密。"

这回让村山吃惊了:"啊?那、那就请讲吧。"

郑之生做了一个动作,用手搓了搓,坚定地说:"不!"

村山马上明白过来:"要钞票?行!"

村山将他带到宿舍,洗了澡,换洗了干净的衣服:"郑参谋长,我知道你好几天没吃东西了,我领你到小吃店吃点东西。只要你说的是实话,我不但给你钱,还要将你的事汇报给皇军,让你官复原职,并归还你原有的财产。"

他们来到小吃店,这里靠近黄浦江边,这里既有上海滩有名的小吃,还可以欣赏江边美丽的风景。

村山给他点了些酒和小吃,看着他狼吞虎咽地吃着,等他吃饱喝足后,村山示意:"请讲吧。"

村山从郑之生口中得知，杜鹃代号"映山红"，原名刘雅，是共产党。在三年游击战争中他们曾经一起待过，那时她还是一个小姑娘。后来她来到76号，利用美色和他交往。当时郑之生已不认识她了，后来她设计刺杀了他。

听着郑之生的述说，村山才知道，杜鹃原来是上海滩的风云人物"映山红"，让汉奸们胆寒的巾帼英雄。

但村山已对郑之生产生极度的厌恶，愤愤地想：这个没有骨气翻来覆去叛变的人，怎么能指望他再忠于谁？

反而，村山不禁对杜鹃肃然起敬了，经过在东北的生死经历，他已对共产党颇有好感，他舍不得让杜鹃死，他对郑之生已动了杀心。

村山不动声色地给他劝酒，并悄悄地在酒里放了安眠药。饭后，郑之生用一种焦虑不安的神色望着他喃喃道："钱呢？"

村山阴险地笑了一下："钱嘛，一会儿给，咱们到江边走走，再聊聊。"

郑之生带着茫然的神情跟着。他们来到江边，江水翻滚着巨浪扑打着江岸，村山指着郑之生身后大叫一声："快看！"郑之生刚一回头，村山已将他掀翻到江里，"哗啦"一声，浪花飞溅，他的眼光里露出疯狂的、魔鬼般的恐慌，他大喊了一声："啊！"江水已将他淹没，一会儿工夫一切都趋于平静了，平静得不可思议。

第二天郑之生的尸体浮了上来，有人将他打捞上来，梅机关派人去验尸，结果一看，大家都傻了眼：这不是郑参谋长吗？他不是已死了一年多了吗，怎么会在这里出现？见鬼了！

这天傍晚，小芳匆匆从外面回来，给杜鹃递了一张纸条，上面写道：你刚走，村山也来看我了。

杜鹃看到后大吃一惊："你是从哪儿找到的？"

"是从你妈妈贴身穿的内衣口袋里发现的。"小芳答道。

杜鹃思索着：村山已从日本回来了。在上次昏迷中我可能无意喊了"梦华哥"，他听见了，已发现了我的秘密，并在暗中监视着我。哦，难怪那天吃饭时，神色怪怪的，但他并没有告发我，可能郑之生的死也和他有关。

为了以防万一，杜鹃将一些重要的东西放在银行保险箱里，并在屋里安置了遥控炸弹，可以随时起爆。

10

随着战事的发展，前线急需要更多的药品和医疗器械。马梦华主动请缨要求到上海采购，与他同行的还有李伟同志。李伟二十岁出头，比马梦华小两岁，曾在日本留学，精通日语，是个上海通，其父曾经是上海滩小有名气的银行家，为人正直，有满腔的爱国热情和胆识，在假法币事件中，被日本人杀害。

他俩来到上海后与当地的地下组织取得了联系，组织介绍让他们到汇通商行去找一个叫江一山的老板。当天晚上，他们约在老西门的喜盈门酒店的9号雅座，手持当日的《申报》。

为了防止突发事件，由马梦华先进去，李伟装扮成日本便衣在后面掩护，若见情况不妙，他们可迅速撤退，并相约于明早8点钟左右在苏州河的外白渡桥旁相见。

马梦华刚走进去，就见9号雅座上有一瓶打开的红酒，有人正在拿着酒杯慢慢品呷，那个人瞥了他一眼，看了一下留在桌子上的红酒软木塞，并起身离开，周围的几个便衣突然拔出枪，对准他。马梦华趁混乱之中，拿走桌上放的软木塞，迅速地离开。

突然酒店灯灭了，黑暗中，枪声和恐怖的尖叫声此起彼伏。马梦华脸上露出一抹苦涩、沉重的微笑，走廊里黑漆漆的，洗手间里没人，他将洗手间的窗户打开，翻了出去。

马梦华听见身后有人喊："抓住他，别让他跑了！"

这片区域他并不熟悉。他跑过一条条弄堂，穿过一幢幢楼房，并且很享受那种肾上腺素飙升的刺激感……

他突然听到身后有微弱的声音和周围灌木丛中的沙沙声,有人在他肩上拍了一下,耳旁传来清脆的女声:"大哥,跟我来,我对这里很熟!"

马梦华很顺从地跟着她。她领他到了一幢民宅前,她打开门,示意他进去。

他跟着她上了楼梯,里面是一间卧室,收拾得干净、整洁。

马梦华仔细地观察着她。她是个年轻的姑娘,皮肤白皙,目光很清澈。她微微一笑,露出整齐、洁白的牙齿,脸颊现出两个迷人的小酒窝,马梦华心中一惊:她似曾相识,她的一颦一笑,活脱脱就是王水仙的样子。

马梦华注视良久,又狠狠地掐了掐自己的胳膊,胳膊传来了清晰的痛感,他才终于确定,眼前都是真实的,并不是他在做梦。

姑娘被马梦华盯得不好意思了,她羞答答地瞥了他一眼,脸涨得通红:"大哥……"

马梦华一下清醒过来:"谢谢你。不过你为什么要救我?"

她轻轻地说:"大哥,我看见几个日本便衣在追你,我相信你是好人。你放心,我们这里是法租界,他们在这里还是比较收敛的。"

从姑娘那里得知,她叫汪玉梅,刚从济仁高级护校毕业,在家中待分配,家中还有哥哥和嫂嫂。

汪玉梅见时间已晚,就说:"大哥,你就住在这里吧,明天一早离开时,将门带上就行。"

马梦华不好意思地问:"那你呢?"

她微微一笑:"我到一个朋友家去住,和她挤一挤。"

她走了,但在他的心里留下了十分深刻而闪亮的印记,她的一颦一笑那么迷人。随后她似乎像花香一般融化在苍茫的夜色之中。

汪玉梅刚走,马梦华就将软木瓶塞拿出来仔细端详,果然发现有秘密。他从软木瓶塞里取出一张纸条一看,让他吃惊的是这张纸条上写的是密码。

马梦华想，明天和李伟见面后，商量一下再说。

于是他把灯关了，躺在床上，想着今天发生的一切。黑暗充满室内，马梦华想起了刘雅，思念如同汹涌的潮水一样向他袭来，他自言自语道："小雅妹，我的爱人！你在哪里？"

黑暗中悄无声息的月影漂浮不定地在墙壁上重叠交映，影影绰绰。突然，窗前飘来一个黑影，马梦华紧张地叫了一声："谁？"

黑影已经飘在他面前，那人将面罩慢慢揭开，马梦华兴奋地快要叫起来："啊，是小雅妹！怎么会是你？"

刘雅将他的嘴捂住："嘘，小声点，什么都别说！"她激动地扑到马梦华怀里，他们俩紧紧地热烈地拥抱在一起了。

接着刘雅说："梦华哥，这里还是不太安全，我领你到一个更加安全的地方去。"

他们来到了另一处住所，这里依然是法租界，但离巡捕房很近，楼下还开着赌馆，人流熙熙攘攘，十分热闹。

据刘雅讲，这是组织的备用住所，屋内设备齐全，里面还有一个夹墙可直接通往赌馆的下水道口，地处繁华，可进可退。

马梦华好奇地问："小雅妹，你怎么知道我也在上海，并找到了我？"

刘雅噘着小嘴撒娇地说："梦华哥，我们真是很有缘呢，我并不知道你在上海，而是偶然遇见你的。"

"哦！怎么这么巧。"马梦华惊讶极了。

据刘雅讲，今天晚上，她有一个同事过生日在喜盈门酒店宴请他们。宴会快要结束了，她去洗手间时突然看见了马梦华，这时灯突然灭了。她知道马梦华遇见了危险，就跟身边的同事说她有事先走一步，去看看，并一直尾随着马梦华过来。

马梦华情不自禁地将刘雅搂在怀里："小雅妹，我的爱人，咱们两年多没见面了。这两年多年来，我是无时无刻地想念着你，没想到能在这里遇见你，我、我太幸福了！我们的事我已向组织做了汇报。组织上说，等你执行完任务，为我们举办个隆重的婚礼，但现在仍然要保密。"

接着马梦华向刘雅述说了这次的任务，并沉重地说："我们现在遇见了巨大的困难，因为没有抗生素，医院现在窘迫到只能用淡盐水给伤员冲洗伤口了，造成许多伤员因继发性感染而死亡，让人痛心！因此我们急切需要抗生素类的药品和麻醉类的药品。"

刘雅沉思了一会儿："梦华哥，现在组织内部已出现叛徒，你这次接头失败就是证据，要按正常情况购买药品已不可能，这件事急不得，还是让我想一想。"

马梦华说："小雅妹，我还有件事找你呢。"他说着就拿出一张纸条："你帮我破译一下。"

刘雅看了一下说："这必须要密码本译。这样吧，明天晚上 8 点，咱们在此处见面。"

早上，马梦华和李伟见了面，谈到昨晚的遭遇，两人都兴奋极了，李伟说："我刚一进门，发现那里有些不对劲，就先观察了一下酒店的电闸，看见情况不妙，赶紧将电闸拉下了。"

马梦华赞许地拍了一下他的头："小李，你真是个机灵鬼，不是你拉下电闸，这次我怕是逃不掉了。"

晚上马梦华如约又来到备用住所。刘雅已经到了，她做好了一桌丰盛的晚餐正等着他呢。刘雅用妩媚的大眼睛温情地注视着他："梦华哥，今天我为你接风！"

说着就将译好的纸条交给他。上面写道：同志，组织内部出现叛徒，你们买药的计划已经暴露，所有药店、商行、仓库均有日本便衣及暗探把守，千万别去。若你们实在急需药品，请到重庆南路 270 号天主教上海教区圣伯多禄堂，手拿红酒问来人：冰凉酒，一点、二点、三点；对方答道：丁香花，百头、千头、万头。暗语就接上了，会有人与你接头的。

马梦华看到赞叹道:"小雅妹,你真厉害啊!你已经成长起来了,变得更加的成熟、勇敢、坚强了。"

刘雅听到后,喉头发紧,她连忙眨眨眼睛,以免泪水夺眶而出,以前她因为思念、孤独而哭泣,可现在她因为幸福、快乐而眼里蓄满泪水。

刘雅激动地扑在马梦华怀里,轻轻地抽泣:"梦华哥,我的爱人,原谅我不能做一个普通人,享受人世间的爱和幸福,但我知道我所做的一切,比我们的爱情和幸福更重要。"

马梦华温柔地抚摸着刘雅的秀发:"小雅妹,我理解,因为我们都是共产党员。我希望有一天,我能为我们的国家和我们的民族献出生命,这才是最美的生命之舞。"

饭后马梦华滔滔不绝地对她说着,她津津有味地听着,两人心中充满了幸福,他和她又相拥在一起了。

突然马梦华问:"小雅妹,你来这处寓所,可能会给你造成危险或许多不方便吧?"

刘雅说:"梦华哥,没事,这些我已处理好了,你尽管放心吧!"

直到天空微微发亮,马梦华在她耳边耳语:"亲爱的,我该走了。你多多保重,过几天我还会来看你,没准还要你帮忙呢。"接着又坚定地说:"我不能看见我们的战士因为没有药而在我面前一个一个死去。不论多危险,没有搞到药,我是不会走的。"

刘雅说:"梦华哥,你别担心了,你不是还有我吗?我会尽力帮助你的。"

于是他们约好下一次见面的暗号。

马梦华装扮好,像一阵风似的离去。

第二天早上,马梦华和李伟来到了教堂,接上暗语后,他们终于见到了叫丁香的姑娘。她的脸蛋白里透红,短短的黑发微微卷曲自然地飘着,她用一双明亮的眼睛对着这两个年轻、英俊、潇洒、陌生的男人。

她微笑地招呼:"你们好,很高兴见到你们。"她的声音很亲热,却略带伤感。

从丁香那儿得知她的父亲是中国人,她的母亲是日本人,她就读于东京医学院药学专业,毕业后被强征入伍,现在在日军的虹口医院药剂科工作。

她的母亲也被强行入招慰安营,成了一名慰安妇,因忍受不了非人的待遇,已经自杀了。

母亲的去世让她悲痛不已,她痛恨战争将无辜的人民拉下痛苦的深渊,因此她参加了中国共产党,加入了反战的行列。

他们开始讨论如何从医院获取药品。

丁香说:"我认识许多富有正义感的医生,让他们给你们的人开处方,从中获得急需的药品。"

马梦华听了后,微微摇了一下头,不认同她的这个建议,这对他们来说简直是杯水车薪,来得太慢了,也有一定的风险。

马梦华提议:"利用适当时机,偷袭医院的药房和药品库房。"

马梦华的这个提议虽然风险很大,但获得药品的数量大,时间快。这个建议得到大家的一致赞同。他们很快制订出行动计划,还让丁香画出药品库房和药房的布局图,及重要药品如抗生素、麻醉剂、止痛药的放置位置等,同时让她准备了医院的服装、口罩和麻醉剂等。

马梦华又陷入沉思:药品就是获取了,但又如何运走?这事还得和刘雅商量商量。

马梦华按照约定与刘雅在备用住所见面。

见面后,马梦华将他们如何获取药品的计划和困难给刘雅简要地述说了。

刘雅想了一会儿说:"设计弄一辆救护车,我开。虽然我违反了组织纪律,但为了千千万万伤员的生命,值了!"

第二天午夜2点钟，行动开始。

叮叮叮，一阵急促的电话声打破深夜的寂静，司机老张拿起电话："喂，老张，我是调度室，请你马上到水电路144弄44号接一名病人。"老张嘟囔道："这么晚了还要去，活见鬼！"

老张刚把车发动好，就见两个护士来了。她们戴着大口罩，上车后，车刚出医院大门的一个拐弯处一个黑影一跃而上抓住了车门把手。过了20分钟左右救护车返回来了，司机已变成杜鹃。到了医院药品库前，两个护士从车上下来，原来她们是丁香和吴小芳。丁香轻轻问杜鹃："老张咋样？"杜鹃答道："不会受伤的，等他醒过来，只会有严重的头疼和不舒服的感觉，但这种感觉很快会消失的。"

药品库前，李伟已将两个看守制服了，李伟、杜鹃、吴小芳迅速进入药品库房，他们根据药品库房的布局图很快找到了抗生素、麻醉剂和止痛药。

杜鹃叫他们俩将这些药品搬走，她继续在里面翻腾。她这次很开心地找到一个箱子，里面装满了成套治疗重伤的药物，每一套都有止血带、浸着止血剂的纱布和包扎伤口的绷带。接着她又拿了一些手术器械、碘酒、纱布、绷带、静脉导管和注射器等，李伟他们又回来了，看了一下这些东西："你要开战地医院？"杜鹃噘着小嘴答道："给梦华哥的，他需要。"

他们将库房里的指纹抹干净，并迅速地撤离。

而丁香直奔药房，去配合马梦华的行动。

今天是丁香和京子值夜班，见丁香回来了，京子咕哝着："现在几点了？你回来得太晚了。"

她正说着，突然灯灭了，一个黑影窜了过来，用浸满乙醚的毛巾紧紧捂住她的鼻口，她瞬间昏迷过去。他用毛巾将她的嘴塞住，又将她的手背着绑在椅背上，他居高临下地看着她，充满了得意的意味。

马梦华和丁香迅速将药品装箱，装完箱后，马梦华愧疚地说了一声：

"对不起了。"说完将丁香绑在椅子上,用毛巾将她的嘴塞住。突然她左边的胳膊和大腿呼的一声撞到地面,力道大得已经摔出一片瘀青,她扬起眉毛,左眼肿得乌青乌青的。

丁香诧异地望着他:这个帅哥什么时候变成这么一副狰狞的面目?

马梦华歉意地道:"就得要这个效果。"

他将指纹擦掉,抱着药箱迅速离开。

救护车到了指定地点,他们开始卸货,刚卸完货,马梦华说:"拜托,伙计们,我能稍微耽搁你们几秒钟吗?"

马梦华见杜鹃向他哀婉地笑了笑,脸上的泪痕使她显得更加的妩媚。马梦华情不自禁将她紧紧地拥抱着并轻轻地耳语道:"再见了,小雅妹,我的爱人,我走后你一定要保护好自己,警惕你周围的人,我昨天去你那里,总感到有个人影晃动!"

"哦!是吗?"刘雅吃惊地问。

"是的!"马梦华严肃地答道。

杜鹃带着小芳走了,她把救护车丢到离司机老张不远的地方,并把车上的指纹擦掉,转身离开。

第二天一大早,松井太郎得知日军虹口医院药房和药品库遭到袭击,丢失了大量的药品和器械。他恨自己太笨了,他重点把守了药店、商行、仓库,却忽视了医院,造成了致命的错误。

自从村山将郑之生干掉并已经掌握了杜鹃的基本情况后,他本想去见一见可爱机灵的杜鹃,感觉还不到火候,决定还是继续跟踪她。

这天晚上,他跟随杜鹃来到了一处公寓前,不久就看见一个身材魁梧、步履矫健、英俊潇洒的年轻男人。那人警觉地四处张望后,偷偷潜入了公寓中……村山一直看到公寓的灯灭了,才讪讪离开。

回到家的村山躺在床上陷入无限的痛苦之中,杜鹃——她是如此美丽动人,一想到她,他就会安心地度过一个个充满呜咽的可怕的夜晚。

她的未婚夫——她口中的"梦华哥",今天终于露面了,果然是英俊潇洒、气度非凡。这些他已从郑之生的口中得知,他们相扶相持,共同度过了无数的艰难的岁月。他承认,他们俩简直是绝配,他自叹不如!且杜鹃也从来没有向他承诺过什么,村山不禁扪心自问:"那我算什么?"想到这里,村山的心又剧烈地疼痛起来了。

杜鹃是那样充满青春朝气,令他不由自主地想靠近她、抚摸她。

是的,有关杜鹃的一切,都令村山焦灼到难以忍受的地步而且还无法治愈,现在他只有在梦中才能够含着泪水和她相拥相依。

村山病了,发起高烧说着胡话,惠子小姐默默地照顾着他。

这天晚上,村山又发起高烧,说起胡话来,他突然坐起来,眼睛怔怔地盯着惠子,抓住惠子的手说:"杜小姐,我爱你,我不在乎你是映山红或是刘雅,也不在乎你是共产党,我只在乎你……"

惠子听到后吃惊地张大嘴巴:"村山君,你醒醒,你说些什么呀。"

惠子回去后辗转反侧,她没想到村山爱杜鹃爱得已经深入了骨髓,她更没有想到杜鹃原来是共产党。嫉妒像一条毒蛇在她心里不停地吐着信子。她的胸腔急剧膨胀,像是要爆炸开来,她喃喃自语:"村山是我的,他是我的!"

11

秋雨滴滴答答下着,沙沙声犹如蚕儿咀嚼着桑叶,那沁人心肺的清凉一扫夏日的燥热,让人心神振奋。

组织上为了保护杜鹃等人的安全,让他们经过了一段时间的蛰伏和休整。

最近组织给他们下达了一个十分艰巨、危险的新任务:营救一名被俘的密码专家林木先生。

林先生自幼聪慧过人,过目不忘,又在德国军事学院专门学习密码的破译,是一个不可多得的人才。

这次他来上海准备参加密码破译交流活动并拜访他的导师格林教授，这个消息被潜伏在重庆的"黑羊"获得，林先生一下轮船就被上海梅机关秘密拘捕。机关长松井太郎得到他如获至宝，想尽办法让他屈服，好为"大日本帝国"服务。

杜鹃他们取得了特高课监狱的地形图，通过研究分析，发现监狱里分布两个下水道出口，一个在值班室，一个在单人监狱的走廊中，都可通往小教堂的院子里和大街上。

这天晚上1点45分钟，他们开始行动了。他们换上日军服装，首先两个外出口分别派人进行布防，在杜鹃的带领下他们钻入下水道，先在值班室的下水道口放入定时炸弹时间定为2点零5分，并放入大量炸药，利用晚上2点鬼子交接班后巡逻的过程中，他们从走廊的下水道钻出，以迅雷不及掩耳之势将看守打死，将看守换成两个自己人。

杜鹃打开关押林先生的牢房，大摇大摆地走进去。此时林先生已经睡了，睁开睡眼惺忪的眼睛，大声喝道："你们这些人，白天让我不得安宁，晚上又过来折腾……"话还未说完，杜鹃连忙说："林先生我们是来救你的，赶紧走。"

他们刚刚钻入下水道，杜鹃就听见上方传来一声重重的哐啷声，接着是咚咚声，杜鹃心想：有可能我们已被发现，得马上引爆定时炸弹。

她猫着腰，双手伸向前方摸索着，尽自己最快的速度朝着透过来的一丝微弱的光线移动着……

2点零5分炸弹爆炸了，此时两组小鬼子正在值班室交接班，炸弹爆炸后碎片仿佛锋利的刀子，嗖嗖乱飞，炸得小鬼子血肉模糊、鬼哭狼嚎。

与此同时杜鹃也被剧烈的冲击波撞晕，接应的人发现杜鹃未上来赶紧下去营救。把杜鹃抱上去后，发现杜鹃的耳朵被弹片擦伤，正在流血，小芳急忙从杜鹃口袋里掏出手绢给她包扎了一下。眼看鬼子快来了，大家赶紧撤离，消失在浓浓夜幕之中……

回到家中杜鹃清醒过来，发现包扎伤口的手绢不见了，可能撤离时遗落在现场！

她急忙将小芳叫来，商量对策。

杜鹃温柔地抚摸着小芳镇静地说："小芳，我的好妹妹，我们要做好牺牲的准备。如果暴露了，我们也决不当俘虏，我们开始工作吧。"

当天空中泛出鱼肚白，她们已完成了工作。

杜鹃对小芳说："现在你快去向组织汇报。"小芳质疑地问："现在就去？"

杜鹃用不容置疑的口气："对，必须现在就走，再晚我怕就来不及了。"

随后杜鹃把两封信交到小芳，一封是写给梦华哥的，另一封信是写给村山的，并叮嘱："如果我牺牲了让组织将这两封信替我寄出。"并一再叮咛："小芳，你走以后就不要再回来了。"

小芳走后，为以防万一，杜鹃将定时炸弹设置好，这样口红遥控器可以随时起爆。没过多久，杜鹃见吴小芳气喘吁吁地回来了。

杜鹃着急地呵斥道："小、小芳，我不是让你别回来了，你怎么又回来了！你快点走吧，我一个人留在这里就行了。"

小芳大声哭着搂抱着杜鹃说："鹃姐，今早你交给我的任务我已完成。组织说，'映山红'是我党最核心的机密，也是我们最宝贵的财富，如果你已经暴露了的话，命令我们现在一起立即撤离。"

杜鹃犹豫了，她还抱着一丝希望，心想：如果我没有暴露呢？

杜鹃道："吴小芳，你先走，我再检查一下，随后就来。"

吴小芳倔强地说："我不走，你到哪里，我就到哪里，一切困难我们共同面对吧。"

监狱里的爆炸声惊动了松井太郎机关长，他第一时间赶到现场，值班室一片狼藉，已经死亡十多人，剩下的人也好不到哪里去，不是少了胳膊就是断了腿的。

令他气愤的是，他上任后最值得夸耀的功绩，被拘捕的密码专家林木先生被人营救出去了。

毕竟松井太郎机关长是一名侦破专家，他镇静下来后，就到两个下水道出口仔细观察，在街道的下水道出水口不远处发现有一块沾着血迹的手绢，松井太郎命人拿着这块手绢去检验，并着手查找手绢的主人。

松井太郎还从潜伏在新四军樟家渡医院的"白羊"那得知：有一个叫刘雅的护士长，人长得非常漂亮。最近两年不在，据说是执行特殊任务去了。

松井太郎机关长一筹莫展，眉头紧锁地思索着：刘雅，她现在究竟在哪？她和这件事是否有关联？突然一个卫兵急急忙忙跑过来："报告机关长，收到一封匿名信。"

松井太郎打开一看哈哈大笑："这封信来得太及时了，原来杜鹃就是'映山红'，原名刘雅，美艳绝伦的杜鹃小姐，她是共产党！"

他命令立即派宪兵队包围杜鹃公寓，不得有误！

这时，门口传来了急促的敲门声，杜鹃镇定地说："小芳妹，开门去，他们果然来了，但没想到来得那么快。"

小芳还没有走到门口，门已被撞开，松井太郎机关长亲自带着日本宪兵队冲进来，将她俩围住，阴邪的小眼睛如即将捕食的饿鹰一般，目光阴鸷紧盯着杜鹃道："美丽的杜鹃小姐，不！应该叫你'映山红'或刘雅小姐吧？这么美丽的小姐，你为什么要抵抗我们？你完全可以用你的美丽享受人生，享受荣华富贵，但你却不，这不是太可惜了吗？到了我那里，我手下的人个个年轻力壮、生龙活虎，我会好好地'招待你'，哈、哈、哈！"

杜鹃美丽的大眼睛里放射出一种摄人心魄的威力，直刺松井太郎机关长的心。她呸了一声，义正词严地说："我做的这些，你懂吗？

因为我是中国人！你们这些日本狗强盗，是你们霸占我的家园，是你们杀戮我的父母，是你们奸淫我的姐妹，是你们奴役我的兄弟，我恨你们！"

这时过来了一个日本兵给松井太郎敬了个军礼："报告机关长，什么都没有搜到！"

松井太郎哼了一声，摆了一下手对杜鹃说："请吧。"并指了指小芳："还包括这位美丽的小姐！"

杜鹃说："既然要离开这里，我可以化妆一下吗？"松井太郎故作大度地说："爱美之心，人皆有之，当然可以！"

杜鹃走到梳妆台前，拿起口红，紧紧地和吴小芳拥抱在一起。

突然杜鹃大喊："同志们，梦华哥，永别了，胜利将永远属于我们！"

松井太郎突然预感到了，急忙大叫："不好……"

杜鹃已经按动口红遥控器，轰隆隆几声巨响，杜鹃的公寓瞬时间化为废墟。两朵美丽的小花在盛开最娇艳时，突然凋零了。

蒙蒙的秋雨静静地飘洒着，如娟、如雾、如诉、如泣，好像为刘雅和小芳这两位美丽的少女默默落泪。

蒙蒙的秋雨静静地飘洒着，如诗、如歌、如醉、如梦仿佛是刘雅和小芳这两位美少女在雨中谈笑风生，栉风沐雨，踏歌而行。

突然天放晴了，太阳出来了，她们仿佛从废墟中飞翔而去，化成天空最美的彩虹。

杜鹃寓所的废墟中，虽然依旧满目疮痍、弹痕累累，几缕残火，但不知是谁放了几束美丽的鲜花，鲜花是那样美丽、娇艳、动人，或淡或苦或甜的鲜花气味让人沉思，让人清醒。

村山在第一时间就听到杜鹃已离他而去的噩耗，他的心撕裂般的剧痛，他的身体好像只留下空的躯壳，原来闪烁的双目已变得暗淡无光。尽管惠子千方百计照顾他，但他不闻不问，不吃不喝，他的灵魂也随着杜鹃而去，他仿佛进入他和杜鹃的两人世界，倾听她凄婉的倾诉和至死不渝的款款深情……

这天上午惠子急匆匆跑进来，使劲地推着躺在床上目光呆滞、一动不动的村山：“村山君，你醒醒，你看，是杜鹃小姐给你的信！”

"杜鹃的信"这句话犹如强心针一下将村山激起，信中写道：

村山君，当你看到这封信时，我已经在非常遥远的另一个世界微笑地望着你。不要悲伤，人生本就是如此！

感谢上苍给了我们相识、相知的缘分，认识你是我人生的幸运，在这最残酷的环境中是你关心着我，照顾着我，还千方百计地维护着我。

我知道你已经了解了我的身份，但你并没有告发我，而是保护了我，因为我知道，你是爱我的。

我深知你对我的感情，但是我们这个年代，在残酷的战争中没有感情的位置，战争必将把一切柔情蜜意化为灰烬。

我曾对你说过，在我们俩前面有一个"不可逾越的鸿沟"，这是不以人的意志为转移的客观规律，而且我是华夏的女儿，我也绝不允许侵略者在我的祖国烧杀辱掠、作威作福，我会和千千万万的华夏儿女一样奋起反抗的！

我走了，希望你不要消沉下去。你身边早有一个美丽、温柔、善良的姑娘惠子陪着你，她可是对你一往情深啊。

好好珍惜她吧，答应我，把我忘掉吧。

答应我，给自己一个微笑、给自己一份信心，给自己一片宁静，答应我，快乐些！

杜鹃

村山看后，感到此信字字如杜鹃泣血，带着锥心的痛楚情不自禁放声大哭起来,将多日来的痛苦、悲伤、疲惫、绝望的心情荡涤殆尽。他突然将信交给惠子:"惠子,你也看看吧。"

惠子看到这封信后,控制不住自己的情绪也放声大哭起来:"杜鹃小姐,对不起,我没想到你是那样纯洁、善良和无私,是我的嫉妒心在作怪,是我害了你,是我害了你呀!"

村山瞪大眼睛使劲地摇着她:"惠子,你说什么呀,你说的是真的吗?"

惠子眼睛里含满泪水,点点头:"是的,是真的。是我嫉妒心在作怪,给梅机关写了一封匿名信,揭露了杜鹃的身份。"

"啊!你是怎么知道的?"

"你在病中发高烧,说胡话,把我错当成杜鹃了。"

村山的脸变得煞白,轻轻地嘟囔道:"啊,杜鹃,怪我,都怪我呀。"接着村山带着几分厌烦的情绪绝望地喊道:"糟透了,简直是糟透了……"

他突然起身,穿戴整齐,茫然地看了惠子一眼,心中泛起一种无言的失落感,转身离开。

他来到杜鹃牺牲的地方,无力地瘫坐在乱石之上,默默注视着眼前的废墟。

废墟上还堆放着一束束鲜花,看到花红,嗅到花香,只是花中人已随风飘去。村山心中又一阵悲伤,看见惠子跟随着他也来了,他忍了忍对她的怒气,平和地说:"惠子,你先回吧,我想一个人在这里待一会儿。"

惠子温柔地点点头:"早点回来,注意安全哦!"

村山哽咽道:"杜小姐,说实话,你的离去和我有一定的关系,是我害了你,对不起,实在是对不起了。

"杜小姐,我爱你,你是我见过的最美丽的姑娘,不仅是你长得美丽,而且你还有一颗高尚、纯粹、宽广、无私的心。每当和你在一起时,我都感到非常的快乐。

"杜小姐，你曾对我说过，你要做一个无私、利他、大爱的人，其实我和你也有相同的想法。

"杜小姐，你知道吗，经历过那么多后，我和你还有同感，我也痛恨战争，我不知道人们为什么要战争，为什么人们不能和平相处？

"我这次回家见到了我的母亲，她虚弱的身上还要肩负着挣钱和持家两样重担，还要养活三个幼小的弟妹，她努力把这一切打理得井井有条，但好妇难为无米之炊啊，平民的生活一日不如一日啊。

"噢，我把我和你交朋友的事给我母亲讲了。我母亲是一个知书达理的人，非常喜欢中国文化，还会写一笔漂亮的楷书。她非常赞同我们进一步交往。当她得知你的名字叫'杜鹃'时，兴奋地对我说她也喜欢杜鹃花，并书写了一首白居易的诗送给你！

"诗中有两句：'闲折两枝持在手，细看不似人间有。花中此物是西施，芙蓉芍药皆嫫母。'你喜欢吗？我知道你一定很喜欢！

"你看杜鹃花开时，满山鲜艳，奇丽多姿，枝叶婆娑像彩霞绕林，多像你呀，美丽、欢乐、活泼、聪慧、善解人意。"

他从上午一直坐到晚上，他就这样一边独自饮泣，一面心里和杜鹃交谈着。

一阵微风吹来，扯来几丝淡淡的云彩，遮住了月亮的眼睛，将一片昏暗给了夜色。

此时惠子又过来，劝解说："村山君，如果你老是这样萎靡不振，杜鹃会伤心的。"于是连抓带扯将他带了回去。

这几天村山十分忙碌，他在杜鹃牺牲的废墟上种了许许多多的杜鹃花，以寄托他的哀思。

数月之后，两个日本年轻人，男的长得英俊潇洒，女的长得娇小迷人，手捧鲜花放在杜鹃离去的废墟上，男人说："杜鹃，我走了，我参加了日本共产党并参加了日本反战联盟，我决定，将反战进行到底。我终于明白了，只有结束战争，人们的生活才会趋于平静，才不会受到更大的伤害。像你我这样有缘相识的男女才能毫无隔阂地相知、相恋。"

1941年樟家渡深秋，这天马梦华忙碌了一天回到房中，要在平时他还要看一会儿书，学习一会儿，但今天他感到很累，洗漱了一番躺下后很快就进入了梦乡。

他梦见萧瑟的秋天，天空碧蓝碧蓝，远处一抹彩云和他一样独自漫游着，秋风摇落了一地树叶，散落在草丛中、沟壑旁，远处的山脚下，几处坟茔上新挂的字条在凄凄的风中飞舞。他突然看见一个身穿一件洁白的连衣裙的少女在山野之间奔跑着，并向他跑过来。少女有一双单纯的大眼睛，深情地、一动不动地看着他，毫不掩饰对他的那份眷恋。他心中一惊，这不是我日思夜想的爱人小雅妹吗？他兴奋地大喊：小雅妹——小雅妹！并伸手拉她，可她突然飘然离去。

"啊——啊？"他吃惊地喊道，隐隐约约还听见一个熟悉的声音在叫他"梦华哥——梦华哥"，这声音似梦幻又似现实。

马梦华蓦然醒来额头沁出冷汗，心怦怦怦地乱跳，似乎一股阴邪的冷风向他袭来，把他紧紧包围。他猛地坐起来，恨不得从这种无声的恐惧中逃走。

第二天早上马梦华刚上班，军部突然来电话说有急事叫他和政委周大勇一块去。刚一出门，就遇见新来樟家渡医院的护工杨白雪，最近她很活跃，工作也十分积极，同时还像换了一个人似的人变得既活泼又漂亮。

她瞟了马梦华一眼娇滴滴地说："马院长、周政委，早上好！"

周大勇打趣道："樟家渡真是养人啊，小杨来这里不久变得越来越漂亮了！"杨白雪羞涩地低着头轻轻说："哪里呀。"

他俩来到军政治部，军政治部张主任、特工部赵部长都在。他俩坐下后，马梦华看见赵部长一脸悲痛的样子，而张主任眼睛一直盯着他看并叹了一口气，马梦华好像已预感到什么，心咚咚咚地乱跳起来。

张主任心情沉重地说："现在我宣布一个消息：你院原护士长刘雅同志壮烈牺牲了。她不顾个人安危，深入敌人虎穴英勇战斗，做出了突出的贡献，她为了中华民族的解放……"

此时马梦华的心像撕裂般的剧疼，这种痛，痛入心骨，在他身上从里到外、从上到下的蔓延，眼前变得一片昏黑，他不由自主地颤抖着，浑身已被冷汗浸透，嘴中还喃喃道："不会的，这不是真的。"

他们一起大喊："马梦华，你、你怎么了？"他们拼命地摇晃他，过了一会儿马梦华悠悠吐了一口长气清醒了过来，强打精神，弱弱地说："我没事，继续吧。"

张主任从周大勇那儿得知，马梦华和刘雅已认识近十年了，尤其是在艰苦环境的三年游击战争中互相关心、互相鼓励、互相扶持结下了深厚的友谊和爱情。

张主任深知，刘雅的牺牲对马梦华打击太大了！

张主任见马梦华状态十分不好，就尽快结束了谈话。特工部赵部长把刘雅的一封信交给马梦华，他紧紧握着马梦华的手，哽咽地说："刘雅是一个好同志，她很勇敢，我敬佩她！"张主任则向周大勇反复交代让马梦华多休息几天。

马梦华怀着茫然的心情信步爬上了樟家渡旁的山冈，马梦华急忙打开信，信中写道：

梦华哥，我的爱人，当你看到这封信时我已在遥远的另一个世界微笑地看着你。不要伤心，战争中的生活就是如此。

虽然我经历了无数血雨腥风，满身伤痕，但我的心是纯洁的，是属于你的。

原谅我没有给你长久的爱和幸福，没能陪你一起共度一生。但为了我们的国家和人民我早已做了准备，随时可以抛弃生命，毅然赴死！

感谢上苍给了我们相识、相知、相爱的缘分,即使某天这段感情无法继续,相信你也会永远记得曾经有一个姑娘和你相爱过。我们的爱在我们度过的艰难岁月里,在我们的青春里。

如果可以选择,我愿做一株美丽的向日葵,永远依恋着你——我的太阳。

永别了,梦华哥,来生我还要做你的爱人。

梦华哥,我真的舍不得你,真的不愿意离开你,真的很爱你呀!

吻你。

刘雅

马梦华见信纸上滴满泪痕,不由自主又轻轻地抽泣着,小雅妹——我的爱人,看见你的信,仿佛我们还在一起。我们每一次的对视,每一次的触摸,每一次的靠近,每一次的吻别,早已深深嵌入我的心里!

马梦华一直呆呆地坐在那里,他的心很痛,痛得不想做回自己。马梦华像一尊没有灵魂的塑像一动不动地坐着,任凭秋风吹拂着他的脸颊,任凭时间慢慢地流逝。

马梦华已分不清楚是幻觉还是现实了,夕阳映照下的每一棵树,好像都是刘雅娉婷的身影,每一阵风吹过好像都是刘雅银铃般的歌声……四周一片寂静,只有掠过树梢的秋风不知疲倦地低声吟唱那永远无法抚平和忘却的悲伤。

转眼间已是黄昏,阳光被层层叠叠的云雾遮住,山谷静得像是陷入了沉睡。

赵力钢来了,他默默地坐在马梦华身边,一直陪伴着,见马梦华还没有回的意思,就连拉带拽将他拉回了宿舍。

几天后,樟家渡医院的战友们为刘雅同志立了一座墓碑,这是樟家渡医院战友们的第15座墓碑了。这时有人突然发出低低的哀泣声,夹杂着悲痛的呢喃,如泣如诉。

马梦华轻轻地哀泣道:"刘雅——我的爱人,我只能为你这样送行了,等到胜利的一天我再告慰你的英灵。"

"敬礼"!周大勇一声洪亮的声音响起,所有的战友把这个最崇高的"敬礼"献给刘雅同志,烈士的鲜血绝不会白流,一定要让这些日本侵略者加倍偿还。他们会永远记住今天,一个永远不会忘记的日子。

第三部

第三部

1

20世纪初，中华大地像一个美丽、善良而懦弱的女人被各国列强凌辱、欺压和分割，而上海就是中华大地的缩影。

各国列强都想在上海站住脚，扩大自己的势力范围，他们建立了许多工厂、商行、学校、戏院、教堂等，上海逐渐繁华起来。于是，有文化的技术人员、没有文化的劳工，都在这里云集。

在这些新来的人群中，有一个安徽来的年轻人，他叫汪家杰，在一个姓祝的老板的商行做学徒，凭着他的精明能干，能说会道，得到了祝老板的青睐。几年以后祝老板把自己的小女儿嫁给了他，还陪嫁了当时生意很好、口碑颇佳的一个药店。在汪家杰苦心经营下，药店发展越来越好，规模也越做越大。

1920年二月初二，汪家杰的第三个孩子出生了，取名汪玉梅。

1926年初春因汪家杰抢做了上海黑帮头子吴老爷几笔大的买卖得罪了吴老爷。一夜之间药店被砸，药店库房里的货物被烧，汪家杰经营多年的药店突然没了。汪家杰破产了，汪家杰又气又恨，不久就病倒了。

这时玉梅六岁了，聪慧可爱，有一双细长的会说话的眼睛，头发乌黑发亮，招人喜爱的瓜子脸上有一双时隐时现的酒窝。

这一天，玉梅家中来了个不速之客，是小玉梅的表姑。她长的又矮又胖，缠着小脚，走起路来一拐一拐的，活像一只肥鸭子。但她又很富有，有大量的良田和一个缫丝厂。

她看见小玉梅就非常喜欢，让玉梅的父母把玉梅过继给她。

玉梅的父母认为自己已有一儿两女，家中又碰上这样重大灾难，已没有了生活来源，而表姐没有女儿，同时表姐的家境不错，玉梅到她家里不会受到虐待，因此就同意了。

玉梅的表姑给汪玉梅的父母扔了十块大洋算作是礼金，就把玉梅领回浦东的周浦老家去了。

玉梅刚到周浦一切都感到很新鲜。一望无际的田野里散发着清新、潮湿的泥土气息，到处是绿油油的庄稼，黄褐色的牛群散在各处悠闲地啃着青草，一条小溪曲折蜿蜒流淌着。玉梅兴奋得像一只花蝴蝶飞舞在山野之中。

玉梅的表姑姓胡，十七岁时嫁到了杨家。杨家很有钱，现在住的这一大幢房子和田地都是杨家的，杨太太过了几年舒服日子，还为杨家生了一个儿子。可惜她的丈夫有痨病，几年前就去世了。

杨太太把玉梅过继过来，明的是当养女，实际是想给儿子找个媳妇。杨太太按照古训中三从四德、女子无才便是德的要求，从小对玉梅进行调教，玉梅的苦日子就这样来临了。

当时三寸金莲是中国妇女美的象征，因此养母杨太太也要给玉梅缠脚。玉梅是一个倔强的小姑娘，讨厌自己的脚被缠得像猪蹄子一样，因此白天她的脚被杨太太缠住了，到了晚上她就把那个让人生厌的裹脚布偷偷给拆了，这样折腾了数次，杨太太也厌烦了，这事也就罢了。玉梅初次尝试到了胜利。

养母杨太太的儿子大玉梅三岁，叫杨继文，头发乱糟糟的，经常拖着两条清鼻涕，小伙伴给他起了个绰号"鼻涕虫"。

杨继文对玉梅很好，放学回来经常给玉梅带来野花、小石子、小蟋蟀、小蝴蝶之类的东西，还要求母亲让玉梅和他一块上学去，养母杨太太就是不依。养母让玉梅从小就开始学做饭、缝纫、绣花、打扫卫生、收拾房子、洗衣等活计。想着玉梅长大后，学好这些本事可以好好地伺候自己的宝贝儿子。

杨太太还有一个最大的嗜好是看戏。到了晚上，养母杨太太把玉梅打扮得漂漂亮亮，带上玉梅，一拐一拐地上戏院。那些戏迷们都是老熟人，看见玉梅长得粉嘟嘟，很可爱，都逗她玩。

玉梅也喜欢看戏，小脑瓜很灵，还学会了几个段子，段子上不认识的字就找"鼻涕虫"哥哥教她，因此玉梅对上学非常感兴趣，闹腾了几回，但养母杨太太就是不让她去。

不知不觉两年过去了，汪玉梅已经八岁了。突然有一天，玉梅的哥哥汪玉伦来了，说父亲病重，要接玉梅回去看看。

汪玉伦大玉梅七岁，还在上中学，长得秀气文雅，还戴了副近视眼镜。他喜欢看书，喜欢文学诗词，有时写些小诗，还会把那些作品投稿到报纸杂志，到目前还没发表。

玉梅回到了朝思暮想的家中，只见爸爸的脸色苍白而憔悴，不停地咳嗽和咯血。他把玉梅搂在怀里，把她的头贴在自己的胸前，一动不动地抱着，用干枯无力的手缓慢地慈爱地抚摸着玉梅乌黑发亮的头发，生怕再失去她，嘴里喃喃地说："我的宝贝女儿，爸爸可想死你了。"这时妈妈也过来，温柔地搂着她，他们三人相拥而泣，他们俩真的后悔把玉梅过继给了表姐。

爸爸又是一阵剧烈的咳嗽，他拼命地抑制住咳嗽用沙哑而沉重的声音说："玉梅，可怜的孩子，爸爸爱你，爸爸想念你呀。"玉梅好像感到什么，眼睛里充满泪水，她大声地哭着说："爸爸，我也爱你，我舍不得离开你呀！"

爸爸深知自己不久于人世，用凄楚的目光望着她，强忍悲痛问玉梅有什么心愿，玉梅单纯而直率地说："爸爸，我想读书，我好想好想读书呀！"

爸爸听到玉梅的回答很难过，这时玉伦哥走过来说："等我工作了，我供玉梅妹妹读书。"

三天后，玉梅的爸爸病故了。

玉梅记得，爸爸走的那个晚上，爸爸撕心裂肺地咳嗽着，突然吐了一大摊血。

玉梅似乎一夜之间长大了，明白了许多事，意识到以后生活的艰辛。

爸爸走后，为了弥补玉梅到了上学年龄还未上学的遗憾，哥哥玉伦做起玉梅的家庭教师。哥哥放学回来就教玉梅识字、算数、英语、诗词等，还找来了一些适合玉梅阅读的启蒙读物让她读。玉梅很聪慧也很努力，这期间在家中学到很多知识。就这样玉梅在家中快乐地生活了几个月。

一天，周浦杨家派人接玉梅回去。玉梅又要回周浦了，妈妈祝氏取出一个小箱子，开始打点她的衣物。玉梅突然产生一种失落感，含着泪扑到妈妈的怀里，她感到害怕，更感到孤单。妈妈强忍悲痛说："等你哥哥工作了，家境好一些就接你回来读书。"

玉梅眼里噙满泪水，不舍地说："妈妈，我还要等哥哥，等哥哥放学回来我再走。"

汪玉伦急急忙忙赶回来，手里捧着许多适合玉梅阅读的启蒙读物说："玉梅妹，这些书，你先拿去读，等你看完后，我来看你时，再给你带些去。"玉梅这才破涕为笑，高兴地扑到哥哥怀里。

玉梅要走了，只好无奈地说："妈妈，哥哥，你们一定要经常去看看我，我舍不得离开你们呀。"

到了杨家后，玉梅如饥似渴地读书，读书弥补了玉梅到了上学年龄还不能上学的遗憾。碰到不认识的字，她就虚心请教杨继文哥哥。书将玉梅一步步引入一个丰富多彩、趣味无穷的大千世界。

1932年8月的一天，明媚的太阳照耀着大地，天空是如此明净清爽和汪玉梅的心情一样。

汪玉梅已经十二岁了，玉梅的哥哥汪玉伦又到了浦东周浦杨家，这一次是来接玉梅回去上学的。

这时的玉伦哥已参加工作，在银行当一名小职员。尽管养母杨太太百般阻拦，但碍于亲戚的面子，还是放手了。

杨继文哥哥也过来送行，他对玉梅有一种少年对少女那种纯粹的毫无杂念的感情，只要玉梅喜欢，他什么都肯为她做。

汪玉梅内心激动地大声喊着："我要上学去了！"她终于离开了周浦，离开了这个让她又爱又恨的地方。

2

1937年8月13日，中日淞沪会战爆发。

11月12日上海沦陷。繁华的朝气蓬勃的东方大都市变成了充满饥饿、贫穷、疾病、物价上涨、盗匪猖獗的人间地狱。

春去秋来，五年时间匆匆而过，汪玉梅已经十七岁了，白皙的瓜子脸上长着春山般弯弯的双眉和一双秋水般会说话的眼睛，又黑又粗又长的乌发垂在结实丰满的胸前。她长成了一个聪明漂亮、性格沉稳、喜欢思索的女孩。虽然她在表姑妈家耽搁了几年，上学已经很晚了，但凭她的勤奋和聪明，小学跳了两级，以优异的成绩考上初中。在初中又跳了一级，现在已是初中三年级的学生了。自己将来要干什么，她还在犹豫，她想为多灾多难的祖国贡献一份自己微薄的力量。

这天她正在家里读书，哥哥汪玉伦又给她带来了一些书，其中一本书叫《南丁格尔》。

她如饥似渴地读了起来。书中讲的是一个名叫南丁格尔的英国女子，她生长在一个有钱、有地位的上层贵族家庭中，受过良好的教育并有光明的前途，但当她看见由于大多数民众因缺乏起码的卫生护理知识，本来可以活下来的病人、产妇、儿童、伤员无辜死去，因此她不顾家庭的反对和社会的偏见，开办护士训练班，还带领护士们深入医院、战场、穷人社区进行救护，受到了人民的拥护和爱戴，被誉为救苦救难的白衣天使。

书中的内容深深地打动了汪玉梅。她励志像南丁格尔一样，做一名白衣天使，面对人世间的苦难，勇敢地肩负自己的责任。

汪玉梅为了将来能够报效祖国，在抗日的战场上发挥微薄之力，也为了减少哥哥的负担，追求新生活，实现自己的梦想，她决定报考美国教会办的济仁高级护校。

1938年7月她和她的同窗好友白小菊都终于如愿以偿地考上了。

汪玉梅考上了她心仪的学校，非常兴奋，从此她可以尽情地从事她喜爱的事业，义无反顾地追随她心中的偶像。

学校位于法租界一个美国教堂旁，校园面积虽然不大但规划得整齐有序，里面还有一所教堂医院，建筑均以白色为主色调，显示出高雅、安静的独特之处。

汪玉梅的好朋友白小菊也考上了这所学校。白小菊的父亲开了一个小作坊，家境殷实。小菊是一个身材微胖的女孩，圆圆的娃娃脸上总带着纯纯的甜甜的笑容，温柔得像小猫咪一样整天腻着汪玉梅。她比汪玉梅小两岁，把玉梅当作姐姐，理所当然在她怀里撒娇。

新的生活开始了，幸运的是玉梅和白小菊分到一个班，而且还是一个宿舍。小菊高兴地搂着玉梅兴奋地又叫又跳说："玉梅姐，我实在是太幸运了，又能和你整天在一起了。"

和她们同住一个宿舍的还有四个女孩：一个叫张兰，人长得挺漂亮，一双乌溜溜的大眼睛，衣着讲究得体，性格泼辣活泼，出生在官宦之家。

一个叫吴莲莲，长得清秀乖巧，身子骨比较单薄，见了来人便低下头，腼腼腆腆的，是资本家小妾的孩子。

一个叫海棠，她长得眉目清秀，前额饱满，肤色白皙。她对人热情，性格爽朗，她父亲是一名小学老师。

还有一个叫唐芙蓉，是她们中年龄最小的。她是孤儿，一出生就被父母遗弃，从小在教会孤儿院长大。她是她们六个女孩中最漂亮的，皮肤细腻，吹弹可破，像画中的美人。但她不善于交流，温柔寡言，总把心事悄悄地埋在心里，有时还默默地流泪。

这六个女孩在济仁高级护校学习生活，朝夕相处，相处得非常融洽，要好得像亲姐妹一样。

学校严谨的学术氛围和宽松的课余生活让汪玉梅如鱼得水。

汪玉梅比唐芙蓉大三岁，比其他四个女孩大两岁，成绩最好，又有主见，五个人都叫她玉梅姐。

汪玉梅天生有那种自然而然地吸引人的亲和力和指挥官的气质。有时白小菊的调皮、张兰的任性、吴莲莲的固执、海棠的争强好胜、唐芙蓉的爱哭，使她们为一些小事和同学们争执赌气，汪玉梅像大姐姐一样向她们发出恰到好处的指令，使她们乖乖地言听计从，巧妙地平息排解这些纷争。

更令人称奇的是，她们每个人的名字里都含有一种花名，长得都很漂亮，渐渐地在学校里颇有名气，大家称她们为学校的六朵美丽的小花，这可能是巧合，也是一种缘分吧。

在宿舍里，汪玉梅把她最喜爱的书《南丁格尔》跟她们分享，她们都非常喜欢书中的主人翁南丁格尔，被她的大无畏的献身精神所感动、所激励。

尤其是书中的这段话让她们感动：天使的定义是什么？多年来我一直苦苦地追问。

如果天使只是撒播美丽鲜花的人，那么，无知顽皮的小孩也可以称为天使。

真正的天使，必须面向尘世的苦难，勇敢地肩负起沉重而必要的工作。

护士就像医院的女佣，她们清除脏乱和污秽，为病人擦洗身体，做人们厌恶、鄙视而又不愿意给予感谢的工作。但是，我却认为，这种有益于人类，使痛苦的人恢复健康的工作者，才是真正的天使。

护士，其实是没有翅膀的天使。我愿终生守护在这神圣的领空。

转眼间她们在学校生活、学习近两年了。让她们最敬佩的是她们的国文老师兼班主任的于阳老师。于老师二十多岁，身材挺拔，年轻的脸上总是干干净净的，一说话就露出一口整齐洁白的牙齿，显得整个人容光焕发。

这六朵小花最喜欢听的是国文课。于老师在课堂上借古讽今，激情飞扬；课下他对同学们也是关怀备至，一点架子都没有，深受同学们的爱戴。

这天又是于阳老师国文课，等课快讲完时，一贯神采飞扬的他，突然神情凝重低沉地说："同学们，最近在上海及周边地区发生流行伤寒这种急性传染病的重大疫情。明天给大家放一天假，告知家人和街坊邻居，搞好卫生，有病人的家庭必须处理好病人的排泄物和呕吐物，并将病人送医院治疗，防止疫情的进一步扩散。"

汪玉梅回到宿舍不久，只见哥哥汪玉伦急急忙忙找她，说："妈妈的病重了。"

汪玉梅急忙跟学校请了假，回到家里。只见母亲面色苍白，高烧不退已进入半昏迷状态，见女儿来了，却无法言语，大滴大滴的眼泪从眼眶中流出。

汪玉梅见此状把母亲的衣服掀起，发现皮肤上已出现大大小小的蔷薇疹，这是伤寒的典型症状，玉梅惊呼："妈妈得的是伤寒！"

汪玉梅赶紧抱起母亲，母亲的身子很轻，衰弱极了，脸色苍白得如死人一般，青紫的嘴唇紧闭着，她睁开眼睛，哀伤地望着女儿。玉梅为她感到难过，泪水不停地从她发呆的脸上流下："妈妈，我们去医院，我相信你一定会好起来的。"

玉梅想起两个星期前，妈妈嗓子疼，玉梅让她看医生，她说一点小毛病，扛扛就过去了，没想到竟是大病。

她对哥哥玉伦说："赶紧送医院。"到了医院，医生直摇头说："来晚了，已经肠穿孔了，拉回去办理后事吧。"

这突如其来的噩耗使汪玉梅一时接受不了，脑海里像过电影一样不停出现母亲的倩影，她的慈爱、她的善良、她的温情。玉梅的外婆出生在书香之家，是当地有名的才女，在外婆的熏陶下，母亲养成待人谦和、乐于助人、斯文有礼的个性。

母亲就这样走了，汪玉梅强忍悲痛把母亲的丧事办完。玉梅觉得死亡的降临是如此简单、突然，心中空落落得一下昏死过去，并在当夜发起高烧。

当她醒来时已是第二天下午。她闻到一股熟悉的来苏尔消毒水味道，房间的一切都是白色的，白色的墙、白色的床、白色的床单、白色的被子和一个穿白色护士服的窈窕姑娘，犹如梦境。玉梅轻轻哼了一声，穿白色衣服的姑娘像一朵白云飘了过来，一下子搂住汪玉梅，高兴地说："玉梅姐你终于醒了，我们都快急死了。"

玉梅定睛一看是张兰。张兰闪动着乌溜溜的大眼睛兴奋地说："那天你昏厥过去了，于老师让我们把你送进医院。这两天你一直昏睡，于老师派我们几个人轮流看护你，今天我当班。"玉梅用虚弱的声音说："那就谢谢大伙了。"张兰爽朗地说："玉梅姐，你就别客气了，过去你帮助我们还少吗？尤其是唐芙蓉听到你妈妈病故了，哭得让人心痛。据她讲，因为她是孤儿，一到星期天或假期中，你怕她孤独，就带她到你家去玩，汪妈妈对她可好呢，像对待亲女儿一样，使她感到从未有过的家的温暖。"

汪玉梅谦虚地说："我们都是好姐妹，这是我应该做的。"

母亲的离开使汪玉梅终于感到了生命的脆弱和莫测，她暗自下决心一定要珍惜生命，过好自己的人生。

3

新年的钟声敲响了，转眼间1941年到了。

这一年汪玉梅她们在济仁高级护校的学习已经到了最后一个学期了，她们马上面临着毕业，也面临着人生道路上的选择。

开学的第一天是于阳老师的班会。只见于阳老师心情沉重地说:"同学们,最近我国发生了一件震惊中外的事变。现在我们正处在民族存亡的关键时刻,中国人应团结一心,同仇敌忾。但国民党顽固派却发动这场针对新四军的'皖南事变',使9000多人的部队除2000余人突围外大部分人牺牲或被俘,军长叶挺被扣押,政委项英被杀害。这种使亲者痛、仇者快的'皖南事变',它只能益于日本鬼子。'皖南事变'是中华民族的悲哀,是中华民族的耻辱,我现在呼吁:我们要坚持抗日,反对分裂。"

于老师这一番铿锵有力的话触动了汪玉梅的心灵,对今后自己的人生道路,她已有了主意。

一天早上,天气阴沉沉的,寒风夹着星星点点的小雨。突然学校的校长和于阳老师他们过来将张兰叫走了,汪玉梅见了心中怦怦直跳,预感到有什么大事发生了。

过了一会儿,于阳老师来到宿舍,他心情沉重地说:"张兰家出大事了,昨天晚上张兰全家遭到日本人的灭门,连张兰家中的女佣都没有放过,张兰因住校逃过此劫。现在学校交给你们一个艰巨的任务,一定要将张兰看好,照顾好。"

白小菊、吴莲莲和唐芙蓉当场失声痛哭起来,海棠也抹着眼泪说:"这也太惨了,怎么会这样?"

只有汪玉梅显得比较镇静:"同学们,现在我们一定要控制好自己的情绪,等张兰回来了,我们一起帮张兰渡过这一难关,好吗?"

她们止住哭泣,点点头表示同意。

于老师继续说:"听说张兰父亲张心阳名义上在上海滩是伪满政府分管文化教育的部长,实际是勇敢的抗日斗士。这次他组织刺杀了日本细菌专家,由于叛徒的出卖,日本人派宪兵队到他家,发生了枪战,张心阳夫妻俩双双牺牲。日本人也损失惨重,因此痛下杀手连家中的女佣人都不放过,造成此次灭门惨案。"

张兰回来了，她目光呆滞，从她的眼里看到了悲痛、无助、疲倦，汪玉梅看见她这个样子，强忍着眼泪走过去想安慰她，她却冷冷地说："别过来，让我一个人静一静！"

突然张兰不顾她们的阻拦冲出门跑了。汪玉梅拿着吴莲莲递过来的雨伞，说："快，赶紧去找于老师！"紧随其后追了上去。

张兰来到了黄埔江边坐下，汪玉梅也默默地坐在她身旁，帮她撑着雨伞，面对张兰空洞而茫然的目光，汪玉梅竟然找不到表达的词语。

在蒙蒙的细雨中，黄浦江上好像拉起一道轻纱帷幔，一切景物变得朦胧而虚幻。汹涌澎湃的黄浦江，来回穿梭的船只，在江面轻轻掠过的水鸟，风中摇曳的树枝从雨幕中缓慢地流入心间。

不知不觉几个小时过去了，天空突然放晴，黄浦江水依然波涛汹涌，轮船的汽笛声和外滩的钟声遥相呼应，一声声撞击着人们的心灵，好像一切都苏醒了。

张兰的美丽的大眼睛也亮了一下，汪玉梅知道此时的张兰醒了。她紧紧搂着张兰说："兰兰妹，你的父亲母亲是好样的，是我们的榜样，我敬佩他们。出了这件事姐姐我和你一样也心痛，我会永远在你身边陪伴着你，像姐姐一样守护着你，想哭你就大声地哭吧。"

张兰突然情绪激动，不知所措，她倒在汪玉梅的怀里失声痛哭起来。

于老师一直在远处注视着她们，这时也走过来给张兰和汪玉梅披上御寒的衣服然后坐在张兰身边，玉梅用手绢帮张兰擦着眼泪。

于老师说："张兰，你的父母为了祖国，为了人民而牺牲，这种牺牲是值得的。为了祖国，为了中华民族，也为死去的亲人报仇，张兰，你一定要坚强起来！"

这时白小菊和海棠端着热乎乎的饭菜来了，小菊说："兰兰，这是我妈妈精心给你做的，你尝尝？"

在大家的安慰之下张兰的心情也渐渐平和了。

见天色已晚，于老师劝大家回去，张兰还是坚持要在江边坐一坐。

于老师说:"同学们,你们先回去,我和汪玉梅再陪陪她。"

三个年轻人坐在江边,敞开心扉,随意畅谈,于老师说:"你们即将毕业了,我们每个人都有梦想,为了梦想,我们应该坚持不懈地奋斗!"

汪玉梅说:"是呀,每个人都有梦想,如果青春没有梦就像春天没有鲜花,夏天没有骄阳,秋天没有硕果,冬天没有飞雪。"

于老师赞叹道:"说得好!"接着又问:"汪玉梅,那你的梦想是什么?"

汪玉梅羞涩地一笑说:"很简单,就是报效祖国。我要像南丁格尔那样用我学到的知识帮助那些受疾病和伤痛困扰的人。"

张兰也受到感染便说:"我妈妈对我说过,好女子当如兰,安之若素,不因动人而自傲,不因无人而不芳,我的人生之路要像兰花一样高尚、典雅、无私。我要继承父母的遗愿,救中国,打倒小日本,为我死去的家人报仇;我要像南丁格尔一样当一名拯救人类疾病和苦难的天使。"

听到她俩的一席话于老师感动地说:"我没有想到我的学生有如此崇高的梦想,但你们选择的是一条布满荆棘的道路,你们怕吗?"

汪玉梅和张兰斩钉截铁地齐声答:"不怕!"

"那你们的梦想如何实现呢?"

玉梅轻轻地如同耳语地说:"我想参加新四军,打日本鬼子去。"

张兰说:"我也一样,我听玉梅姐的,玉梅姐到哪儿我就到哪儿。"

于老师沉思了一会儿说:"你们一毕业我帮你们联系,但这件事一定要保守秘密。"他们共同约定并发誓一定要保密。

就这样他们谈着、聊着,天快亮了,此时黄浦江上面笼罩着一层薄薄的水汽,晨光熹微,新的一天开始了。

于阳的真实身份是中共党员,当教员是为了掩护身份,更好地开展工作。另外他还有一个重要任务是发展进步学生参加新四军,壮大新四军的力量。

这天汪玉梅从家中回来，手里拿了几本书，美丽的脸上露出迷人的光彩，兴奋地说："我的妹妹们，我哥又给我借了几本书，其中一套是巴金先生的新作《家》《春》《秋》，可好看了。"

吴莲莲一把将《家》《春》《秋》抢到手里："玉梅姐，就让我先看吧？"

转眼六月份到了，她们准备着毕业的最后的冲刺。

吴莲莲自从上济仁高级护校以来，渐渐活泼起来，但这几天不知为什么又闷闷不乐起来，显得心事重重的。

汪玉梅看见她这样，心里很着急，这天中午吃完饭，汪玉梅回到宿舍又看见吴莲莲默默地坐在床上，就急忙过去，她能听到吴莲莲的呼吸声，焦躁而不规律。便搂着她说："莲莲妹，你有什么不开心的事，给姐姐说说，别一个人闷在心里，这样会憋出病来，有什么事咱们姐妹几个共同面对好吗？"

听到汪玉梅的贴心话，吴莲莲感动了，她的眼泪像开闸的洪水一下子流了出来，呜咽道："玉梅姐，我真的不知道怎么办才好？"

原来吴莲莲的父亲是一个小资本家，父亲的一个做生意朋友早就看上了吴莲莲，最近他的妻子刚去世了，想续弦并执意娶吴莲莲做老婆。为了在商业上强强联手，吴莲莲的父亲同意了这门亲事，逼迫吴莲莲出嫁，等她一毕业，她就要嫁给这个大她二十来岁的男人，吴莲莲当然不愿意了。

汪玉梅听到后，思索了一下，便说："莲莲妹，别伤心了，我们大家都会帮助你的。现在已是民国，广大妇女要求解放，我们现在是新女性，我们要勇敢地追求自由，追求梦想呢！"

吴莲莲听到后止住哭泣，自言自语道："我不走那条路，我要走新的路……家，什么家！不过是一个'狭的笼'！"

汪玉梅既吃惊又兴奋地给吴莲莲一捶："莲莲妹你真棒，把《家》中的主人公'琴'学得惟妙惟肖的。我一定会帮助你，走出那'狭的笼'。"

在汪玉梅的鼓励之下，吴莲莲决定要冲破这个"狭的笼"，超越懦弱，走向新生，走向光明。

汪玉梅帮助吴莲莲打开心结后，心里也感到十分舒坦，她深深感悟到帮助了别人，快乐了自己这个真谛。

正当汪玉梅还沉浸在快乐地喜悦中，突然一个中年妇女急慌慌地闯进来，上气不接下气地说："海棠呢？海棠妈妈被车撞了！"

汪玉梅问："大婶，你是——"

"哦，我是海棠的街坊，海棠妈妈被撞是我亲眼看见的。"

汪玉梅一把拽住她说："大婶，快！我们一起找她去。"吴莲莲也大声地说："我也去！"

等她们赶到医院，医生告诉海棠，她的妈妈已经去世了。

海棠不顾一切趴在妈妈身上哭得死去活来，还是汪玉梅她们几个人费了很大的劲才将海棠拉起来。

原来海棠妈妈今天上午上街买菜，被小鬼子的军用吉普车给撞了，小鬼子见撞了人，依然不减速度，疾驰而过。

海棠回来了，她目光呆滞，以前那个活泼、开朗的姑娘几乎不见了，她嘴里还喃喃地念叨着："我要报仇，我——我要杀小鬼子！"

汪玉梅见她这个样子，心痛得将她搂在怀里："海棠妹，你醒醒！你对小鬼子有恨，我们哪一个不是这样吗？我的妈妈就是被小鬼子的细菌战杀死的，张兰的父母亲均被小鬼子杀害了。我们一定要振作起来，尽快摆脱痛苦，投入战斗。"

海棠抽泣道："玉梅姐我好难过呀，我妈说没就没了，我接受不了啊。"

汪玉梅温柔地抚摸着她的秀发深情地说："海棠妹，我们要像南丁格尔那样帮助那些受疾病和伤痛困扰的人。我们每一个爱国青年为了祖国都要投入这场残酷的战争之中，你要尽快摆脱痛苦，投入战斗。"

海棠激动地将汪玉梅拥抱着："玉梅姐，我听你的，你到哪儿，我就到哪儿。"

在一旁倾听的唐芙蓉也上来说:"玉梅姐,我也听你的,在这三年的学习中,你像亲姐姐一样关心照顾我,让我有了家的感觉。我真想有个家哦。"

汪玉梅将她们的情况向于阳老师做了汇报,于老师说:"只要她们几个愿意,你们就一块走。"

这天是六朵小花在济仁高级护校的最后一天,汪玉梅以门门功课前三名的优异成绩毕业了,并获得了学校发给的奖学金。

毕业典礼结束后,六朵小花陆续回到宿舍。她们一起过来问汪玉梅:"玉梅姐,毕业后准备去哪儿?"汪玉梅说:"抗日救国,去打日本鬼子。"她们异口同声地说:"我们要跟玉梅姐走,把小日本赶出中国。"小菊说:"玉梅姐到哪儿我就到哪儿。"吴莲莲、海棠、唐芙蓉齐声说:"我们也是。"

她们激动地搂在一起,轻轻地唱:"起来,不愿做奴隶的人们,把我们的血肉筑成我们新的长城……"歌声穿越过狭窄、苦闷的空间,她们在歌声中宣泄淤积,在歌声中抒发激情,在歌声中超越梦想。

于老师突然推门进来问:"谁在唱歌?"

于老师来了,大家都用兴奋的眼光望着这个亦师亦友、当她们迷茫时给予她们开导和无私帮助的老师。

大家一起围了上来,当于老师得知她们的共同心愿,答应帮助她们。

即将要踏上社会的六朵小花共同对人生的未来怀有无穷无尽的渴望,她们积极向上,为了共同的梦想而奋斗。

离开的一天终于来到了,白小菊、海棠、唐芙蓉趁着朦胧的夜色按照约定的时间已来到了江边,于老师也过来送行,但汪玉梅、张兰、吴莲莲还没来,新四军的交通员过来催促说:"船快开了。"于老师坚持说:"再等等。"

突然汪玉梅、张兰来了,吴莲莲身穿旗袍化着淡妆急急忙忙也跑来说:"不好意思,耽误了大家的时间,差一点没赶上。"

白小菊、海棠、唐芙蓉一起围上来说:"莲莲今天真漂亮呀。"吴莲莲委屈地说:"唉,哪里呀。"原来吴老板的朋友黄鹏经常过来纠缠吴老板,让吴老板把吴莲莲嫁给他。吴老板一直推脱说:"等莲莲毕业后再说。"

如今她已经毕业了,吴莲莲见躲不过去,只有假装应承下来,趁着订婚之际,在汪玉梅和张兰帮助下偷偷跑了出来。

新四军的交通员又来催促了,张兰眼里闪着泪花突然扑向于老师大声哭着说:"于老师,我舍不得离开你。"

于阳一反常态羞涩得像个大姑娘一样,还是汪玉梅有眼色拉着张兰的手说:"兰兰,没见于老师也很难受吗,不要让他再伤心了。"

于阳这才缓过神来严肃地说:"我们已是同一战壕的战友了,我们的共同目标就是把日本鬼子赶出我们的家园。大家一路上多多保重,一定要注意安全,过些时候我一定会看望大家的。张兰,你很年轻,前面的路还很长,或许我没有真正了解你,但你要像汪玉梅学习,变得更加成熟,更加坚强,更加勇敢。"

六朵小花乘着船走了,江风卷起的浪花打湿了汪玉梅的衣服,也打湿了汪玉梅眷恋、坚定、充满希望的眼睛。

此时天已经完全黑了,天空中的星光和江里大大小小船上的灯光互相辉映,不停闪烁着一直伸向神秘莫测的远方。

4

马梦华变了,以前那个快乐、幽默、阳光的大男孩变得沉默寡言,每天像一台机器超负荷地工作着。政委周大勇和警卫营营长赵力钢看见马梦华这样,就在闲暇时找他聊天。

又是一夜无眠,天快亮了,马梦华起了床,打开窗户,一股清新的空气扑面而来,晨曦如同一层明亮的薄雾,笼罩在大地上。

马梦华想起来今天上午要开一个医院核心领导小组会议，正准备出门，就听见砰砰砰的敲门声，打开门一看原来又是杨白雪，手中还捧着洗干净的衣服。这几天，她总是有事没事过来。她笑眯眯地望着马梦华娇滴滴地说："马院长，我把你的脏衣服洗干净了，另外还给你做了一双新袜子，你穿穿合适不？"

马梦华心里非常清楚杨白雪的心思，头一低，眼皮都不抬一下，面无表情地说："小杨，谢谢你，以后不要再来了。这些事，我自己都会做。若你有精力，请多多照顾伤员吧。"

杨白雪听到此话，羞愤地把洗好的衣服狠狠丢在床上，扭头就跑。

今天，樟家渡医院又迎来了六位年轻的具有专业医疗知识的新战友，她们均来自上海济仁高级护校。

当周政委介绍到汪玉梅时，汪玉梅清秀的双眉微蹙了一下，她轻轻一笑，粉嫩的脸颊出现两个小巧的酒窝，黑白分明的眼睛闪着自信的眼神望着大家。

马梦华眼中突然放出异样的光芒，一些往事突然浮现在脑海中：哦，是她——汪玉梅，曾经在上海救过我的那个姑娘。接着又一个面孔遽然出现在他的脑海里，是水仙姐。她的来到仿佛打开了尘封的往事，马梦华的心不由得疼痛起来，犹如撕裂般的感觉。

汪玉梅的到来还受到另外一个人的关注，此人正是汪玉梅的鼻涕虫哥哥杨继文。高中毕业后，杨继文到日本留学，学的是医疗专业。学成后想满腔热情报效祖国，竟没料到让日本特务机关给盯上了，他们设了个小小的圈套就让他跌入了陷阱中，在他们威逼利诱之下，他违心地同意给他们当特务，代号"鼹鼠"。因为他是学医的，所以潜伏到了新四军樟家渡医院。没有料到，他的医疗能力出色且又有文凭，平步青云担任樟家渡医院副院长。

日本特务机关也很重视这枚棋子，想让他升迁至更高的地位，这样可以窃取更有价值的情报，因此一直没有起用他，让他长期蛰伏，他误以为日本特务机关已把他忘了。

杨继文看到汪玉梅也来到了樟家渡医院，很是高兴，心想：九年多没见了，没想到，汪玉梅出落成这么漂亮的大姑娘，你应该还是我——我的小媳妇吧？想到这里，他的心像猫抓一样的痒痒。

欢迎会一结束，杨继文就跑来看望她。通过他的自我介绍，汪玉梅才恍然大悟，原来他是"鼻涕虫"哥哥杨继文。自从汪玉梅离开周浦后，他们家和杨家断了一切联系。因为杨太太对待汪玉梅像对待童养媳一样，这让汪玉梅的母亲祝氏对杨太太非常不满。

汪玉梅怔怔地望着他心想：如果不是他自我介绍，我的确认不出他了。他长得又瘦又高。一双绿豆一样的小眼睛安在和身材不成比例的小脑袋上，怎么看都挺别扭的。

杨继文色迷迷地盯着她感慨道："玉梅妹，我们多少年都没有见了，你还好吗？"

汪玉梅看见他那副纨绔子弟的派头，坐没坐姿地摇晃着两条长腿，显得很傲慢，讲话还带有鼻音，故意拖长声调，对他已产生了反感。

但汪玉梅还是很有礼貌地答道："哦，原来是继文哥，你也参加革命了。看来你表现不错，已当上副院长了。"

杨继文以为汪玉梅对他也有好感便故意逗她，自嘲道："我这个人啊，是要钱没钱，要长相没长相，除了脑袋长得小了一点，简直都没有什么特色。"

他这话一出，逗得汪玉梅捂着嘴咯咯地笑："继文哥，你还是有自知之明的嘛。"

杨继文毫不谦虚地说："玉梅妹，你可不能小看我，我可不是以前的'鼻涕虫'哥哥了。在这里我技术是一流的，当然包括理论和专业知识。我会很有前途的。"说完意味深长地看了汪玉梅一眼。

他们聊了一会儿，汪玉梅见他还没有走的意思，就婉转地说："继文哥，我刚刚来，还有许多事情没办呢，咱们以后再聊吧。"

听到汪玉梅已下了逐客令，杨继文很不情愿地离开了。

吃完晚饭，六朵小花回到宿舍里，她们正在聊天，马梦华和周大勇敲门进了她们宿舍。

周大勇说："姑娘们，我和马院长来看望你们了。"

马梦华连忙走过去，握住汪玉梅的手："你好，小汪同志，我们又见面了。"

周政委和其他五朵小花都很诧异地望着他们俩："咦？"

马梦华指着她，笑着说："我上次到上海采购药品，日本人追杀我，是她救了我。"

白小菊快言快语地说："你们还有这种缘分，我好羡慕啊。"

周大勇也急忙握了一下汪玉梅的手说："感谢你救了马院长，他可是我们新四军不可多得的人才。"接着话锋一转："姑娘们，你们都来自上海这个繁华的大都市，来到我们这个穷乡僻壤可能会有诸多的不适应……"

汪玉梅答道："我们到这来早就做好战斗的准备、吃苦的准备、牺牲的准备，我们的梦想就是把小日本赶出中国去。"

其他五朵小花也叽叽喳喳地谈了自己的看法。

突然一个声音传来，声音很有质感、清朗而温和，原来是马院长在说话："讲得好，国家兴亡、匹夫有责。你们的谈话，我看到了这个国家和民族的希望。我们革命青年就是要用我们的生命、用我们的热血报答我们的祖国，去挽救我们多灾多难的中华民族，为我们中华民族的复兴而战斗。"

接着马梦华用明亮的眼睛环顾了一下六朵小花深情地说："既然你们有强烈的责任感而选择了白衣天使这个救死扶伤的职业，说明你们热爱人民，那么你们不仅是属于你们自己的，也是属于人民的。"

六朵小花听得血脉贲张，心中腾起万丈豪情。六朵小花在樟家渡医院开始了新的生活和战斗。

白小菊、海棠、唐芙蓉分到护理部工作；张兰分到手术室；吴莲莲分到药剂科；汪玉梅分到化验室并兼任院长马梦华的助理。

汪玉梅来了，马梦华感到有她在身边，就好像是水仙姐在身边，有种说不清楚的信任、依赖。

看见她，马梦华总是想起水仙姐像母亲一样在生活上给予他关心、照顾；像老师一样在学习、工作上给予他指导、教育。

一声清脆的声音"报告"在马梦华耳边响起，马梦华还没有回过神来，一个英姿飒爽的身影，已映入马梦华的眼帘，马梦华收起纷扰的思绪，亲切地说："请进。"

汪玉梅已面带微笑地走进来："马院长，战士汪玉梅向你报到！"

马梦华严肃地说："小汪同志，从今天起，你就是我们革命大家庭的一个成员，是我的战友、我的兄弟姐妹，在我面前不要拘束，不要有任何负担，你我都是平等的，都是革命战士。"

随后他指着一台显微镜对汪玉梅说："这台显微镜是德国制造的，也是我们樟家渡医院唯一一台宝贝，你可要用好它、维护好它、保管好它。"说完温柔地瞥了她一眼。汪玉梅和马梦华目光接触的那一瞬间，汪玉梅突然感到一丝慌乱、羞涩。

这时杨继文慢慢踱了进来，他借口向马院长汇报工作，实际上想见见汪玉梅。今天，他特意把自己装扮了一番，把头发梳得光溜溜的，还换了一身崭新的衣裳。杨继文的突然光临让马梦华大惑不解：这家伙，自以为是知识分子，看不起工农干部，比较狂傲，平时和我来往甚少，今天却有意摆谱。于是揶揄道："杨哥，哪阵风把你吹来了，打扮得漂漂亮亮的，像新上门的小女婿？"

杨继文尴尬地一笑："我想看一看我的玉梅妹，看她还需要什么？"

"哦，你们以前认识？"马梦华疑惑地问。

汪玉梅俏脸涨得通红，声音轻得犹如蚊吟："以前在他们家当过养女，他妈妈对我像对待童养媳一样，还不让我上学。"

杨继文狡辩道:"我妈妈实际上挺喜欢你的,就是对你要求严格一些,想把你培养成未来的儿媳妇呢。"

汪玉梅气得眼泪流了出来:"杨继文,你成心给我添堵是不是?我俩又没有婚约。"

马梦华连忙在他们之间调解:"好了好了,有话好好说,不管如何,你俩还是青梅竹马呢,有什么问题下班后再商讨吧。"

杨继文自讨没趣,只好悻悻而去。心中还有点憋屈:汪玉梅,这是怎么了?以前那个天真、活泼的小姑娘怎么不见了?

自从那天起,杨继文还是有事没事地找借口往汪玉梅那里跑,但汪玉梅总给他一张冷冰冰的脸。他看见玉梅妹在马梦华跟前花朵般的娇笑对他来说,简直是锥心的刺痛。

杨白雪这几天也很郁闷,偷偷地自怨自艾,那颗热烈的心和那颗可怜的心对抗着,都是因为这个马院长,伤害了她的感情和仅有的一点自尊。

杨白雪出生在日本一个普通家庭,在她很小时,父母因病去世了,她被她的舅舅收养,但舅舅孩子多,生活也很艰难。

舅妈性情暴躁,在心情烦躁时常常出口伤人,碰上一些不如意事就会把气撒在杨白雪身上,她每天都战战兢兢地生活着,生怕自己又做错了什么而遭到舅妈的呵斥或惩罚,她从来没有得到过爱。

就在这样一个贫穷的、无人关心的家庭中她慢慢长大了,她长成一个漂亮的、纯洁的少女。她早就厌倦了这种清贫的丑陋的庸俗生活,她恨不得尽快脱离这个没有温暖的家庭。

因为这场战争她和千千万万日本青年一样被卷入了进去,她因为长得漂亮,被招进日本特务组织进行特工训练。教官严厉的对她们说:"要忘记自己是一个人、一个女人,你们就是战争机器,你们的身体就是杀敌的利器,你们就是'大日本帝国'的勇士,为夺取更多富饶的土地战斗吧。"

尤其在色诱技能训练中，彻底摧毁了她的自尊心，她被训练成冷血杀人的机器。

在她毕业时，特训班对她的评价是：性格坚强、反应灵敏、感情淡漠。

没想到，遇见马梦华，她真的动了真感情。但她无论怎么努力，马梦华一点反应都没有。更令人气愤的是，马梦华还对她说出那么冷漠的话。

这天正赶上医院大查房，马梦华带着几个医生走过来。病房里散发着熟悉的消毒剂味、福尔马林味道和血腥味，马梦华看见白小菊和杨白雪两人正在给一个重伤员换药。

马梦华立即走过来，亲手示范，怎么换药才能最大限度减少病人的痛苦，消毒、清创、止血、包扎手法轻巧麻利，动作娴熟标准，他用一双灵活的手很快将药换完，这个重伤员连哼都没哼一声。

白小菊简直佩服极了。换完药后，马梦华望着白小菊说："你叫白小菊，是从上海来的，和汪玉梅是同学？"

白小菊高兴地说："是呀、是呀，马院长你记性真好！"

马梦华却没有搭理站在白小菊身旁的杨白雪，气得杨白雪简直要发狂。

因为工作的需要白小菊要换宿舍了。汪玉梅帮她收拾东西，白小菊坐在床边泪水不停地落下低声抽泣着："玉梅姐，自从上中学以来咱俩都没有分开过，我舍不得离开你。"

汪玉梅搂着她温柔地说："小菊妹，只是换个宿舍而已，咱们还能经常见面，互相又离得不远，你可以找我，我也可以找你呀。再说你我参加了新四军，都是革命战士，一定要服从组织的安排和调动。"然后捏了捏白小菊秀气的小鼻子："我的好妹妹，你已参加革命工作了，你的小孩脾气一定要改一改呢！"

都是从事护理工作的，白小菊和杨白雪分到一个宿舍。这天晚上汪玉梅送白小菊过来，杨白雪正好也在。她十分热情，帮着打扫卫生，又帮着铺床，还烧了热水，让白小菊洗洗脸、洗洗脚。

忙完后，她们三人就在宿舍聊起了天，从杨白雪那儿得知，她家就在樟家渡医院附近的杨家庄，村里人均被小鬼子给杀了，全村就剩她一人，说着说着她就抽泣起来。汪玉梅急忙安慰她，她们都很同情她的遭遇。

晚上月亮从淡淡的云彩后面缓缓地探出身来，将一缕清辉洒向茫茫人间，白小菊已经进入甜蜜的梦乡。

杨白雪躺在床上就是睡不着，往事不停地浮现在心头，她想：自己刚潜伏不久，顶头上司松井太郎就玉碎了，日本特务组织梅机关指示要尽最大能力就地隐藏好，等待最佳时机再被激活。

她感到非常孤独，她渴望有人关注她，陪伴她甚至安慰她，给她信心，告诉她一切是美好的。

5

12月下旬的一天，汪玉梅慌慌张张推门走进马梦华的办公室。马梦华心中直嘀咕：今天这小汪怎么了，平时工作严谨、有条不紊的她，怎么毛毛躁躁的？他用疑问的眼光望着她，汪玉梅说："马院长，有两个人，一定要来找你——马梦华。"

她用手指着，门口果然站着两个人，是一男一女，衣服破烂、面容憔悴。他俩一见马梦华纳头便拜，老者嘴里还喃喃地说："小兄弟，救救我们、救救我们！"

马梦华急忙走出去扶起那个老人说："大爷，有什么话慢慢讲，不要这样！"

马梦华定眼一看，拍了一下脑门，突然想起来了："你、你是那个老道士——沙老伯？咱们还一起杀过鬼子呢，怎么变成这个样子？"又指了指她："这个小姑娘是你当时收养的孙女，叫、叫沙枣花？"老人点头称："是的。"

马梦华忙把他俩让进房中，沙老伯说："我和小孙女沙枣花出门转亲戚回来就发现我们村子里的人得了一种怪病，病人一个个是又吐又拉，一直到死。家中只要一人发病，全家都死光。现在村里剩下的人已不多了，小兄弟，我们只有求你救救我们了。"

马梦华听了沙老伯的诉说，看见他俩这种状况，心中已明白了几分。

他指示汪玉梅马上给他俩安排进入隔离病房。严格实施隔离措施，并立即检验他们的排泄物。

汪玉梅在显微镜下发现有许许多多非常活跃的弧形微生物，兴奋地对马梦华说："马院长，看、快来看，它们还活动着呢。"

马梦华在显微镜下看了以后知道，它们确实是霍乱弧菌，并验证了自己当初判断是正确的。

霍乱是一种烈性传染病，发病急、传播快，得病的人所到过的地方都要进行严格的消毒。

马梦华将爷孙俩的病处理完后，才大大地松了一口气。

马梦华决定，立即开支委会，组织医疗小分队，奔赴疫区，并向上级汇报，做好作战部队及战区的防范措施。

支委会决定：医疗小分队由马梦华带队，赵力钢带一个加强排护送。为了尽快到达疫区，防止疫情的扩散，抢救生命，医疗小分队全部轻装，连夜出发。

马梦华还命令医院军需科紧急缝制了大量隔离服、口罩、帽子等，还采购了胶皮手套以备急用，并带了一些必用药品。

经过两夜两天的急行军，他们在傍晚时分终于到达疫区。原来的鱼米之乡、青山秀水的江南村庄现在已是惨不忍睹，到处是病人的秽物，到处是凄惨地哭声，新坟一座挨着一座。

为了防止疫情扩散，马梦华命令战士们将这个村庄包围，不许村民出入。医疗队员顾不上休息，马上穿上隔离服，戴上口罩、胶皮手套开始紧张的工作。

马梦华告诉大家:"现在已经肯定,村庄里爆发的是烈性肠道传染病——霍乱!霍乱是因人食用了被霍乱弧菌污染的水和食物而发病,临床表现是上吐下泻、发热、乏力、少尿,传染性极大,重症患者可在几小时内极度脱水,肾功能衰竭而死亡。"

这几个发病村庄在此前均遭受过日军的炮轰,可以肯定是细菌弹造成的。小日本发动的细菌战,给无辜的百姓造成极大的伤害,他们的目的就是灭绝华夏儿女,永久占领我们的国家。"

下面的人都群情激愤地大喊:"把小日本赶出中国去,把小日本赶出中国去!"

马梦华攥紧拳头激愤地说:"我们是医务工作者又是革命战士,我们一定要粉碎小日本'细菌战'的阴谋,现在我们要做的事就是消灭传染源、阻断传播途径、治疗感染人群。情况紧急,大家赶紧按我们布置的去做。"

在马梦华的指挥下,吴莲莲和药剂科的战友们配制了电解质平衡口服补液,分发到村民手中,重症病人还加服磺胺药,其他人服用中草药抗菌制剂。

一群穿着隔离服的战士用生石灰掩埋病人的分泌物、排泄物,用漂白粉配的消毒液喷洒周围环境。

能活动的村民们聚集在一起听汪玉梅讲治病、防病常识。

汪玉梅对村民说:"不要吃生冷瓜菜;不要饮用生水;饭前便后用肥皂洗手;对病人的分泌物、排泄物要消毒后深埋,以防二次感染;霍乱菌不耐高温,不易在干燥的环境中存活,要保持房间的整洁、干燥……"汪玉梅讲着,马梦华默默地站在她后面听着,他感到很欣慰,心想:这个酷似水仙姐的上海姑娘很有灵气,她成熟了,将来必能担当更重的责任。

几天后,大部分病人的病情开始好转,也没病人死去,疫情已得到了控制,医疗队给村民留了一些药品、消毒剂,他们还要奔赴新的疫区，赶到其他村庄抢救病人。

他们马不停蹄又去了几个村庄，有了前面的经验，医疗队的工作就更加顺手，这场瘟疫终于得到了控制。

突然一个战士报告："马院长，有一个老大爷要见你。"

马梦华赶紧将他让进房内，老大爷说："前面还有一个小镇，疫情更加严重。以前还有一个班的日军和一个小队的伪军把守，现在都已撤离，只剩下五个日军和一个班的伪军了。"

马梦华觉得这个消息非常重要，马梦华和赵力钢商量了一下，决定先端掉伪军据点，到小镇去抢救病人。

夜幕敛去了最后一抹晚霞赵力钢带了几个侦查员开始侦查。消息很快传来：小镇的镇北有一条小路通往山中便于医疗队的撤退，小镇的镇西有一条大路通往近百公里的县城，镇西城楼旁有一个鬼子的岗楼。

夜袭行动开始了。

岗楼里灯火通明，从窗子里传来放肆的笑声，划拳声，劝酒声。岗楼里蹲着两个值夜班的伪军———老一少两人怀里各抱了一杆枪，缩着脖子冻得瑟瑟发抖，老的嘴里还嘟囔着："狗日的，你们大鱼大肉，老子还要为你们站岗放哨。"

突然寒光一闪，一个匕首已经抵住他的脖子，后面一个声音低沉地说："老实点，否则我就杀了你！"

老伪军定睛一看，那个小伪军早已被制服了，慌得他大口喘着粗气，眼泪鼻涕一起流下来，连忙磕头饶命。

赵力钢问："日本人在哪儿？"

老伪军说："他们在岗楼第三层房间里。"

赵力钢命令："将这俩人给我绑起来，嘴里塞上破布，省得一会儿乱支吾。李伟，你带领一班控制住那帮伪军，我带领二班去三楼会会这些小鬼子，等我的信号，同时下手。"

三楼里不停传来小鬼子的淫荡的笑声和女人悲惨的叫声，赵力钢和李伟同时踹开房门。

赵力钢端起冲锋枪朝门口的两个正在淫笑打闹异常兴奋准备糟蹋中国女人的鬼子一阵扫射，两个鬼子应声倒地早已被打成筛子。里屋的两个鬼子正干在兴头，听到枪声，光着屁股慌慌张张跑了出来，赵力钢又是一梭子，将这两个鬼子撂倒，走进屋内看见那个女人光着身子，发出尖叫，用惊恐的目光望着他们。

赵力钢说："老乡，我们是新四军，是来救你的。"并迅速将自己身上的衣服脱下给她穿上。"还有一个鬼子呢？"这个妇女指着另一个房间，赵力钢他们冲了进去，把躲在床底下的鬼子抓出来，那个鬼子吓得大叫："不要打我，我是医生！"

这次行动战果辉煌：俘虏鬼子1人，击毙4人；俘虏伪军9人，将4名负隅顽抗的伪军击毙；得到大量枪支弹药还有4门迫击炮、2挺重机枪、1个掷弹筒，还缴获5匹战马，1辆汽车。

马梦华得知赵力钢他们顺利地拿下小镇后哈哈大笑，一捶打在赵力钢胸膛上说："大哥，你真有两下，这次回去，为你请功。"

从鬼子医生嘴里得知：鬼子医生名叫小野，京都医学院毕业，在这次侵华战争中被强征入伍。他目睹了日军的残暴，用人体做实验、活体解剖，就连孕妇、婴儿都不放过。

由于侵华战争持续了近11个年头，已将日本拖入了战争的泥潭，为了尽快占领中国，他们不顾国际社会的反对和日内瓦公约，开始在中国发动细菌战。小野这次来这个小镇就是配合日军的行动。

小野又说："这个小镇的细菌感染源和别的村庄不同。别的村庄用的是'细菌弹'，而这个小镇用的是'人体细菌炸弹'，也就是把已感染上的人拉到小镇上，让这些已感染上细菌或病毒的'人体细菌炸弹'再去传染给其他人。我的任务就是观察人与人之间的感染情况，并提取病人的血清，以便将来做成疫苗，我们当然不愿意将自己研制的'细菌'又传染给自己。"

接着小野又补充一句:"这次的细菌战仅在实验阶段,还没有用到战区或战场。我是反对这场战争的,尤其是以细菌为武器,这也违背了我做医生的职业道德。"

马梦华见小野如此配合满意地点了点头。

第二天早晨医疗队进入小镇,那个小伪军自告奋勇为医疗队带队。小镇已是满目疮痍,到处是垃圾和病人的秽物,早已病逝多日无人下葬的尸体发出令人作呕的恶臭。小镇的人们已经麻木,悲伤和恐惧已充满了整个小镇,死神无时无刻地在周围飘来荡去。

马梦华直接到了镇长家,见了镇长马梦华说:"我们是新四军医疗队,专门来这里为百姓治病,消灭瘟疫。"

镇长激动得老泪横流、磕头作揖:"菩萨显灵了,菩萨救我们来了。"

由于有前几次的实践,医疗队的工作有条不紊地进行,有的在搞清扫、消毒、掩埋工作;有的配电解质平衡口服补液;有的在煎熬抗菌中草药;有的给病人和家属讲解防疫、治病的方法;有的将口服补液和抗菌药分发到病人手中。

两天后小镇的疫情基本得到控制,医疗队要走了,还给镇上的居民留下了药品和消毒剂,镇上的居民感激涕零、夹道欢送。

为了尽快赶回医院防范小日本的袭击,医疗队选择了一条崎岖蜿蜒、人迹罕至的小路开始了急行军。周围一片寂静,只听见山风吹动着树叶发出的沙沙声和走路的嚓嚓声。两个来小时时间医疗队已经走了二十多公里的路了。

突然唐芙蓉"呀"了一声,汪玉梅关切地问:"芙蓉妹你咋啦?"

唐芙蓉痛苦地说:"玉梅姐,我的鞋里好像硌了个小石子,好疼呀。"

汪玉梅对周围的同伴说:"你们先走,我给芙蓉看一看,一会儿就赶上了。"唐芙蓉将鞋子脱掉,鞋子里面果然有一颗小石子,脚上已磨出了一个大血泡,汪玉梅给她做了应急处理。汪玉梅见队伍已经走远,她拉着唐芙蓉的手说:"快,咱们加把油,赶紧跟上去!"

她们俩跑着跑着，突然从草丛中钻出一个人，只见他衣衫褴褛，满头、满脸、满身都长满了黄水疮，身上发出阵阵腥臭味。

唐芙蓉惊恐地叫了一声，她们俩的脚步像被冻住了一般，空气里弥漫着一股静谧而可怕的气息。

汪玉梅镇静下来，定睛一看：他还是个孩子，约莫十二三岁，全身已体无完肤，只有一双眼睛大而明亮。只见他跪在她们俩面前磕着头："姐姐，救救我，我已经好几天都没有吃饭了。"说着说着便昏厥过去。

汪玉梅和唐芙蓉赶紧用军用水壶给他灌了点水，他慢慢睁开眼睛说："谢谢你们！"

汪玉梅把自己的干粮和水壶留给他说："小弟弟，我们还要赶路，但你身上的皮肤病一定要治的，而且它还会传染呢。你到樟家渡医院去找我，我叫汪玉梅。"

几天后医疗队回到了樟家渡。

汪玉梅刚回来不久，就听见哨兵说，有人找她，她出去一看，果然是那个小弟弟。汪玉梅将他领回来，让马梦华的警卫员小东子领他洗了一个热水澡，换了一身新衣服，并将他浑身上下抹上硼酸软膏，每晚还让他用高锰酸钾水热敷，就这样，连续治疗几天后，他的病终于痊愈了。

几天后，他又来找汪玉梅，这时他已经好了。原来那个因黄水疮几乎全秃了的头，已长出毛茸茸的头发贴在脑袋上，眼睛依然大而明亮，忽闪忽闪的。

从他口中得知，他是孤儿，父母早已去世，他以讨饭为生，因为得了黄水疮的缘故，头发全脱了，大家都叫他"小秃子"。因为是汪玉梅她们救了他，他坚决要求参加新四军。

6

此时沙老伯和他的小孙女沙枣花早已痊愈，见马梦华回来，两人也就跟了过来，二话不说，又是纳头便拜，马梦华急忙将二人扶起："老伯不要这样，有什么话尽量说，我们可是咱穷苦人的队伍啊。"

沙老伯说："你是我们的救命恩人，我们的命是你给的，我们哪儿也不去，就要跟着你打鬼子。"

马梦华和周大勇商量了一下，决定将他俩留下，沙老伯做饭的手艺不错，将他留在炊事班，沙枣花就到护理部跟芦小花、白小菊她们学护理。

老人叫沙有财，家住沙家庄，在年幼时父母双亡，家境贫寒，爷爷奶奶年龄太大无力抚养，就把他送入道观，在道观他略学了些武术和医术。沙老伯得知自己被留下高兴得老脸发热，眼睛发亮，小孙女沙枣花更是笑得一脸灿烂。

沙枣花被分到白小菊宿舍，一下子就喜欢上长着一张圆圆的娃娃脸还配上一对可爱的大眼睛的白姐姐。白小菊也是满腔热情，不厌其烦手把手地教她。小姑娘沙枣花是一个聪慧机敏的女孩，很快就上了道，护理伤员的工作也做得有板有眼的。沙枣花被这个爱笑、快乐、善良的白姐姐所感染，彻底摆脱了童年时期的阴影，慢慢也活泼起来。

医疗队这次出征，收获很大，基本控制了这一地区的疫情，受到上级部门的嘉奖，六个上海姑娘由于表现突出，也受到嘉奖。她们高兴地又跳又唱，这可是她们第一次出征，第一次圆满地完成任务呀。

1941年12月7日，日军偷袭美国珍珠港，迫使一直在背后观望、大发战争之财的美国也卷入战争，美国政府当即宣布对日宣战，随后中国政府也正式对日宣战，宣布废除中日之间的一切条约。

日本开始调整对华方针，在政治上对国民党采取政治诱降为主，军事上停止正面战场的战略进攻，将战略重点放在占领区，大肆掠夺占领区丰富的矿产资源，加快经济掠夺步伐，以图以战养战，同时开始在南京、镇江、芜湖三角地带采用攻守并用的战术，深入重要集镇，构筑"梅花桩"似的据点，对该地区进行疯狂的扫荡，实行惨无人道的"三光政策"并使用违反人类道德标准的"生化武器"。

上海梅机关的机关长也调整到位,新上任的野田大佐是一个心狠手辣、诡计多端的人,当过"白羊"杨白雪的教官。

潜伏在新四军樟家渡医院的"白羊"被"激活"了,当然也包括杨继文。

杨继文则接到日本特务机关的指令:搬掉阻碍他晋升的绊脚石,尽快取得更高的职务。

谁是这个绊脚石?杨继文首先想到的是马梦华。马梦华虽然是工农干部,但在医院里医疗技术、能力和人品都是一流的,深得民心。尤其是汪玉梅,看他的眼神是那样的温柔、多情和热烈,这眼神,就像一把匕首戳入杨继文的心。

这一石二鸟的计划实在是太"完美"了,既铲除了横在杨继文前面的绊脚石又铲除了情敌。

这些天来他一直精心准备和策划着,这一天说来就来了。

这天,马梦华到军部去开会,这个会议非常重要,直到掌灯时会才开完,他带着警卫员小东子踏着夜色往驻地赶。

夜间的冷风,在冬天寂静的山谷中呜咽着,显得阴森、恐怖。小东子突然感到肚子一阵绞痛,他迅速地钻入路边茂密的草丛中去解手,而马梦华则警惕地观察着四周。突然他听到前方不远处有小鸟扑扇翅膀的声音,这在夜间是少有的,小东子出来以后,马梦华悄悄向他耳语了几句,小东子领命迅速地离开。

马梦华确信前面有人,但敌友不明,不敢贸然行动。他踮着脚奔跑到一棵大树后面观察着,等看清周围情况,确定没有危险后,又继续前进飞快地跑到另一个大树后面。

就这样,他慢慢向目标靠近着。他揉揉眼睛,果然发现在密林深处闪过一道亮光,很轻微,还有两三个人影,他们如捕食的猎豹,异常警惕,行动敏捷。他恍然大悟并惊出一身冷汗:这几个人好像是日本人，似乎身手不错。他们的目标好像是我！

马梦华嘴角一动，漾出一丝冷笑：兵荒马乱的，琢磨我的人可不少。

其实，这几年来，马梦华一直不曾间断练习武功，长进不小。最近又和沙老伯学习道家的秘传武功和制毒技巧，同时他又喜读兵书，武功可以说是突飞猛进。但他还是思索了一下，觉得敌情并不十分明了，还是稳妥一点，来个守株待兔，以逸待劳，等待援兵。

没多久，他就发现，有一道黑影逼近了，他大吃一惊，明白自己低估了敌人的速度。只听见轻微不可察的树叶碎裂声，脚步离他越来越近。

他屏住呼吸闪身、瞄准，以最快的时间出击，匕首毫不犹豫刺入敌人左胸。

他探头一看，见那人已经倒在血泊中，胸口的鲜血汩汩往外冒，已无声息。他将匕首拔掉收好，将那人翻了个身，把一颗手雷压在尸体下，布置成诡雷，猫着腰快速撤离。

他跑到不远处，就听到猛烈的爆炸声。

这时，赵力钢已带着援兵来了，他们悄悄返了回去，只见那个人已被诡雷炸得血肉模糊，还有一个人以极快的速度消失在茫茫夜色之中。赵力钢想去追，马梦华一把拉住他："大哥，还是算了吧，他们在明处，我们在暗处，情况不明。"

赵力钢向他打了一拳："老弟，你这个自以为是的家伙，你打的过瘾了，可我连毛都没沾上，可恶。"

第二天一早，杨继文来到汪玉梅那里，见只有汪玉梅一人在，他心中暗暗窃喜，故意问："玉梅妹，马院长呢？"

"他还没来，他昨天下午去军部开会去了，但一晚上都没回来，是不是出事了？"她的眼睛里含着泪水，心神不安地说。

杨继文看见汪玉梅哭了，虽然每一滴眼泪流到了他的心里，但这些眼泪是为另一个人流的。

杨继文愤愤地望着她，只见马梦华微笑地走了进来："小汪，你哭了，发生什么事了？"

汪玉梅见马梦华来了，止住了哭泣，目不转睛地望着他，满脸的欢喜无法隐藏。

杨继文只有很知趣地溜走了。

梅机关野田大佐机关长得知他们不仅没有把马梦华杀死，反而损失了两个轻功了得的狙击手，气得扇了特动组组长川岛中佐几个大耳光。

但他又十分敬佩马梦华，心想：哼！看来此人不好对付，武功高强、聪明且医疗技术还是一流的，难怪杜鹃能看上他。看来有机会我要会一会他，说服他让他为我所用。

日本医生小野经过教育、学习，深深感到日本军国主义罪孽深重，愿意向中国人民谢罪，自愿来樟家渡医院工作。因为小野曾经在731部队工作过，有研究细菌、病毒方面的特长，就把他分配到化验室和汪玉梅一块工作。

这天马梦华忙完后，想看一看小野是否适应这里的工作。小野医生见马院长又来了，心中异常兴奋，通过这几天的接触、磨合，他们已是无话不谈的朋友。尤其是小野，对这个马院长还比较信赖，已被马院长的个人魅力所折服，他俩开始无拘无束聊起天来。

马梦华听说他也喜欢中医，因此就对他谈起中医来，其谈吐贯穿中医学理论，说得头头是道，有理有据，妙语连珠。

马梦华讲得小野大为惊叹："马院长学得是中医？"

就连平时稳重、心事缜密的汪玉梅都佩服得五体投地：这个马院长真是个奇才，对小野君的态度不卑不亢，彬彬有礼，举止文雅而且博学多闻。

马梦华的身影已深深印在汪玉梅心里，她试图摆脱这种感觉，却徒劳无功。想着想着汪玉梅不禁脸露红晕，若有所悟。

就连小野医生都看出点端倪:"汪小姐,你怎么了?"汪玉梅如从梦境中醒来,正用温柔似水的眼神望着马梦华,听到问话她突然讶然回头,秋水般的明眸中还带着一丝迷离的恍惚,脸红到耳根,声如蚊吟:"唔,我、我刚刚走神了。"

他们就这样聊着聊着,天色渐渐暗了下来,马梦华突然想起什么"哦"了一声:"你们还没有吃饭吧?走,一块吃去。"

他们吃饱喝足后,刚要离开,汪玉梅突然发现一个黑影一闪,一个像飞镖似的东西向小野医生飞来。汪玉梅猛地推开了小野,飞镖一下扎在汪玉梅的胳膊上。

马梦华迅速拿出手绢将汪玉梅的伤口上部扎紧,急切大声地喊道:"沙老伯,快,快拿急救箱!"并将饭桌拼成临时病床,连忙扶着让汪玉梅躺下,从急救箱里拿出剪刀,轻巧麻利地将汪玉梅的棉衣及所有衣服的袖管剪开,飞镖及伤口露了出来,伤口周围已经又肿又黑。马梦华消毒后,动作娴熟地将飞镖拔出后发现脓血很黑,马梦华心中明白,汪玉梅中的是毒镖。这种毒很怪异,清创后发现效果不佳。

为了挽救汪玉梅的年轻的生命,马梦华毫不犹豫地用嘴吸吮汪玉梅伤口的脓血,一口、两口……慢慢马梦华失去知觉,眼前一黑,昏死过去.

站在一旁的小野医生手足无措,还是沙老伯见多识广,将自己研制的解毒药丸辗碎分别放入马梦华和汪玉梅嘴里,又将解毒药和上芝麻油敷在汪玉梅的伤口上,并号了一下两人的脉搏对小野医生说:"这种毒我也没有见过,但暂时无事了,赶紧将他们转入病房。"

唐芙蓉听到汪玉梅中毒的事,情不自禁放声痛哭起来,她本来就是一个多愁善感的姑娘。在三年学校生活中是汪玉梅像亲姐姐一样关心、照顾她,使她感到从未有过的温暖,让她变得活泼、开朗起来,她离不开玉梅姐。因此她不顾刚刚下班的疲劳,坚决要求特别护理汪玉梅,并得到批准。

杨白雪得知中毒的是马梦华时，心里一惊："怎么是他，怎么会是他？"她找到护士长芦小花，坚决要求护理马梦华，芦小花见杨白雪那么迫切和坚定，恰好那晚上杨白雪正好休息，就同意了她的要求。

杨白雪趁别人不在时，将解毒药悄悄地给马梦华灌下。

晚上杨白雪目不转睛地望着她心仪的男人，轻轻地吻了一下他性感的、线条柔美的嘴唇。病房里马灯的灯光孤独地燃烧着，给房间带来微弱的光亮，柔和的光落在马梦华浓密的、波纹状的睫毛上，以往灵动的双眸紧紧闭着，如同一只搏击长空的雄鹰，遭到打击，忽然萎靡下来。这刹那的变化，让人心痛，痛得杨白雪灵魂都在颤抖。

原来怀疑自己泪腺已经萎缩的杨白雪开始流泪了，想起那些在日本训练营身心受到严重摧残的生不如死的经历和全身投入、慷慨赴死的决心如今已化为乌有，此时她的心里只有"爱"。

有一种"爱"明知无路，心已收不回来了；有一种"爱"明知是苦，但依然执迷不悟；有一种"爱"明知是刻骨铭心，但永远说不出口。

她敬佩马梦华，仰慕马梦华，他不顾自己的安危去抢救战友，哪怕献出自己的生命，这样的人值得她去爱，值得她去付出。

这次刺杀日本医生小野的指令是由梅机关特动组组长川岛中佐发出，梅机关命令：小野是"大日本帝国"的败类，他还掌握了"大日本帝国"关于"细菌武器"的重要情报，立即除之，必须杀之。

川岛中佐唇上留着一抹仁丹胡子，精明邪恶的小眼睛上戴着一副金丝眼镜，使他多了几分斯文，但了解他的人都知道这家伙就是一个斯文败类，他极为凶残，杀人不眨眼，在南京大屠杀中参加过"百人斩"竞赛。他行事凶残无比，喜欢强暴和虐杀女人，尤其是未成年的少女，他渴望少女甜美无比的鲜血和令人热血沸腾的带有幼稚的尖叫声，听到这声音让他兴奋无比。

每一次和杨白雪见面，都要对她进行施暴、摧残和性虐待，美其名曰是交流、增加感情，杨白雪对他是又怕又恨，恨不得杀了他。

由于偶然的机会杨白雪潜伏在樟家渡医院得到了她平生从未得到过的亲情、友情和温情。樟家渡医院的战友们好像生活在一个温馨的大家庭中，在这里不分职务高低、男女老幼，人人平等，他们互相关心，互相帮助，一人有难，大家都会伸出援助之手，在这里她得到了温暖，得到了快乐。

她突然想起汪玉梅，平时她们要好得像亲姐妹，如今汪玉梅正受到伤痛的煎熬。

此时已是寒冬腊月，门外寂静凄冷，只有门口的一棵老槐树梢上挂出一弯惨白的下弦月。她推开门，一阵寒风吹过，她冻得一个激灵，紧了紧身上的衣服，毅然向汪玉梅住的病房走去。

她推开房门，只见给汪玉梅做护理的护士唐芙蓉正在汪玉梅床边打盹。见杨雪梅进来，唐芙蓉一下惊醒了惊奇地问："小杨，三更半夜的，你怎么来了？"

杨白雪笑着答道："我给马院长做护理，顺便看一看汪玉梅。"杨雪梅指了指汪玉梅的嘴唇对唐芙蓉说："小唐，你看她的嘴唇发干，我给她喂点水？"趁小唐倒水时，杨白雪将解毒药放入汪玉梅嘴里，然后接过小唐手中的水，细心地一勺一勺将水喂入汪玉梅嘴里，才放心地离开。

第二天上班后大家发现马梦华的脸色已由暗黑转红，已有恢复的迹象，汪玉梅也是如此。

大家都很诧异，尤其是沙老伯和小野医生。

沙老伯心想：这事太蹊跷了，我研毒、解毒多年，没有见到那么毒的东西，怎么说好就好了，难道是我的解毒药起了作用？但马上自我否定，头摇得像拨浪鼓似的，可能上天有眼，不想让这么好的人过早逝去。

小野医生心想：这种毒我好熟悉，是我们日本人研制的，若没有对应的解毒药绝对是很快毙命的。凶手肯定是冲着我来的，但凶手对小马院长和汪小姐动了恻隐之心，给他们服了解毒药。看来这个小马院长人品极好，已深入人心，就连潜伏的日本特务的心也让他俘虏过去。

小野医生马上将他的猜测向周大勇做了汇报，周大勇向赵力钢说："在日本奸细未抓到之前，全力以赴保护好小野医生的安全。"

后来医院又接到上级部门指示：为了保护小野医生的安全，将他暂时调离樟家渡医院。

两天后的早上，杨白雪打开窗户，一股新鲜空气迎面扑来，一缕阳光穿过树梢落在马梦华浓密的、长长的睫毛上，马梦华的睫毛颤动了一下，又黑又亮的眼睛突然睁开疑惑地盯着杨白雪。杨白雪高兴地叫道："你们看，马院长醒了，他醒了。"听到这个消息，大家高兴得泪流满面，紧紧地拥抱在一起。

马梦华突然想起来，急切地问："小汪怎么样了？"杨白雪微笑着答道："小汪，她挺好的，也在恢复中。"

听到此话，马梦华满意地闭上眼睛。这几天他感到好累好累，便又沉沉地睡去。

7

1942年的樟家渡，春天到了，鸟儿的争鸣声划过幽静的山谷，春风轻轻地吹拂着，绿色慢慢浸润着大地，潺潺的河水欢快地歌唱，明媚的阳光敞开胸怀迎接四方来客，大地苏醒了，一切都充满勃勃生机。

丁香已经逃难了好几个月了。她装扮成男孩子的模样，脖子里围了一条脏兮兮的围巾，头上扣了一顶破帽子。她唯一的信念就是到樟家渡医院去找马梦华，她终于来到了樟家渡。这时她已经发热了好几天了，两腿发软，不停地哆嗦，迈不开步子，仿佛淌水似的，她已用尽了全身的力量，突然她倒在了杂草丛中，双目中充满绝望和无奈。

这天一大早司务长大吴带着沙老伯和两个小战士去买菜，他们赶着一辆马车行走在山路上。路面印着车轮碾过的痕迹，四下不时传来小鸟"扑棱、扑棱"展翅的声响,听起来格外亲切,路旁有几株丁香花正在怒放,一簇簇淡紫色的小碎花一团团聚在一起,浅紫粉白,芬芳四溢,煞是好看,给凉爽的清晨添了几分艳色。

突然,他们听见在丁香树下的草丛中有窸窸窣窣的声音,大吴下去一看,发现草丛中躺着一个人,仔细一瞧是个姑娘。她衣衫褴褛,身上还有伤,头上还扣了一顶帽子,已处于半昏迷状态,嘴唇无意识地翕动着。

他们急忙将她抬上车,大吴对沙老伯说:"咱们先回去,救人要紧。"

马梦华见大吴他们返回来了,就连忙迎上去,大吴焦急地说:"我们在路上发现一个昏迷的姑娘,我们把她带回来,马院长,你瞧瞧,能救救她吗?"

马梦华走过去一看,竟然吃了一惊:"这不是丁香吗?"只见她穿着一件旧外衣,裤子膝部已被磨破,脖子上围着一块很脏的围巾,帽子却挑衅般地歪盖在一只眼睛上,漂亮略带卷曲的黑发没了,留了个男孩的短发,面容憔悴,双目紧闭。

她怎么变成这个样子?此时,他心里涌起了一种奇怪的感觉,仿佛阳光一下子全消失了,只留下一片黑暗的阴影。

他翻了翻她的眼皮,确认她因发热、营养不良和脱水问题已陷入昏迷,他决定:"立即抢救。"

丁香终于醒了,她睁开眼睛第一眼就看见站在床边的马梦华,她悲悲切切地喊道:"小马,我找你们找得好苦啊。"泪水不停地从她憔悴的脸上流下。

丁香突然抓住马梦华的手,慢慢抚摸着,马梦华几乎没有知觉,他也哭了。

突然间,马梦华停止哭泣,竭力镇静了一下,询问她:"丁香我们走后,到底发生了什么?你怎么变成这个样子?"

丁香慢慢道出缘由:"今年刚过完春节不久,组织中出现叛徒,我遭到梅机关的追杀，我开始了亡命天涯的逃命生活。原来那个教堂也已暴露，早已人去楼空了，我和组织彻底失去了联系。我还曾经偷偷地回到家里，只见家已被抄，父亲也被他们杀害了。呜呜呜……"泪水不停地从她脸上流着。

"这时，我想到你——马梦华，你曾经对我说过，你在新四军的樟家渡医院工作，我、我就装扮成叫花子，流浪、要饭来到这里。"

她突然问："杜鹃和吴小芳，她们还好吗？"

马梦华的泪水又涌了上来，他抽泣道："杜鹃和吴小芳，她、她们已经壮烈牺牲了。"

说话间大吴推门走进了，手里还端了一碗热气腾腾的鸡汤面，笑眯眯地说："听说这个姑娘醒了，我给她煮了一碗鸡汤面，给她补补身子。"

马梦华一下子缓过神来安慰道："丁香，噩梦已经过去了，咱们还是面向未来吧。"

他指着大吴对丁香说："这是我们的司务长叫吴刚，他首先发现了你，他可是你的救命恩人呢。你们先聊吧，我过会儿再来看你。"

丁香已经好长时间没有吃过这么香喷喷的饭了，只见她狼吞虎咽，不大一会儿就风卷残云般将一碗面条吃光，站在一旁的吴刚一个劲地劝慰："姑娘，慢点吃、慢点吃。"

吃完后，她才抬起头来，对着她的救命恩人一笑："你做的面真好吃。"

吴刚心中一颤：这姑娘长得真美。"好吃，下次我再给你做。"

这时丁香才仔细地端详着他，见他长得相貌堂堂、身材魁梧，是一个铮铮铁骨的汉子，不由得对他心存好感。

吴刚结结巴巴地问："姑娘，贵姓？"这时的丁香体力已经逐渐恢复了，她很自豪地说："我姓丁名香，叫丁香"。

吴刚眼睛瞪得老大，诧异地问："好美的名字呀，难怪在丁香树下遇见了你，你可能是丁香花神吧？"

丁香谦虚地说："哪里呀，可能是巧合呢。那同志，你贵姓？"

吴刚答道："我姓吴名刚，叫吴刚，因为我长得人高马大的，大伙都叫我大吴。"

这回轮到丁香吃惊了："吴刚，就是传说中在月亮里砍桂花树的吴刚？"

这下子吴刚得瑟起来了，还瞟了她一眼："那当然，我现在是下凡到了人间，改行不砍了，专门种丁香树。"

这下子逗得丁香咯咯咯地大笑起来："你这同志真有意思，明明是开玩笑，却装作一本正经的样子。"

这时吴刚又硬巴巴地挤出一个笑脸问："丁香你、你贵庚？我不知今后是叫你姐还是妹？"

丁香爽朗地答道："我和小马同年，但月份比他大几月，是春天里丁香飘香时生的。"

吴刚拍了拍脑门得意地说："丁香妹，我正好比你大一岁呢，你要叫我哥呢。"

这时丁香的心情好多了，他们边聊边谈，心的距离越拉越近。

与欢乐明媚的春天一样，马梦华今天心情很愉快，这几天总有贵人光临。这不，今个一大早又一个神秘的客人来了。

昨晚赵力钢值了夜班，此时的赵力钢正在闷头呼呼大睡，睡得正香突然连打了几个大喷嚏，他喃喃自语道："奶奶的，是谁在念叨我呢？"

突然他听见咚咚咚的敲门声，马梦华大喊："赵大哥，快起来、快起来，看我今天给你带来什么？"

赵力钢在屋里嘟囔说："奶奶的，什么好东西，哪有我的睡觉重要。"

突然门外传出一个稚嫩的声音："爸爸，快开门，我是狗蛋！"

赵力钢简直不相信自己的耳朵，他兴奋地跳起来开门，门口站着他的妻子桂花、儿子狗蛋和马梦华。赵力钢穿着短裤抱着狗蛋转了几个圈，桂花在一旁羞红了脸："当家的，你身上光溜溜的，啥也没穿，羞死人了。"

赵力钢急忙将他们让进屋里，马梦华乐呵呵地说："今天我心情不错，所以给赵大哥带来这份大礼。这回你满意了吧？"

他兴奋地捶了马梦华一拳说："老弟，这么大的事，你咋都不和我商量一下？"

马梦华向赵大嫂眨眨眼故意委屈地说："你不是想老婆了吗？"

赵力钢挠了挠脑壳眼睛盯着桂花说："老婆，我是想，但这有点太突然了。我现在可是'秀才遇见兵，有理说不清'了。"

马梦华反唇相讥："你呀，是'狗咬吕洞宾——不识好人心'呀。"

桂花过来打圆场："你们呀，是'周瑜打黄盖——一个愿打一个愿挨'。当家的，难道你不想我们了？还是小马老弟做得对。"

马梦华连忙解围道："大嫂，你别介意，我是和赵大哥开玩笑的。好啦，咱们现在还是谈点正事。"

他接着说："这次接大嫂和狗蛋过来是我和周政委商量好的，瞒着你是为了给你一个惊喜。他们娘俩是通过搞地下工作的同志送过来的，在路上也吃了不少苦头，很是辛苦。赵大嫂来了以后准备安排到医院供应室工作，狗蛋就到新四军子弟小学上学。你们就好好休息几天，放你几天假，享受一家团圆的天伦之乐，带着嫂子和狗蛋踏踏青，看一看我们樟家渡春天的美丽风光，我就不打搅你们了。"

这些天泼辣能干的赵大嫂把家里收拾得井井有条，小日子过得有滋有味。赵大嫂对她的工作也上手很快，干得有声有色。

让赵力钢耿耿于怀的是内奸仍然没有抓到，这可是樟家渡医院的一颗定时炸弹，随时就可能爆炸。

沙老伯觉得杨白雪嫌疑最大，叫孙女沙枣花随时盯着她。沙老伯也将此事向组织做了汇报，怀疑归怀疑，没有证据也不能随便抓人。

这一天，杨白雪休息，打扮了一番向外走去，沙枣花悄悄地跟上了她。只见她走进山谷之中，阳光在密密疏疏的枝间跳跃洒下一地斑驳的光影，路越来越难走，崎岖的山路旁茂密的青草带着晶莹的露珠打湿了沙枣花的裤脚、袜子和鞋子，但她顾不上这些，依然跌跌撞撞悄悄地跟着。走着走着，她们来到了一片茂密的树林之中，这片树林像原始森林一样拔地而起，遮天蔽日，将万物笼罩在幽暗的树影之中，林中刮来的风骤然变冷，湿气浸入肌肤，林中一片寂静，阳光穿过枝丫照下来，照在一个埋在半截土中的巨大的枯木上，显得阴森恐怖。

杨白雪吹了一声口哨，密林中突然闪出一个人来。此人身着黑色长风衣，留着一抹仁丹胡子，戴了一副金丝眼镜，身材魁梧，脚穿战靴，手捧一个方形黑色盒子朝杨白雪走来。他将盒子放在地下，杨白雪卑微地低下头，向他深深地鞠了一躬，嘴中叽里呱啦说了一通日本话，向他敬了个军礼，并交给他一些东西。

沙枣花看得吃惊地张开嘴巴，差点惊叫起来：爷爷说的对，原来小杨姐是日本人！那个穿黑色长风衣的男人显得非常愤怒，叽里呱啦说了一通，还狠狠地打杨白雪的嘴巴，扇够了，扇累了，他将黑色的盒子埋在一棵大松树下。

此时沙枣花毛骨悚然。她还不到十五岁，哪见过这种场面。她向驻地方向跑去，但两条腿像灌铅似的跑不动，她跑着跑着一个突起的树根将她绊倒，她爬起来又往前跑……

正在和杨白雪交谈的川岛，耳朵异常灵敏，听到响动就立即起动，向发出声音的方向奔去，发现前面有一个约十五岁左右的小女孩，高兴得双眼发亮。

他像老鹰捉小鸡一样狠狠地扑向了沙枣花。沙枣花知道自己落入魔爪，决心和他拼死一搏，顺手捡起了一块石头向他头部砸去，不想这个魔鬼练过武术反应灵敏，头一偏石头砸在一棵树上。他的耳朵正好靠在沙枣花的嘴边，沙枣花拼命咬下去，他的半个耳朵已经不见了，他捂住耳朵大声惨叫着。

川岛忍痛连踹带踢将沙枣花打成了一个血人,这时杨白雪也赶了过来,看见川岛满脸是血,凶神恶煞地正在殴打一个中国女孩,这个女孩已经是体无完肤,惨不忍睹。他还觉得不够,从战靴旁抽出匕首,向女孩刺去,她觉得这个女孩很面熟:哦,是小沙妹!她喊道:"不,不要啊!"出自于本能她从川岛后面一把将他死死抱住,想阻止他再继续伤害沙枣花。突然,她也遭到袭击,"啊",她失声尖叫一声,双眼一翻昏死过去。

　　等杨白雪醒来,周围静悄悄的,川岛早已不知去向,沙枣花早已死去,全身赤裸,胸口扎着一把匕首,眼睛睁得老大,一副死不瞑目的样子。

　　杨白雪把她身上的血污擦掉,衣服穿好,把她就地掩埋了。临走前,杨白雪向沙枣花的坟茔磕了几个响头说:"小沙妹,你的仇我会为你报的。"

　　杨白雪身心疲惫地回到宿舍,白小菊见她好像变了一个人似的,脸颊微肿,嘴角出血,整个人是如此萎靡不振,就关心地问:"小杨姐,你哪里不舒服?"她抱着白小菊失声痛哭起来:"小菊妹我不知为何,心里难过,可能是想父母和弟弟妹妹了!"

　　白小菊又问:"小杨姐,今天你去哪儿了?脸上怎么有伤呢?"杨白雪答道:"清明快到了,我到杨家庄去给父母和弟第妹妹上坟去了,因伤心过度,一时迷糊,磕了一下。"

　　晚上繁星闪烁,晚风静静地吹拂着,白小菊轻轻地打着鼾,已经进入甜蜜的梦乡。杨白雪瞪大了眼睛就是睡不着,她想起沙枣花那机灵、淘气、可爱的模样。虽然才相处了几个月,但她已把沙枣花当成自己的妹妹,没想到沙枣花死得那样惨。

　　她想起小野医生,她想,虽然我没能杀了他,但他给了我启示,我应学习他走通向光明之路。但我和他不一样,为了让我潜伏下来,日军已杀害一个村庄的人,我身上血债累累,他们能接受我吗?

她想起在日本特训营的日日夜夜，这些日本的战争狂热分子，把她们折磨得生不如死……

时间一分一秒地过去了，黑夜慢慢地消失，黎明就要来到了……

第二天一大早，沙老伯急匆匆地来找赵力钢，说是沙枣花不见了，一晚上都没回来。

赵力钢立即向马梦华和周大勇做了汇报，周大勇决定立即召开支委扩大会议，由支委及有关人员参加。

据沙老伯述说，凭直觉他一直怀疑杨白雪，因此他特意让沙枣花盯着杨白雪，昨天杨白雪出去了，随后沙枣花也出去了。

大家七嘴八舌地发表自己的意见，意见比较统一的是：杨白雪嫌疑最大，应立即进行拘留并隔离审查。

但让马梦华疑惑不解的是，如果是她杀害了沙枣花，她为什么还要回来，这不合乎常理，这不是自投罗网吗？

赵力钢他们赶过去，正好杨白雪上的是白班。她和往常一样在工作，已忙得不亦乐乎，表情并无异常只是脸上有点疲惫，赵力钢见到她说："小杨，组织上对你进行隔离审查，希望你能配合一下。"

杨白雪长长的眼睫毛颤动了一下，面无表情地低下头，把工作交代了一下，什么话都没说就跟随赵力钢走了。

到了隔离室，赵力钢问她，她什么都不回答，只是低头哭泣。

此时的杨白雪犹如激流中的一片树叶，不知是被彻底撕得粉碎，还是被卷到什么不能预知的地方，因为每个人内心深处都有一个结，也许永远解不开，苦涩的滋味只有她最清楚。

正好赶上有几个手术，忙了一天的马梦华突然想起还有杨白雪这档事，就问了一下赵力钢。赵力钢无奈地摇了摇头："这姑娘光知道哭，啥都没说，又不敢用刑。周政委到军部开会去了，还没回来了。"

马梦华说："走，去看看。"并叮嘱："让炊事班做点饭给她送去。"

马梦华和赵力钢走进隔离室，见杨白雪倚床坐着，漂亮的大眼睛已经哭得又红又肿，见马梦华来了，她的眼睛亮了一下，并欠了欠身子。

马梦华首先摸了摸被褥，看了看房中的设备，觉得还满意，就坐下来亲切地问："小杨，住在这儿还习惯吗？有什么不满意的地方，就提出来，我们历来遵循'有则改之、无则加勉'的原则。"

正说着炊事班小张将饭菜送过来了，马梦华诚恳地说："小杨，你已经饿了一天了，我刚刚做了手术，也没吃饭，咱们一块吃，边吃边聊，行吗？"

只见杨白雪眼睛里噙满泪花，使劲地点了点头，就这样他们边吃边聊起来，赵力钢见自己在这里反而碍手碍脚的，就找了个借口出去了。他们聊了一会儿，马梦华见杨白雪情绪已经稳定了，就开始切入正题说："听说你昨天到杨家庄给父母和乡亲们扫墓去了，你在路上碰见沙枣花了吗？"

此时杨白雪心理防线已经完全崩溃，她就是喜欢马梦华这个样子，柔柔的、暖暖的又不失绅士风度，看见他推心置腹和她交谈的样子感到他有一种无可抗拒的魅力。杨白雪预感到她将要失去马梦华和这个让她从未经历过的温馨、快乐的大家庭的生活，她实在是不愿意呀。想到此杨白雪突然像发疯似的将马梦华搂住，脸贴在马梦华宽阔的胸膛上放声大哭起来："是我不好，是我害了沙枣花，她……她已经死了，我、我、我也不想活了。"

马梦华本能地想一把推开她，但听见她的话后大吃一惊，就连在门口的赵力钢也急急忙忙跑了进来说："小杨，慢慢讲、慢慢讲。"

杨白雪感到自己失态了，连忙松开手说："昨天早上，赶上我轮休，我想清明节快到了，决定到杨家庄给父母和乡亲们扫墓。路过山谷中的一片树林中，突然窜出几个日本人，为首的是一个身材魁梧、长相凶狠的人。"

她突然拉开上衣，雪白的肌肤上果然伤痕累累，到处是明显的瘀血和青紫，她接着说："我不知何时昏死过去，等我醒来，树林里一片寂静,但在我不远处好像还有一个人躺着,我过去一看,吓了我一跳,是小沙妹,她全身裸露,满身血污,胸口还扎着一把匕首,早已气绝身亡了。我将她擦了一下,把衣服给她穿好,就将她埋了。"

她悲痛地大哭着:"她一定是跟着我才遭此劫。是我不好,是我不好呀。"

第二天,杨白雪带领他们找到了沙枣花的尸体,果然跟杨白雪说的一样,她的胸口有一把日本人的军用匕首。

沙老伯听到是这样的结果,悲愤地大喊:"我、我一定要查个水落石出,为我孙女报仇!"

马梦华他们经过研究,觉得此事非常蹊跷,日本人为何会突然出现在此处?因为不能轻易下结论,所以暂时解除杨白雪的拘留,让她休息几天后继续上班,但严密监视杨白雪的行踪。

晚上马梦华又睡不着了,夜越来越深,山似乎也跟着夜色沉睡下来,偶尔有风吹过,隐隐约约看见窗外树枝在晃动。

他想到沙枣花惨死的样子,她的牺牲如此的壮烈,嘴里竟然含着小鬼子的半个耳朵。

沙枣花啊、沙枣花,真是人若其名。这种花外表极不惹人注意,淡黄色的、个头很小的小花,色彩也不鲜艳,却有极浓的香味,静悄悄地给人送来暗香。它虽不水润艳丽,但又如此顽强,在严酷的环境中照样茁壮成长,死了仍要保留决不屈服、永不后退的姿态。

他觉得杨白雪惊慌的眼神里好像还有什么事被隐瞒着,这个长得漂漂亮亮的姑娘的确是个谜,必须用情感、策略、政策去感化她,还要安抚她已受到伤害的心灵,要让她尽快讲明真相。

这个日本奸细一天不清除,对樟家渡医院乃至新四军都是一颗定时炸弹!

第二天,根据樟家渡医院支委会的决定汪玉梅搬到杨白雪的宿舍去,白小菊高兴地跳起来,拍手道:"我的玉梅姐姐又要和我住在一起了。"

汪玉梅这次调换宿舍带有重要任务,就是用女性的温柔和她的智慧去感动、说服杨白雪,让她心甘情愿地吐露真相。

杨白雪经过这些天的经历后发起高烧来,嘴里说着胡话。汪玉梅无微不至地关心她,一会儿给她喂药、喝水,一会儿给她降温、擦洗,一会儿给她量体温、做治疗。

在汪玉梅精心照顾下杨白雪渐渐清醒了。当她看见汪玉梅为她忙里忙外感动得热泪盈眶,她感到有生以来从未有过的温馨,她清楚地认识到,她喜欢这个集体及集体中的每一个人,在她最悲伤、最失意的时候给了她抚慰,给了她温暖。她明白,治好她的病,除了医生的"药"还有"友爱"这个"心药"。

她突然抓住汪玉梅的手说:"小汪,你别忙了,你看,我不是已好了吗?"汪玉梅温柔地答道:"小杨,这是我应该做的,谁叫我们是好姐妹呢?"

说着汪玉梅轻轻地吻了一下她的额头说:"你的任务就是什么都别想,什么都别说,好好休息。"

一股暖流,顿时从杨白雪心底涌来。到了晚上,杨白雪好多了,马梦华还过来特意看了一下她:"小杨,好些了吗?"杨白雪感动地哽咽着:"报告马院长,我好多了。"

马梦华说:"不要那么客气嘛,你安心好好养病吧,有什么事明天来找我。"说完意味深长地瞥了她一眼。

医院的熄灯号吹过后,三个姑娘还叽叽喳喳有说不完的话,终于白小菊先扛不住了,甜蜜地进入梦乡,还发出轻微的鼾声。

汪玉梅和杨白雪还在聊着,从家庭、父母、朋友一直聊到现在的工作。

杨白雪突然问:"小野医生现在还好吗,他没有受到歧视或不平等的待遇?"

汪玉梅心里一阵惊喜：哇，终于聊到了正题，她的心理防线快要被突破了。

汪玉梅说："小杨姐，小野医生当然很好，还充分发挥出他的特长，我配合他研究的疫苗快要成功了。他在这里感到了大家庭的温暖，像回到了家一样，虽然他是日本人，没有人歧视他，我们这里人人平等，还把他当成国际友人，他的待遇比我还高呢。"

杨白雪羡慕地咂咂嘴："那他过去有血债，你们也可以既往不咎？"

汪玉梅说："那当然。我们共产党的政策就是'坦白从宽，抗拒从严'和'缴枪不杀，优待俘虏'，只要他全部坦白了、悔过自新了，我们对他的过去是既往不咎的。"

杨白雪听着、想着，她顽抗的心理防线快崩溃了，她的良知一点一点被释放出来，她背着一个沉重的包袱终于可以放下来了。

杨白雪见汪玉梅也睡着了，但她的正义和邪恶思想依然抗争着：一个说，明个一早去找马院长坦白一切；另一个说，目前为止他们还不知道我的身份，将马院长劫持了，造成他叛变的假象，以后任何组织都不参加，过我们美好的二人世界去。

终于邪恶的念头占了上风，她悄悄地起床把匕首藏在袜子里，将一个特制的注射器里吸上藏匿的迷幻剂。它的样子像只发卡，杨白雪将它别在头上，拉开门，只见门口有一个士兵端着枪呵道："站住，哪里去？"杨白雪捂着肚子，机智地答道："我、我肚子痛，要去……"卫兵随便检查了一下说："去吧。"

杨白雪冲了出去，猫着腰，以最快的速度借着月光朝前奔去……

马梦华因为思考杨白雪的事，一直没睡着，窗口泻下的月光把树影拖得长长的，一缕缕月光从窗外的树叶间隙中落下，把黑暗切割成一缕黑暗，一缕光亮，交错的光影，宛若一层淡墨印在墙上，马梦华觉得整个世界变得影影绰绰、扑朔迷离……突然他听见门轻轻地被打开了，他看见一个窈窕的身影向他的床边移动着……

黑暗中，突然一个东西将杨白雪狠狠地砸倒在地，脑袋也磕在地上，有人抓住她的两只手腕，将她的胳膊反剪到身后，她感觉到她的肩膀要脱臼了，她挣扎着想尽量靠近他，她成功了，她已落到他怀里，配合默契得天衣无缝。

她转动着她那十分精巧独特的注射器，想将它注射到他的体内。

他问："这是什么玩意儿？"并进一步控制住她的手腕，玩味地说："让我猜猜看。不，不像发卡，可能是什么特别的注射器吧？别动！"

杨白雪心想：已经暴露了，干脆拼死一搏了。

突然她用力朝他的腿扫去，他跳起来避开，抓她的手松了一下，她挣脱出来，猛地一个转身，左手挥出注射器射出，突然又有一个东西砸到她的腿，她摔倒在地，他抓住她的头发，将她的脸重重磕在地上，她的鼻子破了，血流了一地。

他弯着腰在她耳边说："老实点儿，别动！"

第二天一大早，汪玉梅带着满脸是伤的杨白雪来到马梦华办公室。杨白雪神情黯然、低头不语，失神的眼睛里已没有了焦距，一副万念俱灰的样子。

马梦华看见杨白雪这副模样，不由心生怜悯，他真诚地说："小杨，对不起，昨天晚上我对你出手太狠了，毕竟咱们还一起工作过一年多，有什么怨气就朝我发泄出来，好吗？"

杨白雪听到马梦华这些暖心的话，突然"哇"一声哭了起来。

马梦华说："小汪，去给小杨沏一杯茶来，让她暖一暖。"

马梦华看着杨白雪的眼睛，温和地说："小杨，坦白一切，和小野君一样重新做人，组织会相信你的。"

杨白雪微微张开嘴唇，挂满泪痕的眼睛茫然若失地看着马梦华，悲悲切切地问："我、我还能悔过自新、重新做人吗？"

马梦华坚定答道："可以，当然可以。你应该知道，所有的生命都是平等的。"

她看着他，心里涌出一片凄楚的回忆，她感到他身上荡漾着一种给人以亲切抚慰和信任的感觉。她释然道："我说，我什么都说，我要坦白一切。"

马梦华对汪玉梅说："小汪，把周政委和赵力钢叫来，然后你过来做个记录。"

王玉梅敬了一个军礼："是，马院长！。"

周政委、赵力钢来了后，马梦华说："现在开始，小杨，不要有任何负担，有什么就说什么，我们相信你！"

马梦华双眼直视杨白雪，目光坦诚，语调平稳，杨白雪觉得马院长让人信任。

杨白雪说："我是日本人，叫佳玫子，代号'白羊'，我的任务就是潜伏在新四军获取情报，为了使我顺利地潜伏在新四军，他们有意策划了'杨家庄'惨案，我歪打正着地来到了樟家渡医院……"

杨白雪述说着，马梦华、周大勇、赵力钢他们认真地听着，杨白雪竹筒倒豆子一样噼里啪啦坦白了一切，从她的家庭到如何加入日本特高课；如何潜伏下来；如何接受任务，刺杀小野君；如何救了马梦华和汪玉梅；沙枣花是如何死的……她讲完之后，叹了一口气，如释重负。

杨白雪觉得，她已经承认她是日本特务，尤其承认了刘雅的死和她有关，马梦华一定会鄙视她、憎恨她，但她没想到这个马院长还是那样诚恳，那样坦荡，那样无私，他纯净的眼神里有对她的赞许。

马梦华拿来了纸和笔说："小杨你能如此坦诚地交代了这一切，并提供了许多很有价值的情报，对你的悔过表现，我们会认真研究考虑的。这几天你就在隔离室将你所知道的东西都写出来。"

周政委说："小杨，你悔过的行为令人佩服，你还很年轻，今后的道路由你自己选择。"

晚饭后，天刚刚暗了下来，淡淡的雾弥漫在山谷周围，夜色中飞舞的萤火虫时隐时现给周围增添了一种神秘的气氛。

远处仿佛传来缥缈的、忧伤的旋律，那旋律一如既往地让马梦华难以自已，更强烈地震撼着他的心。

马梦华来到刘雅的墓碑前，发现碑旁竟然长出一株向日葵来，它正在怒放，金黄色的花瓣像美丽的花环，围绕着花蕊周围，花蕊一簇簇排列秩序井然，洋溢着一种沉静和向上的力量。马梦华看到它，仿佛它就是刘雅，他哽咽地说："小雅妹，我知道，你来了，你就是这株向日葵。告诉你一个好消息，奸细终于挖出来了，你的在天之灵，可以安息了。但是我们为了将日本侵略者赶出中国，为了我们将来的胜利，我们还需要她的情报，可能还要让她为我们工作，我想你会理解的。小雅妹，我想你。"

一阵微风轻轻吹过，向日葵轻轻地点点头，像在赞许，他好像又听见刘雅银铃般的声音："梦华哥，我相信你，你做什么我都信你。"

几天后，杨白雪交给马梦华一篇长达近二十页的忏悔书。

在悔过书中，杨白雪写下了她曾经交代过的问题。还提到樟家渡医院给了她一个温暖的家，当然也提及了马梦华，她绑架马梦华是因为爱他，想和他一起过无人干扰的二人世界去。

更重要的是她还提供与日本特高课无线电联络频率、密电码和电台，并且交代了一个更加重要的秘密，樟家渡医院还潜伏着一个特务代号"鼹鼠"，据说已经混入较高层次。据和她单线联系的川岛讲，他也不认识此人，可能是梅机关更高一级的人，因此杨白雪不认识他，他也不认识杨白雪。

当天周政委带着杨白雪和她的忏悔书去新四军敌后特工部汇报。汪玉梅过来送给杨白雪一本书，书名叫《南丁格尔》，并对杨白雪说："这是我最喜爱的一本书，你好好看看。她是我最最崇拜的前辈，是我学习的榜样。"

路过炊事班门口，杨白雪看见沙老伯愤怒的眼神，仿佛要把她吃掉，不由得心中一颤。

他们到了军部后，杨白雪留在那进行甄别和感化教育。

第二天新四军发布嘉奖令，嘉奖中有沙有财、沙枣花、马梦华、汪玉梅等同志，同时沙枣花同志被追认为革命烈士。

8

转眼到了1942年秋天，曾经的杨白雪是那样的失意、绝望，但如今的她坚定、勇敢、热情而快乐。通过几个月的甄别、感化教育和她自己的努力，她成了一名真正的、合格的新四军战士，她终于获得了新生。

在军部，她接受了组织对她的教育，她也深刻地反省了自己，组织要她留下继续从事情报工作被她婉言拒绝了，她离不开她的好姐妹，离不开她热爱的护理工作，她要像南丁格尔那样面对人间的苦难，去挽救更多人的生命。因此她坚决要求回到樟家渡医院工作。

杨白雪回来了，好姐妹们高兴地紧紧地拥抱在一起，杨白雪眼睛里噙满幸福的泪水，她的嘴唇微微颤抖，鼻子酸酸的，发自肺腑地喊道："我终于又回家了！"

她又看到一个她朝思暮想的熟悉身影，噢，是马院长。只见他微笑地向她走来，眼中流露出对她的信任并伸出右手将她的手紧紧握住："欢迎你，杨白雪同志。"

秋季，鬼子一年一度的扫荡和征粮行动又开始了。由于新四军动员当地老百姓实行"坚壁清野"，也就是将所有刚收获的粮食全部藏起来。小鬼子的征粮部队在新四军驻地周围几乎颗粒无收，他们气急败坏想出并制定了一个非常恶毒的"毒蠱"计划，这个计划的歹毒之处就是想把重组不到两年的新四军扼杀在摇篮里。

杨白雪获知这个计划后立即向组织进行了汇报。

"毒蠹"计划的第一阶段是小鬼子要在两天内向樟家渡等新四军实际控制地区进行高强度、地毯式轰炸。

上一次特高课曾命令她绘制过"樟家渡总兵站，医院，新四军军部及重要战斗部队的布防图"，她当时将这些"布防图"交给川岛中佐，现在他们即将将对这些地区进行大规模轰炸，为扫荡和征粮开路，也为没征到粮食而发泄。

为了应付这次敌机的轰炸，尽量避免更大的伤亡，这天樟家渡医院紧急行动起来，他们立即连夜转移伤员、转移医疗上必需的物资。

当伤员和物资转移完后已是第二天上午了，樟家渡医院的医务人员正在疏散过程中，杨继文突然来找汪玉梅，急切地说："玉梅妹，快走，飞机快来了，到防空洞去。"

汪玉梅说："不会吧？没那么快！"但杨继文不由分说固执地拉着她就跑。果然，不一会儿，飞机就气势汹汹飞过来了，对樟家渡地区进行狂轰滥炸。视人命如草芥的鬼子根本没有顾及樟家渡还潜伏着他们的特工，小鬼子提前一天就行动了。

远处已响起震耳欲聋的爆炸声，还夹杂着炮弹穿越空气的尖利呼啸。

马梦华看见前面一个女孩手足无措像只呆鹅呆呆站着，他立马扑上去把她压在身下并大喊："敌机来了，就地卧倒。"

瞬时间地面已经布满大大小小的弹坑，原来前面的一片树林已被烧成了黑炭，还有一些树木还噼噼啪啪燃着火苗。

等这一轮飞机轰炸完，马梦华立马将这个女孩拉起来，两人已是灰头土脸，面目全非。马梦华定睛一看原来是白小菊，轻轻呵斥道："白小菊你不要命了！"

白小菊嬉笑道："谢谢马院长救了我，我拿什么回报呢？那、那只有一个吻喽！"马梦华喝道："到这时候还贫嘴，赶紧到防空洞去！"

当敌机开始了新一轮轰炸时，马梦华他们已迅速转移到防空洞中，只听爆炸声又起，落弹点正好是马梦华他们刚才卧倒的地方，吓得他们一身冷汗。

等飞机轰炸结束后,马梦华、赵力钢开始分别清点人数,当念道"张桂花"时无人应答,护士海棠怯生生站起来说:"飞机来轰炸之前,张大姐说,消毒柜里还有一个刚消毒完的手术包,她要取回来,我们都没能拦住她,她刚走了不一会儿,飞机就来了……"她放声大哭起来,哭声由小到大连成一片。

赵力钢听到这个消息如五雷轰顶,心中"咯噔"响了一下,仿佛自己的心已连血带骨拽出来了,他不顾大家的阻拦冲了出去寻找,在离供应室不远的地方,果然有一个人,手里紧紧抱着手术包,人已被炸得血肉模糊,不成人形,赵力钢抱起桂花撕心裂肺哭起来:"桂花,你这是怎么了,难道你忍心抛我和狗蛋而去吗?"

哭着哭着,突然他急火攻心,嘴里吐出一口鲜血,昏了过去。

等赵力钢醒过来,已是第二天下午,他躺在一个临时搭建的简易病房的床上,一个长得模样俊俏、手脚麻利的护士在他身边忙碌着,见他醒过来了,高兴地喊:"看,赵营长他、他醒了。"

赵力钢虚弱地问她:"我在哪里,你是谁?"她微笑地答道:"我是你的特护,叫百合。你已经昏睡了一天多了,来,喝点水。"她轻轻地将他的头扶起,靠在她的身上,开始给他喂水,动作熟练又轻柔。

这时马梦华走进来,看见他醒了,就说:"赵大哥,你感觉好些吗?"

赵力钢突然脸色变得苍白,沮丧地说:"小马弟,我一想起桂花死的惨状就、就难过得……"接着又抽泣起来。

马梦华轻轻地帮他擦拭眼泪:"大哥,大嫂的死对你打击很大,大嫂是为了抢救医院财产而牺牲的,她的牺牲是光荣的。我们应把这笔血债记在小鬼子头上,小鬼子不仅欠我的,还欠你的,希望你尽快振作起来,我们一块打鬼子,为嫂子报仇。"

只见赵力钢眼里闪烁着复仇的怒火,他腾地一下坐起来,不料把百合手中端着碗的水给打翻了,赵力钢一脸尴尬。

赵力钢忙说:"百合护士,怪我莽撞,对不起了。"百合温柔地说:"赵营长,没关系的。"

马梦华也忙说:"赵大哥,大嫂的牺牲对你打击太大,这两天你就好好休养,我忙完后就来看你。"

赵力钢躺在床上睡不着,心中堵得慌,见百合为他忙来忙去,就说:"百合护士,你休息一会儿,咱俩聊一聊?"

百合犹豫了片刻就坐在赵力钢床边,赵力钢仔细盯着她说:"百合护士,我好像在哪儿见过你,怎么看见你那么面熟?"

百合脸色瞬间变得苍白,还带有几分悲凉、沮丧的情绪,她突然跪在地上朝赵力钢磕头,眼泪哗哗流下来道:"赵营长,你、你是我的救命恩人啊。"

赵力钢连忙将她扶起,诧异地问:"啊?有话好好说、好好说!"

百合脸露红晕,羞涩地说:"那天在小镇的鬼子炮楼里,鬼子正在糟蹋我,是你把我从地狱里救出来,把你的衣服脱下给我穿上。当时我被他们折磨得已经浑身瘫软脱力,是你背着我到医疗队去,后来医疗队将我医好了,病好后我坚决要求留到医疗队工作。当我看到赵营长——我的救命恩人病了,我就坚决要求做你的特别护理,'滴水之恩当涌泉相报'啊。"

赵力钢尴尬地咳了一下:"你对我还客气什么,我做得这些也是应该的。"说完他拿出手绢递给百合:"把眼泪给擦干,我们的仇要鬼子加倍偿还。"

"唉,我当时很纳闷,像你这么有文化还这么漂亮的姑娘咋就让小鬼子给抢去了?"

百合凄然中又露出浅浅的悲伤,便将缘由娓娓道来:"我就读于芜湖卫生学校,马上要毕业了,又正好放假,我到小镇去看姑妈。我和姑妈感情很深,因妈妈早逝,是姑妈一手将我拉扯大的,没想到刚进入镇子口,就碰上鬼子将我掳到炮楼里去。"

说着说着，百合又开始哭起来："我、我姑妈因为我的事，已经上吊自尽了！"

这下又是轮到赵力钢照顾百合了一会儿递手绢擦眼泪、一会儿倒水递给她喝、一会儿安慰她，还要讲一些宽慰的话……两人聊着、聊着距离越拉越近。

飞机轰炸后小鬼子又开始执行"毒蠱"计划的第二阶段。组织上让杨白雪主动和他们联系，梅机关得知"白羊"没有死，很是高兴，这可是他们潜伏在新四军一枚非常有用且威力极大的"棋子"。

新四军从杨白雪那儿得知，小鬼子派部队准备对已经轰炸的该地区进行大规模、高密度的扫荡。为配合这次扫荡日军还成立一支灵活机动、配备先进武器的日军特遣队。

队长由川岛中佐担任，队员是从数万日军中筛选出来的，有四十多人。这些队员有的是日本陆军士官学校毕业的优秀学员，有的是武术高强的日本武士，队员都会说中国话，这些人已经封闭式残酷训练了三个月。

小鬼子就是利用这支小股部队的灵活性、机动性和极强的战斗力潜伏在新四军樟家渡地区周围伺机搞暗杀、绑架、突袭、刺探情报等活动。

川岛中佐带着他的特遣队潜伏在樟家渡地区山谷的密林中，并没有贸然出击，而是派了两个精通汉语的队员化装成当地老百姓的样子，来到了交通便利依山傍水、物产丰富的穆家庄打探。得知这里的村民都非常信任和爱戴新四军，川岛脑子里立刻想出了一个恶毒的计划，他让队员们穿上新四军的服装，大摇大摆走进了穆家庄，还找村民拉家常，帮村民们干农活、挑水担柴，打扫卫生获得村民的信任。

一个老大爷看见川岛愁眉苦脸的样子，就问："兄弟，你怎么了？"川岛悄声地说："大爷，不瞒你，我们这些战士们已经好长时间没吃饱饭了，山中缺粮呀。"

大爷说："这好办，今年粮食收成还行，我动员家家户户给你们捐一些粮。"

川岛听到后高兴得两眼发光。

等乡亲们将粮食拿来后，川岛的表情变得凶狠起来："我现在命令你们男的站在左边，女的站在右边。"稍微动作慢一些就遭到他们的拳打脚踢。

穆大爷惊恐、疑惑地望着他：这是新四军吗，难道我们上当了？他向旁边的小伙栓子使眼色，栓子心领神会，一脚踹过去，便和旁边的小伙打起来……

而穆大爷便发疯似的打着孙子："谁叫你调皮，我打死你！"他的孙子本来就调皮，这一挨打，窜得比兔子还快，他也跟在后边，一会儿就没了踪影。

左边站的人，已打成一锅粥，好多人趁机溜走了。

穆大爷跑了不久就听见庄子里撕心裂肺绝望的叫喊声。穆大爷蹲在地上，抱着头大声痛哭起来，他的孙子在旁边拉他的衣服疑惑地问："爷爷，你哭什么？"穆大爷突然缓过神来，拉着小孙子的小手："走，找新四军去！"

恰巧司务长大吴和沙老伯买粮路过此地，他们看见一个老大爷向他们跑过来，老大爷额上全是汗珠，口里喘着粗气，急得说不出话来："大、大哥，不得了，出、出大事了！"

日本特遣队装扮成新四军祸害百姓，这种卑鄙的伎俩令人发指。他们立刻向组织汇报，组织指示，不惜任何代价要将这支强悍的鬼子小股部队消灭。

由于新四军还要面临鬼子的疯狂扫荡，任务也很繁重，但他们还是从各个战斗部队中抽调了一些枪法准、有武功底子的战士，并配发最好的武器，补充进来，以警卫营为基础成立了清剿小分队。

由赵力钢同志任小分队队长，李伟同志任小分队副队长。由于马梦华医疗技术过硬,便于小分队在激烈、残酷的战斗中的抢救、手术和治疗,指派他担任小分队教导员。沙老伯会做饭,有点武功底子,对毒药颇有研究,沙老伯本人也积极请战,为了给孙女报仇,当仁不让也成为小分队成员。

　　小鬼子第一次出击完胜而归,得到了大量的粮食、家畜等,川岛嘴角露出狞笑,但他发现他们只能用一次这个办法。新四军已通知各个村庄,新四军来时必须接上暗语,以防这些小鬼子再次伪装成新四军来祸害百姓。

　　于是,特遣队改变方向,凭借强悍的实力、精良的武器和灵活的机动性对新四军全方位进行偷袭,且他们是来无影去无踪。

　　丁香身体恢复后,分到药剂科工作。这时的吴刚对丁香是心生爱慕。他开始经常主动接近她,但经历了那么多事情,丁香总是冷淡地和他保持一定的距离。在吴刚眼里,她是那样的美,她的美是那种羞涩、任性、高雅的美。

　　她现在内心已被吴刚惊动,她有时甚至恨他,恨他对她太好了。她非常矛盾,她的心灵和身体受到过重创,但她像寻求滋养似的又渴求和他在一起。

　　这天正好丁香休息,吴刚也将休息调到今天,他约丁香一块出去走走,他们决定到附近的小镇去,顺便买一下生活必需品。

　　她犹豫不决地跟着吴刚并肩走着,一会儿低着头,一会儿把脸转过去看着他,忘情地欣赏着他。

　　他们在寂静的树林里走着,路面散落的树叶发出窸窣的声响。丁香低着头看着小路缓缓移步,黄果树茂密而浓重的绿韵洒落在丁香纤细的后脖颈上,她动了动肩膀,转身凝视了一下吴刚。现在已经入冬,带有寒意的风摇曳着树枝,这条弯曲的小路朝着小镇伸展而去,远处的平地上全是人家,一户挨着一户,鳞次栉比,一直延伸下去,举目望去,长空寥静,犬声由远而近,若有若无。

丁香眺望着这美丽的景色，仿佛回到了童年，回到了家乡，不由愉快地笑了。

吴刚看见丁香笑了，心中顿时十分愉悦，他忘情地拉住丁香的手："丁香，你笑起来真好看，我终于又看见你笑了，我好高兴呀。"

丁香装作不在乎的神气问：吴刚，你、你为什么对我那么好？"

吴刚无法确认是对还是错，一把将她拽过去将她搂在怀里结结巴巴地说："因、因为，我——我爱你。"

此时的丁香思维一片空白，可大脑仍在强撑着，她把脸埋在他的胸口，贪婪地呼吸着男性荷尔蒙的气味。他轻轻地吻上去，他轻柔的唇瓣带给她异样的慰藉，她的心充满了对他的渴望，消除了她对自己的疑虑和自卑。

他们来到了镇上，购买了一些日常生活用品后走进一家餐馆，这家餐馆是当地最有名的，饭菜很有特色，很好吃，吴刚想请丁香好好吃一顿，改善一下伙食，补一补她羸弱的身子。

今天丁香的心情很好，吃的也很多，吴刚呆呆地看着她，他就是喜欢她那个样子，或笑或恼，或惊讶或气馁，或冷淡或娇嗔，正当酒足饭饱他们快要离开时，突然门口出现一些人，其中一人身材魁梧，一张狐狸般奸诈的脸上戴着一副金丝眼镜，一只耳朵还戴着耳罩。

丁香用余光看到了他，不由得毛骨悚然起来，她心中一颤：是川岛！

吴刚见丁香已露出不安和恐惧的神色，他们交换了一下眼神，他知道他们得尽快地离开。丁香装作肚子疼，在吴刚的搀扶下，结了账，迅速地离开了。

他们两个人太大意了，丁香正在给吴刚述说川岛之事，没料到川岛他们几个人在身后跟着。

川岛这人对女人十分敏感，当他进了这家餐馆，就发现这个女人似曾相识。他突然想起这个女人是在虹口医院工作，她怎么也来到这个小镇？

吴刚发现川岛他们跟随时,已经晚了。吴刚对丁香说:"丁香,我在这里挡一挡,你赶紧回去向组织汇报。"

丁香眼睛里充满泪水悲惨地喊道:"不,不要啊……"

吴刚见川岛已走近身边,他突然一转身,紧紧抱住川岛,用匕首抵住他的脖子对他的手下说:"让她走,否则我杀了你!"

川岛的手下惊慌失措地看着丁香消失在人群中,吴刚才松了口气,突然枪声响了,一颗子弹正中眉心,吴刚猝然倒地。

丁香拼命地跑着、跑着,突然她听见身后一声枪响,她知道吴刚再也回不来了,她简直不敢相信在这么短的时间里,她竟然惹了这么大的麻烦,她真想让时间倒流。

丁香的眼泪顿时流了出来,但她努力克制自己:我要挺住、要挺住呀。我要活下来,我的命是吴刚用他的命换来的,我要为吴刚报仇,为杜鹃、小芳和牺牲的其他同志们报仇。

丁香回去后向组织汇报了情况,并坚决要求参加清剿小分队,组织上考虑到她是一个"知情人",她的要求得到了批准,同时获得批准的还有张兰和汪玉梅。为了任务的需要,专门让汪玉梅同志到新四军新闻科突击培训如何做一个新闻记者。

马梦华听到大吴牺牲的消息悲痛地肝肠寸断:"又一个和我同甘苦、共患难的好兄弟走了。"

马梦华到清剿小分队去了,樟家渡医院院长一职暂由杨继文代理。

"鼹鼠"升职了,这让日本人和杨继文都很高兴。

原来胆小谨慎杨继文胆子变大了,甚至还有点嚣张。

据上级传来的消息:最近我方损失惨重,除了樟家渡医院的司务长吴刚牺牲了,还有政治部的通信员小李、特工部的干事老刘等同志均是在路途中牺牲的。最近新四军警卫连遭到袭击,新四军一个军需仓库遭到焚烧。看来这支鬼子特遣队相当强悍、残暴,他们是向我们示威了。

清剿小分队必须马上出击，拔掉这颗毒瘤，否则给新四军和当地村民造成的伤害越来越严重。

出手的机会终于来了。上海梅机关长野田大佐得知特遣队战绩辉煌，非常兴奋亲自跑来督战，并在溧水镇举行盛大的晚宴和舞会，嘉奖特遣队的全部成员。

为了安抚占领区的亲日上层人士，为了炫耀他们的武力，鼓吹中日友善，他们特意安排了当地的社会名流参加，使清剿小分队也有机会混入其中。

野田大佐清了清嗓子，轻咳一声面带微笑地说："特遣队的勇士们表现突出、战绩辉煌，对那些负隅顽抗的中国人，就要给他们颜色看看，让那些中国人认清形势，谁要是反抗，我们就代表死神去收割他们的头颅……"

最后野田鼓动道："特遣队的勇士们，让你们把一个个中国人的村庄变成一座座屠宰场！"下面一阵阵呐喊声和欢呼。野田大佐得意极了，放肆地大笑起来。

在这个晚宴上，戴着耳罩的川岛中佐理所当然成为全场最瞩目的对象和耀眼的明星。

舞会开始了，李伟和张兰装扮成一对小情侣：女的青春靓丽、婀娜多姿；男的英气逼人、潇洒自如。他们如朝阳般充满勃勃生机，令人眼前一亮，一下子成为全场瞩目的焦点。

自鸣得意的川岛中佐，立马邀请张兰跳上一曲，张兰羞涩地点头答应。张兰芊芊玉手搭在川岛的肩上，然后贝齿微露、嫣然一笑，川岛觉得这一笑惊心动魄，好色的他晕晕乎乎恍若梦中与她共舞，没料到张兰已将毒戒指中的毒已刺入川岛体内。

此毒是沙老伯花费二十多年的功夫精心研制的，它进入人体后五个多小时发挥作用，症状如"心肌梗死"，喝酒能加速它散发到全身。

这一曲刚终了，汪玉梅端着酒杯朝川岛走来，娇滴滴地说："川岛君，我心中仰慕的英雄，我能敬你一杯酒吗？"川岛满脸堆笑："你是？"

汪玉梅娇笑地说："我是《申报》的记者——王梅。"

川岛兴奋得双眼发亮："哦，能有幸认识漂亮又聪明的王小姐，是我的福分。"川岛拿起酒杯说："王小姐，我先干一杯！"并一饮而尽。

在汪玉梅的不断劝说下川岛喝得醉醺醺的。

舞会结束后，特遣队的队员将他们喝得烂醉的队长带了回去，而特战队员工大山悄悄尾随在身后。

清剿小分队很快发现了日本特遣队的居住地。

这处房子位置偏僻，前面面向大山，后面有一条大河有利于水中撤退，左边有一条路可以运送物质和机械化部队。马梦华感叹道："这里真是一个易守难攻的好地方，是兵家之要地。"

在苍茫的夜色中清剿小分队先破坏了汽艇、汽车、摩托车的发动机和轮胎，在黎明时分小分队将最后换岗的一班鬼子卫兵给干掉，又将一小部分队员潜伏在制高点上，用以牵制敌人，准备将敌人逼到大山之中。

见天色已亮，川岛的勤务兵来到川岛房间，见川岛脸色青紫，上前一瞧吓了一大跳，并摇了一摇，发现川岛早已身亡。他惊恐地大呼："川岛中佐他、他、他玉碎了！"当这些特遣队员们像无头苍蝇一样乱成一锅粥，手足无措时，突然响起剧烈的枪炮声和猛烈的爆炸声，巨大的力量将窗户上的玻璃全部震碎，玻璃片像飞刀一样飞射而过，躲闪不及的人脸上被扎得血肉模糊。

特遣队的副队长桥本少佐这才反应过来惊呼："我们被袭击了！"

毕竟他们训练有素，马上组织反攻，一个脸上被硝烟熏得漆黑的士兵跑过来："报告副队长，汽艇发动机已被破坏，走不了了。""汽艇上其他人呢？""全部玉碎了。"接着又一个全身是伤的士兵报告："汽车、摩托车发动机已被破坏、轮胎被扎，已走不了了！"气得桥本少佐大骂："清点人数，轻装上阵，立即突围！"

特遣队剩余的三十来人向大山方向突围，马梦华组织人员阻击了一下，就放过他们，进了山里还有一张无形的大网还等着他们呢！

马梦华命令将这幢房子进行清理，还发现了许多紧俏药品，如抗生素盘尼西林、磺胺，麻醉药普鲁卡因等，高兴得眼睛发亮，用贪婪的眼神望望这望望那并发出感叹："今天真是个好日子，我们发大财了。"

马梦华命令将许多有用的东西包括武器和有价值的情报全部打包运走，并尽快进入大山，堵住这些小鬼子的退路，从后边再阻击他们。

临走前马梦华看着川岛的尸体："小沙妹、大吴，你们的在天之灵安息吧，我们替你们报仇了！"

在大山里，山里通老王可派上用场了，指挥大家挖陷阱、做竹排、布大网……鬼子冲进山林发现前面有几个人影晃动，桥本抽出指挥刀大喊："冲！"鬼子兵纷纷拉动枪栓，子弹上膛，冲过去却傻了眼，连个人影子都没有。

没走多远，前面一个鬼子触碰了一个机关，空中突然撒下一个大网将他罩住吊起来，他大喊："救命！"一个鬼子用刀砍断网绳，引起诡雷连锁爆炸，鬼子们只好藏在树后躲避，却又触动了一个机关，几个削得尖锐的竹排当头砸下，到处是一片惨叫声。

有几个鬼子想解救同伙没跑几步落入陷阱，身体被锋利的竹签穿透。还有一个鬼子想迈过去，没想到踩到一个紧绷的绳索，一排锋利的竹箭疾速射出，这个竹箭上涂有沙老伯研制的"见血封喉"的毒药，只要被射中就会瞬间毙命。这锋利的竹箭差一点将桥本射中，桥本恼羞成怒，但又无计可施。山谷中突然起风了，空气中弥漫着一股肃杀之气，沉重得似乎连时间都停滞了，突然一阵剧烈的爆炸声打破宁静，桥本他们刚刚待的地方已是一片火海，空气仿佛被点着一般。桥本暗叫不妙，他马上命令部队停止前进，卧倒还击，可他身边的机枪和机枪手已被炸得粉碎。

桥本一下子清醒了，他镇静下来，清点了一下人数，还剩二十多人。

心中不禁哀叹："已经损失了近半数人了。"

他把剩余的这些人分成四个小组，第一组是狙击组，第二组以武功高强的人作为诱饵，用来探明清剿小分队埋伏的位置，后面两组为突击小组，并给大部队发电请求支援。

突然鬼子的第二小组快速起身，跳跃着前进，只要清剿小分队一出击，就能知道他们的埋伏地点了。第一组狙击手的子弹随之而来，打得人动弹不得，鬼子后面的两组突击小组，用掷弹筒，直接打向埋伏的方向。

顿时赵力钢周围浓烟滚滚、猛烈的爆炸声此起彼伏，密集的火舌从头顶扫过，炙热的子弹将周围的空气燃烧，几个清剿队员已被击中身亡。赵力钢大口喘着粗气，令人窒息的压抑感席卷全身。

此时小鬼子的身后也响起了枪声，啊，是马梦华他们已赶来了。为了避免更大的伤亡，赵力钢果断下令："撤，包抄回去，和马梦华他们汇合。"

王大山瞪着眼扯着大嗓门吼道："你们快走，我掩护！"沙老伯直视着赵力钢，他的眼神冰冷但语调是坚定："情况紧急，我是山里通，还是我来掩护！"

赵力钢被他的坚定和真诚所打动，他拍了拍沙老伯的肩膀："老伯，一定平安地回来啊！"

年过五旬的沙老伯灵活、矫健地穿梭在山林之中，一会儿打枪，一会儿丢手榴弹，他随手捡了一块石头朝大树丢去，"咻"一颗子弹准确命中石头，石头在空中直接被爆得粉碎，惊得沙老伯一身冷汗。

桥本这时才恍然大悟："对方仅仅是一个人在迷惑我们。"

突然间沙老伯腿部中弹了，鲜血直流，不能动弹。对方发现没有了枪声，桥本马上明白了，他命令："他已没有子弹了，停止射击，第二小组将他包围住，抓活的！"

此时的沙老伯已下了慷慨就义的决心，他将最后两个手榴弹绑在身上。其中一个手榴弹是为了怀念小孙女沙枣花专门制作的，里面的炸药里混了"蝎子毒"的毒药，一滴足以杀死两个壮男人，手榴弹的环是沙枣花常带的发卡做成的。他将这个手榴弹取名叫"沙枣花"，他左手的一个手指已经套进这两个手榴弹的拉环里。

他被包围了，同时听见小鬼子野蛮地诅咒声以及胜利的呼喊。沙老伯极力地控制自己，呼吸渐渐地平稳起来，思维变得异常冷静活跃。他见围住他的人越来越多，他突然摇摇晃晃、血肉模糊地站了起来，左手一拉，小鬼子看见后，惊慌地纷纷后退，但已经晚了，他身上的手榴弹爆炸了……

那猛烈地爆炸声强烈地刺激着马梦华的神经，他不由自主颤抖起来，接着是深沉、惨痛而无泪的呜咽："沙老伯，他、他牺牲了。"

山谷里一下寂静了，张兰情不自禁将身旁的李伟拥抱着大喊："我们胜利了！"突然"咻"的一声射来了冷枪，李伟将张兰推倒说："小心，有人开冷枪！"

李伟被击中了，倒在地上，昏死了过去。张兰抱着他放声大哭："李副队长，是我害了你。"

这时他们身后又出现枪声，赵力钢知道小鬼子的援兵到了，他命令："立即撤退。"

马梦华麻利地将李伟胸口扒开，见前后胸是贯穿伤，他马上给伤口止血、引流、插管、包扎后说："要马上进行手术，但此地不能长留，小鬼子的增援部队已经来了，我们要立即转移。"

他们转移到一个隐蔽的山洞里，马梦华观察了一下李伟的伤口惊叹道："好险啊！"子弹穿过肺叶离心脏只差三毫米，并吩咐道："必须立即输血，进行手术。"

张兰大喊："我是 O 型血，输我的。"

麻醉后，马梦华用镊子夹了夹李伟的皮肤，李伟毫无反应，麻醉效果已经达到。马梦华迅速果断下刀，取出子弹，修复创面，结扎血管，刀、剪、钳的操作如钢琴师般灵巧,针线的缝合如像钟表匠一样精细,手术做完了并做得很成功,马梦华喘了一口粗气,疲惫地瘫软在石凳上。

几天后,李伟从昏睡中醒来,看见张兰为他忙里忙外的,心存感动轻声地说:"小张,看你累的,休息一会儿吧?"张兰扑闪着乌溜溜的大眼睛高兴地说:"李副队长,你醒了喝点水吧?"然后轻轻将他的头抬起,靠在她的身上,给他喂水,动作温柔又麻利,还用湿毛巾给他擦汗并说:"谢谢你救了我,你的伤很重,身子还很虚,但你很年轻,底子又好,很快会恢复的,另外马院长给你做的手术非常成功!"

李伟掀了掀被子,看见自己一丝不挂,最最隐私的地方还插了个导尿管,脸涨得通红,暗想自己已被她看光了,羞得无地自容,恨不得有一个地缝钻下去。他的尴尬相被张兰看在眼里,逗得她捂着嘴偷笑,他结巴地说:"是、是你?"

张兰翻了一下白眼:"当然是我,因为我是你的特护呀!"

他鼓足勇气正色道:"罢、罢、罢,我已被你看光了,我只有非你不嫁了,噢,我是急糊涂了,应该是非你不娶了。"

这下子更逗得张兰哈哈大笑,故意扭捏了一下说:"李副队长这可是强人所难,我这可是本职工作。"

其实张兰在这一年多的战斗生涯中早已看上李伟,这个长相英俊、表情冷峻、身材挺拔、周身透着军人凛然之气的李副队长。

正在这时马梦华走进来,看见他俩的窘相马上心领神会暗暗发笑。

而李伟看见马梦华来了好像捞了一根救命稻草,大声号道:"哥呀,你挖的这坑够深的,我想爬也爬不出来了。"

马梦华挤出一脸坏笑说道:"老弟,你走了狗屎运还给我装糊涂,这几天张兰主动请缨,当你的特护,还不让别人换班,全程照顾你,你身上还流着她的血呢,你瞧瞧她都瘦了一圈,你不感谢她,还怨她,啊?"

李伟忙赔笑说:"我哪敢呢,只是、只是……"马梦华说:"只是什么?

你这几天昏迷不醒，是她护理来着，否则你哪有那么舒服、干净地躺在床上，现在醒了，还怕她看你光溜溜的身子，又不是大姑娘！"

说得李伟又作揖又赔笑，乐得张兰在一旁吃吃吃笑个不停，马梦华轻轻拍了一下张兰，笑着说："我先替你教训一下他，以后要把他管严了。哦，你们聊吧，我还有事呢。"

李伟听了马梦华一番话，反省了自己，觉得张兰的确为自己做了那么多，平时他对张兰也有好感，处处关照她想接近，这不是明摆着喜欢她，能追上又漂亮又有文化的姑娘可是他的福分，想到这，他厚着脸皮叫了一声："小兰妹！"

没料到张兰没理他，他只好提高语调又叫了一声："小兰妹，大哥向你赔不是了！"

张兰杏眼圆睁说："呸！你刚才还害臊呢,现在怎么变得这么肉麻？有什么事快说，我的耐心是有限度的。"

李伟转了一下眼睛，突然喊了起来："哎哟，我疼，疼死了。"张兰急忙跑过来关切地问："李副队长，你哪儿疼？我去叫医生！"

李伟突然抓住张兰的小手说："今后别叫我李副队长，这太生分了，叫我李大哥就行。"还在她的小手上吻了一下。羞得张兰满脸通红，但眼底满满都是喜悦。

9

野田大佐正在为他"毒蛊"计划感到骄傲时，突然情报处铃木少佐慌慌张张冲进来说："报告大佐，急电！"

野田用微黄的已被酒精烧的浑浊的眼睛疑惑地看着铃木："你、你慌什么？"他接过电文傻了眼，电文写道："特遣队的精英几乎全军覆灭，包括重伤员就剩下九个人了。"

他看完电文，还是没有明白是怎么回事，用狡诈的目光犹疑不定地盯着铃木："是真的吗？"铃木答："是的！"野田突然醒悟过来，他大发雷霆,摔碎了他最喜爱的青花瓷,并扇了铃木几个大耳光:"你、你、你滚出去!"接着又把铃木叫了回来:"马上给我调查,究竟发生了什么!"

经过近一个月的努力,梅机关情报处将一份厚厚的调查材料递到野田手里,他看了以后,好长时间他才缓过神来,恶狠狠地说:"这些可恶的中国人,我要把你们统统消灭。"随即叫来部下:"我命令结合春季扫荡和清乡立即执行'毒蠱'第三阶段计划。重点扫荡樟家渡地区,我要为我特遣队的精英们复仇。"

此时杨白雪也收到了日军即将要重点扫荡樟家渡地区的消息。

为了这次反扫荡,组织上对部队进行了调整:以警卫营和清剿小分队的班子为基础扩大成立独立团,赵力钢同志为团长,李伟同志为副团长。组织上征求马梦华同志的意见,想调他当政委,但马梦华坚决不干,因为他不愿意离开他热爱的医疗卫生事业,他还牢牢地记得磊哥临走前对他的嘱托:"做个好医生。"

因此他重操老本行到樟家渡医院当院长去了。组织上让周大勇同志任独立团政委并兼樟家渡医院政委,独立团还在清剿小分队中抽调一些枪法好、素质高的战士成立了特战小分队,特战小分队可用灵活机动的战术打击敌人。独立团除了要完成作战任务外还要保护樟家渡医院全体医务人员及伤病员的安全。

樟家渡的春天,微风轻拂,湍急的河水在暖洋洋阳光下闪着银色的光亮,河水妩媚多姿、晶莹澄澈,小鱼儿欢快地在碧绿的水草下嬉戏,岸边的野花争相绽放着自己的美丽。但樟家渡的人们无暇顾及这些美景,他们在这里已训练了近三个月了,现在他们还在努力训练、积极备战,以防小鬼子的扫荡。

每天早上五点赵力钢带领战士们腿绑沙袋全副武装爬山,回来后还要蹲坑起跳、吊砖练习瞄准、拳术、刺杀等基础体能训练,临睡前每人还要做一百个俯卧撑。

李伟因伤未完全好，只负责讲军事基础课、轻重武器的使用、如何布雷及诡雷的安装等。樟家渡医院的医务人员也没闲着，除了要完成正常的医疗工作还要加固防空洞和修理防御工事。

　　这天说来就来了。据侦查员传来的消息：一队500多人的日军气势汹汹朝樟家渡扑来。

　　面对和小鬼子战斗的正面战场，团长赵力钢安排了一个营的兵力阻击，他们是独立团的王牌一营，一营营长潘毅就是红军游击队的机灵鬼小潘，他战斗经验丰富、战功赫赫，是一员虎将。

　　潘毅正在防御工事上忙碌，突然听见一阵阵"轰隆隆、轰隆隆"的声响，他用望远镜一看，有几架敌机，已经超低空俯冲过来，低空掠过的飞机划破寂静的阵地，潘毅大喊："敌机来了，注意隐蔽。"

　　突然，阵地上火光冲天，原来飞机投放的是"燃烧弹"，火团肆虐地蔓延着，有的落在防御工事上，有的已将周围的树木和小草点燃，发出噼噼啪啪的声响，浓烈的烟熏味、焦糊味和一些怪异难闻的气味被风一阵阵、一股股卷来，呛得人窒息流泪，撕心裂肺的惨叫声一时此起彼伏、不绝于耳。

　　飞机刚走，小鬼子就用大炮和掷弹筒进行狂轰滥炸，经过这一拨地震山摇的炮轰后，阵地上已是弹痕累累，几缕残火，还飘着袅袅余烟，到处是残肢断臂和被烧焦的尸体，被猛烈爆炸的碎石铺满山道，不少工事已被炸毁。

　　炮击刚停，潘毅就灰头土脸爬出掩体。他顾不上悲痛带领战士们，把藏在掩体里的重武器搬出来，架好，开始防御鬼子进攻了。正如潘毅预计的那样，过了不大一会儿工夫小鬼子在炮火的掩护下蝗虫般地扑了上来，潘毅一直等到小鬼子炮声刚停，鬼子兵的五官清晰可见时，他突然高声大喊："打，给我狠狠地打！"

　　在一营二连阵地上，防御工事根本挡不住燃烧弹和炮弹的攻击，瞬间支离破碎，紧接着两枚迫击炮弹打了进来，发出惊天动地的爆炸声，几个战士已被炮弹击中倒在血泊之中。

就在这个阵地上，活跃着一个身影，他是二连二排排长屠豆，他五官端正，剑眉星目，有一副魁梧、铁塔般的身躯，是团里有名的掷弹能手。在战斗打响前，他让战友们在他周围码满了装满了手榴弹的箱子，他亲眼看见一些战友在他的身边被烈火烧焚，还有整天跟着他屁股后面甜甜地叫他大哥的小金子，已被炮弹炸成两半。他愤怒了，灵动的双眸透着复仇的火焰。当小鬼子冲上来时，他开始拼命地投弹，一会儿工夫就投了80多枚。突然一颗子弹将他击中，他牺牲了，但他依然双目怒瞪，死不瞑目，有如时间一瞬间凝固了，永远保持着投弹的姿势。

这尊"雕像"仿佛注入了他的热血，他的意志，他的魂，在阵地上激发出战士们复仇的怒火，就这么十几米的冲击距离，竟然有一道由机枪、步枪、手榴弹组成的死亡之墙，一瞬间震耳欲聋的枪炮声如迅雷不及掩耳之势倾泻下来，枪弹交织成无数条火舌喷射向鬼子，硝烟弥漫在山谷上空，子弹在空中穿梭着，中弹的小鬼子们发出令人毛骨悚然的惨叫；火炮和迫击炮弹发出恐怖的啸叫落入掩护小鬼子冲锋的迫击炮和机枪阵地。打了一会儿，小鬼子们扛不住了，开始潮水般的后退。

赵力钢在鬼子大队的左右两侧各安排一个加强连的兵力，携带轻机枪、冲锋枪、手榴弹等轻武器，并特意强调当鬼子正面发动进攻时，两侧的部队要出其不意地也发动进攻，给鬼子打了个措手不及，等鬼子反应过来时，两侧的部队要迅速转移，不要恋战，最大程度减少伤亡。在后撤中埋地雷，做诡雷，挖陷阱，要把学到的东西全部都用上。

赵力钢要亲自带领特战队，他们穿上小鬼子的服装穿插到小鬼子后面准备直接捣毁他们的火炮阵地和弹药库。

这时李伟过来坚决要求参战，赵力钢拍了拍李伟的肩膀说："小李，你的伤还没好利索，等下次吧。"

李伟拍拍胸脯说："赵大哥，我的伤早已好了，不信你打打我。"赵力钢真得一拳打了过去，李伟站在那纹丝不动。赵力钢哈哈大笑："这小子恢复得挺快。"李伟接着说："赵大哥，我曾在日本士官学校学习过，我懂日语，更重要的是他们杀了我的父母，我有家仇国恨！"

　　赵力钢看见他渴望和坚定的目光说："好，那你就赶快准备，跟我们一起走吧！"

　　赵力钢、李伟带着这十几个特战队员们悄无声息地直奔鬼子的营地，经过侦查发现为了方便打炮，弹药库离炮兵阵地不远，但弹药库把守很严，而炮兵阵地很松。这些小鬼子刚放完炮，有的在休息，有的在喝酒，有的在打盹。

　　赵力钢和李伟轻轻耳语了几句决定先解决掉炮兵阵地。

　　炮兵阵地的鬼子根本没有想到有人会偷袭，放了几个哨兵也是摆设，他们还没有明白是怎么回事已经被抹了脖子，不大一会儿十几名鬼子都成了刀下鬼，只有一个小鬼子突然跪下来向他们磕头用日语说："不要杀我，我是被逼的，我家中还有老母要我奉养。"

　　李伟用日语说："不杀你可以，但我们的问题你要如实回答。"从他口中得知了日军的口令、番号及炮兵小队人员的姓名、职务等。

　　赵力钢命令："张海生、王大山、侯铁你们先将这个鬼子绑起来，将这两门70mm步兵炮里填上炸药，拉出引线，听到我发出信号后，我们同时引爆炸弹后你们带这个鬼子兵一块撤退。"三人答道："是，保证完成任务！"

　　知道了口令和番号，赵力钢他们装扮成鬼子炮兵去领炮弹，因为李伟会说日语，他们很快蒙混过关。他们进入库房并悄悄地一个一个地将鬼子的哨兵、库房保管员干掉，将弹药库里放入引线和炸药，然后大摇大摆走地出来。赵力钢发出信号，一瞬间两边同时都响起惊天动地的爆炸声。

　　山本大队长听到爆炸声大吃一惊，脸部肌肉不由自主抽搐了一下，他被前所未有的猛烈反击给打蒙了。

他没想到飞机丢下的燃烧弹和自己准确而凶猛的炮火还是不能杀伤到新四军独立团的有生力量。

他还没有想到当他发动进攻时从他的两侧又冒出来两支新四军部队打得他措手不及、焦头烂额。

他更没想到他的弹药库被炸，炮兵阵地被摧毁，这次交战让他损失了近一个中队的兵力。

于是，他就将今天这里的战况向野田大佐做了汇报，野田指示："拖住他们，我们的'秘密武器'就要到了！"

果然一个日本兵进来说："报告，谷川少佐携带的'秘密武器'已经运来了。"

谷川少佐是日本516部队的生化武器专家，日军的731部队以研究细菌武器为主，而516部队以研究化学武器为主。

谷川和他的同伙是一群丧心病狂、毫无人性的冷血动物，他们将成千上万的中国战俘与平民当实验品。用芥子气做实验，使其皮肤溃烂、眼睛失明、呼吸道溃烂、痉挛并发出令人恐怖的惨叫而死亡，他们反而感到异常的兴奋和刺激。

谷川这次运来的"秘密武器"是一卡车毒气弹，而且是号称毒气弹之王的芥子毒气弹！谷川少佐的防化兵们戴着防毒面具小心翼翼地将一箱箱毒气弹从卡车上卸了下来。

弹药箱上绘着令人恐怖的骷髅头和两根交叉的人骨，炮弹上印有黄色的糜烂性毒气弹识别标志。

芥子气是一种挥发性、糜烂性毒剂，有大蒜臭味，在正常条件下仅0.2mg/升的浓度就可让人中毒、窒息或全身腐烂而死且无有效药物可以治疗。

日本兵将芥子气淡黄色液体装进迫击炮弹中，利用炸药的爆炸把毒气扩散到空气中，人体的暴露地方包括皮肤、眼睛、呼吸道接触均可中毒。

山本得知这个"秘密武器"是毒气弹时一扫刚刚失败的阴影，高兴地狂笑，并阴邪地说："我们要用毒气弹给这些可恶的中国人教训，要让他们知道挑战我们'大日本帝国'的后果。"

这时谷川走过来向山本大队长敬了个军礼："516部队的谷川少佐向你报到。毒气弹已运来一车，还有一车正在分装中，明天早上就能运到。"

山本已经输急了，气急败坏地吼道："我命令你，现在就打！"

谷川少佐诧异地问："还有一车呢？"

他说："那一车明天再打，给他们来一个出其不意、攻其不备的袭击。"

初春，薄暮的斜阳冷清清地射在新四军独立团一营一连的阵地上，一连连长萧瑟命令战士们加固工事，以防小鬼子再一次的进攻。

护士海棠正给萧连长包扎伤口。海棠是一个活泼开朗的姑娘，她长得眉目清秀，一双大眼睛闪闪烁烁，荡漾着一种亲切之感，讨人喜欢。

萧瑟的眼睛直勾勾地盯着她，仿佛一刻也离不开她，看得她不好意思了，她把眼睛挪开，脸色绯红，并羞涩地说了道："萧连长，伤口已给你包扎好了，伤得很重。要记得，明天来换药，否则会感染的。噢，就不打扰了，我该走了。"

萧瑟在那里翘首望着她，即舍不得放她走，又没有充足的理由不让她离开。

突然，鬼子的炮声又开始响起，但这炮声很怪，并不十分猛烈，但很诡异，就连周围的空气开始随其摇摇晃晃，浑浊而滞重的风在身边由前而后缓缓移动，空气也似乎饱含水分，湿漉漉、凉冰冰的，还夹杂着浓烈的大蒜臭味。

一种预感——正在发生什么的预感弥漫着四周，海棠脑海中突然闪出一个可怕的词：毒气弹——芥子气！她急忙跑过来，不知用了多大的力量将萧瑟击昏。萧瑟毫无生气地仆倒在地,她迅速地用衣服遮住他的头部,扑在他的身上,大声呼喊:"小鬼子放毒气弹了,我命令你们,赶紧遮住面部,闭上双眼,屏住呼吸,要快、快、快!"海棠推了旁边一个小战士一把:"赶紧屏住呼吸,遮住面部,快向领导汇报去!"

过了一会儿,天空乌云密布,豆大的雨点倾盆而下,天地一片苍茫。

萧瑟被雨水激醒,他晃了晃还晕乎乎的脑袋,爬了起来,见海棠还趴在他身上。他将海棠抱起,发现她双眼紧闭,已经没有了呼吸,他惊恐地大喊:"海——海棠你怎么、怎么了?"

一个战士过来说:"报告连长,我们刚刚受到小鬼子毒气弹'芥子气'的袭击。"他听见后顿时泪滴伴随着雨滴顺颊而下:"是她救了我?"

战士点点头哭泣道:"是的,她还救了我们许多人。"

萧瑟肝肠寸断,是痛苦,是悲伤,还是无奈,他已分不清了,他只知道,她这一去,永远芳踪难觅了。

这天下午,杨白雪和杨继文相继接到一个奇怪的电报:立即躲藏!

杨继文急急忙忙来找汪玉梅,一进门就说:"玉梅妹,我们走吧。"

汪玉梅吃惊地望着他那让人猜不透的郁郁寡欢的目光:"继文哥,我们要到哪里去呀,我还在上班呢。"

杨继文露出急躁又不知如何解释的神情:"这里太危险了,咱们赶紧躲起来!"

这一下汪玉梅更是大惑不解了:"啊?继文哥,我们现在是干革命,打鬼子,哪能说走就走呀。"

"继文哥,你是不是因为你的代院长又变成副院长而生气了?你应该想开点,干革命就不分职务高低。另外马院长他就是比你能干,比你技高一筹,在这点你不得不服气啊。"汪玉梅诚恳地说。

因为单纯的汪玉梅始终把杨继文当作是她的哥哥。

杨继文说："玉梅妹，你想到哪里去了，我不是这个意思。但这里不安全，我让你走有我的理由，我这是关心你，你不听就算了。"

汪玉梅依然坚决不走，杨继文见说服不了汪玉梅，只好赌气自己离开了。

而独立团和医院支委会现在还反复研究杨白雪上交的电报内容。

马梦华严肃地说："这第一次交锋，一营伤亡很大，几乎损失了一半人，尤其是我们没有想到的是小鬼子竟然使用了燃烧弹，在这点上是我们考虑不周，准备不充分，领导小组成员应做深刻地检查。但小鬼子也没占多大便宜，现在小鬼子有可能还要使用让我们更想不到的特殊武器来对付我们，比如'毒气弹'等，大家要注意这方面的防范。"

马梦华的话还未讲完，突然一个小战士跌跌撞撞闯了进来："不好了，小鬼子给一营一连阵地发射了'芥子气'毒气弹。"说着就昏了过去。

潘毅正好也在这里开会，听到这个骇人的消息，已经坐不住了，恨不得马上到阵地上去。马梦华也没想到小鬼子这么快就下此狠手，他对潘毅说："我跟你一块去。"并补充道："小东子快去找杨副院长和芦护士长带上几个医护人员，打几桶清水过去，阵地上的水源已被污染，再带上几袋碳酸氢钠（小苏打）和一些肥皂。"

他们赶到一连阵地时，雨已经停了，天空突然放晴，月色如水，寒星闪烁，周围的花草树木全部枯萎。

只见一连连长萧瑟抱着护士海棠，神情恍惚，喃喃自语，潘毅大声喝道："萧瑟，你、你怎么啦？"

萧瑟见潘营长他们来了，抱着潘毅大声痛哭起来，并娓娓道出缘由，潘毅听到后顿足长叹，悲怆至极，暗暗流泪。

其实潘毅很清楚，他知道海棠暗恋着他，她调皮、可爱的模样让他心动，她浅浅的一笑让他魂牵梦绕。但他看到的是如此残酷的战争环境及锦华哥和水仙嫂的悲剧，他不想把这个悲剧在他们身上重演，因此，他把这份感情深深埋在心里。

这时一个战士走过了："报告潘营长、萧连长，一连伤亡人数已经统计出来。一排伤亡最重，因为他们正在掩体里休息，没有听到海棠的呼喊声，也没有被雨水冲刷。而二排、三排正好在阵地的左右两侧，都听到海棠的呼喊声，做了自我防护，后又淋了雨。还有在观察所站岗的战友也没听到，因此也伤亡很大。"

潘毅拉着马梦华急切地说："走，快到掩体去！"并对战士小路说："你扶萧连长下去休息，他的状态不太好，一连的事我来处理。"

萧瑟拉着潘毅的袖子抽泣道："不，我也要去，我是一连之长，我要看一看我的兄弟们到底怎么样了？"

他们到了掩体，情况可以说是惨不忍睹，那些中"毒气"的战士们有的皮肤已经红肿、起泡、溃烂，有的眼睛已经瞎了，有的在地上抽搐着，有的已经牺牲。

他们看见这种惨状都震惊了，萧瑟看见后一下子栽倒地下，昏厥过去。

马梦华顾不上悲痛，他看见芦护士长已带领医务人员赶来了就命令道："同志们，各就各位，立即抢救。"

马梦华发现杨副院长没来，他们还要商量抢救方案等问题呢，他命令通讯员小东子再去找找。

他们先用肥皂水清洁伤员的创口，然后用配好的碳酸氢钠溶液进行冲洗，冲洗完的伤员准备全部转送到医院，进行下一步的治疗。

但马梦华发现，这种紧急处理对一排的战友们来说已是于事无补了，他们一个个在马梦华面前死去，因为掩体的不透风，造成芥子气的大量集聚，加重了它对人体的危害。

抢救工作快完成了，杨继文才过来，马梦华狠狠地瞪了他一眼，心想，等忙完后再找他算账。

处理完伤员后，马梦华拖住疲惫的脚步回去，就碰见政委周大勇。

周大勇说："小鬼子对我军阵地施放'芥子气'毒气弹，这是违反《日内瓦国际公约》的滔天罪行，我已向军部做了汇报。我们立即紧急开一个支委会，研究下一步对付小鬼子的方案。"

支委会开得即悲愤又热烈。

李伟站起来斩钉截铁地说："今天我特战小分队正好抓住一个小鬼子俘虏，我已掌握了小鬼子的一些口令等内容，我会日语，我装成鬼子兵混进去刺探情报。"

正在做记录的汪玉梅腾地站了起来，满脸悲愤地说："海棠是我的同学，她舍身忘我的壮举让我感动，我要为她报仇，我也要去刺探情报。"并拿出《申报》的记者证，"我想装扮成记者。"

马梦华听到后坚决反对："汪玉梅同志，你这是胡闹！你涉世未深，你知道那里有多么危险吗，不能去！"

汪玉梅坚定地说："不！我是共产党员，哪里需要我们，我们就冲到哪里。何况在溧水镇的宴会上，我认识山本，我应付得来，请你们相信我。"

鉴于汪玉梅坚定的态度，支委会其他同志被说服了。

支委会决定：由李伟、王大山装扮成鬼子兵，汪玉梅装扮成新闻记者去刺探情报，三人必须相互配合，若情况不妙，就立即撤离。

汪玉梅高兴极了，而马梦华却暗自神伤。

组织上批准了汪玉梅的请战要求，她飞快跑回宿舍收拾东西，准备一大早出发。同宿舍的白小菊和杨白雪都在，两个好朋友知道她要去鬼子军营时，都对她的安全深深地担忧。

这时周政委和马院长来看汪玉梅。周政委说："小汪，这次任务非常重要，它关系到我军及樟家渡地区前途。去了以后要保护好自己，若发生突发情况一定要镇静，要随机应变。"

马梦华用他那漂亮、透亮的眼睛带着犀利的目光看着汪玉梅严肃地说："小汪，这次任务非常艰巨且充满风险，但我相信你的能力一定能圆满完成组织交给你的任务，我盼望你胜利归来。"并一再强调："小汪，你给我听着，一定要完整无缺地活着回来。"

汪玉梅感到这个貌似强势的命令，实则隐含浓浓的柔情。她非常感动，妩媚的大眼睛了含满泪水。

汪玉梅拼命控制住自己的情绪坚定地说："我要向海棠学习，不怕牺牲，保证完成任务！"

晚上马梦华走后，三个姑娘都睡不着了，她们都钟情于他。汪玉梅爱得含蓄，白小菊爱得大胆，杨白雪爱得热烈，但她们都爱得无私，心中无任何杂念，因为她们心里很清楚，马院长心中只有他的未婚妻——已经壮烈牺牲的刘雅。

她们三个一起约定：马梦华已经走到我们心里，我们决不轻言放弃，如果有无法面对结局，我们也不要说分离。

马梦华回去后怎么也睡不着，时间一分一秒地流逝，黑夜像鬼魅一样慢慢地逼近他，逼迫他，让他喘不过气来。

他想到一连一排战友们的惨状，整整一个排38人，除5人在上午的战斗中受重伤被送到医院，9人在上午的战斗中阵亡，其余24人全部死于小鬼子的毒气弹"芥子气"中。二排、三排离海棠较远的战友们和在观察哨的战友们因为没有听到海棠的呼喊，也出现严重的伤亡。一连的建制基本上被打残了，加上在上午战斗中住院的重伤员和海棠用生命挽救的那些战友，只剩下30多人了。想到这里，他感到心在绞痛，泪水不由自主地顺着脸颊流了下来。

他又想到海棠，她开朗、美丽甚至有点孤傲，凭着她的医疗知识和经验，她完全可以躲避芥子气的袭击，但她用自己年轻的生命，挽救了20多个战友的生命。虽然这些人也遭到不同程度的化学性灼伤，而她自己因一直呼喊，吸入了过多的芥子气而牺牲，她是那么的高尚、无私、忘我。

海棠，真是人若花名。海棠花，花姿潇洒、雅俗共赏，素有花之贵妃之称，它温和、美丽又被称为断肠花，它无香，因为暗恋，怕人闻出心事，所有舍去了香。"枝间新绿一重重，小蕾深藏一点红"似少女掩面。她多像它呀，她暗恋着潘毅，马梦华早已知道她的心事，还想促成这一美事呢，真叫人唏嘘、令人感叹。

他还想到杨继文，据汪玉梅反应，杨继文想带她离开这里躲一躲，被汪玉梅拒绝了。难道他提前得知日本人要进行轰炸的消息，除非他收到和杨白雪收到相同内容的电报。又或者他就是"鼹鼠"？他当代理院长期间，表现得很积极，并没有露出任何蛛丝马迹，他真是个谜。

还有汪玉梅，这个平时像小白兔一样温柔的姑娘今天表现得那么勇敢，叫人敬佩。

天还未亮，汪玉梅要走了。杨白雪、白小菊一直送到汪玉梅到路口，她们三人紧紧拥抱在一起。

五更夜，天空布满云层，月亮挣扎着露出皎洁、柔和的光亮，在云层中时隐时现，明明暗暗照在汪玉梅身上，夜风轻轻地吹着树枝悄悄地晃动。

山路的两旁的树影影绰绰，偶有虫鸣叫声，汪玉梅感到有点害怕，心脏咚咚咚跳个不停，于是她加快了脚步向日军军营奔去。天亮时，她已经到达了。

汪玉梅被日本哨兵带到山本大队长那里。汪玉梅娇滴滴伸出右手："山本大队长您好，我是《申报》的记者王梅，在溧水镇的舞会上我们见过面，我想采访您。"

山本看见她那双楚楚动人的眼睛，白里透红的肤色和婀娜多姿的身材乐得合不拢嘴，心想：上天看我那么倒霉想要安慰我，给我送来了一个小美人！然后他清清嗓子，尽量不要说得听起来俗不可耐并切入正题："美丽的王小姐，你想问什么？"随后又关切地问："我们现在正在打仗，这里很危险，你不怕吗？"

王梅说："我不怕，当记者就是要到前线去掌握第一手资料，你们在前方打仗，岂容我们在后方大睡觉。"

山本竖起大拇指道："王小姐美丽、机智还有胆量，佩服、佩服！"

汪玉梅谦虚地说："哪里，哪里，这是我们记者的职责。接着她问："这些新四军很难对付吗？"

山本苦笑道："当然很难对付，但我们也有对付他们的手段。"

汪玉梅微微翘起嘴角，吃惊地问："什么手段，这么厉害！"

山本大队长轻笑一下，显得有点狰狞："汪小姐，这可是军事机密，恕我不能奉告。"

他们正说着，一个日本兵走了过来，欲言又止。山本心领神会跟过去。山本走后，汪玉梅慢慢地踱着步，仔细观察着四周。她发现日军作战室在一处简陋、低矮的民舍里，这所房子晦暗无光，和周围的景色一样，都是灰不溜秋的。汪玉梅很是好奇，想进去探个究竟。

她发现一个熟悉的身影在她面前晃动，原来是李伟穿着鬼子兵的服装，在她面前晃来晃去，还向她努努嘴、眨眨眼，调皮地向她微笑着。

他过来有意碰了一下汪玉梅，汪玉梅手中多了一张纸条：你拖住他们，我们将换掉防化兵……

汪玉梅也给他一个暗语："找只老鼠过来！"

不大一会儿，山本大队长和另一个人走了过来，汪玉梅挂满灿烂笑容迎了上来："这位是……"山本满脸堆笑介绍道："他是谷川中佐，是支援我部队的援军。"

谷川少佐也被汪玉梅的美丽迷住了，色迷迷望着她，耳朵里根本没听她讲什么，心里在想：从哪儿来这么个美丽的小姐？眉目如画，美艳不可方物。便问山本："她是谁？"山本答道："她是《申报》的记者——王梅。"谷川听到后献媚道："王小姐年轻、漂亮、有智慧，还有过人的胆识，真是女中豪杰啊。"

汪玉梅主动上去，刚要搭讪，突然她的前面窜过一只老鼠，汪玉梅惊恐地一阵尖叫，倒在谷川的怀里。

山本他们急忙把汪玉梅扶进作战室，汪玉梅悠悠吐了一口长气，睁开双眼。

山本对她关切地问："汪小姐，你怎么了？"

汪玉梅羞涩地答道："我从小天不怕地不怕，就怕老鼠。"

山本大队长说："人嘛总有害怕的东西。有人怕蛇，甚至是毛毛虫。"这下子气氛缓和了，他们交谈得也很融洽。

汪玉梅发现桌上摆放着日本清酒，汪玉梅拿了一瓶对山本说："山本大队长，我想借花献佛，用你的酒敬你们两位帝国的勇士一杯，祝你们旗开得胜，马到成功。"

山本迟疑了一下便点头答应，心想：王小姐这点小要求也不过分。想到这里，就将这杯酒一饮而尽。

在王梅极力劝说之下，山本和谷川又连喝了几杯，两人均略有醉意。

王梅觉得时间拖得差不多了，就娇嗔地说："山本大队长、谷川中佐，你们研究作战方案吧，我就不打扰了。就此告别，我们会后有期。"她娇滴滴地一扭一扭走了出来。

汪玉梅刚刚走出作战室，站在门口身穿防化服、头戴防化面具的防化兵又撞了一下她，她的手里又多了一张纸条。

汪玉梅看了纸条上的内容，就和特战小分队接上头，情报很快递了出去。

独立团已做好战斗准备。大多数战士已撤到较远的阵地，就剩下炮兵和重机枪手，由一营营长潘毅亲自指挥。他们先将迫击炮、重机枪和大量手榴弹掩藏好，穿上了密封较好的手术隔离服，戴着口罩、手套并准备了大量的水、无数条打湿的毛巾，躲在坑道里。

山本他们研究好方案已是近中午了。山本大队长也是身经百战的人，他指挥在炮火掩护下，先让一部分鬼子兵佯攻，将新四军独立团引出来，当独立团反击时，他们突然撤退了。

戴着防毒面具全副武装的李伟两个人调整炮距后将"毒气弹"集

中打在离独立团掩体和阵地较远的地方，很快将一卡车"毒气弹"打完了。

等毒气散了以后，山本又开始组织进攻了，冲上去的他们没有看见新四军独立团满山遍野的尸体而是受到出其不意凶猛的炮火和手榴弹、机关枪的愤怒的猛攻，枪炮撕破空间，发出恐怖的尖叫声，仿佛是死神的狞笑。

面对这猛烈的炮火，小鬼子很快扛不住了，潮水般地往后退去，这第二回合又失败了。

这一次真的将山本激怒了。他对着谷川大发脾气："蠢猪，你把'毒气弹'打到哪里了？这次我要亲自带队，等我回来后再好好跟你算账。"

等这一轮的猛烈的炮火刚打完，醉醺醺的山本大队长举着指挥刀在机关枪和迫击炮的掩护下大喊："帝国的勇士们，冲啊！"

这些鬼子兵看见山本大队长亲自带领，士气大振，很快就冲上去。

突然嘹亮的军号声响起，潘毅大声地喊道："为一连的兄弟们、为海棠报仇，冲啊！"瞬间新四军的战士一个个像下山的猛虎，他们手持明晃晃刺刀、大刀，从炸塌的掩体、坑道中跳出。

这股灰色的潮水冲向鬼子群，两股潮水骤然相撞，无数刺刀、大刀在阳光下闪出耀眼的光芒，转眼间小鬼子像被收割的麦子一样，呼啦啦倒下一大片，山本大队长也被砍了，他死时依然死不瞑目。

经过这两场较量，一个大队的鬼子兵基本被打残了。待在日军大本营的谷川吓得脸色苍白、六神无主。

山本大队的残兵败将暂时由鸠山少佐率领，他们分别坐在两辆卡车上，一辆拉的全是伤员，另一辆拉的是未负伤的鬼子兵。

而谷川也坐在他拉毒气弹的那辆卡车上，让他浑然不觉的是，他的防化兵中已混入特战小分队的成员。卡车开到一个岔路口谷川和鸠山各自带部下分开。

谁也想不到在这山峦起伏、苍茫巍峨的高山密林中深藏着一支邪恶的部队。李伟很快用望远镜搜索到516下属的分装部队所在的"黑洞"，洞里隐约看见人影晃动，他们均穿着防化服，戴着防化面罩。洞口两边有机枪掩体，洞口上方设有两个岗哨，岗哨上还有探照灯，巡逻兵每隔5分钟巡逻一次，洞口前方还建了一排营房，戒备十分森严。

李伟他们两人下车后迅速地躲了起来。这时赵力钢、马梦华也带着其他特战队的队员在李伟发出的信号的指引下也赶过来。他们研究决定：由李伟带领四个特战队员穿上谷川少佐的化学兵留下的防化服装，等待时机混进去，赵力钢在外面掩护，马梦华因鬼点子多，又有防御"毒气弹"的知识，在外面全面负责指挥工作和应对突发事件。

机会终于来了，傍晚时只见一辆装满铁桶桶装"芥子气"的汽车停在"黑洞"洞口，准备卸货。李伟和突击小队准备出发了，马梦华紧紧握住李伟的手，眼睛中噙满泪水，动情地说："小李，千万要小心，将炸药引线装好后，马上带同志们出来，一个也不能落下呀。"

李伟坚定地说："如果我们行动失败，鬼子可能用'毒气弹'攻击你们，你们一定要马上撤退，不要管我们。"

李伟他们混进了卸货的队伍中，一人扛了一桶"芥子气"，跟随卸货队伍一直往里走，"黑洞"外小内大，转了几个弯看见靠着洞壁码满了装满"毒气弹"的弹药箱。再往前走，有两扇厚厚的铁门，李伟分析这可能就是"分装室"，进去后，看见地上已码了很多铁桶，有几个小鬼子正在分装，李伟将铁桶放下突然用日语高喊："哎哟，我扭了腰，疼死了。"许多人围了上来，一个戴着防毒面具，可能是他们的长官上去就踢了李伟几脚："蠢猪，滚出去！"

特战队员侯铁已利用这几分钟的混乱时间安好了烈性炸药和引线，他们在互相掩护下走到了离洞口不远的地方。

特战队员大牛将照明的电线剪断，但就在这一瞬间被一个鬼子发现了，大喊："抓住他！"洞内漆黑一片，大牛已被小鬼子围住，混乱中士兵们互相踩踏着、拥挤着、漫骂着、殴打着。

李伟在黑暗中奔跑着朝着目标一路突进，时而从后面传来令人惊恐的嘈杂声，只听见大牛喊道："我已拖住了他们，你们走吧。同志们，永别了！"

李伟见除了大牛外，其余三人也跑出来了，李伟知道，已经没有时间了，含着眼泪果断地压下电控起爆开关，一连串沉闷的巨响从山洞传来，刹那间地动山摇、山崩地裂。

洞口的山石大面积垮塌，堵住了洞口，一股股毒烟不断从垮塌洞口的碎石缝隙中冒出，守卫"黑洞"的鬼子兵也吓得四处逃散。

李伟和三名特战队员以最快的速度上了接应他们的卡车上，马梦华见他们回来了，紧紧拥抱着李伟，所有的人都被感染了，大家紧紧地拥抱在一起。

但李伟并没有兴奋感，他的泪水夺眶而出打湿了脸颊。

他抽泣道："哥，我没有完成好任务，我把大牛哥永远留在那里了。"

车上一片寂静，仿佛空气已被凝固了，突然爆发出一片哭声，汪玉梅在一旁看着马梦华哭得如此的凄惨，她也受到感染情不自禁地扑上去把马梦华拥抱着："马院长，别哭了，你知道，我们战胜了他们，我们赢了。"

10

梅机关野田大佐得知他的"毒蠹"计划彻底失败了，他不仅损失了他的精英部队"特遣队"，还损失了一个战斗力极强的山本大队。但对他来说这最最致命的一击，是516的分装"毒气弹"的部队被彻底摧毁，它的摧毁推迟了日军尽快占领中国的妄想。

野田开始报复了！

由于梅机关特工组受到重创，还未调整到位，他这次动用了76号的特工队。他亲自给队长王淼交代，一定要把马梦华活着带回来，此人非常狡猾且武功高强，要做好克服各种困难的准备。

　　为了更好地完成任务，他将"鼹鼠"的电台密码交给他，在万不得已的情况下，王淼可以和"鼹鼠"用电台联系，让他给王淼提供情报。但要注意，王淼只有一个月的时间，一个月后"鼹鼠"的密码就变了，王淼就联系不到他了。

　　王淼对野田的信任感激涕零，欣然领命。

　　他真的好想会一会他心中的女神——大美人杜鹃的未婚夫。

　　为了完成这一艰巨的任务，王淼是煞费苦心，他一个人化装成当地人独闯樟家渡地区进行了多次的走访和调查。功夫不负有心人，他终于从一个人身上找到了突破口。

　　此人生活在樟家渡地区比较偏远的大山里，外号叫"二愣子"。他是个"土匪"，但这个土匪是业余的，白天在田里劳动、种地、割草、砍柴、打猎，晚上约几个哥儿们，取出藏匿的刀枪，开始干打家劫舍的勾当。凡事遇到走夜路的人，无论有无财物，一律被他们杀死，不留活口，尸体也要弄到偏僻处埋掉，劫得的财物一律平分，补贴家用。他们的隐蔽性很强，很难抓住他们的把柄。

　　王淼就是差一点栽到他们的手里，险些被他们"包了饺子"，俗话说"不打不相识"，现在他们已成了至交，王淼用钱、武器和弹药收买了他们。

　　在他们的心中没有是非标准，只认钱，他们没有犯罪感，在这些人看来，人的生命和蚂蚁的生命没有什么区别。

　　王淼苦思冥想，终于想出一个恶毒的计划，从"鼹鼠"电报中得知，马梦华是一个十分仗义、重感情的人，对，就从他手下几个女兵下手，抓几个当人质，让他心甘情愿地过来交换。为了圆满完成任务，王淼将他的特工队也调了过来。

　　雨下过一周后，太阳重新出现在蓝色的苍穹上，这天气和人的心情一样，一扫这几天的郁闷，变得欢畅起来。

这天碰巧汪玉梅、白小菊、吴莲莲都休息，白小菊约吴莲莲和汪玉梅出去逛逛，并到附近的集市上买点日常用品和卫生用品。

她们三人刚要走，恰好这时杨继文来了，他装得可怜兮兮的样子请汪玉梅给他帮个忙。善良的汪玉梅同意了，她眼巴巴地望着两个好友远去的背影。

这里山路崎岖，是通往集市的必经之路，两边是石壁，高耸入云。

家住黑虎庄的二愣子带领着十来个兄弟正耐心地潜伏在岩石后边，等待"猎物"的出现。

一直到了该吃晚饭的时候，白小菊和吴莲莲还没有回来，汪玉梅急了，心中涌出一股莫名其妙的恐惧：她们怎么还未回来，难道出事了？

这时马梦华接到哨兵给他的一封密信。

他急忙打开上面写道："马梦华，贵院两个貌美如花的姑娘已成为我们的人质，你必须在今晚九点钟以前和她们交换，她们俩的小命就掌握在你的手里。

另外你必须一个人前往，若我们发现你带人来我们格杀勿论！你顺着小路往前走，有一个人会带你去交换地点，他穿着一件黑色外套。"

马梦华陷于沉思中，这时汪玉梅慌慌张张地过来，并带着哭腔："马院长，白小菊和吴莲莲上午就赶集去了，到现在还没回来。"

只见他一反常态淡淡地回答："哦，知道了，你再等等吧。"

马梦华已经下了决心，决定会一会这些胆大妄为的绑匪。马梦华清楚：这些绑匪是针对我的，她们俩目前是安全的，而且他们也不想让我死，否则他们干嘛要我去交换。

他回去准备了一下，换了一套便装，穿了一双缴获的日本战靴，在靴子旁边藏了一把匕首和小剪刀，他将手术刀片藏到鞋垫下面，拿了一小袋消炎药和止血药，将它们都揣在裤子的口袋里。

出于职业的习惯，他还带了点纱布、绷带、缝合针线之类的东西。马梦华刚收拾完，警卫员小东子就走进来急切地问："马院长，你要出去？"

马梦华从来没有那样地厉声喝道："小东子，别跟着我，我去办个事。"

小东子倔强地答道："马院长，你走到哪儿我就跟到哪儿，这是赵团长和周政委给我下的命令，我必须服从这个命令。"

其实小东子虽然年龄不大，但很机灵，还是神枪手呢。

马梦华见说服不了这小子，便改变了主意，和颜悦色地摸了摸小东子的头："那你也收拾一下，换套便装，越破越好。我得交换两个人去，交换后你必须听我的命令护送她们回来。我们还要保持一定的距离，你只能远远跟着，不能让他们发现你的踪影，这可是人命关天的大事，否则她们俩有生命危险，当然也包括我，听清楚没有。"

小东子脆生生答道："听清楚了。"

"哦，小东子，将你最好的枪带上，多带点子弹，我走到哪里都会给你留记号的，这些是我俩的约定，嗯？"小东子点点头。

马梦华走出营房，顺着小路边走边看，果然看见一个黑衣人。马梦华尾随着他，他们一前一后地走着。那人警惕性很高，时不时回头张望，生怕后面还跟着别的什么人。从背后看，那人体格健壮，步履矫健，一看就是练武之人。

他来到一个山坡脚下，突然停住了脚步。马梦华观察着地形，这里地势平坦，视野开阔，除了有稀稀落落的几棵树外，没有什么隐蔽物，不利于撤退，但离山脚很近利于迅速撤回山里，马梦华不禁暗暗赞叹："这个布局之人真是个高手！"

马梦华端详着此人，他脸型消瘦，身材匀称干练，尤其那双不大的眼睛很精神，还闪烁着慑人的寒光。

这个黑衣人正是王淼。此时的王淼也在观察着马梦华，见马梦华那俊美的双眸也望着自己，但他的眼神里没有激情，没有怒火，只有如水的沉静，他不禁暗暗赞叹："好一个心思缜密、藏而不露的英俊后生，难怪杜鹃能看上他,他们俩真是绝配啊。"

王淼走向前主动给马梦华打招呼:"你就是马梦华?久仰、久仰!"

马梦华冷静而自信,彬彬有礼道:"正是鄙人。老兄,有话好好说,何苦用这种见不得人的下三烂手法?"

王淼呵呵干笑两声:"老弟,不好意思,我也是受人之托,情不得已啊。"

"哦?到目前为止,不知你是何方神圣,对我如此感兴趣,搞得我浑身不自在,我是百思不得其解,还是请老兄快快赐教吧。"马梦华反唇相讥地问。

王淼道:"我要是说出来,别把你老弟吓着了。"

"哦,那我就更感兴趣了。"

王淼阴森着脸盯着马梦华:"我是76号特工队队长王淼,是你的未婚妻——杜鹃的同事和朋友,我和她的私人关系很好。我也是她的女佣吴小芳的朋友,而且我很敬佩她们俩。但是派我执行这个任务的是梅机关机关长野田,他想会一会你。"

马梦华听王淼提起杜鹃,他突感一阵晕眩,心里泛起剧烈的疼痛,他强行地克制住自己,心想,这个王淼好阴险,正好击中了我的软肋,但依然故作轻松地说:"哎呀,我这个平时姥姥不疼舅舅不爱的人,怎么就变成了香饽饽,就连日本人都惦记着我。就冲这一点,我和她们交换——值!王队长,我们的人呢?"

王淼朝身后努努嘴,漾出一丝冷笑,他突然快走几步,握住了马梦华的手。

马梦华发现他的手腕上多了一个手铐,他们俩已被铐在一起了,他们现在是手挽着手、肩并着肩,别提有多亲热了,仿佛一对亲兄弟。

马梦华心中一惊:我太大意了,被王淼出的感情牌给蒙住了。

王淼对自己的这一杰作十分满意,立刻露出狰狞的样子,阴险地笑着问:"老弟,感觉如何?"

只见马梦华并没有一丝怯意，依然玩世不恭地讽刺道："王兄，感觉好极了，既然你掏心窝子，小弟我也不能藏着掖着不是？那也太不厚道了。"

马梦华故意装模作样地说："只是，我感觉到有点热。"

马梦华用另一只手，慢慢解开衣服扣子，这下是王淼被镇住了，他的胸前竟然缠满了手榴弹。

突然王淼一下子变成另外一个人卑微道："老弟，我惹你生气啦？别跟我一般见识呀，兄弟我给你赔礼了，有考虑不周的地方请多多见谅。"并嚅嗫着："其实，她们早就在这里了。"

他"嘘"地吹了一声口哨，从山间的小路上下来几个人，里面果然有白小菊和吴莲莲，她们俩被反绑着，嘴里塞着破布。

她们俩看见了马梦华，眼睛里露出感激的目光，马梦华厉声喝道："把她们俩放了！"

王淼的手下诚惶诚恐地望着王淼，王淼扬了扬另外一只手无奈地说："把她们放了。"

那些人刚把她们俩松了绑，只见白小菊猛地跪倒在马梦华前面，吴莲莲也跪了下来，她们声泪俱下凄惨地大哭："马院长，不要，不要啊！"

马梦华温柔中带着严厉："你们别辜负了我。赶紧跑，快跑，跑得越快越好，这是我给你们的命令！"

她们俩给马梦华磕了个响头，然后拔腿就跑。马梦华一直目送到她们的身影消失为止，才重重地叹了一口气，拽了一下王淼："王队长，走吧。"

王淼呆呆地望着这感人的一幕，他已被马梦华的个人魅力彻底征服了。

他们沿着崎岖的山路艰难地前行着，第一回合的较量王淼深知马梦华不好对付，难怪野田大佐对他是念念不忘。

不管马梦华是不是火药桶，王森依然将他铐着，怕他又要什么花招。

他们手拉着手默默地行走着，天色越来越暗，大山寂静的出奇，周围的一切仿佛都睡着了，到处都是死气沉沉的。

突然王森的身后响起一声清脆的枪声，王森颓然倒地，胸口的鲜血汩汩往外冒，他的几个手下已经慌乱地手足无措了，只有马梦华十分镇静，他命令王森的手下："我是医生，只有我才能救他。把我的手铐打开，孰轻孰重你们应分得清，否则，你们王队长肯定毙命在此。"

他们几个商量了一下，觉得还是救人要紧，就将马梦华的手铐给打开了，但还是把手铐铐在了马梦华的双脚上。

马梦华麻利地将王森的伤口止血、包扎，等处理好后，他说："王队长还没有脱离生命危险，必须马上手术，要将胸腔里的子弹取出，赶紧找一个有人家的地方。"

一个年龄较小的手下走过来，给马梦华行了个军礼："报告长官，我们再走三里路，前面就是黑虎庄了。"

马梦华摸了一下他的头："小兄弟，你贵姓？"

他怯生生地答道："报告长官，我是王队长的勤务兵，我姓'朱'，他们都叫我'猪头'！"他这话一出，惹得大伙一阵哄笑，尤其一个长得凶神恶煞满脸络腮胡子的大汉笑得更加的狂妄，这个人是特工队副队长刘魁，大家都叫他"刘大胡子"。

这天气说变就变，不大一会儿，狂风的咆哮和暴雨的轰鸣交织在一起，大雨片刻倾泻下来，瞬间变成汹涌的水流和他们相伴夺路前进。

他们这一行人好不容易才走到黑虎庄，一到庄里，马梦华顾不上休息，马上给王森做了手术。在手术过程中，因为没有麻药，王森表现得很勇敢，他强忍着，一声都没有吭，这让马梦华十分佩服，没想到王森也是一条铁骨铮铮的汉子。

手术做得很成功，王森也昏昏入睡了，其他人也陆陆续续地走了，就留下"猪头"照看王森并监视马梦华。

"猪头"走过来殷勤地说："马长官，你好能干，你救了我们王队长一命，我好佩服你呀，我看你也累了，赶紧休息一会吧。"

马梦华拉着他的手，和蔼地说："我应该叫你小朱。我们共产党的队伍，我们新四军讲的是人人平等，以后就不要叫我长官了，叫我马哥就行。"

小朱顿时感到心中涌出一股暖流，眼泪噙满眼眶，结结巴巴地叫了一声："马、马哥。"

经过今天晚上这么一折腾，马梦华也感觉累了，他闭上眼睛想眯瞪一会儿，但脑海中突然蹦出一个的想法：我还是再观察一下王淼，有可能的话说服他，让他投诚到我们的队伍里来。

从直觉判断，王淼挨的这一枪是小东子打的，他也许现在还在我的附近晃悠着，想着想着马梦华也迷迷糊糊地睡着了……

突然他被一个声音惊醒了，马梦华起身看见王淼张着大嘴，喘着粗气，脸色苍白，浑身都在抖动，梦呓般地喊着："水、水……"马梦华赶紧将水给他喂上，并摸了摸他的额头，额头滚烫，马梦华心中一惊：不好，他发烧了。

天刚一亮，马梦华就起床了，他发现王淼的状况非常不好，已陷入昏迷，高烧依然未退。

他洗漱完后，推开门，想散散步，清醒一下混沌的脑袋，在他身后还有两个人一步不落地紧紧跟着。他信步来到了一个小溪旁，溪水从一处山崖上流下来，形成一个小水潭，潭边长着一些茂盛的花草，有一种小草他感到有点熟悉，他仔细一瞧是柴胡，心中大喜，心想：王淼有救了。他采了一些柴胡，还寻找到了一些抗菌草药如蒲公英、黄芩、苦地丁等。

回去后，马梦华让小朱将这些药煎好后，给王淼喂上，果然王淼的热慢慢退了。

两天后，王淼从昏睡中醒来，茫然地看着马梦华，马梦华缓步走向前："王队长，你醒了，感觉好点没？"

"是你救了我？"王淼语气虚弱地问。

马梦华不容置疑地点点头："是的，因为我是医生，救死扶伤，治病救人是我的行为准则，我不能对一个可以救活的人，不闻不问。你知道吗，人的生命是平等的，就是有一丝希望我也决不放弃，当然也包括你。"

王淼彻彻底底被感动了，他的眼眶里噙满泪水："老弟，谢谢你。"

由于王淼的体质极好，又有武功底子，他的伤恢复很快。这天上午，马梦华给他换了药，马梦华见阳光灿烂、空气清爽，建议他到外面走走，他欣然同意了。通过这两天和马梦华的接触和交谈，王淼的潜意识已悄然发生变化。

这是一个依山傍水的小村庄，地处茅山深处，偏僻、闭塞。只有二十多户人家，都以打猎为生。

马梦华搀扶着他，沿着小溪旁漫步，王淼累了，他们就在溪流边小憩，溪水穿过芳香湿润的绿地，欢快地奔流着，溪水流过那些溪石的时候，发出清脆悦耳的响声，好像是阵阵的笑声。

溪旁长着一片五彩缤纷的小花，无数朵小花随风点头，翠绿的枝叶跟随着摇曳。

他们凝视着眼前生机盎然的景色，王淼深深地叹了一口气，马梦华故意问："王队长你想到谁？"王淼问："老弟，你想到谁？"马梦华狡黠地笑着说："我们俩一起猜，谁慢了谁是小狗。"

王淼说："好呀，一言为定。"

他们异口同声地说："杜鹃"，"吴小芳'！"真是心有灵犀啊，两个汉子互相对望着，双目都噙满了热泪。

杜鹃、吴小芳是他们俩心中的最爱，是永远挥之不去的伤痛，他们越聊越起劲，心也越贴越近了。

晚上夜幕降临，马梦华给他换完药后，他发现王淼的眼神里流露着无助和悲哀，马梦华关切地问："王队长你咋啦？心情很不好哦。"

王淼示意让他坐下，王淼拉着马梦华的手，眼睛里充满感激道："老弟，这次你救了我，几天的相处，让我们变成了生死相依的兄弟。"

他叹了一口气，焦急不安地凝视着他："我现在想告诉你一件很重要的事情，梅机关长野田已经知道我们抓获了你，也知道我受了伤，现在我的伤快好了，他们让我带着你去复命，我思前想后，我不能做对不起你的事，我的命是你救的，今天晚上我就放你走。"

马梦华问："我走了，你怎么办？"

"这你不用管，我会想办法的。"王淼答道。

突然他们屋子的门被人一脚踹开了，刘大胡子带着两个手下拿着枪对准王淼和马梦华。

那家伙的目光是那样阴冷深沉，就好像两颗冰冷的子弹把他们俩死死盯着，阴邪地说："王淼，你们俩的谈话我在外面已听到了，我早看出你有反叛之心，你和这个'共产分子'可是心心相印啊。给我拿下！"

他们俩还没来得及反抗，就被绑了起来。刘大胡子接着又说："这两个人武功都很高强，再给他们加把锁，用马梦华的脚铐把他们俩铐在一起。"

刘大胡子命令："给梅机关长野田发报：王淼在'共党'马梦华的说服下已叛变，妄想释放马梦华。对这两个人如何处置？请指示！"

等刘大胡子他们出去后，马梦华揶揄道："王兄，咱俩真变成一根绳子上拴的两只蚂蚱了，谁也离不开谁了。"

王淼叹了一口气道："老子什么大风大浪都见过，谁怕谁呀。"

晚上，山林的树叶随着山风摇摆，发出簌簌的声音，更加显得阴森恐怖，屋子里也弥漫着一股静谧而可怕的气息。

突然屋子里发出一声深沉的叹息声，马梦华问："王兄，你没睡着？"

王淼答道:"出那么大的事,我当然睡不着,他妈的,这个刘大胡子不是人,竟敢背叛我。我倒是不怕死,只是我家里还有老婆和女儿,我是怕她们受我的牵连,发生什么不测。"

马梦华沉思了一下说:"日本人那么残忍,我估计你老婆和女儿是凶多吉少了。"

王淼听到后情绪十分低落,气氛一下子凝重起来。他长长地叹了一口气。

马梦华为了鼓励他继续说:"人生有三个东西,失去了就永远回不来了,它们是生命、时间和爱情。我们要把握好它们,绝不能泄气,向命运抗争。即使明天是末日来临,我们也要抗争到底,我们还有希望,更不能绝望。"

"哦,老弟请赐教。"王淼急切地说。

马梦华坦然地笑了笑,他的心中混杂着怜悯和欣慰:"王队长,难道你的面前只有一条路吗?能否考虑走其他的路,一条给你带来光明的路。"

王淼的眼睛里放出异样的光彩:"哦?老弟,请赐教。"

马梦华望着他动情地说:"王队长,小芳和杜鹃为什么要那么做?难道她们不知道生命的可贵吗?因为她们知道她们是'中国人',当民族危机,强敌压境,任何一个有血性的中国人都不可能置身事外,祖国的母亲身上正流淌着鲜血,我们中华儿女要使出全部的力量甚至生命去战斗,她们做到了。"

"你知道?南京沦陷时,日本人杀了我们多少中国人?30多万呀。"马梦华痛心地说。

这时的马梦华已完全陷入了忘我的境地,就像一只燃烧着崇高理想、点亮人们前进道路的火炬。他想用这把火点亮王淼的心路。

王淼静静地倾听着、思考着,马梦华的话已经触动了他最敏感的心弦,他默默地想着:我体验过痛苦,品味过仇恨,经历过诱惑,我曾经迷失过自我，但我愿意重新选择。现在，我已是无路可走了，我应该听马梦华的，选择光明之路。"

想到这里他坚定地说："老弟，我听你的！"

马梦华铿锵有力地说："投诚！投身到新四军去，这样才能最大限度施展你的抱负和才华，这才是你的光明之路。"

他听到后眼睛亮了一下，随后又黯淡下去，他茫然、郁悒地说："噢，不！我能行吗？我杀人无数，我、我是恶魔，我自己都不能原谅自己，你们能原谅我吗？"

马梦华望着王淼这张埋在阴影里的脸痛苦而带有真诚，马梦华感动了，他肯定地说："王兄，你应该相信我，你能行！我们共产党人欢迎参加抗战的一切有识之士，参加到我们抗日战争的统一战线中去，并对他们的过去既往不咎。"

马梦华的一席话触动了王淼心中最美好、最敏感的心弦，他决定不再当汉奸了，不能再跟在日本人后面为虎作伥、祸害百姓了，他要做自己愿意做的事，他想做一个堂堂正正的中国人。

想到这，王淼坚定地说："好的，'投诚'，一言为定！"

"一言为定！"马梦华浓密的睫毛使他的目光添上一种热情的感染力，这目光既有亲切的赞许，又含有胜利的喜悦。

突然门轻轻地打开了，只见"猪头"溜了进来，带着哭腔悄悄地说："王长官和这位马大哥对我很好，我一定要为你们做些什么。"

小朱把刮胡子刀片递给他们反绑的手中，马梦华又向他耳语了几句，他悄悄地溜走了。

第二天早上，刘大胡子走了进来，狂妄地说："我已接到机关长野田的命令，把你们俩都押回去。野田很想会一会马梦华，这个人太可怕了，竟能策反了特工队队长。"

刘大胡子瞥了一眼王淼："至于你嘛，王淼，你回去后可有好果子吃，谁叫你背叛皇军的！"

王淼紧张地问："你们把我的老婆、孩子咋样了？"

哈哈哈，刘大胡子猖狂得意地笑着："你的老婆、孩子都死了，谁叫你老婆反抗皇军呢。"

王淼愤怒得双眼通红，发疯似的怒吼："你们这些畜生，这些事都不是人干的。"并失声痛哭起来："秀丽、妞妞，我的老婆，我的孩子啊……"

王淼的一些手下也被感染了，流着眼泪眼巴巴地望着刘大胡子。

刘大胡子不为所动，命令手下："把他们俩连在一起的脚铐打开，立即出发。"

一个手下刚把脚铐给打开，说时迟那时快，绑着他俩的绳索突然松开了，王淼一把将那人搂住，而马梦华已将飞镖投了出去，飞镖射出直刺刘大胡子左胸，刘大胡子毫无声息地倒在血泊之中……

马梦华将那个人的枪抢在手上，对准他们，王淼大声地喊："兄弟们，把手里的枪放下，愿意投诚的跟我走，投诚到新四军去，去走光明的路。"

一个叫秦勇的，马上把手中的枪扔到地上道："王队长平时待我们不薄，我听王队长的。"随后就听见"咣咣咣"撂枪的声音。

只有两个人想反抗，突然"砰砰"两声枪响，马梦华已将两个负隅顽抗的人击毙了。

赵力钢带着特战队员在小朱的带领下也赶来了，马梦华和赵力钢见了面后紧紧拥抱在一起，赵力钢满含热泪哽咽道："小马弟，虽然你的义举让我钦佩，但我真的很担心你，你知道吗，我度过多少不眠之夜。我恨不得马上救你回来，都让周政委给拦住了，害怕没有救成反而害了你。他相信你的能力，你也真正做到了，我敬佩你。"

这次参加投诚的76号特工队一共9人，3个人因为负隅顽抗被击毙。

王淼要走了，他路过小溪旁，无数朵小花向他点头致意。他脑海里浮现出一个美丽少女的身影。

王淼长长地、深深地、舒缓地吸了一口气，他喃喃自语道："吴小芳，是你让我走出了黑暗，是马梦华带我走向了光明。"

11

在马梦华离开医院的这些日子里，杨继文的胆子越变越大，可以说是肆无忌惮了，他自认为在樟家渡医院是他说了算。

机关长野田也是对他刮目相看，交给他更重要的任务。

为了窃取情报，杨继文已经和新四军总兵站站长王涛混得很熟。

这天杨继文接到命令后，又到王涛那里。他悄悄地推开门，发现只有王涛一个人在，他正在专心致志地看着什么，他朝王涛走过来，不发出一丝声响，如同鬼魅一般。他掏出了手绢和一个小瓶子，在手绢上洒了一些什么，这一系列动作是在一瞬间就完成了，王涛毫无防备。

突然一个胳膊勒住了王涛的脖子，另一只手把手绢捂住他的口鼻，很显然，这块手绢上有麻醉剂。王涛浑身瘫软，一动不动地倒在椅子靠背上。

过了一会儿，王涛醒了过来，脑袋还是昏沉沉的，对刚刚发生的事一无所知。

杨继文获取情报后，特别得意。虽然是一支新四军小部队转移的动向，但因为日本人获得了情报，这支小部队受到了致命的打击。

"鼹鼠"的能力获得了野田的赞赏并许愿如果他将来成绩突出，将获得"大日本帝国"的勋章和更多的金钱，杨继文有点飘飘然了。

这天杨继文又收到上面发出的电报，内容是：日军的大扫荡马上开始了，请立刻搞清楚新四军部队大转移的动向。

杨继文到了王涛办公室，看见王涛桌子上放着一份机密文件，他眼睛一亮，想过去看清楚一些。

王涛警惕地看了杨继文一眼，他将文件装入文件袋中封好。他们聊了一会儿，王涛说："杨院长，咱们就聊到这里，我还有事要办呢。"

杨继文见王涛下了逐客令，只好离开了。王涛出门时，将文件拿上，并高喊："小张，把这个文件存档。"这时小刘过来说："张秘书到炊事班去了。"

王涛本来想到炊事班去布置一下大部队过来的给养和食宿，因这次人数很多，正好顺便把文件给小张捎上。实际上，杨继文并没有走，他太想知道这个文件的内容了，于是悄悄地尾随在王涛身后。但他肚子一阵阵疼痛，就钻到树林里方便了一下。

这让杨继文万分惊喜：在这么偏僻的地方，人不觉鬼不觉地将他干掉，文件也可以得到了。

当王涛起来后发现突然天空转阴，阴沉沉的云则像一个黑洞把一切光芒都吸走了，林中的树木只有一个个模糊的轮廓，让人感到格外压抑。

王涛走着走着，突然感觉到好像有人跟着他。他停住脚步，猛地一回头，果然发现有一个身影，他拔起枪大声喝道："谁？"

只见杨继文慢慢地走了出来，王涛看见是杨继文，马上放松了警惕，把手枪放了回去笑着问："杨院长你怎么也到这里来了？"

杨继文假笑地说："王站长我想向你借一个东西。"王涛一下子愣住了："我这里有什么东西可借？"

突然杨继文的面孔变得狰狞起来，他箭步上前搂住王涛，匕首已抵住王涛的脖子："我要那份文件！"

王涛立即反应过来愤怒地叫道："杨继文！你、你是小日本的狗特务！"

但已经晚了，王涛已经倒在血泊之中。不过王涛倒下之前还是扯掉了杨继文衣服上的一枚纽扣。

赵力钢、马梦华等把王淼一行人送到军部，他们刚回到营地，一个战士气喘吁吁地跑过来："报告赵团长，王站长突然失踪了，那份机密文件也失踪了，我们在哪里都找不到他。"

赵力钢命令:"立即集合部队,扩大搜索范围。"

马梦华扯了一下赵力钢的袖子:"赵团长,我也去!"赵力钢关切地说:"马院长,你刚刚回来,就先休息去吧。"马梦华倔强地说:"情况就是命令,这个时候我也睡不着。"

赵力钢看了马梦华一眼:"那就一块走吧。"

马梦华在樟家渡营区的一个树林里搜索着,他发现树林中有一片土很新,好像被人翻过。

马梦华让一个战士将铁锹拿来,并命令在这个地方挖下去,挖了不久,果然发现了王涛的尸体。

马梦华对王涛的尸体进行了检查,他得出这样的结论:1. 王涛是在毫无防备的情况下,被人杀死的,这个人肯定是王涛的熟人。2 王涛身上尸斑的出现已有六七个小时了,他的死亡时间应该是上午9点左右。3 王涛手里紧紧捏着一枚纽扣,这肯定是凶手留下的。

马梦华脑子飞快地转动着,是"鼹鼠",一定是"鼹鼠"干得,但"鼹鼠"又是谁呢?

马梦华刚回到驻地,就在专门用来给同志们洗衣的一个水池旁见汪玉梅带着微笑朝着他跑过来并大声喊着:"马院长,你终于回来了,我们都很担心你呢。感谢你救了白小菊和吴莲莲。"

马梦华谦虚地说:"不客气,这是我应该做的。"马梦华发现汪玉梅一双手湿漉漉的,便问:"小汪,你在干啥呢?"

汪玉梅不好意思地低下头嚅嗫道:"我给继文哥洗一件衣服,他的手被割破了,衣服上沾有有好多血渍。"

马梦华眼睛一亮,心想:这真是"踏破铁鞋无觅处,得来全不费工夫"呀。

马梦华快步走上去,将衣服拎起来,果然发现衣服上少了一个纽扣。

马梦华非常严肃地命令道:"小汪,你把洗的衣服先撂下,赶紧去找杨继文,把他稳住,我随后就到。"

汪玉梅感到这个命令怎么怪怪的，就连这个马院长也是怪怪的，但汪玉梅还是执行了命令。到了杨继文宿舍，汪玉梅大声地喊："杨继文。"杨继文的警卫员小范闻声走出来说："杨院长刚走，说是自己一个人办点事，也不让我跟着。"并重重地叹了一口气无奈地说："他经常晚上出去。"

汪玉梅听到后就跑了出去，她跑着跑着果然发现前面一个黑影，心想：这个杨继文耍的什么花招。她悄悄地跟着他。

马梦华看见汪玉梅从杨继文宿舍跑了出来，感觉到汪玉梅是在追杨继文，也就悄悄地跟上了。

杨继文进入了樟家渡旁的山谷里，在夜间潮湿空气的笼罩下，山谷树林子的轮廓变得朦朦胧胧的。

杨继文突然停在一棵大树下，他转过头警惕地看了看周围，然后蹲下去将一个东西挖了出来。

这时汪玉梅已经站在他身后惊奇地问道："继文哥，你在干吗呢？"

杨继文发现汪玉梅突然出现在他面前，免不了被吓得愣住了，他摇摇晃晃地站起来，磕磕绊绊地走到汪玉梅面前，一把抓住汪玉梅的胳膊阴森地说："汪玉梅，你跟踪我！"

汪玉梅十分不解地说："不、不是的，是马院长回来了，他找你。"

杨继文惊恐的脸上肌肉抽动了一下，心想：哦，马梦华回来了，他怎么能回来？他妈的，这些小日本都是些笨蛋。

杨继文将汪玉梅放开故作镇静地问："玉梅妹，你是一个人来的？"汪玉梅爽快地答道："那当然。"

其实马梦华已在不远处观察着杨继文，见他一只手将衬衫领口上的扣子解开，另一只手还不由自主去拽额头上的那一撮头发，这些不寻常的动作都显示他在假装镇静而已。

当马梦华突然站在他面前时，他一下子愣住了，毫无表情的脸顷刻间变得无比狰狞，恐惧的眼神里透露出无助。他装作一副可怜的样子，绿豆大的小眼睛滴溜儿乱转，试图拖延时间，眼睛在寻找着逃跑的路线。

杨继文趁他们说话时，想趁机溜走，被马梦华一把拽了回来，汪玉梅惊奇地问道："继文哥，你怎么了？"

马梦华大喝一声："'鼹鼠'！杨继文就是'鼹鼠'！"

"啊？"汪玉梅顿时感到一种无以言表的痛苦，瞬间她头晕目眩，踉踉跄跄跪倒在碎石凌乱的地上，双眸充满难以置信的诧异，绝望地问："杨继文，这是真的吗？"

只听见杨继文轻如蚊蝇的声音："玉梅妹，是的，是我辜负了你。我受不了日本人惨无人道的折磨，当时我已无路可退，在死亡面前我是那么的恐惧，我永远忘不了那阴森的恐怖感。我屈服了，我该死，我出卖了自己的灵魂。"

汪玉梅痛苦地战栗着："杨继文，在敌机大轰炸的那天，你硬把我拉进了防空洞，你早已知道他们的计划了；马院长开完会后，差一点遭到袭击，是你预谋的；还有我的好友白小菊、吴莲莲遭绑架也是你搞的鬼。在我心中一直把你当着哥哥，我真的看错了你啊。"

马梦华将汪玉梅扶了起来："小汪别伤心，别自责了，你还年轻，太单纯了。杨继文城府极深，尤其那张嘴像抹了蜜一样，其实他极其阴险和狡猾。通过这件事，我们要吸取教训，丢掉包袱，继续前进。"

第四部

第四部分

1

野田得知王淼和几个被马梦华策反了,气得发狂。

野田做梦都没有想到他不仅没有捉到马梦华,反而让马梦华占了个大便宜。马梦华撺掇王淼背叛了"大日本帝国",这个人也太可怕了!想一想自己也够窝囊的,野田的心情越发恶劣起来,他要报复,他要疯狂地报复了。

当然野田当时要王淼把马梦华活着抓来,还有一个原因,就是他的学生"白羊"佳玫子小姐。因她的上线川岛的玉碎,电台密码每一个月的更换,佳玫子小姐失联了。野田是想从马梦华的嘴得到这个答案。

这一次野田调动了一个联队的日军和一个团的皇协军共计5000多人,配备精良的武器装备,由他亲自带队,浩浩荡荡去扫荡樟家渡地区。

面对严峻的形势,独立团、总兵站和医院召开扩大会议,并决定为保存部队有生力量,避敌锋芒,放弃樟家渡,进行战略性转移。

马梦华将一束野花放在刘雅的墓碑前面,眼睛里噙满泪水说:"小雅妹,我想你,我现在不敢听别人唱歌,只要别人一唱歌我就想起你——我的百灵鸟。

"明天我就要走了,在这里我有许多的不舍,舍不得离开我战斗过的地方;舍不得离开这里的一山一水、一草一木;舍不得离开这里的乡亲们;尤其是舍不得离开你——刘雅,这里有你战斗过的身影,这里有我们俩爱情的足迹。"

马梦华脑海里浮现出刘雅窈窕、美丽的身影,突然间周围变得如此的寂静,马梦华心里清楚,她的歌声、她的身影早已永远地失散在风里了，但在他的心里却永远忘不了她。

第二天一早，独立团、总兵站和医院刚刚转移完，小鬼子就开始第一轮冰雹似的炮击，炮击完后，精明的野田让皇协军先上。

皇协军在团长邱黑子带领下和十多辆坦克掩护下开始进攻。让邱黑子疑惑的是，骁勇善战的独立团并没有反抗，他们轻而易举就拿下了阵地，拿出望远镜四处观察，发现连新四军独立团的影子都没有见，他们早就撤离了，给小鬼子唱了一出《空城计》。

美丽的樟家渡也不见了，树林间缓缓萦绕着的轻雾里飘荡着散不去的硝烟味，到处是一片焦土，原本郁郁葱葱的树木，被炮弹炸成碎片，原本嫩绿的青草、娇艳的野花如同野火烧过一般枯黄。

皇协军团长邱黑子诚惶诚恐地请野田大佐上来，但迎接野田的是地雷、诡雷、石头雷、陷阱、毒箭等，一会儿这里爆炸了，一会儿那里发出撕心裂肺的惨叫声，让小鬼子疲于奔命。

气得野田面目狰狞，他扇了邱黑子几个耳光。

这时野田旁边闪出一个人，野田定睛一看，是木村少佐。他是特高课的特工代号"黑羊"，是"白羊"佳玫子的同学，也是野田的学生。原来在重庆卧底，因身份暴露而撤回，他生性狡诈、凶残无比。

木村上来献计说："老师，据我的了解，共产党、新四军最讲'军民鱼水情'，咱们既然来了，就搞一次彻彻底底的清乡，将他们'鱼水情'的水源给掐断了。"

野田称赞道："好、好的，木村你真的很聪明，不愧是我教出来的学生。"

独立团撤离后，他们将部队化整为零，成立了无数个特战小分队，以老带新，时合时分，昼伏夜出，灵活机动打击敌人。

小鬼子在樟家渡地区开始大规模的清乡，他们构筑篱笆封锁线，沿封锁线1000米构筑碉堡看守，5000米处还有乡公所，里面驻扎伪军，而小鬼子巡逻队每隔半个小时巡逻一次，经过一段时间的努力，伪据点比原先增加了一倍还多。野田高兴地哈哈大笑："木村这小子鬼点子多，将来可以成为帝国的栋梁。"

马梦华和战友们开始了最艰苦的战斗和反抗，"一日三战、一夜三移"已成了新四军的家常便饭。在这种严峻的形势下，赵力钢、马梦华他们开了支部扩大会议研究如何应对当前不利的局面，他们制定了发动群众、主动出击、跳出封锁的方针。

白天小鬼子和狗汉奸们筑篱笆，晚上新四军发动群众烧篱笆，使小鬼子不仅筑不成，新四军还可以自由出入，掌握战斗的主动权。

一到晚上夜幕刚刚降临，特战小分队就活跃起来，进行烧篱笆行动。有时可以烧500多米长，就像一条飞舞的火龙，马梦华在远处看见火光冲天并伴着篱笆噼噼啪啪的响声，和小时候过年一样热闹，马梦华躲在暗处情不自禁大笑起来。

小鬼子看见白天辛辛苦苦筑的篱笆到了晚上都被烧掉了，十分气恼，但也无可奈何，他们也不敢出去，晚上可是新四军特战小分队的天下。

这样僵持了近两个月，毫无成果。野田大佐气得直跺脚，乱发脾气，但也无计可施，想来想去，篱笆筑不成，就先建炮楼，建碉堡，建乡公所。

但你有你的对策，我有我的方法，特战小分队队员们化妆成老乡，趁小鬼子抓百姓筑碉堡、建炮楼时混进去，一面挑水，一面砌砖、和泥，一面将地形、工事、装备、人员等摸得一清二楚，等到炮楼建成，趁着夜深人静伪军沉沉入睡之际，特战小分队同时发动进攻，一下子端掉了好几个炮楼，还顺手牵羊拿走了武器、弹药和粮食等。

在深山密林中，独立团和医院的战士们，准备享受从鬼子嘴里抢来的大餐。他们已经好几个月都没有尝到荤腥了，饭菜端上来，医院的女兵们淑女味十足，都很矜持，不动筷子，马梦华盯着美味，眼睛发直，口水都快流出来了，大叫："拜托，我快饿晕了，女士优先，你们先动手啊，否则我不好意思下手。"逗得女兵们响起了一片咯咯咯的笑声。

酒过三巡，只见白小菊端着一杯酒，喝了酒粉嫩的脸蛋微微发红，像一朵盛开的菊花，朝马梦华走来："马院长我敬你一杯！你是我的救命恩人，小女子无以回报，想做你的女朋友，今生今世、做牛做马伺候你。"

马梦华一脸尴尬，张兰加油添醋地说："白小菊还是一个大姑娘，说出来也不容易，快把酒干了吧！"在大家起哄下马梦华不得不干。

没料到杨白雪也端了一杯酒过来娇媚地说："马院长，我敬你一杯！我可是你的救命恩人，救命之恩还没有涌泉相报，我不求别的，只想……"芦小花说："小杨说得有理，干了！"大家齐喊："干了，干了！"马梦华迫不得已又干了一杯。

更没料到的是汪玉梅也怯生生地端了一杯酒过来，声如蚊吟："马院长，我敬你一杯，你是我的救命恩人，我也要……"大家一阵嬉笑齐喊："做女朋友……做朋友。干了，干了！"在众人的起哄中马梦华已经很无奈地连喝三杯，不一会儿，马梦华有些微醺就差举手告饶了。

赵力钢见到过来解围："女士们，马院长可是你们的领导，把他灌醉了，怎么领导你们战斗，怎么领导你们给伤员做手术？"

马梦华突然肉麻地拥抱着赵力钢："还是我大哥心疼我，我、我不愿意……"

"你不愿意什么？"众女士齐问。

马梦华嚅嗫道："我不愿意三朋四友的。"

这一下乐得大伙要"喷饭"了，这时马梦华反而一本正经地说："安静，别闹腾了。"并用眼睛环顾四周："你们看看，你们哪个有点淑女味？"

这顿饭吃得大家都兴高采烈。

白小菊酒醒后使劲地捏了捏自己的脸颊，自言自语道："白小菊呀白小菊，你的脸皮可真厚啊！"

炮楼被炸了，碉堡被毁了，小鬼子不甘心，他们就不停地进行"扫荡"、"清乡"、"蚕食",而新四军针锋相对不停地搞"反扫荡"、"反清乡"、"反蚕食"、"反伪化"、"反抢粮"的斗争。

鬼子把炮楼、碉堡建了,新四军就把它炸了、毁了;小鬼子要下乡抢粮了,新四军就动员老百姓堵塞河道,让汽艇不能通行。新四军还组织训练精干的民兵队伍和村民一起埋藏粮食和运输工具,让小鬼子下乡后抢不到粮也运不走粮。

气得野田一屁股坐在地上,彻底崩溃。他悲从中来,仰天长叹道:"难道'大日本帝国'将要败在这些中国人手里?"

到了1944年初,局势发生了转变,经过无数次的"扫荡"、"清乡"、"蚕食"后小鬼子那边没有什么变化,而以茅山为中心的新四军根据地不断扩大,北起长江,东临太湖,西至芜湖,南至宜长公路的广大区域,除以城镇为依托的铁路、公路点线为日伪占领外,广大乡村均被新四军控制。

野田灰溜溜地走了,但他还是听从了木村的建议:重新成立特遣队,利用它的机动灵活的特性,对抗新四军的特战小分队。我们要以小制大、以新制旧、以静制动、以变制不变。

野田清楚成立一支精干的特种部队——特遣队的重要性:当天平处于均衡状态时,一粒种子的重量都可以导致天平的倾斜。那么在战略天平上,一支受过特种训练、装备精良、作战素质极高的小部队,在关键时刻,会使战略平衡发生倾斜,得到意想不到的结果。

野田开始严格挑选特遣队队员,这些人要会说流利的中文,要有一定的武功底子,还要经过专门的军事院校的训练。

这些百里挑一的人集中在一起,经过了近半年严格、残酷的训练后又从中挑出45人,每15人组成一支特遣小分队,三支特遣小分队组成特遣队。

特遣队队长由木村担任,直接听从野田的指挥、调动,并装备最先进的武器和享受最好的待遇。

野田十分欣赏他的学生木村，这小子比川岛更加灵活，鬼点子多，且作风顽强、行事果断，是"大日本帝国"的栋梁之材。

1944年8月，这时的樟家渡医院已转移到太湖地区。新四军以独立团为基础整编成16旅，赵力钢同志任16旅参谋长。又根据战时需要为配合主力部队，更加快速地抢救伤员，樟家渡医院整编成16旅野战医院，马梦华同志任院长，王钧同志任政委。

野战医院相应作了调整，他们成立了数个医疗小组跟着部队一起战斗、抢救伤员。重伤员经抢救后送回医院进行手术。

由于医院随部队经常转移无固定住址，重伤员经过手术后全部安置在老乡家，因此成立若干个重伤员护理小组对他们进行治疗。

重伤员经治疗基本能自理后，转入旅卫生部疗养所。那里地处相对安全的地方，有利于轻伤员康复后直接加入战斗部队。

2

这天，汪玉梅刚刚工作完，准备下班。马梦华的警卫员小东子过来说："马院长有重要事情找你。"

汪玉梅快步走到马院长办公室，只见吴莲莲已经坐在那里了，马梦华一反常态，十分严肃并指了指凳子："小汪，请坐。"

马梦华用犀利的眼神看着她们说："小汪、小吴，我要交给你们俩一个非常重要也非常艰巨的任务。现在我南方局特工部急需要一个谍报员和一部电台，但这个谍报员伤势未好，还需要天天换药和治疗，因此让你们护送谍报员回上海。"

"根据目前的形势，我们处于战争的相持阶段，而情报是我党的眼睛，若失去它，有可能失去方向。谍报员的代号叫"猎狗"，把"猎狗"同志送走后，还要把党的地下组织和进步人士筹集的药品捎回来。"

马梦华看了她们俩一眼又说："根据形势的要求，我军已由被动防御变成主动出击，重伤员急剧增加，我们医院急需抗生素、麻醉药等紧俏药品,这些药品关系到许多伤员的生命,你们要像保护生命一样保护好这些药品,嗯？至于接头人,会与你们联系的,接头密码是****,你们沿途均有新四军交通员和地下组织护送。

"组织考虑到你们毕竟3年没回家了,因此回上海后,可以和家人见见面,但一定保密,绝不能暴露身份。"并一再强调:"一定要保护好自己,注意安全,我在这儿等着你们胜利归来。"

晚上汪玉梅正在收拾,白小菊下班回来,一把将她搂住撒娇地问:"玉梅姐,你要出远门？"

汪玉梅高兴地说:"是啊,那是我朝思暮想的地方,你猜猜？"白小菊转动了一下她的大眼睛:"我猜,是上海。对,一定是上海了。"

汪玉梅微笑地点点头,算是默认了。白小菊兴奋地把汪玉梅搂得更紧了,有点嫉妒地说:"玉梅姐,我好羡慕你们呀,我真的也好想去。"

汪玉梅温柔地摸了摸她的秀发说:"小菊,这可是组织决定,你在这里也同样是干革命的呀。"

白小菊噘了一下小嘴嘟哝道:"玉梅姐,我有一个小小的要求。能否帮我捎点东西,并到我家看一看我的爸爸、妈妈和弟弟？"

汪玉梅说:"那我要根据情况而定,若情况允许我一定会去的,因为你的妈妈对待我像对待亲女儿一样。"

白小菊高兴地跳了起来:"那就太好了。"

接着白小菊将一条围巾、一个烟斗和一支钢笔交给汪玉梅并说:"这个烟斗是给爸爸的,围巾是给妈妈的,钢笔是给弟弟的。"

第二天早上,汪玉梅、吴莲莲装扮成村姑的模样。

她们要走了,马梦华过来送行,他先握了握吴莲莲的手说:"小吴,你是药剂师,这次任务由你负责,汪玉梅同志配合你完成。"然后再握了一下汪玉梅的手,"小汪,你一定会配合好小吴完成好这次任务,我相信你们。"

汪玉梅和吴莲莲向马梦华敬了个军礼:"马院长,我们保证完成任务！"

汪玉梅和吴莲莲来到湖边，一艘渔船正等着等着她们，汪玉梅用眼睛扫了一圈，见渔船上除了渔老大外，还有一男一女，那个女的微笑地望着她们俩说："快坐。"并伸出手说："我是'猎狗'。"并指了指那个男的："他是新四军交通员老赵同志。"

汪玉梅这下子才恍然大悟："噢，原来'猎狗'是个女同志。难怪马院长让我们两个女的来护送她并给她做治疗。"

汪玉梅仔细观察了一下她，她很年轻，衣着大方得体，浑身散发着一种独特的魅力。很快，她们三个人已成为无话不谈的朋友。

起初船走得很平稳也很快，远山和近水被轻纱似的薄雾笼罩着晕染成极简的黑白两色，沿途参差错落的村庄包裹在树林里有一种云雾缥缈的感觉。突然起风了，浪也大起来，紧接着一个浪花接着一个浪花打来，渔船颠簸得很厉害，波浪仿佛要把无助的渔船掀翻、撕裂，她们如羽毛般在船舱里载沉载浮……交通员老赵乐哈哈地说："姑娘们，莫害怕，我见的风浪比这大得多，都能过得去。"

果然没过多久，风渐渐小了，雨开始淅淅沥沥下起来，渔船在湖里漂着、漂着，湖面愈来愈宽，湖岸越来越远。

当天晚上她们上了岸，一行人来到一个小镇，在那住了一宿后又匆匆赶路，经过多日辗转汪玉梅、吴莲莲和"猎狗"终于到了上海。

汪玉梅和吴莲莲将马梦华交代的第一个任务完成后，她们到上海火车站寻人栏中贴了一张纸条，纸条内容是：哥，小妹已到。

一直到了深夜，汪玉梅拖着疲惫的步子，回到她熟悉的家。她敲了敲门，屋里传来清脆年轻女子的声音："谁呀？"王玉梅轻轻回答："嫂子，是我，玉梅。"

门咔嚓一下被拉开了，哥哥汪玉伦风一样冲出来，把她紧紧拥抱在怀里，嘴里还喃喃地说："玉梅妹，你走了整整三年了，我、我想死你了。"

岁月悄然而过，让汪玉梅心中突然生出莫名的惆怅，她不禁潸然泪下，哽咽道："我的好哥哥，我也想你啊。"

突然汪玉梅听见屋子里传来一阵阵婴儿的哭泣声，汪玉梅高兴地说："哥哥，你们生小宝宝了。"汪玉伦兴奋地点点头："是的，是个女孩。"

汪玉梅赶紧跑进屋里，小家伙见她进来，用乌黑而明亮的大眼睛瞅着她笑了，汪玉梅说："让姑姑抱抱！"汪玉梅将她抱在怀里，亲了亲她稚嫩的小脸蛋，幸福地笑了。

过了一会儿，汪玉伦对汪玉梅说："玉梅妹，我有好多话想和你说呢。"于是，拉着妹妹的小手："咱们到外面走走。"

八月的风很轻，空气很湿润。已经是深夜，大街上人员稀少，霓虹灯下照着两个被拉长的身影，他们信步来到黄浦江边，璀璨的霓虹灯的灯光倒映在江面，恍惚中有一种天上人间的感觉，黄浦江水流淌、碰撞、拍岸的声音也似乎很温柔、舒缓而动听。

他们俩聊着、聊着一直到天已微微发亮了，汪玉伦轻轻捏了捏汪玉梅的小巧的俏鼻笑着说："玉梅妹，天都快亮了，你回去好好睡一觉，让嫂子给你做点好吃的，我下班回来咱们再聊。我还要向你多叮咛几句，住在我们楼下有一个名叫朱腾的军统特务，你可要小心啊。"

汪玉梅噘着小嘴撒娇地说："哥哥，为了你和嫂子的安全我会小心的，但我们也要有对付他的方法，我回去就告诉嫂子。"并向哥哥耳语了几句。

汪玉伦吃惊地张大嘴，眼睛发亮："好呀，玉梅，几年不见，很有长进嘛！"

吴莲莲在晚上悄悄回到家中。这天天气有一点闷热，月亮很大，月亮的清辉和灯光交相辉映，把小小的院落照得很亮。院子里有一座假山，还有几棵梧桐树，密密的、绿绿的，遮住了大部分月光，在地上留下无数个亮点。吴莲莲的父亲吴老板拿着一把蒲扇在梧桐树下乘凉,吴妈妈端了一杯茶,来到吴老板身边说:"当家的,不早了,喝点水,洗洗后睡觉去吧。"

吴老板拉来凳子说:"莲莲妈,你忙了一天。来,过来坐坐,歇歇凉。"并指着天上的月亮说:"今天的月亮又大又圆,我又想起了莲莲。莲莲已经走了三年了,也不知道她过得好不好。"

莲莲妈抽泣着:"我也非常想念她,也不知现在过得如何,有没有危险?莲莲从小就是一个听话、胆小、懂事、善解人意的乖乖女。都怪你,逼她嫁给黄鹏,这不,鸡飞蛋打了。"

吴老板叹了一口气:"唉!我不是也挺后悔的嘛。"

自从吴莲莲走后,因为共同对莲莲的思念,吴莲莲父母的关系渐渐融洽起来,共同语言也渐渐多起来。他们聊着,吴莲莲在后面听着,泪水已打湿衣襟,一阵风轻轻吹来,思念的薄纱被风轻轻撩起,落在眉间,落在心里。吴莲莲突然从假山后跑出来哭泣地喊着:"爸爸、妈妈我看你们来了。"

吴莲莲的突然出现,真的吓了他们一跳,吴老板对吴妈妈使了个眼色,吴妈妈赶紧将吴莲莲拉进了屋里,三人见面,互相拥抱着,哭作一团。

哭了一阵,吴莲莲心想:我这不是好好回来吗?哭什么呀!于是说:"爸爸、妈妈,我不是好好地站在你们面前,久别重逢应该高兴才对。"

吴老板和吴妈妈止住哭泣,仔细端详着三年未见的女儿,吴妈妈说:"莲莲长结实了,也长得更漂亮了。"

吴老板赞同地点点头,并问:"你这次回来……"

吴莲莲拉着吴老板的手撒娇地说:"好爸爸,我回来是执行特殊任务,可一定替我保密哦。"

接着又强调说:"爸爸,我回来之事,你千万不要告诉黄鹏,这是为了我的安全,也为了你们的安全。"

吴老板看见前面站着这个漂亮、坚定还有点陌生的女儿,欣慰地想:

我的女儿她长大了。

第二天,汪玉梅和吴莲莲相约去看望白小菊的父母。

那天快到白小菊的家时,突然乌云密布,狂风大作,飞沙走石,树枝在狂风中大幅度摇摆着,发出一阵阵可怕的断裂声。她们顶着狂风艰难地行走着,汪玉梅高兴地对吴莲莲说:"我们快到了!"

到了白小菊家的附近让她俩吃惊的是白小菊的家怎么不见了?这里到处是残垣断壁,原来的房子、街道已被夷为平地,在浓云低垂的阴霾天气里,好像是已经溃烂的大地脓疮。

她俩正在诧异中,正好碰上一个老者,汪玉梅赶紧上前打听:"老伯,我们刚从外地回来,这里发生了什么?"

老者叹了一口气说:"一年前,这里曾遭到日本飞机大规模、地毯式轰炸,居住在这里的居民没跑出来几个,全部埋葬在这里,太惨了。"

汪玉梅吃惊地问:"为什么,日本人不是要大东亚共荣吗,他们怎能这么对付手无寸铁的居民?"老者说:"唉,据说这里藏匿着一小股反抗他们的队伍。"

汪玉梅听到这里心头一颤,绝望地抓住吴莲莲的手差一点昏厥过去,心想:白小菊是我从小长到大的同学和朋友,而白叔叔和白阿姨对我就像对待亲闺女一样,还有那个可爱调皮的小弟,转眼间都没了。

吴莲莲见汪玉梅脸色苍白,眼神茫然,嘴中还喃喃地说:"白、白叔叔,白、白阿姨……"那断断续续的低语充满无穷的绝望,她不由自主地颤抖着,接着是惨痛和无泪的呜咽。

吴莲莲急忙扶她坐下,然后给她灌了点水,揉揉她的胸口,并使劲掐她的人中。汪玉梅吐了一口长气,渐渐地清醒了,难以言说的哀伤骤然萌生,她搂着吴莲莲放声大哭起来。

这时狂风夹杂着雨下了起来,雨下得越来越密集,天地都被笼罩在一片迷蒙之中,吴莲莲好容易叫了一辆黄包车将汪玉梅送回家,回到家的汪玉梅开始昏睡。

不远处一个熟悉的声音在不停地呼唤:"玉梅妹你醒醒、你醒醒呀!"汪玉梅睁开眼睛,发现自己已躺在家中的床上,玉伦哥正用忧郁的眼神望着她。她看见哥哥又失声大哭起来:"白叔叔、白阿姨和小弟都……"汪玉伦点点头同情地答道:"知道,我们都知道了,太、太惨了!"

清晨的嘈杂声正在唤醒这座城市,这声音既熟悉又扰人,突然响起咚咚咚的敲门声,汪玉伦急忙把门打开,原来是邻居朱腾来了。只见他笑眯眯地站在门口说:"听说玉梅妹回来了,我过来看看她。"

汪玉伦客气地说:"来,快进来坐坐。"然后面带伤感地说:"玉梅妹她、她病了!"

突然里屋传来剧烈的咳嗽声。

汪嫂一把拉住朱腾的胳膊悄悄对他说:"朱大哥,玉梅妹得的是痨病,传染性很强呢。"

朱腾吓得哆嗦了一下:"汪老弟,那我就不进去了,咱们就在这聊聊,免得打搅了玉梅妹休息,让她好好养病吧。"

他假装关心地问:"这几年,玉梅妹去哪里了?我好像再没有见过她?"

汪玉伦答道:"她从小就过继给周浦的表姑家当养女,后来她又闹着要读书,我呀,就省吃俭用供了她几年,你嫂子还为了这事跟我闹了好久。"

汪嫂说:"是呀,女孩子家的,读的什么书?读书很费钱的。这不,读完书又回去了,还染上这种病,治不好,就送回来了。"

听到这话,汪玉伦发怒了:"真是妇道人家的见识。当着朱大哥的面,你给我少说几句,毕竟玉梅是我妹妹呀。"

朱腾听到后:"汪老弟,别为了这事伤了你们夫妻的和气,我还有事,先走了,等玉梅妹好一些我再来拜访。"

把朱腾打发走后,他们三人高兴地拥抱在了一起。

吴莲莲的未婚夫黄鹏如今也是今非昔比了。由于他跟日本人走得很近，还混到一个汪政府工商业协会副会长的职务。

吴莲莲的未婚夫黄鹏从密探那儿打探出吴莲莲回来的消息。对于三年前订婚时吴莲莲偷偷逃走他还心存芥蒂，但对于得不到的东西，他还是非常渴望。

这天黄鹏带了许多礼物到吴老板家，想从吴老板嘴里打探点消息，但吴老板讲话滴水不漏，将黄鹏的疑虑一一驳回，黄鹏一无所获，只好灰溜溜地回去了。

黄鹏躺在床上辗转反侧，今晚的他心情烦躁、思绪纷乱，越想越气恼。

汪玉梅和吴莲莲已从上海火车站寻人栏里得到了消息：小妹，妈妈病重了。明天上午9点快去济仁医院，我在门口等你，哥。

这天汪玉梅和吴莲莲去医院时路过阔别三年的济仁高级护校。盛夏的学校依然是那么美，有杨树、柳树、槐树、桐树，绿荫覆盖；有月季、桂花、荷花，争相绽放。

看见这既亲切又熟悉的学校，汪玉梅不由自主放慢了脚步，还是吴莲莲拉了一下她："玉梅，快走，我们还有任务呢。"

9点整，汪玉梅、吴莲莲赶到了医院，看到在医院门口的一棵大槐树下，有一个年轻男子手中拿着一本书，是东汉名医张仲景的著作《伤寒杂病论》。

她们俩快步走上前，那人听到声响一回头，哦，竟然是他——于老师。汪玉梅心里别提有多高兴了，心脏不由自主咚咚咚地乱跳。

汪玉梅和吴莲莲快步走上去，汪玉梅说："先生，我很喜欢医圣张仲景的书，您是从哪里买的？"

于阳答道："小姐既然喜欢张仲景，他有句名言您知道吗？"

汪玉梅微笑地答道："当然了。"并轻吟道："进则救世，退则救民；不能为良相，亦当为良医。"

于阳满意地点点头:"两位小姐,请!我领你们买书去。"

于阳领汪玉梅、吴莲莲到离学校不远的一个小餐馆,坐下后仔细端详着她们俩说:"你们俩比以前更加漂亮,更加自信,更加成熟了。"

汪玉梅说:"我们俩还要感谢您呢,是您带领我们走上这条光明之路,使我们有了崇高的信仰。"

于阳点了几个小菜,烫了一壶黄酒,给每个人斟上说:"我敬你们一杯。首先我给二位远道来的尊贵的客人接风洗尘。"说完一饮而尽。

汪玉梅和吴莲莲同时站了起来,端起了酒杯,汪玉梅说:"那我就借花献佛了,我和莲莲一起敬最尊敬的于老师一杯。"她们俩也一饮而尽。

于阳突然问起:"张兰她们四个人如今怎么样?"

吴莲莲听到后不由得抽泣道:"海棠已经牺牲了,其他的人都还好。"汪玉梅道出海棠牺牲的缘由。

于老师听到后双眼都湿润了:"海棠死得很壮烈,她是我们学习的榜样,我为她感到骄傲。"

他们三个人边吃边聊,聊得非常开心,处于职业习惯,于老师还随时观察着周围的情况。

其实于阳他们在吃饭时危险已悄悄逼近。特务已将消息传到黄鹏那儿,黄鹏急忙赶过来一看,心中大喜:果然是他朝思暮想的小美人——吴莲莲,他的未婚妻。

但黄鹏感到现在下手时机还没成熟,没见到药品,也不能伤害吴莲莲,她是我的。到底姜还是老的辣,在商场拼搏多年的黄鹏脑子一转,想出一个特歹毒的计划,他要来个欲擒故纵。

突然于阳发现有情况,他悄悄给汪玉梅说道:"这里有情况。你们俩借口上洗手间,从后门溜走,在后门约100米处,有一辆黑色的小轿车,你们上了车后叫司机将车开到前门,接一下我。"说着,就将一个玉坠塞到汪玉梅手里:"司机见到此物,就像见到我本人。"

汪玉梅装作肚子痛，在吴莲莲搀扶下到洗手间。

小轿车刚开到小餐馆门口，汪玉梅已打开车门，于阳一个健步飞跃而上。司机加大马力，小轿车一溜烟地开走了。

在车上汪玉梅将玉坠还给了于阳。于阳语重心长地对汪玉梅、吴莲莲说："车里放了四箱药品：三箱盘尼西林、一箱麻醉药。这些药品是我们同志用鲜血和生命换来的，你们一定要把它们保护好，把它们尽快用在前线负伤的战友们身上。"

小轿车飞快地在公路上疾驰，不知不觉已走了两个多小时，快到河边了，这条河可以通向太湖。

于阳从后视镜发现，他们快追上来了。于阳果断地命令司机："小张，快，开到小路上。"

小轿车猛的一个急转弯开到了小路上。于阳叹了一口气，对汪玉梅、吴莲莲说："我们组织内部有日本奸细，他隐藏得很深，到目前为止我们还不知道是谁？对我们组织破坏力很大。"

汪玉梅脑海里突然浮现出杨继文，她真是百感交集、难以言表。

小轿车开到了河边，于阳他们将药品卸下，对汪玉梅和吴莲莲说："小汪、小吴我们就在这里分手了，一会儿交通员老赵和一艘小渔船接你们。"然后用望远镜观察着远方，果然发现前方有动静，就对小张说："尾巴又来了，我们应付一下去！"

汪玉梅觉得她有好多话还没有给于老师说，也还没有说再见，就见小轿车嗖地一下开走了。

时间不长，她们就听见前方响起密集的枪声和手榴弹猛烈的爆炸声。

3

小渔船开走了，汪玉梅和吴莲莲两个人都心事重重，空气显得异常沉闷。汪玉梅的脑海里总是显现出于阳矫健的身影，她想，于阳现在不知如何，是否脱离危险了？

吴莲莲好像也有心事，有些心不在焉的样子，她总感觉到，好像要发生什么事，不安像一片云翳一直围绕她的心间。

交通员老赵告诉她们快到太湖了，吴莲莲压在胸口的巨石终于落地了，她深深地出了一口长气。

小船又走了个把小时，太湖到了，只见湖光森森，水天一色，这风光让人沉醉。汪玉梅和吴莲莲还沉溺于太湖美景和快要到家的喜悦中。他们突然隐隐约约听见远处嘟嘟嘟的马达声，交通员老赵大叫："不好，鬼子的汽艇来了。"

小船拐了几个弯，藏在芦苇丛中，这个地方已经离医院不远，她们以前也常来，还是比较熟悉的，但吴莲莲不放心，她是药剂师，保护药品的安全是她的职责。她命令将药卸下来，让汪玉梅留在小船上，她和老赵去藏匿药品。汪玉梅也想跟着去，吴莲莲一反常态严厉地呵斥道："汪玉梅同志，服从命令。"

汪玉梅拗不过吴莲莲只好目送他们渐渐走远，汪玉梅和船老大在船上等呀等呀，等了好一会儿，看见小鬼子的汽艇开了过来，上面还有一只狼狗，伸出血红的大舌头恶狠狠地盯着她。鬼子上了小船，搜了一遍什么都没有，一个鬼子指着汪玉梅："你的，什么的干活？"船老大点头哈腰："她的，我的闺女，到这里来方便一下。"

这时又从汽艇上下来了一个四十多岁的中年男人，看了看汪玉梅对鬼子头耳语几句，两个小鬼子拉着狼狗朝吴莲莲、老赵他们走的方向追去。不大一会儿，就听见一阵枪声和老赵的惨叫声，隐约还听见吴莲莲寒意凛冽而坚定的喊话："快、快走，黄鹏来了！handkechief、handkechief……"

陪鬼子追吴莲莲的中年男人正是黄鹏，他的恶毒计划就是在太湖将药品和吴莲莲都抢到手，来个"一石二鸟"。因此黄鹏带着小鬼子在太湖周围守候，为了更好地追踪目标，还带来了狼狗。

他们追上吴莲莲时，吴莲莲和老赵已将药品埋好，并做好了标志。为了引开敌人，吴莲莲主动笑眯眯地向黄鹏打招呼，并给老赵使眼色，让他趁机溜走。

吴莲莲娇嗔地问："黄大哥，你怎么来了？而且还在这个地方会面，带着两个日本兵和一只大狼狗，我、我好怕呀！"

黄鹏干笑了两声说："妹子，三年不见变得更漂亮了。我在这里和你见面也是迫不得已。你回上海那么多天，但一直躲着不见我，我的心呀就像被猫抓了一样。"

突然他的脸变得狰狞，一副猫抓耗子的神态："妹子，只要告诉我药品藏在哪里，我不会伤你半根毫毛，还要和你共享荣华富贵呢。"

吴莲莲迟疑了一下指着老赵说："他就是一个村民，你放了他，我就答应你的要求。"

黄鹏给一个小鬼子递了一个眼色，小鬼子推了一把老赵，老赵还没走几步，一个小鬼子一梭子子弹将他撂倒，老赵惨叫了一声，眼睛瞪得老大，一副死不瞑目的样子，气得吴莲莲大喊："你们无耻！"

吴莲莲心想：和这帮畜生没什么道理可讲，去死吧！

想到这里吴莲莲就大声喊叫起来，用这种方法通知了汪玉梅。这时的吴莲莲已经完全镇静下来，她整理了一下衣服，捋了捋被风吹乱的秀发，面带微笑地说："走，我带你们找去。"

黄鹏心中疑惑："这丫头怎么说变就变，一会儿晴一会儿阴的，让人捉摸不透。"但还是屁颠屁颠地跟着她，到了沼泽地边吴莲莲装作脚崴了动不了的样子并指着前方："就在前方那棵大树下！"

那两个小鬼子为了抢功，拉着狼狗拼命往前跑，突然扑通、扑通冒了几个气泡都不见了。黄鹏看得已经傻了眼，想逃跑已经来不及了，吴莲莲把他拉住一块沉了下去。

这里又恢复了平静，好像一切没有发生，只有一条洁白的手绢在那里飘荡。

开汽艇的鬼子兵等了很久,想到小岛上去找人,他刚踏上小岛,他的身后传来枪声,那个小鬼子猝然倒地,死了。

汪玉梅和船老大悄悄上了小岛,只见老赵身中数枪倒在那里,而吴莲莲和其他的人都像蒸发了一样,全都不见了。

汪玉梅很是诧异,想再寻找一下,被船老大给拉住了:"姑娘,快走,小鬼子肯定还会来。"

渔船又走了三十来分钟,眼看就要到驻地了。他们又听见嘟嘟嘟的马达声传来,船老大发现快艇又要追上来了就对汪玉梅说:"姑娘,赶紧躲到船下去,船下面有一个铁把手。"并给她了一个细细的竹管,"到了水下,你用这个呼吸,船上的事我来应付。"

汪玉梅不依,船老大不由分说就将她推了下去,并大声地喊:"姑娘抓好呀!"

汪玉梅下到水里,冰冷的水淹没了她的头顶,湖面激起一阵阵波浪向她打来……

这时汽艇已开了过来,两个小鬼子上了小渔船搜索了一遍,发现渔船上什么都没有,一个小鬼子问:"别的人呢?"

船老大双手摆了摆,耸了耸肩,说:"太君,没有别人,我是一个人出来的,想打一点鱼虾回去,家中已断粮好几天了。"

鬼子兵指着汽艇上一个小鬼子尸体:"是你干的吗?"

船老大连忙摆手:"太君,不是我,真的不是我呀。"

鬼子兵根本不听船老大的解释,将船老大一把推到湖里去,并给他擂了一梭子子弹,湖中顿时泛起一股股殷红色的血水,汪玉梅在船下看得一清二楚,她强忍着悲痛没敢出声。

等小鬼子走后不久,汪玉梅才从船底爬了上来。她顾不上悲痛,深吸了一口气,稳了稳心神,用了吃奶的力气,手忙脚乱地划着船,终于回到了驻地。

此时已到了晚上,汪玉梅已经筋疲力尽了,她拼尽全力,摇摇晃晃地往前走，突然她感到一阵晕眩，一下子倒在江边的烂泥地中昏厥过去。

等她醒来，仰望天空，月光如水，如薄烟般地洒落下来，这里仿佛与星空连接在一起，朦胧而安静。她感到心中空明，宛如受了某种洗礼。

她使劲掐了一下自己，很疼，她惊喜地发现：我、我还活着！

于是汪玉梅就大声地呼救："有人吗？来人呀！"哨兵发现了倒在烂泥地里的汪玉梅，连忙将她扶起来，并大声喊道："汪玉梅回来了，汪玉梅回来了！"

马梦华听到哨兵的报告，心中一颤："怎么汪玉梅一个人回来了？"他急忙跑了过去。马梦华看见汪玉梅浑身湿漉漉的，到处沾满了污泥和血迹，十分落魄，她神情呆滞嘴里还自言自语地念道："牺牲了，全都牺牲了。"

汪玉梅看见了马梦华，就像遇见久别的亲人放声大哭起来，马梦华见汪玉梅竟然如此狼狈，大惊失色，爱怜地轻轻拍着她的背，像安慰一个小女孩："别哭了，究竟发生了什么，吴莲莲呢？"

汪玉梅逐渐安静下来，娓娓道出今天发生的惊心动魄的事。

马梦华边听边思索，突然问："小汪，你确定吴莲莲最后喊的是什么？"汪玉梅想了一下："我隐隐约约听见她喊的是黄鹏来了，然后是handkerchief——handkerchief。"

马梦华默默念道："handkerchief？"突然眼睛发亮："对，应该是handkechief，英文手绢的称呼，手绢——就是藏匿药品的标志物！"

马梦华决定明天带特战小分队一块去，以防小鬼子的暗哨或回马枪。

白小菊、张兰将汪玉梅扶回宿舍，帮她洗了个热水澡，换上干净的衣服，还给她端上热气腾腾的饭菜。这时汪玉梅百感交集，感觉到自己重新活了过来了。

第二天一大早，马梦华就到汪玉梅住的宿舍去看望汪玉梅，见汪玉梅已经基本恢复了,才放下心来。

此时特战小分队赶来了,领头的竟然是赵力钢,又有几个月没见面了,两个好朋友又紧紧拥抱在一起。

一会儿来了两艘渔船,马梦华、赵力钢、汪玉梅等同志和特战小分队准备上船。

白小菊、唐芙蓉和张兰也匆匆赶了过来,白小菊说:"马院长,我们要陪玉梅姐一块去,她还没有恢复过来呢,再说吴莲莲也是我们的同学呢。"

马梦华默默地点了点头,表示同意,白小菊、唐芙蓉和张兰高兴地上了船。

载着特战小分队的那艘渔船先出发来到昨天那个小岛上,赵力钢带着特战小分队队员先下了船,他们动作矫健灵活,在这片密林中悄无声息地穿梭着,他们搜索了一遍,没有发现什么异常,也没发现小鬼子,只看见交通员老赵身中数弹,静静地躺在那里,但这里安静得有点诡异,让人毛骨悚然。

赵力钢发出信号,马梦华所乘的渔船也划过来。马梦华上了岸,仔细观察了周围,发现这个地方好熟悉啊,他们以前一定来过。

这里有一片竹林,竹子上开着一簇簇稻穗般的花朵,竹子一生只开一次花,开花即死。马梦华看到这景色的心咯噔紧了一下,感觉预示着什么不幸的事情已经发生了。

他们又往前走,马梦华看见前面有几座农舍,但农舍已经破败,说明这里好长时间没有人居住了。

马梦华突然想起,他曾经来过这个小岛,岛上曾住了两户人家,以打鱼为生,还在前面挖了个水塘,种植莲藕。好像后来因战乱,这里已没有人家,水塘也变成了沼泽地。

他们继续前进,马梦华发现前方有几十棵生长十分茂密的落叶松,其中有一棵树的树枝上有一个白色的东西不停地飞舞,马梦华惊喜地发现是一条洁白的手绢。他们来到这棵落叶松下使劲地挖，果然挖到药品。

马梦华突然想起前面是片沼泽地，一般人看不出来，只有有经验的人才能发现它的蛛丝马迹。他加快步伐走到沼泽地旁，发现地上有一只女式鞋子，且沼泽地上还飘荡着同样一条洁白的手绢。这时马梦华的心跳得更加厉害，跳得胸口生疼生疼，瞬间他的泪水成串地滚落下来，他已经预感到了什么。

他抑制住心中的悲痛，连忙叫汪玉梅来辨认，汪玉梅一眼就看出是吴莲莲的鞋，吃惊地大叫："是莲莲的鞋！"

这时张兰、白小菊和唐芙蓉也围上来，看见鞋子如同看见吴莲莲本人，她们几个都忍不住了，一起哭泣起来，这哭声震天动地，连苍天都为之动容。

这时早上还下着小雨的天空突然放晴了，阳光不烈，有点羞涩，隐藏在白云之后，柔和地照在沼泽地上，空气中弥漫着草香和花香，大地犹如处子的脸颊。

4

大家从小岛回来，顾不上伤心，就投入紧张的工作中去，正如马院长说的那样："我们要化悲痛为力量，用吴莲莲拿生命换来的药品来救死扶伤，以告慰在天堂里的吴莲莲同志！"

他们一直忙到深夜，汪玉梅拖着疲惫的脚步回到宿舍，天气闷热，云层又厚又低，一丝风都没有，和她苦闷的心情一样。她随便洗漱了一下，就躺在床上迷迷糊糊睡着了。

正巧，白小菊和张兰下夜班回来了，看见汪玉梅神色异常，嘴里还喊着什么，连忙将她摇醒："玉梅姐，你怎么了？"汪玉梅舒了一口长气，幽幽地说："我刚刚梦见莲莲了。"

她们都想起吴莲莲了，不由自主又抽泣起来，张兰哽咽地说："我们这六朵小花，现在已变成四朵了。"

突然张兰想起什么，用乌溜溜的大眼睛瞪着汪玉梅，疑惑地问："玉梅姐，于老师呢，你这次回来怎么没提于老师，他可是我们的导师和引路人啊。"

汪玉梅叹了一口气，泪水又潸然而下："于老师，他、他、他，我也不知道。"张兰突然歇斯底里地喊起来："汪玉梅你怎么能不知道呢？"

汪玉梅道出缘由，抽泣道："于老师这次可是凶多吉少了。"

白小菊也哭着说："于老师呀，我永远也忘不了您。三年中您对我们无私的帮助、关怀和教导。"

她们三人紧紧拥抱在一起："于老师我们想您，我们祈祷您一定要渡过这次难关啊。"

这几天马梦华感觉到，这次汪玉梅回来后和以前相比，明显地变了，好像有一块石头压在她的心里。有机会一定找她谈谈。

这一天忙完后，正好晚上无事，马梦华约汪玉梅到外面走走。和风吹拂，树影婆娑，天边若有若无的云像薄薄的轻纱笼罩着夜空，只有几颗星星不甘寂寞地眨巴着眼睛。

马梦华问："小汪，最近几天我发现你心事重重，有什么事敞开心谈谈，放下顾虑，我这次不是代表组织而是以朋友的身份和你谈心，你看行吗？"汪玉梅点点头表示同意。

这样气氛突然缓和了，汪玉梅的心情也一下子平静了。

汪玉梅说："吴莲莲的牺牲我感到很内疚，觉得愧对于她。"

汪玉梅突然哭起来："是我不好，不但没有保护好莲莲妹，反而是她用自己宝贵的生命保护了我。"眼泪从她捂住眼睛的指缝漏了出来，顺着手，滴落在衣服上。

马梦华语重心长地对汪玉梅说："坚强些，你可是一个共产党员呢。作为一个合格的共产党员光有对共产主义的信仰是不够的，还要有共产党员的品格。"

汪玉梅疑惑地问："共产党员的品格？"

马梦华严肃地答道："共产党员的品格包括忠诚、坚定，同时它是无私的、博大的、勇敢的等等吧。"

汪玉梅恍然大悟："噢，我的确还没有达到。"

马梦华接着说："吴莲莲同志的牺牲我们都很痛苦很伤心，但这笔账应该记在小鬼子头上，我们一定要用小鬼子的血祭奠烈士的英灵。不要自责了，该清醒了，你要赶紧振作起来。"

汪玉梅突然醒悟过来，眼睛里突然露出一种从未有过的光彩。

汪玉梅敞开了胸怀接着说："马院长，我这次到上海才知白小菊的父母、小弟全部死在鬼子一年前的一次大轰炸中，我、我现在不敢面对她，她是我最好的朋友呀。"

说着说着汪玉梅又抽泣起来。马梦华听到这个消息也大吃一惊，心想：白小菊这个丫头表面上豪爽、大气，实际上内心比较脆弱，先暂时不要告诉她，一定要等时机成熟后再说。

他把这个想法告诉汪玉梅，汪玉梅也表示同意，他们谈着、谈着，心也越来越近了。

马梦华回到屋里，洗漱完后躺在床上辗转反侧，突然他的心脏咚咚咚跳个不停，他好像有什么不好的预感。

他突然想起护士长芦小花所带领的第一医疗小分队去护送伤员，按常理最晚应该今天返回，但为何到现在还没有到呢？

由于这几天太劳累了，他迷迷糊糊睡着了。

没有睡多久，就听见急促的敲门声："马院长，开门、快开门呀。"

马梦华急忙起床将门打开，见浑身是血是伤的唐芙蓉昏倒在门口，马梦华将她抱在床上抢救，她慢慢苏醒过来。

她看见是马梦华，就放声大哭起来："芦护士长他们、他们全部牺牲了。"

马梦华突然瞪大眼睛，悲痛地使劲摇晃着她："小唐，你说什么，你说什么呀？"

唐芙蓉抽泣着娓娓道出："昨天下午，我们医疗队在回来的路上，发现一个老乡突发疾病，躺在路上，身上还有伤。芦队长见到后，命令我们将他抬到医疗队进行抢救。

"抢救完后，见他依然昏睡不醒，就破例将他留下住宿。没想到他竟然是日本特遣队的小鬼子，这些全部是他装的。

"到了三更时小鬼子将医疗队的两个暗哨和两个活动哨全部杀死后，溜进临时病房，和已在病房假装老乡的小鬼子联合起来，对值夜班的人员发动突然袭击。

"我们住在里间，临时病房在外间。他们先将值夜班的护士小许和小刘控制住，然后将我们的房子团团围住。

"小许和小刘不顾一切故意碰翻水桶发出巨大的响声，给我们发出信号。

"芦队长环顾了屋子一圈，发现这个水缸下半部分是埋在地下的，但只能藏一人，她们将我藏在水缸里……然后和王大姐突然把门拉开，等小鬼子围上后，她俩忽然同时将手雷拉开，剧烈的爆炸将屋子炸毁，我也被炸昏，等我醒后从废墟中爬出来，小鬼子早已走了，我掩埋了她们的尸体，就、就回来了……"

马梦华听到这个消息顿时感觉到天旋地转，但他告诫自己，一定要镇静，一定要挺住，我是院长，我不能倒下。

马梦华好不容易将自己的情绪稳定下来，决定找王政委商量一下。

他们商量后决定：一、让王政委先向旅、军部汇报；二、此事暂时保密，以免造成不必要的恐慌；三、唐芙蓉同志先转入单独病房，由汪玉梅做她的特别护理。

忙了一个晚上的马梦华刚回到屋里，一个战士突然敲开马梦华的房间："报告马院长，前方送来一个身负重伤的团长，情况十分危险。"

马梦华马上跟着他去看望，一看吓了一跳，虽然那人全身血肉模糊，已处于昏迷中，但从他的脸庞就可以看出，他就是李伟。马梦华命令立即输血、准备手术。

张兰一看李伟变成这个样子，抱着他大哭起来。马梦华拉了一把张兰说："现在不是哭的时候，抢救生命要紧，赶紧准备一下给李伟输血去。"

李伟的手术开始了，白小菊是这次手术的手术护士。慌乱中她递错了一把器械，吓得脸都白了，只听见马院长和蔼地说："这把待会再用，先给我拿一把无齿镊，放松点。"

白小菊歉意地点点头，眼睛里闪着感激的泪花。马梦华医术高超，动作如行云流水又主次分明，令在场的医生护士啧啧称奇。手术很快做完了，并做得很成功，马梦华终于松了一口气，瘫软在椅子上。

晚上，回到宿舍的白小菊，一向大大咧咧的她突然睡不着觉了，她回想起她拿错手术器械马院长不但没有向她发脾气，反而巧妙地化解了她的尴尬。尤其是他那迷人的、多情的略带忧郁的大眼睛，已像利剑一样刺中她的心，爱他的感情强烈而汹涌，刹那间就席卷了她，让她已经没有能力思考了。她下定决心，无论如何要向马院长再表白一下她的心意。

第二天下班后，白小菊正好迎面碰上马院长，他见白小菊表情异样就关切地问："小白，你怎么了？"她说："我很好，但马院长，我想当你的女朋友。"他有点尴尬但很夸张地说："我懂得，这已是第十一次了！"。

她说："但你一次也没有听进去！"他半开玩笑半认真地说："无聊的话，好听吗？"

气得她嘴里嘟囔着："这个木头疙瘩，你懂什么叫爱情吗？"他哑然失笑："这个傻丫头，真逗！"

正在这时，一个通讯员跑到马梦华面前敬了个军礼："报告，军部的紧急通告。"马梦华签收完,回到房间把通告读了一遍,只见他浓黑的剑眉渐渐蹙在一起,长长的睫毛下的双眼露出忧郁、悲伤的神色。他在房间来来回回地走着,反复思考着,连夜跟王钧政委商量,决定明天举行全体人员大会。

第二天,医院全体人员大会在太湖一个小岛的芦苇荡中如期举行,政委王钧给大家宣布了军部的通报。

主要内容是最近有一小股日军在我根据地内部活动。他们烧、杀、抢、掠、奸,无恶不作,他们时而装扮成新四军,时而装扮成老百姓刺探情报并进行绑架暗杀已造成多起事件。

同时他们还不停地袭击我军军事重地,绑架、暗杀我重要人员并屡屡得手,望各个部队加以防范。

王政委突然变了语调极其沉重地说:"我现在向大家宣布一个令人悲痛而令人震惊的消息:我第一医疗小分队除护士唐芙蓉外的全体人员全部壮烈牺牲了,他们的牺牲也是这一小股日军干的。"

此时下面已经是一片悲痛的哭声。

马梦华接着说:"同志们,芦小花等同志的牺牲告诉我们,我们一天不把小日本赶出去,他们就会在我们的土地上烧杀抢掠、无恶不作,我们一定要化悲痛为力量,用我们的实际行动为芦小花同志和我们第一小分队医疗队的同志们报仇!我们现在正处于'黎明前的黑暗'中,同志们再坚持一下,胜利的曙光就在我们面前。

"在东方战场德国法西斯正节节败退,美英联军已在法国诺曼底登陆,日本小鬼子气数已尽,现在正在苟延残喘之中。

"大家要鼓足勇气以百倍的信心坚持抗战。我们现在是为全人类而战,是为世界的永久和平而战。虽然我们遇到了暂时的困难,但我相信大家一定能克服!"

突然,一阵清风吹来,芦苇在静静地摇,朵朵芦花像雪花般地舞动着。

医院的防卫力量严重不足，医院可调动的只有两个特战小分队，形势相当严峻。

会议结束后，马梦华他们制订了预防偷袭的具体方案：一、特战小分队除了晚上要保护上夜班医务人员的安全外，还要积极练兵；二、给每个上班的同志都配备手雷或手榴弹，以防不测；三、因重伤员全部分散在老百姓家，晚上上夜班的护士查房时，三人一组，其中一人是特战小分队的战士。

马梦华对特战队员们说："虽然我们人少，但我们仍然要积极练兵，通过练兵，我要你们每个人都成为一把插入敌人心脏的尖刀。"

5

由于护士长芦小花牺牲了，白小菊被任命为重伤员片区的护士长。她很忙，每天都要安排各个重伤员护理小组的治疗工作。尤其是晚上，她提着马灯和上夜班的护士一起查房，她乐观、快乐的性格感染了伤员，伤员亲切地称呼白小菊"我们的提灯女神"。

唐芙蓉伤好一些后和杨白雪分到同一个护理小组，每天早上天刚微微发亮，她俩就起了床，带上药品、敷料，背上背篓出去准备给重伤员治疗、换药。

杨白雪、唐芙蓉化装成老乡的模样，先和乡亲们一起下田劳动，观察一下，若没有发现异常后再转去为重伤员进行治疗，做完这些工作后，又若无其事地回到田里，然后再和乡亲们一起收工回来。

等到天黑后她们还要洗涤带血的纱布、绷带等，有时她们一天要护理十几个或几十个重伤员，虽然每天很累、很苦、很脏，但南丁格尔的精神一直鼓舞着、激励着她们，她们认为用自己的能力为伤员服务是那么快乐。

就这样过了一个多月，许多重伤员已经好转，其中还包括李伟同志。白小菊决定让唐芙蓉、杨白雪护送已经好转的重伤员到旅卫生部疗养所去。虽然离得不十分远,但也有两天的路途。任务很艰巨,这里到处都有小鬼子的眼线、奸细。

正好这天从轻伤员疗养所调来了两个护士小胡和小付。为了让她们俩尽快熟悉工作,护士长白小菊将每天要做的工作详细写在一张纸上,并再三叮嘱她们一定要按程序办,切记,切记,不得有半点疏漏。

第一天,她俩按白小菊所讲的程序办了,回到宿舍后已经很晚了,休息片刻后,还要洗纱布、洗绷带等,又干了两天后,护士小胡开始抱怨了:"白护士长给的这套工作程序太复杂,咱们是否简化一下,免得咱俩整天累得腰酸背痛的。"护士小付年龄更小,当然都听小胡的,于是就说:"小胡姐怎么干,我也怎么干。"

规定的程序被她们打破了,她们开始按自己的想法去做了。早上两人起得较晚,把东西一拿,就直接去了安置重伤员的老乡家。

这天恰好被村里的二赖子蒋二发现了。此人整天游手好闲,好逸恶劳,丧失了做人的基本良知和起码的道德观念,是小鬼子最忠诚的走狗,就靠告密挣点小钱。这下可让他逮着了,他马上报告了小鬼子,小鬼子迅速包围了这所房子。

此时的小胡和小付正给重伤员做治疗呢,房门猛地被踹开,小鬼子将他们团团包围,一个小鬼子看见两个貌美如花的少女,淫邪的眼睛直直地盯着她们:"花姑娘,大大的好!"

这时的小胡后悔极了,她后悔没听小菊姐的话,不但自己丢了性命还连累了小付和重伤员。

她向小付递了个眼色,她俩同时拿出手榴弹,吓得这些小鬼子和蒋二往后退,但已经来不及了,两个手榴弹同时爆炸,猛烈的爆炸使小胡和小付像处在惊涛骇浪之中,大地剧烈地抖动着,紧接着迎来了死亡一样的平静。

此时天空仿佛笼罩上一层驱之不散的阴霾中,小胡和小付的牺牲让马梦华感到非常心痛,但让他更发愁的是,医院可能已经暴露,为了保护其他医务人员的安全，要马上撤退，但令他担忧的是这些重伤员怎么办？

马梦华让小东子把护士长白小菊叫过来。

白小菊刚刚坐下，突然一声清脆的"报告"声，原来是唐芙蓉和杨白雪执行完任务回来了。马院长说："既然你们俩来了，也提提自己的看法。"

当她俩得知小胡和小付牺牲的消息非常悲痛和无奈，但看见马院长忧郁的眼神就知道马院长目前遇见了难题。

白小菊鼓足勇气问："马院长，你遇见什么困难了，我们能帮得上忙吗？"

马梦华心想：和她们几个人已有三年多的战友之情了，在我最困难的时候她们也曾给我抚慰或帮助，不妨讲给她们听听。

马梦华想到此示意让她们坐下，并给她们一人倒了一杯水悲痛地说："你们知道，医院发生了这么重大的事件，小胡、小付和一个重伤员牺牲了，更重要的是我们医院已被暴露，为了大家的安全我们被迫不得不转移。但、但那些重伤员怎么办？"

白小菊一下显出了爽朗的"女汉子"的豪情，拍着胸脯说："马院长这好办，我留下来照顾伤员，等他们能走动时我把他们送到轻伤员护理小组去，我再去找你们。"

杨白雪说；"小菊，你可是护士长呢，你还要管理医院那么多护士，还是我留下来吧。"唐芙蓉也请缨："我留下和杨白雪一起照顾伤员，小菊你就不用留下来了。"

白小菊看了一眼唐芙蓉坚定地说："芙蓉不能留下来，她的伤还没完全好，还是我留下，治疗这二十多个重伤员比护士长的工作更重要。至于护士长的工作嘛，我会给各个护理小组安排好的。"

杨白雪说："小菊，你一个人留下我不放心，要不，我陪你。谁叫我们是患难与共、生死相依的好姐妹呢。而且我还会点武术，在关键时刻还能派上用场。"

马梦华犹豫着，眉头紧锁，用眼睛盯着白小菊和杨白雪说："这倒是一个好主意，但你们的风险就太大了。"

白小菊瞥了他一眼，装作不在乎的神气说："只要是能解决我喜欢的人的难题，多大的风险我都愿意去，哪怕是生命呢。"

杨白雪也坚定地说："我也是。"

马梦华思考了片刻说："你们的建议我会认真考虑，你们先回去休息吧，等我们研究后再给你们答复。预计今晚我们就要转移了。"

白小菊回到宿舍，想洗几件衣服，当然也包括好朋友玉梅姐的。她拿着汪玉梅的衣服，发现口袋里有东西，掏出来一看是一支钢笔，而且她是让汪玉梅带给小弟的钢笔。白小菊惊呆了：玉梅姐并没有把钢笔送出去，难道我的爸爸、妈妈和小弟出事了。

她正想着，汪玉梅推门进来了，看见白小菊手里拿着这支钢笔，心慌得不知所措。汪玉梅努力让自己镇静下来，走了过去，搂住白小菊温柔地说："小菊妹……"

白小菊愤怒地将她甩开说："汪玉梅你走，别碰我，你撒谎！我爸爸、妈妈和小弟肯定出事了！"

汪玉梅强搂住白小菊声音微微颤抖哽咽道："小、小菊妹，对不起，实在是对不起，我害怕你受不了，就给你撒了一个善意的谎言。其实在一年前，小鬼子的飞机到你们家那片地区进行了狂轰滥炸，你们家已夷为平地，你的爸爸、妈妈和弟弟全都遇难了。你妈妈、爸爸对我也像亲女儿一样，为了这事我还在上海大病了一场呢。"

白小菊听到后，呆呆坐了下来，脑子一片空白，脸颊上泪水涟涟。

根据白小菊和杨白雪的要求，组织上决定让她俩留下来继续照顾重伤员，并留下特战小分队一个小组在她们周围活动，以保证她俩和重伤员的安全。

晚上医院就要转移了，汪玉梅、张兰、唐芙蓉和白小菊、杨白雪紧紧拥抱在一起，百感交集、难舍难分。

这时马梦华走过来说："小汪、小张、小唐，队伍已经出发了，你们赶紧走吧，我跟小白和小杨说几句话。"

马梦华用眼睛直视她们，这眼神太凌厉了，似乎能洞察人心："白小菊、杨白雪给我听着，完成了任务赶紧回来，我会一直关注着你们，一直到你们胜利回来为止。"

白小菊突然走过去勇敢地拥抱着马梦华。一瞬间，一股暖流穿过他的全身，心脏仿佛停止了跳动，但他并没有挣扎，只是顺势调整好姿势，绅士般地用手拍了拍白小菊的背。因为马梦华清楚，白小菊刚刚得知她的父母和弟弟离去的消息，他想让她得到些许安慰和温暖。他握了握她的手强调："你要做我的朋友必须答应我，一定要平安回来！"

在一旁的杨白雪失神了片刻，也鼓足勇气走过去拥抱着他，她将额头靠着他的胸口，陶醉地闭上眼睛。马梦华同样很绅士地拍了拍杨白雪的背，并挥手说："同志们，一定要平安归来。"

她们俩目送着战友们渐行渐远的身影，内心沉淀了太多的刻骨铭心。

第二天，天还未亮，白小菊和杨白雪就起床了，她们将屋子里外仔细检查了一遍，看东西是否藏好或遗漏，等全部收拾妥当后，她们打扮成渔婆的样子，头戴斗笠，背上背篓，背篓里全部放的是药品和医疗器材，她俩才放心地离去，往芦苇荡深处走去。

为了防止小鬼子的偷袭昨天马院长已安排将重伤员全部转移到渔船上，并藏在芦苇荡中。

果然正如马梦华所料，一大早小鬼子已派部队将这个小村庄团团围住，并向过筛子似的将人员和屋子全部撸了一遍，并未发现有什么异常也没有发现可疑人员，只好扫兴而归。

在这极其艰苦和面临极大风险的日子里，白小菊和杨白雪彼此依靠，彼此鼓励，渡过了一个又一个难关。

转眼间已到了深秋，经过一个多月的治疗和护理，大多数重伤员可以慢慢下地走动了，离白小菊和杨白雪归队的日子也屈指可数了。她们异常兴奋，盼望和战友们见面，尤其盼望和马院长见面。她们在一起谈得最多的就是——马梦华，她们的朋友。

秋天来了，地上铺满了金黄色的树叶，像是一群栖息地面的蝴蝶，让人不忍心打扰。在秋风的鼓动下松涛阵阵，仿佛是曼妙无比的舞蹈家，轻轻舞动纤细的腰肢，将一支优美的舞蹈献给群山和湖泊。在袅袅炊烟的晚霞中，血红的夕阳正缓缓沉落，似乎留恋着不肯离去。

白小菊和杨白雪又忙了整整一天，顾不上欣赏大自然馈赠的美景，拖着疲惫的步子回到了宿舍。白小菊这几天有点感冒还发着低烧就早早睡了。杨白雪收拾了明天要带的药品和器械，还清洗了伤员换下来的纱布、绷带等，她忙完后也就睡了。

杨白雪没睡多久，就听见急促的敲门声，外面喊道："小杨，快、快开门，我是邱大嫂。"

杨白雪起身把门打开，邱大嫂一下跪在地上，哭泣说："我孩子病了，发高烧、抽风，求求你，救救他吧！"

杨白雪连忙将邱大嫂扶起来说："大嫂，不要着急，我稍微收拾一下，带点药，咱们一块儿走。"

这时白小菊挣扎着起来，要跟着去。杨白雪说："小菊妹，你病了，还发烧呢。我去去就回来，你就在家休息，好吗？"白小菊拗劲一下上来了："小杨姐，你一个人走，我不放心，咱俩在一起还有个照应。"

杨白雪无奈地答应了她，一起出了门。白小菊提着马灯，杨白雪背着药箱，和邱大嫂一块到了她家，看见孩子小脸憋得通红，还不断抽搐着，他们判断孩子应该是得了急性肺炎，这是小儿死亡率极高的病症。她们马上给孩子打了针，服了退烧药和镇静药，看孩子病情稳定了，留了一些药，给邱大嫂交代了用药方法、时间及注意事项。她们答应明天再过来看看，邱大嫂要送送她们，被她们婉言谢绝了。杨白雪说："邱大嫂，你就别送了，孩子还需要照顾，你在家里陪孩子吧。"邱大嫂千恩万谢，她俩就离开了邱家。

突然从远处传来日本人的声音。杨白雪心想：不好，小鬼子来了。她拉着白小菊往前跑，并后悔当时走得匆忙，既没带手榴弹，也没叫上特战队员，已违反了条例。

白小菊眼看着敌人越追越近，心想，与其搭上两个人的性命，不如牺牲一个。她观察了一下周围，发现右面不远处有一口水井，她咬了咬牙，下定决心，不知使了多大的劲一把将杨白雪推到。杨白雪猝不及防重重地摔倒在地上，她刚要喊叫，就见白小菊提着马灯往水井的方向跑去，并大喊："小杨姐，永别了，告诉马院长，我爱他！"

杨白雪这时懊悔极了，只见几个小鬼子在马灯的指引下也快步赶到水井旁，马上要捉住白小菊了。只见白小菊纵身一跳，一切都趋于平静，一盏马灯掉在地上，闪出摇曳不定的微光，那股阴森沉郁的气息浸透了杨白雪的心。

她趴在地上观察到，一个在井旁站着的人影在晃动，这个人她非常熟悉，身材魁梧，面颊消瘦，不苟言笑，表情阴森。她差一点尖叫起来：是师兄'黑羊'——木村！这些小鬼子在井边徘徊了一阵，非常懊恼地离开，其中一个小鬼子说："这个中国姑娘太刚烈了。"

杨白雪躲在黑暗处，见小鬼子已离去，马上招呼人打捞白小菊，但她已经溺亡了。

杨白雪不由自主地痛哭起来，晚上杨白雪脑海里不断涌出白小菊和她在一起的日日夜夜。

杨白雪想起了《南丁格尔》那本书中有一段话：每到夜里，南丁格尔都要手提一盏马灯，到伤兵营里巡视。这时候，轻伤员们都睡着了，重伤员们还在痛苦地呻吟着。

从沉睡的轻伤员旁边经过的时候，她总是习惯拧小灯光，放轻脚步；

从呻吟着的重伤员旁边经过时,她总要停下脚步,观察一下。

如果伤员病情恶化,她就马上放下马灯,进行紧急处理;如果伤员病情没有恶化,她就轻声安慰几句。她的这种安慰,往往会收到药物起不到的神奇效果。

时间长了,南丁格尔手提一盏马灯,在伤员和病人中间巡视的形象,就固定成了一种标志,一种符号,这个标志和符号叫作"提灯女神"。

这段话杨白雪和白小菊一起读了无数遍,早已牢记心中了,杨白雪明白了,白小菊就是"提灯女神"。

马梦华得知白小菊牺牲的消息后,悲痛得不能自己,但他努力地克制住并不停地思考着:现在那个小村庄里只有杨白雪和二十几个重伤员了。尤其是白小菊牺牲后,他们的处境相当的危险,得马上把他们全部转移出来。

马梦华将工作向王钧交代了一下,穿上便衣,连夜带上小东子出发了。

马梦华赶过去时,杨白雪已将白小菊洗干净,穿上漂亮的衣服,躺在床上像睡着一样,她还是那样的纯洁,那样的美丽。

房间里笼罩在一片哀泣声中,声声痛心凄切,此时阴云布满天空,像戴了一顶浓浓的雾罩,黑漆漆的,仿佛也在为白小菊的牺牲悲哀。

马梦华走过来,见杨白雪是那样的疲惫不堪、面色苍白、双眼红肿,泪水不停地从她脸上往下流着,她扑到他怀里失声痛哭起来:"马院长,是我不好没有保护好小菊妹呀,反而是小菊妹在关键时刻保护了我,呜呜呜……"

杨白雪的悲痛感染了马梦华,他的心似乎在胸腔中慢慢破碎,他拼命抑制住心中的悲痛,抚摸着她柔软的秀发,他哽咽道:"小、小杨,别哭了,赶紧振作起来吧。"杨白雪看了马梦华一眼,呆板地说:"我、我要为小菊妹报仇,我认识那人。"

马梦华听到后眼睛一亮,但没有吱声。

下午，他们把白小菊和她经常用的马灯一块安葬在一棵粗壮高大的雪松树下。马梦华默默地念道："小白，我只能这样安葬你了。等我们胜利的那一天，我一定过来为你立了一个碑。碑文用一首名叫郎费罗诗人的诗：'在伟大的历史上，有一位提灯女郎——她给优秀的女性，树起光辉的榜样。'燃烧自己、照亮别人的白衣天使——白小菊。"

他们又马不停蹄地去看伤员，让他惊喜的是所有的伤员恢复得都很好，都已达到标准，可以到旅卫生部疗养所去了，这都是这两个可爱姑娘这些天来用汗水和艰苦的工作获得的成果。马梦华用感激的眼神看了一眼杨白雪，而伤员们听到小白护士牺牲的消息无不悲伤落泪。

马梦华决定当晚连夜就送伤员们离开。晚饭后马梦华和杨白雪一起去看望了邱大嫂和她的孩子，邱大嫂得知小白护士牺牲的消息，忍不住失声痛哭起来，一下子跪在马梦华和杨白雪面前："多好的妹子呀，是我害了她呀。"

杨白雪将她扶起来，马梦华说："大嫂你就别内疚了，为人民服务是我们的宗旨，你们有困难我们应该全力以赴地去帮助、去救护，哪怕牺牲自己的生命。"

邱大嫂还是一声半声低泣着，突然响起一阵婴儿的啼哭声，他们过去一看小家伙已经醒了，邱大嫂将他抱起来，他还用明亮的眼睛看着他们笑了。马梦华又给小家伙检查了一下，满意地点点头，对邱大嫂说："孩子恢复很快，再吃几天药，就没什么问题了。"

从邱大嫂家出来，见离出发的时间还早，马梦华建议："咱们到外面走走。"

他们来到湖边的一棵大树下，湖水微波荡漾着如仙境一般，一阵秋风吹过，泛起层层涟漪，面对这轻柔的湖水，那些乱七八糟的东西都神奇地消失了，仿佛一切烦恼都埋葬在这宽阔、平静的湖水里。

他俩坐在树下的大石头上，马梦华诚恳地说："小杨，看你郁郁寡欢的样子，我觉得你背负着沉重的包袱，小白同志的牺牲你感到很自责，因为你放大了自己的过错和这难以承受的悲痛，是吗？"

杨白雪点点头，轻轻地颤抖着，她甚至不知道自己在哭，她那一双被泪水打湿的双眸漆黑幽深慌乱而凄然地看着他，抽泣地说："马、马院长……"他马上打断她的话："我现在不代表领导，而是以朋友的身份跟你谈心，你看，行吗？"

她自卑地说："我能和你交朋友？"他说："当然可以！我们共产党人，本来就是讲平等的。"

夜风吹的树木飒飒地响，马梦华看时间已到该出发了就说："咱们就聊到这里，明天再聊。回去把该带的东西都收拾一下。"

杨白雪抬起头，那双含情脉脉的眼睛注视着马梦华的眼睛，她那炽热的眼神跃动着，但他的眼神仿佛竭力避开她。

到了三更天，马梦华这一行人离开了这个让他们又悲伤又留恋的小村庄。

晚上日本特遣队队长木村睡不着了，他的脑海里反复出现一个年轻、美丽的女子跳井的画面，他想：她绝不是普通的村妇，她应该是新四军战士。在这个小村庄里肯定隐藏着许多秘密，有可能还有新四军的伤员。

第二天，木村带领特遣队把这个小村庄搜了个遍，包括一些藏在芦苇荡中的渔船，果然发现了线索，在一艘渔船隐蔽的一个角落里有一块带血的纱布。他将这个小村庄的村民们集合起来，其实这些村民都是些老弱妇孺，青壮年一大早都打鱼去了。在村民们一问三不知的情况下，木村发怒了，将他们全部杀死了。

马梦华他们将伤员送走后，马不停蹄地往驻地赶路，正好又路过这个小村庄，杨白雪建议再进去看一看，他们悄悄地潜伏进去，被眼前的惨状惊呆了，曾经的温馨和繁忙已荡然无存，留下的是惨不忍睹的尸体和一片默默无声的寂静。

这些都是和她朝夕相处了几个月，视她为亲人的乡亲们啊。杨白雪气得直想吐血，她想：这一定是木村干的，她要报仇！

汪玉梅、张兰和唐芙蓉得知马梦华和杨白雪回来了，急不可耐地围了上去。

"白小菊呢？"汪玉梅担心地几乎是歇斯底里地问。

杨白雪不停地抽泣着，而马梦华用锐利的目光注视着她们："白小菊同志，她、她壮烈牺牲了！"

话音刚落，就听见一阵阵凄凉的呜咽和撕心裂肺的哭声在周围回荡，无言的悲痛笼罩在人们心头。

因为杨白雪刚回来，医院决定让她休息两天。

吃过晚饭后，马梦华邀请杨白雪到他房子里聊聊天，他们聊了一会儿，马梦华突然问："小杨，那个晚上，你看见谁在井旁站着？"

杨白雪说："我看见我的师兄'黑羊'，我们一同在特训班待过，就是扒下他的皮，我都认识他。"

马梦华一下陷入沉思之中，过了一会儿他缓过劲来，温和地说："小杨，这几天也辛苦了你，早点休息吧。"马梦华起身送她出了门，并互道了一声"晚安"。

6

根据杨白雪提供的线索，马梦华思索了几天终于有了眉目：这支行迹诡秘，来无踪去无影，手段残忍，血债累累，报复性极强的恶魔部队，就是日军新组建特遣队。

队长木村少佐就是杨白雪的师兄"黑羊"，接受过专门的特工训练，比上一支特遣队更专业、更残忍、更狡猾、更难以对付。因为它的危害性极大，必须尽快除掉。

马梦华将这一重大线索向上级组织做了汇报，上级组织非常重视，指示：由 16 旅抽调精兵强将组建特战队，特战队下设四个小分队，每一个小分队设 15 人。

第一小分队队长侯铁；第二小分队队长张海生；第三小分队队长王大山；第四小分队队长萧瑟。

特战队其核心小组成员有旅参谋长赵力钢同志、团长李伟同志、副团长潘毅同志和马梦华同志。

上级部门给特战小分队配备最先进的武器和其他装备，每一个特战队员都要学会各种车辆的驾驶技术及狙击、刺杀等各种技能。特战小分队加快训练的步伐，要不惜任何成本和代价，尽快除掉这支小鬼子的恶魔部队。

此时马梦华内心非常纠结，杨白雪成为这次行动最重要和最关键的一颗棋子。

这时响起一阵敲门声，马梦华说了一声："请进！"杨白雪手捧衣服微笑地走进来说："马院长，我把你的衣服洗干净并缝补好了。"并又在床上搜罗了一些脏衣服、臭袜子并把床单、枕巾扯下来："昨晚值了夜班，今天正好休息，赶着今天太阳好，帮你洗些东西。"

马梦华温和地说："小杨，咱们找时间谈一谈吧？"

吃过晚饭，他们相约来到湖边，湖上万家渔火相互辉映，这光与水、水与影相互融合，美得不可思议。

马梦华有意咳嗽了两声，想引起杨白雪的注意。杨白雪心中暗暗发笑："这马梦华葫芦里卖的什么药？平时伶牙俐齿，今天怎么向大姑娘一样矜持起来？"

马梦华结结巴巴地说："小杨，我好像感觉到你对师兄'黑羊'仇恨很深对吗？"

这下子正戳到了杨白雪的痛处，一种无尽的深深的悲伤犹如潮水般地涌出，杨白雪的眼泪仿若溪流滚滚流下，哀伤凝重得仿佛冬日的冰雪。马梦华真没料到她是如此的痛彻心扉。

杨白雪心想：这个马梦华也太聪明了，上次和他交谈时提起师兄"黑羊"，语气重了些，他就能看出点端倪。

马梦华见到杨白雪如此伤心，讪讪走到杨白雪面前作揖、赔罪："小杨，是我不好，触碰到你的伤心事，如果你不愿意说就算了，若要解气的话你就、就骂我，打我也行呀。"

杨白雪一下扑到马梦华怀里，哭诉着，娓娓道出往日的伤疤。

1939 年 19 岁的佳玫子终于考上她心仪的大学京都医学院，她高兴极了，心想，终于离开了那个没有温暖的、随时要受到呵斥或处罚的家庭了。

此时日本帝国主义正在进行侵华战争，日军遭到中国人民强烈的抵抗。为了尽快占领中国，日本特高课从大学中用尽各种手段招揽到一批漂亮女生，进入特高课"特训班"，安排到与世隔绝的深山老林进行一年多封闭式训练。

佳玫子开始了生不如死的非人训练：攀爬、越障碍训练，动作若不规范或速度稍慢就要被教官用鞭子抽打；擒拿格斗、抗击打训练更搞得佳玫子遍体鳞伤；还有什么审讯和反审讯训练搞得人精神都快崩溃了。

最可怕的是色情女间谍训练，先给她们学习人体解剖、生理知识、心理学，并安排男学员和女学员一对一发生性关系，她的宝贵的第一次就被这个师兄"黑羊"占有。

这个"黑羊"是特训班的佼佼者，已是教官的得力助手，为了尽快地当上正式教官，他从来没有对他的这些师妹怜香惜玉过，竟然和教官一起对她们几个女生进行性虐待。

经历着生不如死、人间地狱的生活，她想到死，也死过，均被姐妹们救了下来。日本人这样训练她们的目的就是彻底泯灭她们的人性，彻底打碎她们做人的尊严，把她们培养成没有感情的杀人机器。

一缕月光映在她那凄楚的脸上，马梦华举起手，像朋友一样搂着她的肩头。她抬起头，一双泪眼诚挚地、哀求地望着他，似乎在乞求他的原谅。

马梦华听到杨白雪的遭遇后，十分同情她。同时他也佩服杨白雪的勇气，能把自己最隐私的东西说出来，可见杨白雪对他十分信任。

杨白雪突然像发疯似的喊道："我要复仇，为了小菊和乡亲们，也为了我自己。"

清剿行动开始有条不紊地进行着，根据掌握"黑羊"的各个方面的情报和数据，特战小分队针对性地进行严格、残酷和超强度的训练。

杨白雪也正在寻找时机，随时准备出发，会会她的师兄"黑羊"木村。

机会终于来了，在一次日军特遣队的行动中，新四军打伤并俘虏了一名特遣队的小军官，他被送进医院住院治疗。

风儿顶开了病房中一扇半开的窗户，一缕阳光照在春木江的脸上，春木江突然睁开眼睛疑惑地问自己："我究竟在哪里？"他突然想起，特遣队三天前为绑架一名新四军情报专家，曾经和新四军警卫排发生激战，他不幸被子弹击中。

他耳边响起一个轻柔的日语问候："你醒了？"这声音如此亲切，仿佛回到家一样。他定睛一看他的床前站着一个漂亮的女护士，正用美丽迷人的大眼睛望着他呢。

他疑惑地问："这是哪里？"女护士答道："这里是医院。""哦，我在哪家医院？""你在新四军医院！""你的日语为什么说得那么好！""我本来就是日本人！""你的话语我听起来很亲切，你是福冈人？""是的，我就是福冈人！""哦，还是老乡呢！"

春木江眼睛突然亮了一下，与女护士四目相对，一双眼睛里蓄满着希望和憧憬，另一双眼睛给人以温暖和同情。

杨白雪得知，他叫春木江，现年23岁，毕业于日本京都士官学校，现任日军特遣队一分队队长，中尉军衔。

杨白雪说："我比你大一岁，你就叫我姐姐吧？"

春木江高兴地点点头，眼睛里噙满激动的泪水。

春木江从女护士那儿得知，女护士名叫佳玫子是梅机关的特工。因为某种原因和梅机关失联了，现在只有潜伏在医院了，他们特遣队的头目木村是她的师兄。

在杨白雪精心照顾和护理下，年轻力壮且子弹恰巧从肺部穿过没有造成其他器官损害的春木江恢复很快，一个多月就已恢复得差不多了，这时他的心开始蠢蠢欲动，就跟杨白雪商量想从医院逃走。杨白雪闪动着惊恐的大眼睛连连说："不、不好，他们戒备很森严，如果逃跑失败，咱俩可是死路一条。"

春木江突然向杨白雪跪下眼睛里充满泪水："求求姐姐，救救我，我、我不想当俘虏！"杨白雪说："春木君，容我想一想，要走咱俩一块走，但各个方面都要考虑周全，做到万无一失。"春木江破涕为笑："姐姐对我太好了。"

杨白雪决定利用春木江重返梅机关，以便获取更多的情报。她和特战队领导成员多次商议，设计让她和春木江脱逃成功。

深夜，病房中一盏马灯孤独地燃烧着，给房间带来一抹微弱的光亮。春木江已经收拾妥当等待杨白雪，杨白雪今天上大夜班，不一会儿，杨白雪急急忙忙回来说："我已忙完了，咱们走吧。"

他们按照预订的计划"成功"地逃出了医院。春木江做梦也不会想到，特战队员已悄悄地跟在身后。

两人刚走不远，突然狂风大作，不一会儿就下起了冻雨，雨中夹杂着雪粒打在脸上生疼生疼的，他们顶着风雨在泥泞的道路上前进着。

雨雪无情地下着，风无情地刮着，有两个人影在艰难地行走着。渐渐东方泛出鱼肚白，在白光中隐约看见布满水雾的原野和远处的山峰，黎明来临了。

杨白雪非常熟悉这里的地形，知道他们已经穿过警卫区。他们来到一棵大树下，喘了口粗气，平复了一下惊恐的心绪。

春木江疑惑地问："姐姐，咱们逃出来了吗？"杨白雪眼睛中闪烁着泪花高兴地点点头:"是的,春木君。"

三天后,春木江带杨白雪来到一个江南小镇云水镇,这里依山傍水,风景迤逦,交通便利,可攻可守。春木江高兴地对杨白雪说:"我们特遣队就驻扎在这里。"

快到镇口,杨白雪仔细观察了一下地形,云水镇前面有一条公路直通县城,镇左边是一片树林,树林后面的地势越来越陡,逐步形成陡峭的山峰;镇的右面有一条小河,可以直通太湖。

他们走到镇口,春木江看见有几个伪军在站岗就大声喊:"我是春木江,我回来了。"

立刻有人去向木村报告。不一会儿,木村少佐从岗楼上走了下来,表情还是那么严肃,令人生畏,一双细长的丹凤眼里闪烁着慑人的寒光。

木村也看见了春木江和杨白雪,这个面瘫的男人眼睛亮了一下,但马上又阴沉下去,面无表情地对他们说:"走,到岗楼里谈谈。"

春木江讲述了他如何受伤,失血过多而昏迷,被俘后如何在医院里碰见已失联在医院里当看护的杨白雪,他们制订了计划从医院成功逃离来到这里。

杨白雪说:"难道你不欢迎我们吗?"

木村思索了一下问:"春木江既然你被俘,为何没有被杀?"

"可、可……"春木江想说什么,被他的问话噎住了,过了一会儿才无奈地说:"算了,我已经回来了,你们愿意怎么处理就怎么处理吧。"

"还有你,佳玫子小姐,失联了那么久为何不和梅机关联系?野田机关长一直惦记着你呢。"木村又将怀疑的目光投向了杨白雪。杨白雪脸色苍白,绝望地喊道:"我怎么联系?我的上线川岛突然失联了,电台的密码更换了。"并透出一股难以言传的倔强:"请你相信我们俩是清白的。"

木村让手下把他们各关进一间禁闭室里,并命令他们将衣服全部脱光后洗浴，洗浴后换上为他们准备好的衣服，他们的原来的衣服包括鞋袜检查后全部焚烧。

在禁闭室里杨白雪将岗楼的布局好好回忆了一遍。外表看起来很普通的岗楼，内部可不一般：一楼住的是木村少佐等军官，有厨房、餐厅、卫生间还有一个会议室，一楼的大门是铁门，上面还安了报警器；二楼住的是特遣队的队员；三楼住的是伪军；禁闭室在地下室，里面放置着许多武器。

木村少佐对春木江和杨白雪的审查使用的是英国反谍报人员平托上校的"多次重复出错法"。像拉家常的方式，不厌其烦地让他们描述细节，如果说谎就会出现差距或漏洞，通过多次讯问佳玫子和春木江都过关了。

木村见讯问不行，开始给他们加用刑具虽然不危及生命，但也让他们痛不欲生。主要是在精神上和意志上摧垮他们，但这一手也未奏效。

几天后的一个早上木村来到杨白雪房间，一贯严肃的他一反常态脸上竟露出笑容："佳玫子，这次审查你已经顺利过关了。我很佩服你，说话滴水不漏、无懈可击，而且意志坚强。"并伸出手握了一下："祝贺你。"杨白雪冷笑道："我是帝国的军人，绝对会忠于帝国。"

木村刚回到自己房中就听到一阵急剧的敲门声，一名士兵闯进来："报告木村少佐，特高课急电！"电文内容是：命令特遣队立即前往溧水镇解救三木中队。

要是平时他亲自带领部队去，但这一次心中欲火燃烧的木村心中打起了小九九，这一次他不想去了，借口感冒了，让特遣队副队长小坂太郎带领前去，春木江也要随同去，杨白雪知道这次去凶多吉少，她十分不舍地挥泪向春木江告别。

日军特遣队因为战斗减员剩下的30个人，他们用卡车拉了两门火炮气势汹汹地地出发了。云水镇上只留了队长木村、杨白雪和木村的警卫、六名特遣队队员还有看守小镇的伪军们。

杨白雪恢复自由后就将云水镇的布局，特遣队和伪军的布防图，以及防御工事等全部画出并将特遣队前去支援溧水镇的消息传了出去。

这一天忙完后，已到吃晚饭时间，木村又来了。这次他是破天荒地穿了一件便装显得英俊潇洒，细长的眼睛闪着亮光高兴地对杨白雪说："小师妹，今晚我请你吃饭，这个小镇上有一个餐馆的'西湖醋鱼'烧得特别好吃，你赶快收拾一下。"

杨白雪噘着小嘴娇媚道："师兄哪来的喜讯把你高兴得合不拢嘴？"

木村悄悄告诉她："特遣队又在前方打胜仗了，已解三木中队之围，部队近日可返回。我还有一个私人的好消息。"

杨白雪讥笑道："个人有什么好消息，看把你乐的。"

木村说："因我组建和领导的特遣队战绩显著，特高课已晋升我为中佐。还有野田大佐知道你已归队很是高兴，特意向我交代，必须将你完好无损地交给他。"

杨白雪听见这些消息很是吃惊，但还是面带笑容地说："祝贺你呀，师兄。"

随后她换了便装和木村一同前往。

餐馆里人流熙熙攘攘、热闹非凡，木村领杨白雪在一个僻静的座位坐下，点了酒菜，等菜上齐了，木村端了酒敬杨白雪："小师妹，前几天的审查让你受惊了，这杯酒，师兄我向你赔罪。"说罢一饮而尽。

杨白雪疑惑地想：这几天木村怎么啦？好像换了一个人似的？于是揶揄道："师哥一向是拒人于千里之外如今怎么变了？"木村问："怎么变了？"杨白雪说："变成了一个和蔼可亲的兄长。"

听到杨白雪的夸奖木村心脏不由自主一阵乱跳，脸涨得通红，痴痴地发呆，杨白雪推了他一把："师兄？"木村连忙回答以掩饰自己的失态："噢！这两天没睡好觉走神了。"

杨白雪媚眼一瞪故作吃惊状："是吗？师兄有何心事，何不跟小师妹谈谈？"

杨白雪端起酒杯："感谢师兄的盛情款待。"说完一饮而尽。就这样两人你来我往，杨白雪殷勤地不停劝酒，不大一会儿一瓶清酒已快见底，木村不由得劝道："小师妹，吃点菜吧，空腹喝酒是很容易醉的。"佳玫子略带醉意道："师兄你也知道关心人了。"

此时的杨白雪已喝得俏脸如花，媚眼如丝，看得木村又是一阵心动过速。

在杨白雪建议之下，他们又开了一瓶清酒，杨白雪不经意地嫣然一笑，无意间解开外衣纽扣，一对丰满的玉兔似乎要呼之欲出，有些微醺的木村注意力一下被吸引到她绯红的俏脸和比一般女人更魅力的胸脯上，心想：这小师妹出落如此迷人、性感，这胸脯简直是太完美了。

他的身体已有了强烈的反应，正当木村色迷迷地盯着她胡思乱想时，杨白雪突然说："师兄，你怎么了。"

杨白雪的声音一下把他唤醒："哦，我喝多了，犯迷糊呢。"

两人正喝到兴头上，杨白雪突然发现，不远处的座位上坐着四个人，两男两女打扮得十分时髦，好面熟呀，原来是马梦华、汪玉梅、李伟和张兰。

杨白雪惊喜得心都快跳出来了。杨白雪立马起身对木村说："师兄，我去下洗手间。"

木村此时已喝得醉醺醺的，也想休息休息，恢复一下已经快要露出马脚的狼狈相，就同意了。

杨白雪刚走到他们桌前，马梦华突然起身端了一杯酒和杨白雪撞在一起，酒洒了佳玫子一身，他急忙拿出手绢给杨白雪擦拭："小姐，对不起。"同时向跑堂的招呼着："伙计端盆热水，拿条毛巾来。"

杨白雪埋怨道："先生，你看，把我的衣服搞成这样。以后可不要那么莽撞了。"马梦华连忙点头哈腰："对不起，实在对不起。"还不停地用热毛巾为她擦拭，就在这慌忙擦拭的不经意中杨白雪已将情报传了出去。

杨白雪从洗手间回来，木村已经趴在桌上呼呼大睡。这也难怪，他这几天没有睡好，今天又喝了不少酒，很容易犯困。杨白雪命令木村的手下将木村搀扶回去。

马梦华他们根据杨白雪的情报制定出歼灭日军特遣队的作战方案。

现在已经到了傍晚，日军特遣队在小坂太郎带领下正行进在通往云水镇的路上。这一段是崎岖的山路，俗称"乱石岗"，乱石犬牙交错，朦胧的月光在山间缥缈的雾气中显得更加朦胧，山里的树木怪模怪样伸出脖子，乱石也乱七八糟突兀地横在路上和地上朦胧的影子一起恐怖地躺着，仿佛是一群魔鬼正在酣睡。

今天小坂太郎心情不错，他坐在吉普车里，嘴里还哼着日本民歌。以前木村总是压他一头，他和木村一样，性格暴戾、刚愎自用。这一次他终于当了一回主角，单独执行任务并亲自指挥打了胜仗，他得意地想：过去木村总是讥笑我没有韬略、头脑简单，是一介武夫，哈哈哈！过去老是看不起我的木村，这一次总该对我刮目相看了。

突然吉普车嘎吱一声停了下来，他大骂："这么回事？"一个士兵跑过来，战战兢兢敬了个礼："报告副队长后面一辆拉着大炮的卡车陷进泥坑了。"他想了一下，现在已是寒冬，长途跋涉已让特遣队队员们很疲劳，应该让队员们休息休息，吃点东西，暖和一下，于是命令："架起篝火，原地休息，等卡车拉上来再走。"

篝火生起来了，小鬼子们坐了一圈，不一会儿空气中就弥漫着烤肉的香味，旁边还围了一圈摩托车，还有四组鬼子兵在道路前、后、左、右四面把守，两组鬼子兵来回巡逻。

此时在乱石岗周围的草丛中赵力钢他们早已埋伏在那里，赵力钢看见又上来了十几个人就向他们做了个噤声的动作，并指了指前面，暗示前方有敌人。

这些特战队队员们个个都是高手，敏捷矫健，身轻如燕，身怀绝技。

赵力钢闻到肉香味，不由咽了咽口水，肚子也不争气得咕咕直叫唤，口中暗暗骂道："他娘的，这些小鬼子还挺享福的，老子在此地已守候了一天，就啃了点干馍馍。等一会儿我倒要看看你们的狼狈相，看谁笑在最后，看谁能吃到肉。"

接着他蹙了一下眉头自言自语道："这些小鬼子们可是百里挑一的精英，个个武功高强，可是难啃的骨头呀。"

趴在一旁的特战队员小秃子听见了，悄悄对赵力钢说："赵团长，我有一个办法可以打得小鬼子措手不及。"

赵力钢看了一眼小秃子，他是特战队中年龄最小的，看起来更像一个孩子，稚嫩的面庞透出一点纯真还带着一股机灵劲。

赵力钢想了一下，有些担心地说："小秃子，方法倒是很好，但你的自身安全怕无法保障呀。"

小秃子从喉头深处发出不屑的声音："你不相信我？"赵力钢嘴唇露出一抹冷笑："没错。"

小秃子急了："赵团长，看起来你的这种固执和我挺般配的，我偏要去！"

赵力钢沉默了片刻，慈爱地摸了一下他的头："我知道你很机灵，但前提是一定要保护好自己。"

小秃子满不在乎笑嘻嘻地说："看我的，保证完成任务。"

赵力钢和李伟耳语了几句，将特战队分成四个战斗小组。由李伟带领一个小组到后面面去解决那些拉大炮的卡车司机和拉陷卡车的人；由侯铁带领一个小组到前面去解决吉普车上的司机，其他两个战斗小组由赵力钢带领。

一组巡逻的鬼子刚巡逻到车队后面，就见旁边草丛一动，一阵凉风袭来，就感到脖子一冷一头栽倒在地上，连哼都没哼一声，死了的鬼子就沿山路滚下去落入草丛之中。眨眼间几个人影又隐入草丛之中接着针对第二组巡逻的鬼子，手法和刚才一样，动作犹如游鱼啄食一样快速准确，一会儿工夫鬼子的巡逻队已不见了，好像刚才什么也没发生过。

小坂太郎仍然没有察觉，还在那里大口嚼着肉，喝着清酒，在朦胧的夜色中发现一个站岗的哨兵倒在地上，他眼前一蒙，知道大事不好了，连忙抽出指挥刀大喊："杀呀！"只听见耳边响起嗖嗖嗖的声音，他的兵已被射倒了一片，而小秃子手中拿着一个长矛，前面绑着一个炸药包，在弓箭手掩护下匍匐前进，在离篝火不远处，他突然一跃而起，奋力一掷，将长矛朝篝火的方向扔了出去，只听见一阵枪响，他趔趄了一下扑倒在地。小坂太郎急得大喊："是炸药包，快卧倒。"

炸药包已被扔进了篝火里，接着就是轰隆隆一阵阵震耳欲聋的爆炸声和惨叫声。硝烟弥漫，任何东西都看不见了，在辛辣刺鼻的烟雾中，听到即将死去的人们所发出的凄惨的呻吟。

在爆炸的瞬间，赵力钢突然冲过去，抱起小秃子，只见他已身中数枪，一股股鲜血，像溪水似的从他身体里流出来，他脸色苍白。赵力钢抽泣道："小秃子，好样的，你一定要挺住呀。"小秃子用无神的眼睛仰望着天空断断续续地说："队长，我做到了！"说完头一偏，他牺牲了。

赵力钢愤怒得眼睛发红，像一头困兽大喊："同志们,为小秃子报仇,杀啊！"

惊恐未定的剩下的日军特遣队队员看见新四军特战队已冲进来，立即将步枪上好刺刀，做好拼刺刀准备，发现已有一团团黑影已将他们围住，身怀绝技的特战队队员们手持大刀扑上来，用大刀对付小鬼子的刺刀阵，刹那间刀光剑影、血流成河，喊杀声、铁器碰撞声、惨叫声响彻山谷。

小坂太郎对自己的刺刀搏杀技术还是相当有信心的。在他眼里，身材比他高大威猛的中国人简直不堪一击，谁知道，这次来的人如此强悍，将这些千里挑一的特遣队员杀得丢盔卸甲，眼睁睁看见特遣队员一个个在他身边倒下，气得他眼睛都快冒血了，他使出吃奶的劲奋力搏杀，但已经是无力回天了。

特战队的队员已将他团团围住，小坂太郎哀叹道："我太大意了，骄兵必败呀。"然后剖腹自杀了。

赵力钢看见这边已结束战斗，侯铁也派人报告，他们已解决了鬼子吉普车上的司机。

赵力钢和他的战友们马上去支援后面攻击拉卡车的日本特遣队的队员，只见那里也杀得天翻地覆、日月无光。

卡车司机刚刚探出头就被击毙了，那些正在拉卡车的小鬼子也没有幸免，都被一一迅速地解决了。

赵力钢长长地舒了一口气，这次战斗他们牺牲了16名特战队队员，重伤11人，但全歼鬼子特遣队24人。

战斗结束后，他们吃光了小鬼子留下的丰盛的晚餐，吃完饭，打扫完战场，穿上小鬼子的军装，开着汽车，拉着大炮，骑着摩托车浩浩荡荡地向云水镇开去……

第二天下午，赵力钢他们来到云水镇的入城岗哨，李伟用日语大声地喊："混蛋，赶紧放下吊桥，老子回来了。"

守门伪军看了一下，是原来出去的那些日军人马，就诚惶诚恐放下吊桥，吉普车、摩托车、汽车呼啦啦涌了进来。

让伪军中队长梁老大吃惊的是这些日军的面孔都那么陌生，他还没有回过神来，就见这些日军已将整个炮楼围了个水泄不通。

赵力钢摆了摆手对伪军们说："放下武器，皇军要训话！"伪军们顺从地放下武器，身子站得笔挺笔挺的。

李伟稀里哗啦说了一通日语，最后说："听命令，齐步走！"伪军们像一群鸭子，被他们赶到了指定地点，李伟又大声地喊："立定！"

伪军们这时已是丈二和尚摸不着头脑了，这些日本人打了一仗回来，脑子进水了。这些命令也太奇怪了。

装扮成老百姓在那里看热闹的张兰和汪玉梅看见伪军一个个像呆鸭的样子，捂着嘴偷着笑，只有伪军中队队长梁老大看出点端倪，大喊：

"不好，我们上当了。"

话刚一出口特战队员张海生突然拔出飞镖，出手如风，结果了他的性命。伪军们个个吓得目瞪口呆，哑口无言，有的已瘫坐在地上，瑟瑟发抖。

这时，从房子里又跑出三个伪军，是换了班正在休息的，可能是被院子里的动静被吵醒了，懵懵懂懂跑出来，看见了这一血腥场面，吓得慌忙跪在地上磕头大呼："太君饶命、太君饶命呀。"

赵力钢命令将伪军都关到厨房里。

7

马梦华观察到炮楼的一楼铁门紧锁着，令人奇怪的是木村以及他的警卫一个都没有出来？

生性多疑、性格狡诈的木村果然躲在炮楼里没有出来。自从昨晚接到小坂太郎的密电之后，这支队伍突然失联了，再也没有发回任何消息或电报，让人感到蹊跷。而今天下午这支部队突然回来了，匪夷所思的是竟没有通知他，他想再观察一下，然后再做决定。

木村不停地思索着、思索着脑子突然灵光一闪，恍然大悟：小坂太郎的部队在溧水镇的战斗中减员6人变成了24人，还包括负伤的6个人。如今应该是这些人已遭到不测了。

这支能迅速打败特遣队的部队应该就是"新四军特战队"，就是这支队伍还歼灭了前特遣队川岛中佐的部队。

木村中佐的眼睛里露出一丝惊慌和沮丧，但他立马稳定了一下情绪并决定立即撤退。

这时杨白雪走到木村跟前满脸疑惑地问："师兄怎么啦？"

木村温柔地答道："小师妹，新四军特战队已经包围了我们，我们要立即撤退。"

杨白雪媚眼里露出惊恐的神色，突然反常地把木村拥抱着说："师兄，我好害怕呀，恕我直言我们已无路可逃了，我们投降吧？"

木村粗暴地将杨白雪推开，狭长的眼睛里露出凶光："投降？不，决不！"并命令手下将杨白雪一块带走。

他们来到了地下室，换上厚厚的雪地靴、防寒的皮大衣、皮帽子，带上最先进的武器及一些必需物品、食品，挟持着杨白雪，通过地下室的秘密通道逃走了。

赵力钢他们将铁门打开，屋子里已空无一人，只有茶杯里的水还冒着热气，证明他们离开不久。赵力钢、马梦华和李伟商量了一下，由李伟负责做伪军这块工作，赵力钢和马梦华带特战队一分队和二分队去追捕木村和杨白雪等人。

张兰和汪玉梅坚决要求加入追捕队伍，为小菊报仇，马梦华看见她俩眼睛里闪烁着复仇的怒火，知道无法拒绝，只有点头同意了。

马梦华来到地下室，看到这里堆积的物品应有尽有，但他反复思索着，这里一定有一个秘密通道，否则木村等人怎么像人间蒸发一样消失得无影无踪。

马梦华左敲敲、右捣捣，发现一个大衣柜放置得不合常理，他将大衣柜上雕刻的美人头像扭动，突然墙上的一幅画缓缓移动，出现了一个洞口，张兰兴奋地大喊："出口找到了。"并竖起大拇指赞叹道："马院长，你真牛！"大家高兴地紧紧拥抱在一起。

追捕队伍在地下室也换上同样的防寒服装，带上必需的物品和充足的弹药也从地下室的秘密通道追了出去。

马梦华发现天色已经暗了下来，天上还飘着雪花，又想到日本人一般晚上是不活动的，特战队员在冰天雪地里冻上一个晚上也不值，何况杨白雪会给他们留下记号，于是决定在这里先住一晚上，明天凌晨出发。

杨白雪从秘密通道走出来后发现好像已到了另一个世界，他们已经走进了高山密林里，天空飘起了雪花，雪越下越大，大雪纷纷扬扬，肆意飘洒在空中如蝶、如羽、如绽放的礼花、如小小精灵，一会儿工夫就为大地披上了厚厚的银装。

由于雪大路滑，出发较晚，木村决定在深山老林里住一个晚上，当时木村完全可以用电报发求救信号，但高傲的他自尊心作怪，觉得自己凭能力完全可以逃回去，另外还有一个私人小秘密，他觉得野田也在觊觎杨白雪的美色，回去后，杨白雪一定是那个老色狼的盘中餐、碗中肉了。

木村一伙人来到了一个山洞里，杨白雪观察到洞口前边有一个巨大的石头挡住视线，一般根本看出这里面还有一个山洞，洞内宽敞、明亮，冬暖夏凉，山洞分里、外两洞，这两个洞里均有床铺和生活用品，看来应该经常有人来落脚。木村领杨白雪进去，他俩睡里洞，警卫们睡外洞，并轮流负责值班把守洞口。

木村一走进洞里就用他强有力的手臂将杨白雪拥入怀里，不管杨白雪如何挣扎反抗都于事无补。

她的眼神已不同往日，变得毫无生气，就像颜料在纸板上涂了两个圆点，木村看得心中一颤。

木村轻轻地咬了一下杨白雪的粉嫩的耳垂爱怜地说："小师妹，你这种模样让我伤心，小师妹，我爱你。"

但杨白雪媚眼里发出仇恨的怒火，她那高傲的心变得冷如寒冰、坚如磐石，她咬牙切齿地说："我恨你！"

木村悲哀地问："小师妹，为什么，为什么？"佳玫子说："因为我当初是单纯善良的少女时，你野蛮地性虐待过我，让我伤痕累累，令我生不如死。"

木村恍然大悟："哦，小师妹，我现在向你赔罪，我们重新开始好不好？我会永远爱你的！"

杨白雪悲伤地摇了摇头："不，不可能，已经永远不可能了！你虽然得到了我的人，但永远也得不到我的心！"

木村极度失望地望着她："小师妹，你的心中已有人了？"

杨白雪悲伤地点点头："对！他在我心里像恒星一样永远闪烁着光芒，我爱他。"

木村听到这里，嫉妒得发狂。他邪恶的欲念又占了上风，既然欲望的闸门已经打开，也是覆水难收了。

此时的杨白雪被木村折腾得无力反抗，软绵绵地躺在床上，眼泪已经流干，心如死灰。她眼睁睁地等待着天亮，她心中反复悲痛地念叨着："马梦华，对不起，实在对不起了。"

天色微微发亮，木村一伙人走出了山洞，他们一望惊呆了。大地白茫茫的一片，四周变成陡峭雪峰，绵延起伏，柳枝松针上如丝如缕，晶莹洁白，树林若隐若现，宛如置身于一个梦幻的仙境。此时杨白雪的心情已经坏到低到极点，她看到到处是雪，阴冷阴冷得把心都冷透了，她完全沉浸在这悲愤和无奈之中。

木村又回到洞内，让每个人都拿了一条白色的床单，披在身上作为伪装，然后牵着杨白雪的小手离开了。

凌晨，特战队准时出发。他们披着用白床单做成伪装斗篷，马梦华告诫他们："这帮日本人武艺高强、诡计多端，战场上是生死一线的战斗，不是你死就是我亡，所以要拼尽全力。现在是考验我们平时训练成果的机会，大伙要努力呀。"

赵力钢、马梦华和特战队员们根据杨白雪留下的记号已悄无声息地隐藏在山洞附近，潜伏了好长时间，突然马梦华凭着医生的直觉听到极为轻微的声响，就在汪玉梅耳边轻声说："注意，别动，有人来了。"这亲昵的动作使得汪玉梅心中泛起一阵涟漪。

果然有几个人来了，他们走得如此轻盈矫健，犹如将落未落的小鸟疾飞轻掠，一看就是高手。特战队员很快将他们包围起来，因害怕伤着杨白雪，他们没有行动，在等待最佳时机。

这时藏在这伙人侧面的一个特战队员稍微动了一下，就感到闪电般的一道凉风,那位特战队员已经倒入血泊之中,鲜血染红了洁白的大地,只听见木村大声喊:"赶紧走,有埋伏!"他们像旋风一样快速地离开。

马梦华他们眼看木村他们要逃出包围圈,马梦华毅然决然站了起来,大声喊道:"小杨!"

周围的人都惊呆了,时间好像凝固了,汪玉梅的心扑通、扑通乱跳,仿佛要跳出来了。

木村吃惊地张大了嘴,看见小师妹挣脱了他牵着的手,喊着:"马梦华!"快速向马梦华跑去,眼睛里充满火一般炽热的爱。木村的警卫也惊呆了,没有做出任何反应。

就在这一瞬间一个特战队员迅速地将杨白雪拉倒,并连连翻了几个滚,汪玉梅也不知来了多大的勇气和力气将马梦华掀倒,抱着他也连翻了几个滚,他们俩的周围出现密集的枪声,惊得他们出了一身冷汗。一颗子弹还是击中马梦华的左肩,顿时鲜血直流。

特战队员们也开始反击,子弹向雨点般打在木村周围,木村看情况不妙使用了烟幕弹,顿时周围雾气弥漫,伸手不见五指……

赵力钢看见杨白雪已经跑出来,不能再犹豫了,立即下命令:"不要等雾气散尽,把他们包围起来,进行格斗。"

此时,木村的两个警卫已中弹身亡,八个特战队队员围着五个鬼子,这场格斗真是"针尖碰麦芒",特战队员们大刀舞得呼呼生风,刺刀拼得行云流水,但是木村反应灵敏、攻势凌厉,出手凶狠转眼间已砍倒一名特战队员。

还有一名特战队员和一个小鬼子打得难分难解,刺刀同时刺向对方,两人一块颓然倒地。

这时杨白雪已爬过来,她将马梦华紧紧抱着。马梦华被简单包扎后,和杨白雪、汪玉梅一起看着这场你死我活的格斗。这些特战队员们可是从部队中百里挑一的精兵,他们个个面无惧色、出手如电,迅雷不及掩耳。

正在酣战的双方突然听见一声哨声，我军正在格斗的特战队员们佯败，后退数步后突然卧倒在地。而小鬼子们正在愣神时，就发现无数支箭已像他们射来，小鬼子一个个中箭而亡。

木村身负重伤，躺在雪地上歇斯底里地大骂："卑鄙小人，武士的不是。"

马梦华对杨白雪说："小杨，咱们过去看看！"

杨白雪、汪玉梅搀扶着马梦华走过去，木村看见站在杨白雪身边的这个男人长得高大、英俊、帅气，有一副傲视群雄的凛然之气，而杨白雪眼里充满了对他浓浓的爱意。他知道这个人就是马梦华，就连野田对他都是念念不忘，也难怪杨白雪那么爱他。

顿时木村心中充满嫉妒和仇恨："小师妹我那么爱你，你为什么背叛我？是你引马梦华他们来的？"

杨白雪点点头："是的，师兄！你有没有想过为了这场战争，你已经杀了多少无辜的人，又使多少人妻离子散、家破人亡，你难道不为自己的行为感到耻辱吗，不为我们的国家、我们的民族感到羞耻吗！难道这就是大和民族引以为傲的武士精神，这就是我们的友邻和善？"

木村此时已愤怒到了极点，他嚷嚷道："马梦华，你有种的话就出来跟我决斗，为了我们的国家，也为了我们爱的女人。上天对我们俩很公平，你有伤我也有伤。"

杨白雪拉住马梦华深情地说："马梦华，别决斗了，他武功高强，你不是他的对手，而且他已经倒地了，我们已经赢了。"

马梦华淡然一笑："我倒想会一会他，看一看是中国的武术厉害还是日本的武士道厉害。"

马梦华手一摆："请吧，但我们要立个规矩，不用兵器，只用拳脚。"

木村踉踉跄跄地站了起来。

马梦华微闭双眼，养精蓄锐，面如沉水地向前挪了几步，冷静地观察着,而村山也不甘示弱、脚步灵活、动作凶猛而收放自如。

突然木村一个滑步向前,脚猛然一蹬,身体仿佛出膛的炮弹,与此同时拳头已经蓄力,一手藏于腋下,一手已经出击了,马梦华突然一个怪异地转身,躲过这一招。

经过木村这凶狠的五招后,马梦华已经知道了木村的基本套路,虽然他有着良好的武术功底,但他的致命弱点是他太轻敌了,并急于求成。

七招后木村果然变得急躁了,他猛地一跃而起,但他在空中无从借力,马梦华瞬间捕捉到这一弱点,突然变招,双手一扣,紧紧抓住木村的脚,身体诡异地落地,顺势将他摔倒在地。木村猛地又跳起来,人在空中,马梦华用一股巨大的力量撞击过来,身体顺势旋转单脚再次扫出,全力出手,势如奔雷,木村又一次重重跌倒在地。

马梦华胜了,杨白雪激动地跑了过来,汪玉梅也跟着跑了过来。

这时的马梦华放松了警惕,得意地说:"木村,你要明白,在决战中不是光凭武力才能取胜,还要凭智慧和人心,而这些你有吗?"

此时的木村已经怒不可遏了,他想不通怎么会失败了,让他颜面尽失,尤其在他心爱的女人面前。他已动了杀机,他趁马梦华不注意时,手一动一支飞镖已飞出,杨白雪说"小心"勇敢地挺身一挡,飞镖直刺左胸,杨白雪一下倒在雪地里,鲜血染红洁白的雪地,犹如妖冶怒放的彼岸花,炽热而诡异。

马梦华急忙将她抱住急切地呼唤:"小杨!"汪玉梅也担心地叫道:"小杨!"

马梦华将杨白雪搂在怀里泪如雨下,悲痛地说:"小杨,你、你好傻呀。"

杨白雪用最后的力气断断续续地说:"梦华,为我爱的人去死,我、我愿意,我现在躺在你的怀里,我已经很、很满足了,我——我感到很幸福。"

杨白雪微笑着:"玉、玉梅,把、把手拿来!"她把汪玉梅的手放在马梦华手里,对汪玉梅说:"玉梅妹,我把马梦华交给你了,好好待他,他是你值得爱、爱的男人!"

然后对马梦华说:"梦华,我爱、爱你,能吻、吻一下我吗?"

马梦华眼睛里噙满泪水颤抖着深情地吻着她那玫瑰花般的嘴唇。

渐渐渐地杨白雪闭上了双眼,幸福地躺在马梦华怀里,好像一个睡美人。

此时被两个特战队员控制住的木村看见他心爱的女人死在他手中,知道自己也不会有更好的结局,想到这里,木村的牙齿猛地磕了一下,牙齿内的毒液流出,木村死了!

8

病房光线幽暗,空气中弥漫着淡淡的消毒水味道,马梦华静静地躺在病床上,身上的创伤,内心的悲伤和自责已让他身心疲惫。

汪玉梅主动承担马梦华的护理工作,已经好几天没有睡一个囫囵觉了。自从杨白雪牺牲后,汪玉梅突然长大了,变得坚强起来。

这天早上汪玉梅拉开病房的窗帘,一缕阳光落在马梦华那长长的、浓密的睫毛上,她将马梦华浑身擦洗完,并轻轻地吟唱童年的歌谣。

马梦华听见了隐隐约约、如泣如诉的歌声,好像是妈妈在唱歌,唱得那么深情、那么悠长。

突然他的睫毛抖动着,眼睛突然睁开,房子里异常明亮,让他目眩,一个声音在耳边抽泣着:"你们看,马院长,他、他醒了!"

他看见汪玉梅坐在床边,俯身看着他,柔软的发梢轻抚着他的脸颊,她的眼泪和他的眼泪流在一起。汪玉梅泪眼婆娑地望着他,娇嗔地说:"马院长,你、你终于醒了,你快把我们急死了。"

1945 年初,苏军收复全部沦陷的国土,同时越出国界,横扫盘踞东欧的德军,从东面逼近德国,英、美、法等国部队从西面攻入德国境内。日本侵略者在太平洋战场节节失利,美军已打到菲律宾,抗日战争已由战略相持阶段转入战略反攻。

野田自从得知新四军特战队将他的精英部队特遣队给全部歼灭的消息后,气得头晕目眩。

他的手下急忙将他扶住,他明知日军因战线拉得过长,已显出兵力不足的颓势,但他依然要垂死挣扎,来掩盖他的仇恨和痛苦。

云水镇是野田苦心经营,花了很多人力、财力、物力用了近一年时间建立的军事堡垒,怎么说没有就没有了,他心不甘啊。他决定出动精锐部队,扫荡云水镇。

野田大佐西拼东凑,亲率一个日军大队外加一个团的皇协军2000多人的部队扫荡云水镇。

马梦华他们得知消息后,感到形势的严峻。特战队立即召开会议研究,并发动群众群策群力,商量对策,讨论得十分热烈。

在会议上马梦华分析道:"一、这里依山傍水,交通便利,且有小路直通山里,便于我们输送和转移;二、我们的部队日益壮大,除了我们的特战部队,还有一个中队的伪军除了顽固分子外已全部投诚,经过这些天的感化教育,积极性很高,且大多数是本地人,对这里的地形熟悉;三、我们还有鬼子特遣队留下的武器装备包括大炮、迫击炮、轻重机关枪及大量的枪支弹药;四、由于小日本发动了太平洋战争,战线拉得过长,已明显感到他们的后劲不足,我们趁机让他们雪上加霜。"

但政委王钧有不同的看法,他认为这次小鬼子为复仇而来,听说是小日本最精锐的部队。应该"避其锋芒"先撤退,等小鬼子走后,再转回来打他个措手不及。

听到这话,赵力钢拍着桌子大声喝道:"他娘的,什么狗屁日军精锐部队,老子的部队现在是兵强马壮,老子就是要打他的精锐部队!"

李伟也站起来言辞激烈积极响应赵力钢的提议。

会议最后决定：少数服从多数，现在立即行动起来，打击小鬼子。

马梦华最后说："既然要打就打出我们的志气，打出我们的军威。但此次战斗还必须请示旅部，我们一定要获得上级的支持。"

"马梦华，讲得好。"赵力钢道。

会议结束后，他们说干就干，立即发电报请示旅部。

赵力钢、李伟、潘毅和马梦华研究了具体的作战方案。虽然研究的是具体的战术问题，经过多年的作战经验，他们也离不开马梦华，马梦华往往能提出一些奇思妙想的建议，在战事中起到意想不到的作用。

他们决定：由副团长潘毅带领第三和第四特战小分队及民兵，在险要的山路上阻击敌人，给野田一个见面礼，消耗日军的有生力量，但不可恋战，打完就跑。

赵力钢、李伟带第二特战队小分队化装成日军刺探情报、破坏军火库和后勤保障部队。

由马梦华、王钧带领第一特战小分队镇守云水镇。

很快，上级的意见已反馈下来，同意他们的意见，另外为配合这次行动，16旅准备来一个"将计就计"，等小鬼子倾巢出动攻打云水镇时，派部队"釜底抽薪"收复敌人的老巢溧水镇，叫他们走出去了就回不来了。

另外，还增派一个团的部队，配合他们从鬼子部队的后面和两侧进行攻击。

野田这次扫荡摆出一副气势汹汹、势在必得的样子，在前面开路的是两辆大卡车，里面坐着全副武装的士兵，后面跟着摩托车和吉普车的机械化部队，接着跟的是步兵、一个炮兵小队和皇协军。

赵力钢、马梦华、李伟为潘毅、王大山和萧瑟送行。

赵力钢对王大山吩咐："大山，大哥的话你一定要记住，这次打仗，一定要见好就收。"并对潘毅说:"看好他,别让他带领冲锋,这小子头脑一热就玩命。"王大山嬉皮笑脸答道:"大哥,你不是也爱玩命吗?"赵力钢马上唬住脸:"还和大哥比?大哥是艺高人胆大。"

这时护士唐芙蓉悄悄来到萧瑟身旁,像一个羞涩的小姑娘,怯生生地拉住他的袖子:"萧大哥,你一定要保护好自己,我、我等你。"说完她用那氤氲如水的眼睛偷偷地观察着他,他心中一颤,神情变得凝重而忧虑。

在夜幕的掩护下,潘毅、王大山、萧瑟带着特战队和民兵乘着卡车还拉了两门70mm步兵炮,经过一条无人知晓的小路来到离云水镇几十公里外的路上。

这里山高坡陡,草木茂盛,是伏击的最佳地点。他们连夜筑工事,埋地雷,给大炮覆盖伪装,一直忙到第二天凌晨。

而赵力钢、李伟和特战小分队二队在队长张海生带领下已经装扮成小鬼子,马梦华上去拥抱了一下赵力钢:"大哥,保重。"

赵力钢他们装扮成小鬼子,连夜骑摩托车出发了。

赵力钢、李伟带领的特战小分队在四更天来到鬼子营地周围。他们潜伏下来观察着,只见鬼子大队人马已经休息,只有站岗的人和巡逻队在值守。

赵力钢和李伟耳语了几句,李伟爬到张海生旁暗示了一下,见一组巡逻队来了,张海生手一扬,飞镖嗖地飞出去,最后一名小鬼子巡逻队队员吭都没有吭一声就倒下。

李伟麻利地跟在后面和小鬼子们一起巡逻,在巡逻过程中,李伟已完全掌握了巡逻队内部的消息如人员、姓名以及队长的名字,还掌握了小鬼子的口令、暗号等。

等李伟所在的巡逻队回来,他们再干掉一个小鬼子,以此类推,个把小时后这组巡逻队已全部换成是我们特战队员了。

紧接着他们开始制造混乱。他们突然乱放几枪,大喊:"敌人偷袭来了！"又朝站岗的小鬼子卫兵放冷枪，趁混乱之际，还朝小鬼子睡觉的帐篷中投了好几颗手榴弹，只听见小鬼子们叽里呱啦的惨叫声。

此时小鬼子的营地枪声、手榴弹爆炸声以及小鬼子的嚎叫声乱作一团。

特战队其他成员在赵力钢带领下继续制造混乱，而李伟带领三名特战队成员依然装扮成巡逻队样子，直奔皇协军的兵营。他们一到皇协军兵营就摆出一副盛气凌人的样子。李伟见到哨兵就扇了哨兵几个大耳光："混蛋，快把你们团长叫来。"团长急急忙忙跑出来，睡眼惺忪，唯唯诺诺、点头哈腰地问："太君，有何吩咐？"李伟大喊："皇军营地遭到袭击，赶紧支援！"

满脸油光的胡团长侧耳一听果然有枪声和爆炸声，就命令："紧急集合，支援皇军！"皇协军跟在李伟和特战队员后面，奔袭过去，黑灯瞎火地就见前面几个人影晃动，李伟大喊一声："就是他们。"然后就给了一梭子子弹，伪军们看见日本人开枪了，也匆匆忙忙开了枪，双方打成一片……

在日军和皇协军交火中，特战队已匆忙溜走奔赴后勤驻地。

他们将守卫后勤驻地的鬼子哨兵不知不觉一个个抹了脖子，然后换成日军的军服装模作样地在那里站岗。

一会儿来了一组查岗的巡逻队，巡逻队队长走过来悄悄地说："你们这还好没事吧？前面已遭到袭击，打起来了。"

看着小鬼子的狼狈相，躲在一旁的赵力钢差一点笑出声来，李伟严肃地用日语问："士官长，你贵姓？我能否向我们小队长通报一下？"

巡逻队队长说："我叫吉田。"李伟走到负责后勤供应的小队长坂本隆中尉的帐篷前："报告，巡逻队队长吉田向你汇报情况！"

当吉田士官长将前面情况向坂本隆简要汇报，坂本隆惊恐地出了一身冷汗，立即命令再增加一倍的警戒兵力。

坂本隆将增岗的事处理完，自觉万事大吉了，回去睡觉去了。

等新增的哨兵来了，他们又变成特战队员的刀下鬼，这样哨兵全部换成特战队员了。

他们开始下一步行动，各自发挥各自的特长，利用匕首、飞刀、绳索、弓箭、铁丝等，将一个个鬼子杀死在睡梦中，就连坂本隆也不例外。

第二天一大早他们接到野田大佐出发的命令，装扮成鬼子后勤兵的新四军特战队员们开着车，拉着粮食和弹药喜气洋洋地出发了。

车开了一会儿，他们佯装车坏了，和大部队拉开一定距离，悄悄地将装满军用物资的车开进山沟里，并隐藏起来，接着他们依然穿着鬼子的衣服，开着摩托车向大部队赶去。

马梦华他们也没有闲着。他们动员群众转移，挖防御工事，埋放地雷、诡雷、伪装大炮等。

早上野田联队出发了，一路上横冲直撞，竟然没有任何阻挡就浩浩荡荡地开了过来。他心中非常得意认为扫平云水镇，胜利是志在必得。

现在已是早春，小草已冒出嫩嫩的绿芽，一群鸟儿好像听见了什么惊恐地飞过，发出凄凉的鸣叫打破了清晨的宁静，果然一支机械化部队轰隆隆开了过来。

不料在一个并不起眼的山坡前，两辆开路的卡车毫无征兆栽进坑里，触碰在地雷上发出猛烈地连续不断的爆炸声，炸得车队人仰马翻，里面的人当场毙命，并挡住前进的道路上。

潘毅一声令下："打、狠狠地打！"潘毅身后的两门步兵炮和六门迫击炮如大坝决口发出惊天动地的咆哮，炮弹排山倒海般泄向小鬼子，紧接着轻重机枪猛烈扫射，手榴弹也发挥威力连续爆炸，炸得敌人狼哭鬼号、溃不成军。

还没有来得及跳下卡车的小鬼子也已被炸得人仰马翻，血流成河；特战队的狙击手们发挥特长专门打鬼子的机枪手、迫机炮手和扬刀呐喊的小鬼子指挥官，打得小鬼子抱头鼠窜，已经找不到北了。训练有素的小鬼子们见大事不妙，纷纷找掩体就地卧倒，准备组织反攻。

潘毅从望远镜里看到小鬼子组织反攻的阵势，立即指示："撤，这里的伏击任务已经完成。"但看见王大山还打得正欢，就瞪了一眼王大山大声吼道："王大山，给我撤！"不料王大山牛眼一瞪："滚开，老子还没打够！"

潘毅将望远镜推给王大山："大山，你看看！"王大山看了后大喊："我的妈呀！"只见望远镜里，步兵阵队前面开路的两辆日式轻型坦克坦跑得黄尘滚滚，后面的步兵正源源不断地朝他们涌来。

他们刚撤退不到一刻钟，小鬼子反攻已开始了，坦克炮进行轰炸，原先特战队的阵地已化成一片火海；炮轰完后，小鬼子跑上来一看傻了眼：阵地上已空无一人，人早已跑得无踪无影了。

野田好容易调整好自己的情绪，命令将这两辆坦克改为前锋。

已赶到前面的潘毅部队又给他们设置了陷阱，当坦克又开到不到十公里处时，前面开路的一辆辆坦克一头栽进反坦克陷阱中，炸得履带脱落、油箱爆炸，堵塞了车队前进的道路。

迫于无奈，野田命令，部队绕开这辆坦克继续前进，部队还没有走多远就遇见了民兵们精心布置地雷阵。这可是民兵们的拿手好戏，什么绊雷、压发雷、子母雷、连环雷、前踩后响雷等，花样百出，防不胜防，炸得鬼子们血肉横飞。

气得野田大骂："混蛋，可恶的中国人！"他只好命令让部队暂时停止前进，原地休息待命，让扫雷部队上去扫雷。

又前进了十来公里路，野田大佐暗暗得意心想：这下子我要好好教训这帮可恶的中国人，我要踏平云水镇，为我的特遣队报仇！

突然前面尘雾滚滚，从两侧山上滚下大量巨石，阻塞了道路。巨石还源源不断地往下滚落，巨石自上而下带着巨大的惯性夹裹着碎石以雷霆之势把几辆军车撞翻，车上的鬼子当场被砸死、砸伤、撞死、撞伤几十人，几辆摩托车连人带车被击飞，油箱爆炸，他们还未缓过劲来，紧接着手榴弹如蝗虫般地飞来，其中还裹挟着不少燃烧弹，顿时火光冲天、浓烟滚滚，炸得、烧得鬼子们哭爹喊娘、满地打滚。

小鬼子好不容易镇静下来，用坦克炮火和迫击炮反攻，打了一阵，发现两旁的山坡上早无动静，对手早已撤退了。

野田估算了一下，清理这些障碍物还需要几个小时。

野田感觉眼前天旋地转，那个郁闷劲呀，就甭提了，这叫什么事呀，这个仗呀，打得太窝火，对手都没有见着自己已损失过半。

等清理完障碍物，重新上路时开路坦克只剩一辆了，这时已经到了傍晚，野田心里急死了，加快马力赶路，眼巴巴地望见云水镇的岗楼了，突然一个鬼子传令兵急急慌慌地跑来："报告大佐，我军军备物资突然不知去向。"

野田顿时火冒三丈："混蛋，你们这些蠢猪，如果你们战胜不了这些中国人就别回去了！"并举起指挥刀命令："后面的炮火支援，冲啊！"

这时，赵力钢已让狙击手隐藏在山林沟壑之中，已对准开大炮的小鬼子。

潘毅带领的队伍已经完成了阻击任务，赶了回来，共同防御云水镇。

马梦华拿着望远镜站在岗楼上看到小鬼子的部队像潮水般一浪高过一浪向着云水镇推进，马梦华对潘毅说："潘哥，你已忙活了一阵了，现在你也该休息一下了，你就坐镇当总指挥，突击队由我带领，把鬼子那辆坦克干掉，它对我们威胁太大了。"

潘毅听到后厉声喝道："老弟，你这叫擅离职守，你应该在指挥的位置上，你的主意多，应该给我们出点子，而不是在突击队。难怪你小子在我前面来回晃悠，心里却琢磨着鬼主意。"

这时第四特战小分队队长萧瑟坚定地说："我带突击队去，保证完成任务。"

潘毅注视着萧瑟的眼睛慎重地说："萧队长，我将突击队交给你了，你们将小鬼子给我们留下的钢盔戴在头上。先要保护好自己，若见情况不妙马上撤退。"

第三特战小分队在队长王大山带领下进入镇左边的小树林里将刚刚拉回来的山炮和一些迫击炮进行战前的最后准备。

野田进攻云水镇的同时，云水镇岗楼的吊桥已放下从里面开出三辆吉普车，吉普车已被改装，上面还各架着一挺重机关枪，每辆车里放了许多手榴弹和炸药包。

在镇左边的小树林里，大炮突然卸了伪装发出惊天动地地吼声，掩护吉普车和突击队员往前冲。

此时萧瑟率领的吉普车遭到鬼子猛烈的炮火攻击，那辆坦克车喷着火舌向他们冲来，一个炮弹落在萧瑟坐的指挥车上，将重机关枪和机枪手炸飞，萧瑟也负伤了。

此刻的萧瑟极其镇静且神情冷峻，他默默地用眼睛注视了一会儿，他知道，小日本的这种坦克，它是点对点冲击之王，但它经受不了猛烈的炮火的攻击。

想到这里，他已有了舍生取义之心，整个人就像未出鞘的利剑，周身散发着一种气势，这种气势像绵里藏针，看似平常，但一触即发。他声嘶力竭地、不容置疑地对驾驶员喊道："小罗，你、你给我下去！"

小罗被这气势给镇住了，他含着泪下去了。

萧瑟坐在驾驶员的位置上，吉普车带着无尽的愤怒咆哮而去，周围的空气仿佛被点燃了，他开着吉普车加大马力向着鬼子的坦克和鬼子群冲去100米、50米、5米，他大声吼道："为一连的兄弟们、为海棠报仇，冲啊！"

小鬼子惊呆了，挤作一团，不知所措，骇然地望着前方。

这辆吉普车冲过去，顿时火光冲天，并伴着山崩地裂的持续爆炸，炸得地动山摇到处是一片火海。

战友们被萧瑟的壮烈之举所震撼，这震撼的一刻仿佛无穷无尽，时间好像停止了。突然那两辆吉普车上重机枪吐出复仇的火焰，也加大马力向鬼子群中冲去,到处是震耳欲聋的炮声、枪声、手榴弹声,整个大地为之颤抖。

野田也被这一壮举震撼了,他正在愣神,怎么感到他的大炮突然停止了炮击,他正纳闷这是怎么回事时,一个传令兵过来:"报告大佐,我军已没有炮弹了,另外大部分炮手已经死了。"

不一会儿,另一个传令兵急急慌慌跑过来:"报告大佐,溧水镇已经失守。"

野田还没有缓过神来,就见又一个传令兵也跑过来:"报告大佐,我尾部的部队和两侧均遭到敌军的袭击。"

突然冲锋号吹响了,密密麻麻的手榴弹呼啸而起,瞬间在鬼子部队的上空爆炸,短促连续的爆炸声震耳欲聋,横飞的弹片带着死亡的气息呼啸而下,紧接着镇守云水镇的人员在潘毅的带领下发出排山倒海的喊杀声,刺刀、大刀、镰刀都闪着耀眼的光芒,这是一场硬碰硬的肉搏战,刺刀、大刀相交的铿锵声,濒死者的惨叫声,杀得兴起的吼叫声响成一片,惊慌失措的日军士兵仓促应战,又稀里哗啦地倒下一大片……

野田用望远镜看见前方的惨状,气得浑身哆嗦。但他深知大势已去,连忙让副官发了急电,现在只有往右边的河里突围了,有些鬼子不顾一切往河里跳。这时河上驶来几艘快艇,野田和他的军官们,眼瞅着战事已不可逆转,承认已经失败,丢下了残存的人,乘着汽艇扬长而去。

枪炮声突然停了,岗楼里的高音喇叭用汉语、日语反复喊话:"你们的总指挥野田已经逃跑了,我们新四军的政策是'缴枪不杀、优待俘虏'。"

这些残兵败将纷纷举手投降,只有极个别的小鬼子军官为效忠天皇剖腹自尽,夕阳窒息的殷红将刚刚经历了战斗的大地染成血一样的颜色。

马梦华心里很清楚:我们胜利了。但他的心痛,眼泪不由自主往下流着，汪玉梅瞥了他一眼也流着泪说："虽然我们胜利了，但这个胜利来得太不容易了，它是萧队长这些战友们用鲜血和生命换来的啊。"

马梦华若有所思地答道："是的。"

这次仗打得非常酣畅淋漓，大伙直呼过瘾，俘虏日军近50人，伪军近100人（包括伤兵）；还得到许多装备如：火炮、卡车、摩托车和大量的武器弹药如：迫击炮、机枪、冲锋枪、三八大盖、手榴弹、手雷、炮弹、子弹等等。

当唐芙蓉听到萧瑟牺牲的消息后，她的心在滴血。突然间下起了瓢泼大雨，好像为我们的英雄萧瑟送行。芙蓉借口有事匆匆走了，她任凭大雨浇淋着，在泥泞的街道上踯躅了好几个钟头，她觉得世界是一片漆黑。

她想起一连遭到鬼子毒气弹袭击的那天，萧瑟住院了，以前风度翩翩的他看起来生活在阴影里，朝夕相处的战友们惨死的情景就像烧红的烙铁烙在他的心上。他的心已装满了令人心碎的黑暗，他英俊的脸上毫无生气。

她爱那时的他，即坚强又孤独，即神秘又冷酷。

突然她听见远处焦虑地呼唤声："芙蓉、芙蓉，你在哪里？"

汪玉梅终于把唐芙蓉找到了，她将芙蓉紧紧搂住抽泣道："芙蓉，我知道你很伤心，我也知道你很爱萧瑟，但他死得壮烈，死得其所，你知道吗，我们都钦佩他。"

汪玉梅注视着唐芙蓉的脸，她满脸悲伤，泪水顺着脸颊流淌着。

在这场敌强我弱的较量中，我们胜利了。

由于有了大批的武器装备及还可以直通山里的地下通道，云水镇已变成一个可防可守的好地方，旅部决定将野战医院迁至云水镇。特战一分队队长侯铁和第一分队留守云水镇，再加上由已经投诚了并改编成新四军的伪军把守，云水镇可是固若金汤了。

医院终于结束了颠沛流离的日子，有了一个安定的家了。

赵力钢、李伟、潘毅和特战队二、三、四分队的同志们要奔赴新的战场，他们难分难舍紧紧拥抱在一起。

9

野田大佐回去后，口吐鲜血，卧床不起，本来日本军部要他回国述职追究他渎职的责任，但看他大病不起和对"大日本帝国"的忠诚，就延迟了他回国的日程。

这一天，正在养病的他突然收到了一则极其机密消息：731部队的猛马博士，最近研究成功两种新型病毒B1病毒和B2病毒，通过人体实验，已取得突破性进展。

B1病毒是一种性病毒，感染后下体会逐渐腐烂，且无药可治，但B1病毒存活极低，传染方式是通过注射后，再进行性接触，虽然它是"人肉作战计划"的一部分，但不合适大规模传播，更不适合用于中国人身上。

B2病毒是从热带雨林的蝙蝠身上发现的，目前日军刚刚掌握了该病毒迅速繁殖的密码。此病毒传播极快，通过水源、食物和接触传染，症状和伤寒相似，但比伤寒还凶险，发病者发热、头疼、呕吐，该病毒进入人体后将感染包括脑细胞在内的所有细胞，后期病人全身出现斑点。

但它也有一个致命性弱点，就是通过水源等传播传染率极低，除非饮用被污染的水的是老弱病残等免疫力低下者；通过食物直接放入要达到一定剂量后，传染性很高。如果人已感染上此病毒，通过人与人之间接触性传染的感染率又极高。

该病毒可在极短时间可以削弱敌军的战斗力，且此病毒目前无特效药，只有疫苗才能阻止它的传播。

野田看到这则消息脸上露出得意的、令人胆寒的笑容。

这天马梦华接到军部急电：我党地下组织获取了一份关于日军研制和开发B2病毒的秘密文件和这些病毒的毒株。请立即到军卫生部商量对策。

在会上，由于马梦华的力争，这一次开发B2病毒的疫苗和研制对抗B2病毒的药物的任务由马梦华所在医院承担，马梦华主管有关抗击B2病毒任务行政方面的工作。

几天后上级部门专门派日文翻译、医学、细菌学方面的专家组成领导小组，马梦华任副组长，并协调各个小组之间的工作。

岗楼地下室开辟成实验室，有特战队一分队负责警卫，此事属于一级保密。

这一次派的专家小组成员中竟然还有小野医生，两个老朋友又一次相逢，马梦华和小野激动地紧紧地拥抱在一起。

汪玉梅看见了小野医生，走过来主动上前打招呼："小野医生你好！"小野医生看见是汪玉梅，激动得热泪盈眶紧紧地握住汪玉梅的手："美丽的汪小姐，我的救命恩人，我们又见面了。"并上下打量着汪玉梅："三年多没见面，汪小姐比以前更成熟更漂亮了。"

汪玉梅非常自信地用一双明亮的眼睛望着他："哪里呀，小野医生谬赞了。今后我们还要一块工作呢，请多多关照。"

小野医生欣喜地感到，汪玉梅这个以前刚从学校毕业的黄毛丫头已摆脱了少女的青涩，取而代之是浓郁的战士气息和那生死边缘经历淬炼的坚定。

马梦华说："小野君今天刚来，先休息休息。"

小野医生说："不客气了，马院长，这次任务非常急迫，有什么任务就交给我吧，我坚决完成！"

马梦华将秘密文件拿出来："小野君，你就将这个文件先翻译出来吧。"一天后，文件翻译出来了。

马梦华从文件中得知，日军731部队的猛马博士又研制了两种新的病毒取名"B1"和"B2"。"B1"主要通过性传播，而"B2"是通过胃肠道和相互接触传播。

尤其"B2"通过食品和相互接触传染,其传染速度极快,到目前为止这两种病毒都没有特效药,只有疫苗可控制;B2已具备大规模的生产能力。

马梦华看见后大吃一惊:"小日本又开始进行细菌战了。这表明,他们不甘心快要失败的命运想再赌一把,来一次最后的挣扎。"

他们开了一个紧急会议并经领导小组决定:一、由小野医生的专家小组主攻B2病毒疫苗的研制;二、由药学专家刘星博士的专家小组从中草药中筛选抗击B2病毒的有效成分。

美丽的五月从盛开的鲜花丛中走来,每一种花草树木从冬眠的美梦中苏醒,在大地母亲黝黑的胸膛上盛开。

这几天,马梦华的心情还不错,因为刘星博士团队在研制抗击B2病毒的有效成分中已经取得突破性进展,他们从中药马齿苋、藿香、金银花等中草药中提取了能抗击B2病毒的活性成分。

现在正是发动群众大量采集马齿苋、藿香、金银花的时间。

自从白小菊、杨白雪牺牲后,汪玉梅突然醒悟了:一朵矜持的花是注定无法开在沉默的枝丫上,汪玉梅的心告诉自己,如果你爱马梦华,你不要再遮遮掩掩、羞羞答答的,你要像两个好姐妹一样热烈地、大胆地去爱。

而白小菊、杨白雪牺牲后,马梦华也才领悟到:应该珍惜身边爱你的人。

因此,他们两个人的心思是彼此想通的,是心心相印的。

这是一个万物生长,朝气蓬勃的季节。这天天气晴朗,阳光明媚,春风吹拂,杨柳泛绿,桃杏吐蕊。马梦华和汪玉梅正好休息,汪玉梅约马梦华一起出去走走顺便采集一些抗B2病毒的中草药。

他们漫步在山坡的树丛中,樱、李、桃、杏、梨各种各样的花五彩斑斓,争奇斗艳,一阵春风徐徐吹来,落英缤纷。

马梦华感叹道:"看见这漫天花雨,幸福实际上就在我身边啊。"

各种各样的花瓣飘飘洒洒落在汪玉梅的脸上、身上、头发上,把她衬托得更加的迷人。马梦华痴痴地看着汪玉梅道:"太美了。"

她调皮地问:"我美还是花美?"他笑了起来:"这……我、我无法回答。"她有点尴尬低下头羞涩地一笑:"马梦华,你、你,好坏呀。"

他坏坏地笑起来:"我刚刚逗你呢,你笑起来真好看,美得像春天的花儿,不,比花儿更美。"

汪玉梅佯装怒道:"马梦华,看我怎么惩罚你。"就用小手打他,马梦华转身就跑,汪玉梅在后面追着,他们欢乐地奔跑着,追逐着……

几天后,马梦华又收到一封急电:据截获日军的情报,B2已取得突破性进展,可大量进行生产,立即投入使用。

马梦华沉思片刻,决定找小野医生商量一下,要加快疫苗的研制。他来到疫苗实验室发现他们都在忙。

小野告诉他:"B2病毒疫苗已研制好了,但我们碰到了难题。疫苗是灭活病毒的病原体,但若那个环节灭活不彻底,造成'毒株',不但不能治疗疾病,反而造成感染。

"我们先要做动物实验,在做动物实验的基础上还要做人体实验,才能用于临床进行下一步的实验。这样算下来,也需要一年左右的时间。"

马梦华眼巴巴地望着小野:"难道我们不能快一点吗?"

小野迟疑了一下回答:"快一点也可以,就是直接进行人体实验,但风险很大,尤其是对接受实验的人来说。"

马梦华用沉重的心情对小野说:"这确实是一个难题,容我回去想一想再说。"他心情忐忑地离开。

汪玉梅在旁边已经听见马梦华和小野之间的对话,她深深地叹了一口气,是决定,又仿佛是一种意念。

马梦华刚走出实验室,雨就淅淅沥沥下起来,马梦华踏着水洼,快步来到一棵大树下,见大树下站着两个人,一个约十多岁的男孩不停地呕吐，旁边一个妇女不停地抚摸着他焦急地问："小宝，好些了吗？"孩子痛苦地说："妈妈，我没好，我又开始头疼了，哎哟、哎哟，疼死我了。"

马梦华立即警觉起来并对这位妇女说："大嫂，我是医生，赶紧抱孩子到医院去。"

他们俩走后，马梦华仔细地观察着四周，发现离大树不远，有一张纸与众不同，他上前观察了一下：哦，是一张糖纸，但它不像中国产的糖纸。

出于职业的习惯，他戴上手套，把这张"糖纸"里三层外三层包好揣进衣服口袋，然后急忙回到医院。

孩子这时已到了医院，马梦华给孩子做了检查和化验，觉得他的病很蹊跷，不像以往的急性胃肠炎或痢疾、伤寒、霍乱等，可能感染上"B2病毒"了。

他嘱咐按抗"B2病毒"方案治疗，并紧急动员所有医务人员服用马齿苋口服液以做预防。

经过马梦华反复思考，觉得时间是不等人的，要在暴发疫情前把工作做好。

因此决定医院里除值班人员外的其他人员分成三个小组，第一小组查找疫源；第二小组去云水镇和附近村落进行消毒和宣传；第三小组进行巡诊。

很快消息反馈回来，所有派出去的小组都发现了疑似感染上B2病毒的病人，得病的人都是免疫力低下的老人和孩子。马梦华预感到明后两天这一地区可能会B2病毒大暴发，但疫源的查找乃无头绪。

因为病人人数较多，马梦华整整忙了一天到了深夜才疲惫地回到屋里，他简单洗漱了一下，刚想躺在床上，想整理一下思路。

突然响起一阵轻轻地敲门声，马梦华打开门，见是汪玉梅，仿佛有话要说，她迟疑了片刻："马、马院长，你今天很忙吧？"

马梦华点头答道:"今天发现了许多 B2 病毒感染者,还没有理出头绪呢。尤其是 B2 病毒的发源地还未找到,让我们下一步的防范工作无从下手。"

马梦华说;"小汪,既然来了,就坐一会儿?"汪玉梅说:"马院长你去忙吧,明天再说。"说完汪玉梅就关门出去了。

马梦华心想:今天小汪怎么怪怪的,好像心事重重的。但此时他也顾不得多想了,B2 病毒已经占领了他所有思路。

大雨噼噼啪啪打在树叶上,雨声在寂静的夜里显得格外响亮。

马梦华在床上翻来覆去思考着,突然他的脑子里灵光一闪,悬而未解的 B2 病毒的疫源可能就在这里,他很恼懊,怎么白天就忽略了这么一个重大的线索。

他分析,小鬼子将 B2 病毒做成水果糖,引诱孩子,孩子吃后感染上 B2 病毒,造成全家人之间的相互传染,然后是全村人的传染,以此类推后果不堪设想。

用这个方法投放 B2 病毒,隐蔽性极强,且扩散面大,幸亏及时发现了,否则将对苏南抗日根据地和人口稠密地区造成重大的灾难。

因此可得出结论,B2 病毒的疫源就是这小小的水果糖。

让他更加担心的是,就算这疫苗研制成功了,但它用于人体的剂量、毒性、疗效都是未知数,而且还未进行临床试验来验证它的毒性和可靠性。想着想着马梦华迷迷糊糊睡着了。

头天下了整整一天的雨,天突然放晴了,这是一个明媚清新的早晨。平时一到这个点,汪玉梅就会过来帮着马梦华一起收拾房间然后一起去吃早餐,但她今天一直没来。

马梦华急忙到了她的房间里,其他人上夜班还未回来,只有她一个人躺在床上双目紧闭,面容憔悴,头发散乱。

马梦华担心地问:"小汪,你病了,怎么不给我说?"汪玉梅虚弱地说:"水,我要喝水。"

马梦华连忙把水端来,坐在她的床边,将她的头抬起慢慢给她喂水。喂完水,马梦华眼神犀利,带着探究落在她身上:"小汪,你这个病来得蹊跷。昨晚还好端端的,今天就病成这样。实话告诉我吧。"

这时的汪玉梅虚弱极了,脸色苍白如死人一样,嘴唇青紫。她抬起脸哀求地望着他,抽泣道:"马院长,对、对不起,我就是为了验证 B2 病毒的疫苗是否有作用,因此打了……"

马梦华还没等汪玉梅说出来就反问:"你打了疫苗?"她无奈地点点头。

马梦华因震惊而失态,瞪着眼对她大吼:"傻丫头,你不要命了吗!"话音未落抱起她就往病房跑去。

小野医生也来了,他敬佩汪玉梅这种忘我的献身精神,他也清楚,第一批疫苗研制失败了,它们是"毒株!"

在医护人员的治疗下,汪玉梅的病情终于得到缓解,过了不一会儿,她疲乏地闭上眼睛,竟然睡着了。

见汪玉梅沉沉睡去,马梦华放心地离开了。他还要证实一件事,就是昨晚的推测是否正确。他来到小男孩的病房,果然那张糖纸是这个孩子留下的。据孩子讲,昨天上午村子里来了几个陌生人,他们看起来很和蔼,还跟他们一起做游戏呢,谁赢了,就给谁发糖吃。

马梦华已经明白这件事情的严重性。

马梦华立即组织若干个医疗队,并亲自带队奔赴附近各个村落开展 B2 病毒防治工作,如发现类似的糖果全部回收销毁。

他们还向村民宣传和讲解应对 B2 病毒的知识,对各村各户制定预防公约:一、杜绝陌生人的一切食物和糖果,杜绝饮用生水;二、彻底打扫屋里屋外卫生;三、消灭蚊蝇;四、消毒碗筷;五、餐前便后洗手。

他们编写了预防 B2 病毒的宣传材料,将这些材料下放到连队,政治部安排各个连队指导员或文化教员进行宣传。

天渐渐暗了下来,天空堆积着阴晦厚重的云层,这灰蒙蒙的一片死气沉沉、悄无声息地笼罩着病房。

汪玉梅过于衰弱，觉得意识正在一点点涣散，不知自己身在何处。但她感到好像有一只柔软的小手始终握着她，轻轻地说："玉梅姐，睡吧、睡吧。"这声音仿佛来自远方，在静静地抚慰着她的心。

唐芙蓉今晚上班，她见汪玉梅已睡去，就轻轻地关上门，到其他病房巡查后在桌前昏昏沉沉地打起瞌睡。

她突然听见一种声音，这声音和夜色混成一片，在芙蓉听来它们不止是在黑暗中漂浮着，好像从黑暗中生了出来，这让她失神愣了几秒钟，她突然激灵地惊了一下：不好，这声音来自玉梅姐那儿。

她顺手拿了一把剪刀揣在口袋里，快步朝汪玉梅的病房走去，发现果然房门已被打开，屋里隐隐约约有人影晃动，她厉声喝道："你们是谁？"

只听见一阵阴森恐怖的轻笑："哇，还有一个小美人，把她也带走！"一把冰冷的匕首抵住她光洁的脖子，她突然举起剪刀朝那人的左胸刺去，那人猝然倒地。

另外两个人又冲了过来，她拿着剪刀拼命挥舞着，搏斗了一会儿，但究竟是寡不敌众，她被打倒在地。

唐芙蓉心想：他们好像是日本人，想绑架玉梅姐，但他们人少，也不敢用枪，害怕吸引别的人过来。想到这里，她大声地喊了起来："救命，快来人呀！"她就觉得脖子一凉，心中那根弦啪地挣断了，意识一下模糊了，只有一个念头："萧大哥，我陪你来了！"

今天晚上丁香在药房值班，突然她被一声叫喊声惊醒，她起身走到门口一看，发现在离病房不远的隐蔽之处停一辆货运车，影影绰绰有几个人影在晃动。丁香很奇怪就钻到货车下想一探究竟。过了一会儿，她发现他们抬着一个担架，担架上面还躺了一个人，其中一个人得意地轻声笑道："哈，这个人质分量可不轻呀，这回要让马梦华哭了。"

丁香听到后大吃一惊：糟糕，他们绑架了汪玉梅，怎么办、怎么办？

现在叫人已经来不及了。对，只有破坏汽车，让它开不动。

她从口袋里拿出一把小刀，在车轮上乱戳着，还把车底上的一些管子乱砍了一通。突然车发动了，她顺势从车底下滚了出来。

第二天一大早，马梦华就收到了消息：传染病房被袭击，两名哨兵被打死；汪玉梅下落不明，应该是被绑架了；护士唐芙蓉牺牲了；一个陌生人被剪刀刺死，好像是日本人。

10

汪玉梅昏昏沉沉醒来，感觉已经到了早上，她的头又疼了起来，那撕裂肺腑的剧痛正啃噬着她的心，黎明中刺耳的虫鸣显得是那样的阴森恐怖。她睁大眼睛环顾一下四周，令她十分诧异：我不在病房里，那我在哪里，难道梦还没醒？她使劲地掐了一下自己，生疼生疼的。

这时，门吱呀响了一声，走进来一个人，手中还提着一只小桶。他戴着一个大口罩露出的一双小眼睛中带着冰冷的杀气，语调阴森而沙哑："汪小姐，你醒了？"

汪玉梅问："你是谁，我现在在哪里？"

那人回答道："美丽的汪小姐，你现在在我们手里，你身上有太多的有价值的东西，你自己本身已是B2的人体试验品，这可是你自愿的。你还有一个身份是马梦华的女朋友，这点就更重要了，我们野田大佐一直很想会会马梦华，我们退了一步先会会你也可以。我们还要用你来交换你们研制B2的疫苗和其他资料。另外我们还要在你身上继续进行B2的实验呢。"

他说着就走到汪玉梅面前，指着桶里的东西，冷笑地问："汪小姐，你看一看这是什么？"

汪玉梅一看，桶子里面竟然全是蚂蟥，它们一条条蠕动着，恨不得跑出来吸吮她的血。

汪玉梅惊恐地问："你们用它们做什么？"

他疯狂地奸笑道:"聪明的汪小姐,这可是我们的宝贝。我们要用它吸吮你宝贵的、富含 B2 的鲜血,拿它们做临床实验呢,但现在不是时候,等我们赶回基地的实验室再说。"

听到这里,汪玉梅感到她的浑身汗毛都竖起来了,她不由自主地张大嘴巴。恐惧充满了整个房间,它抓住她,想把她埋葬在这里。她不顾虚弱的身体,从床上跳起来,随手抓起桌上放的粗瓷碗向那人砸去,并朝着门口跑去。

她听见身后惨叫一声:"哎哟,你、你这个臭娘们还挺刚烈的。"

在刹那间她感到脑后被重重地一击,又昏了过去。

原来在云水镇又潜伏着一支特殊的、精干的日本人的秘密队伍,他们是由一名医生、一名科研人员和一名检疫人员组成的特种作战小组,还有几个日本兵保护他们的安全。他们这次来的目的就是传播 B2 病毒。

而汪玉梅,正巧自己志愿打了 B2 病毒的疫苗,因疫苗的不完善反而引起发病,这引起在上海遥控这支特种作战小组的猛马博士的极大兴趣,心想:这又是一个进行实验的好项目。他命令特种作战小组绑架汪玉梅。

所以趁汪玉梅住进医院里,恰好大多数人又抽调下去做防治 B2 病毒的工作,防御最弱时,特种作战小组下手了,这样他们也好为他们的老师猛马博士和他们的主子野田邀功了。

等汪玉梅再次醒来,已经到了夜晚,头又开始疼起来,疼得她想哭,白天就够可怕的,夜晚就更令人胆寒。她蜷伏在床上,尽量克制自己的睡意,她生怕再次睡着就醒不来了。她想起曾战斗和生活的日日夜夜,她想念和她相处与共的战友们。

她想马梦华,她记得和马梦华牵手、对视、沉默的每个瞬间;她想起了小菊、莲莲、海棠、芙蓉和小杨,她慢慢地冷静了下来。

她心里很清楚,这是一场一个人的战斗,还拖着一个不争气、极度虚弱的身体。

她决定,一定要活着出去,要想尽办法逃出这个魔窟。

想着、想着,她那精疲力竭的身体占了上风,她又睡着了。

第二天早上,汪玉梅被一阵阵嘈杂声惊醒,她的门又被重重地打开,从门外跌进来一个大约只有十二岁左右的小女孩,她用明亮的纯洁的大眼睛惊恐地望着汪玉梅,又听见门口一个人凶神恶煞地喊道:"去,看着里面那个人去。"

小女孩磨磨蹭蹭地走了过来,汪玉梅大声喝道:"小妹妹,别靠近,我有传染病!"只见小女孩战战兢兢地往后退了两步,汪玉梅细声细语地说:"小妹妹,只要你按照我的要求去做,你不会被传染上的。"

汪玉梅接着说:"我这个病只要不相互直接接触,一般情况下是不会传染的。"

接着她们俩就交谈起来,从小女孩的口中得知,她叫何芹芹,这里是何家庄,是一个依山傍水的偏僻的小村庄,离云水镇有50多公里的山路,家中只有她和爷爷两人相依为命。

何芹芹说:"昨天上午有一辆货运车突然抛锚,停在我们的村子里,据他们讲,他们准备回上海,他们从车上抬下了你,说你得了重病。没想到车一直修不好,后来他们找到我,让我当你的看护,并给我爷爷了一些钱,我、我不知道你得的是传染病,否则说什么我都不会来的。"

汪玉梅听到后叹了一口气,心想:真是天无绝人之路。

想到这里她和颜悦色对何芹芹说:"小妹妹,既然我们有缘相识,那我就叫你芹芹妹吧。我叫汪玉梅,你就叫我玉梅姐,好吗?"

何芹芹高兴地点点头。

汪玉梅感到头又剧烈地痛起来,她强忍着剧痛继续说:"芹芹妹,我给你说实话吧,我是新四军战士,他们是日本人,他们把我抓来当人质。我得的这个传染病就是他们研制的一种叫B2的病毒感染的。这种病毒非常可怕,比炸弹厉害得多,如果蔓延开,就没有办法将它控制住,将来可能使成千上万的人感染。他们是想让所有的中国人都感染上，用这种病毒来灭绝中华民族已达到永久占领中国的目的。"

何芹芹用犹疑的目光看着她："你确定，他们要用它杀人？"

汪玉梅肯定地点点头："是的。芹芹妹，我们就是要阻止它变成事实。你能帮助我吗，救救这些无辜的人。"

何芹芹听后十分愤怒："原来他们让我看护你，是让你将传染病传染给我，然后我再传染给其他人，最后将我们整个村子毁灭，玉梅姐，你说对吗？我恨日本人，是他们杀害了我的两个哥哥，奸杀了我的母亲，我一定要报仇！"接着又说："玉梅姐只要能用得上我，我一定帮你。"

汪玉梅点点头，赞叹道："芹芹妹很聪明，你说得很对，悟性也很高嘛。"

突然汪玉梅感到一阵阵恶心，头痛得更加厉害了，汪玉梅想，我虽然是打了疫苗而发病的，但绝对比感染上 B2 病毒的症状轻，大多数病毒残片均已灭活，没有灭活的毒株仅仅作用于体内的某种靶细胞。汪玉梅想到这里，果然觉得轻松了许多。

这时她听见一个日本人高兴地用日语大喊："车快修好了。"

汪玉梅问何芹芹："你们会用炸药吗？"

何芹芹答道："当然会，我们这个小村庄，以打猎为生。"

汪玉梅答道："好，那就太好了。"

汪玉梅心想：时间已经不等人了，在不伤害其他人的情况下，只能想办法脱身了。她强忍着十分虚弱的身体将她的计划讲给何芹芹听，并强调，你们一定要利用我自杀这个时间点，混乱中将炸药放在车里，这可是唯一的机会。

何芹芹听到后惊恐地瞪大眼睛说："不、不行，这样对你伤害太大了。"

汪玉梅坚定地说："芹芹妹，听我的吧，已经没有时间了，他们的车马上就要修好了。给我找些淡盐水。"

汪玉梅将水喝完后，将喝水的粗瓷碗砸了个粉碎。她拿起一片瓷碗的碎片就朝手腕上割去,顿时鲜血顺着手腕汩汩地流下。何芹芹拼命地敲着门大喊:"不好了,她、她、她自杀了!"

小鬼子将门打开,看见鲜血已流了一地,踹了何芹芹几脚:"混蛋,小兔崽子,快、快去找大夫!"

因为汪玉梅得的是传染病,这些小鬼子都躲得远远的,生怕被传染上。汪玉梅趁他们慌乱之际,用常人无法忍受的超人毅力,紧紧地按住手腕上部,直到血流停下来。她已经筋疲力尽,渐渐地陷入昏迷之中。

何芹芹将郎中带来,郎中号了号脉,翻了翻眼皮,面无表情地对小鬼子说:"人已没了,办理后事吧。"

小鬼子从村里抓来了几个壮劳力,让他们在房子后面挖了一个坑。有一个叫何峰的年轻人说:"这姑娘死得也挺可怜的,咱们好歹给她盖个席子吧?"大伙都赞同,一会儿工夫,他们就将汪玉梅埋了。

小鬼子看到汪玉梅已经被掩埋,一个小鬼子走向一个中年男人面前,向他敬了个礼:"报告山本医生,这些村民怎么处理?"他环顾了村民一圈,阴险地说:"他们或许已经感染上B2,就让他们自生自灭吧,免得污染了我们的手。"

说完日本人就开着已经修好的大货车,扬长而去。这些小鬼子没有走多远,就响起一阵阵震耳欲聋的爆炸声,是他们坐的大货车爆炸了。

听到远处的爆炸声,村民赶紧将汪玉梅从土坑里给扒了出来。还好汪玉梅还有一口气。

他们将汪玉梅抬到屋里,放在床上,郎中用针灸对汪玉梅进行强刺激,汪玉梅悠悠地吐了一口长气,睁开了双眼,虚弱地说:"谢谢你们!赶紧去寻找马齿苋,它能缓解我的病,还能起一定的预防作用。"

汪玉梅吃了很多马齿苋果然感觉好一些,就对身边的何芹芹说:"芹芹妹,我想写张纸条。"

何芹芹连忙拿来了笔和纸,汪玉梅写道:"马院长,救我!"她拿着纸条对何芹芹说:"把它交给云水镇的马梦华。"

何芹芹的堂哥何峰听到后自告奋勇地说:"这里的山路我很熟,我去。"

第二天晨曦初上,马梦华刚起床就听见一阵急促的敲门声:"马院长,有人找你!"只见来人是一位二十来岁的年轻人,他递给马梦华一张纸条,上面写道:"马院长,救我!"

马梦华看见这熟悉的笔迹,欣喜若狂:"是小汪的,小汪她、她还活着!"

马梦华在第一时间带着特战小分队的一个小组,医疗小组和药品同何峰一起坐着卡车赶往何家庄。

马梦华又一次见到了他朝思暮想的汪玉梅。只见她躺在床上,脸颊消瘦而苍白,眼窝下陷,眼睛显得格外大,嘴唇乌青,原来一头乌黑发亮的头发,现在已是凌乱而没有光泽,只听见她悲悲戚戚的声音:"马梦华我、我想你,我好想你呀。"

马梦华已经顾不上那么多了,把她紧紧拥抱在怀里,两人相拥而泣。他这样近距离的身体接触令她整个人恍恍惚惚,他依然轻轻地搂着她,用明亮的大眼睛无限关爱地看着她。她伸出那柔弱的手慢慢地抚摸着他:"别哭,没事了。"

突然,汪玉梅的手一松,身子一软,因失血过多、虚弱过度又昏厥过去,马梦华命令立即抢救。

渐渐地汪玉梅睡着了,这是她两天以来第一次睡得那么香,睡得那么甜。

到了黄昏,马梦华见汪玉梅生命体征已经慢慢平稳,可以转运走,就准备离开了。全村男女老少都过来送行,医疗队已给村里人教给他们如何预防 B2 病毒的方法,还留下了一些药品和粮食。

汪玉梅要走了,汪玉梅在这个小村庄短短的不到三天里,汪玉梅的人格魅力和她的舍生忘死的精神已经深深地进入村民的心间。

村里所有的青壮年都纷纷要求参加新四军,马梦华对他们说:"欢迎你们参加新四军，但一定要把家中的事情安排好，等安排好后再来找我。"

这时何芹芹怯生生地过来，也要求参加新四军，马梦华温柔地抚摸她柔软的头发亲切地说："芹芹妹，你还小，等你再长大一些就来找我，感谢你，感谢你救了玉梅姐！"

天慢慢黑了下来，卡车在崎岖的山路上奔驰，月亮从天际上投下柔和的、摇曳的白光，周围的山岭若隐若现地沉浸在迷漫的雾霭之中，路旁那些清雅的花散发着时浓时淡、若有若无清香。

经过马梦华他们不懈地努力，他们将"B2病毒"终于扼杀在萌芽状态，防止了病毒的进一步的扩散和传播。

因为汪玉梅是第一个"敢吃螃蟹的人"，并将疫苗不完善的地方显露出来，经过他们多次改进和实验，小野团队研制的疫苗也获得了成功。

在一个月多时间里，马梦华和他的团队又一次粉碎了小鬼子对我抗日根据地进行"细菌战"的阴谋。

一个月后马梦华刚从歼灭、预防"B2病毒"的第一线回来，顾不上休息，就让警卫员小东子到市场买了一只鸡，他亲自将鸡汤熬好，提着鸡汤到病房里看望汪玉梅。

汪玉梅恢复很快，见马梦华来看她，妩媚的大眼睛又开始熠熠生辉发出迷人的光彩，她浅浅地笑了一笑，脸颊上一个可爱的小酒窝伴着迷人的红晕浮现："马院长，你来了？"

他在汪玉梅火辣辣的目光下乱了阵脚，脸红得发紫有点失神，他拼命控制了一下情绪，做了个深呼吸然后上下打量了一下她："哦，恢复得还不错。"并温柔地说："我亲自熬的鸡汤，给你补一补身子，看味道怎么样？"她喝了口鸡汤，享受地闭上双眼："哇，好香呀！"并咂咂嘴："好像有点什么味道？"并用妩媚的大眼睛瞥了一眼他，他急切地问："有点什么？"她见状娇媚地一笑："我逗你呢，有家的味道。"

他脸上露出无奈的苦笑并轻轻捏了一下她秀丽的小鼻子:"你这个聪明的脑袋瓜里还有什么鬼主意?有什么奇思妙想给我讲讲,包括这一次的危险之举。你知道吗,你这次把我吓了个半死。还有你注射了 B2 病毒疫苗这么重要的事情,你已到了我的门口都没给我讲?"

汪玉梅不由小嘴一嘛轻轻哼了一声,明明是生气让人听见好像是在撒娇:"当时我是想讲的,看你那么忙,害怕为了我的事而打乱了你的思路,就没讲。我注射 B2 病毒疫苗也是想为你分忧嘛。"

马梦华沉思片刻:"哦,你怎么知道我有这个想法?"汪玉梅说:"我在一旁听你和小野医生说的。"

马梦华听到后深邃明亮的目光深情地望着她,停顿了一会儿:"小汪,以后再不允许干这种傻事了,要干也是我们男人干的,我有保护你的责任。"

她依然不依不饶:"要奋斗就不怕牺牲,我要像南丁格尔那样用自己的生命去挽救成千上万人的生命,我觉得就是牺牲了,也是值得的。"

汪玉梅这席话堵得马梦华张口结舌:"你、你这个小丫头,何时学得伶牙俐齿的?"

她反唇相讥:"那当然是跟你学的,你可是我的师父呢。"

他听到后又得瑟起来了,得意地说:"看起来你和我挺配的嘛。得,先吃饭,吃完我还有话要说。说好了,我可是你的师父,等一会儿师父会给你一个惊喜的。"

他们正说着,就听见一阵爽朗地笑声:"什么事情把你俩乐的,跟我也分享一下。"他们一瞧是丁香来了。

马梦华见是丁香,又是让座又是赔笑,巴结道:"丁香,这是我熬的鸡汤,你尝尝。"并对汪玉梅说:"丁香可是你的救命恩人呢。"

汪玉梅诧异地问:"哦?"

马梦华解释道:"那天,鬼子的那辆大货车是被她破坏的。当时已来不及叫人了,他们已把你劫持到车上,马上要开走了。"

丁香的双眼开始发光,一点儿红晕悄然爬上了她的脸颊,她瞥了马梦华一眼:"马院长,你还跟我客气啥,当时我也是在情急之下做的。"

汪玉梅感动得满眼含泪:难怪那辆车抛锚到一个小村庄里,给我自救争取了时间和机会,否则后果不堪想象。连忙说:"谢谢丁香,太谢谢了。"

丁香说:"不客气,这是我应该做的,你们吃吧。我是近一个月没见到马院长了,听说他回来了,没有什么太要紧的事,就想看看他。"

他们吃完饭,汪玉梅看了他一眼:"马梦华,瞧你这几天胡子拉碴的,衣服又那么脏,赶紧脱下来,我帮你洗一洗。"

汪玉梅去洗衣服了,马梦华陷入沉思之中。

马梦华已被面前这个小丫头彻彻底底地感动了,这个酷似水仙姐的小丫头在这个革命的大家庭和艰苦的环境中长大了。尤其是她的病那么重,在一个人战斗的情况下,竟然出谋划策将小鬼子的大货车给炸了。

他想起小杨临终的托付,也想起宋代范成大的一句诗:水仙携蜡梅,来作散花雨。我和汪玉梅真的很有缘,她值得我去保护,值得我去爱。

汪玉梅洗完衣服,马梦华拉着汪玉梅的手说:"小汪,走,我送你一样东西!"

他们俩走到马梦华的房间,马梦华突然单腿下跪,手里还变出一朵玫瑰花:"小汪,嫁给我吧?我会给你幸福的!"汪玉梅高兴地将马梦华扶起,扑入他的怀里,妩媚的大眼睛闪着盈盈泪光,笑窝里溢满了幸福:"马、马院长,我愿意,我愿意!"

马梦华深情地望着她:"以后叫我梦华就行了,我就叫你玉梅。"

野田得知他派到云水镇的山本俊医生和特别小组,竟如人间蒸发一般消失得无影无踪了,得知新四军在一个多月之内就将他呕心沥血准备近一年的'细菌战'土崩瓦解了。

他哀叹:"马梦华是何方神圣,为什么我总是斗不过他!"顿时急火上攻，口中喷出大量鲜血，临终前他终于明白了：得道者多助，失道者寡助，这就是侵略者的下场。

1945年注定是不平凡的一年。

5月8日苏军攻克柏林，德国法西斯灭亡了，战争终于结束了。

与此同时，在亚洲战场上盟军和日军的较量也发生了惊天逆转：

1945年3月4日，马尼拉光复；5月3日，中、英、美联军联合反攻，解放缅甸全境；6月22日，日本失去冲绳岛；7月26日中、英、美发表《波茨坦公告》。

此时的日本军国主义已到了穷途末路的境地，根据国内外的形势，新四军南下发展东南地区，参加战略大反攻。

8月8日，苏联对日宣战，出兵我国东北。9日，毛泽东发表《对日寇最后一战》的声明。

当夜，新四军向日伪据点发出最后通牒，限期向我军投降；根据这一部署新四军开始对日伪进行大反攻至8月底，基本占领了南京、天目山、太湖之间的广大地区。

1945年8月15日，日本正式宣布投降。

日本投降了，马梦华听到这个消息后激动得热泪满眶，他突然发疯地跑出来大声地喊："同志们，小鬼子投降了。我们胜利了，我们胜利了！"

傍晚，夕阳西下，晚霞将天空映得万紫千红，大家相约一起到街上去庆祝胜利。

马梦华和汪玉梅手拉着手也来到大街上，到处是欢呼雀跃的人群，到处是挥舞的彩旗。

此时万家灯火与渔船上的千家渔火齐明，和天上的星星交相辉映，交织成炫目的光彩。

今夜注定是一个不眠之夜。马梦华心中感叹，他想起英国首相丘吉尔的名言："在漫长的历史中，我们从未经历如此伟大的一天。"

9月2日上午9时，在停泊于东京湾的美国战列舰密苏里号上举行日本向同盟国投降的签降仪式，第二次世界大战终于结束了，中国以牺牲约3500多万人生命的惨痛代价获得了最后的胜利！

　　秋天不知不觉来了，赵力钢、李伟回来了，马梦华他们三个生死与共的战友、朋友、兄弟紧紧拥抱在一起。

　　这一天马梦华采了一大捧鲜花，独自一人来到了山里。他将鲜花放下，面对大山跪下点了几炷香，磕了几个头，眼睛中噙满泪水，嘴中念念有词："小雅妹、小菊妹、小杨妹告诉你们一个好消息，我们终于把日本狗强盗赶走了，我们胜利了。"马梦华突然感到时间和空间都停滞了，一阵秋风吹来，远处飘来淡淡的香气，前面是一片花海，花海流动着，闪烁着流入了眼睛，流入了心里，他感到一阵晕眩，"我遁着岁月的足迹，走过散落一地的旖旎，我去寻找流年深处的一季花雨；我好像站在世界的尽头，海风静静地呼啸，在我耳边浅浅地吟唱，是那么浑厚、低沉、忧郁、悲伤；突然我发现我的小雅妹、小菊妹、小杨妹还有水仙姐、莲莲、桂花、芦花、沙枣花、海棠、芙蓉……她们都站在一遍娇艳、动人的花海中微笑地向我遥望，她们迎着旋律在万紫千红的花海中翩跹起舞，我也好想过去和这些花儿共舞风中，倾听大自然的旋律，在每一个日出日落挽手和你们一起呢喃……

　　"我知道，就是这些无数美丽的鲜花争奇斗艳点缀着祖国美丽的江山，她们为复兴中华民族的伟大梦想做出过不屈不饶的斗争，她们永远恋着：'我们的母亲'——中国。

　　"我知道，花的凋零也是一种洒脱，当它在盛年时曾积极而热切地绽放出它的美丽，而它到了暮年时潇洒而飘逸的舍弃，它化成了泥土，因为它对这片土地爱得深沉。今天我和汪玉梅要结婚了，你们为我祝福吧！"

　　马梦华明白，消逝和正在消逝的，我们无力改变，但我们的命运依然掌握在自己手里，为了祖国，要用我们的青春、用我们的生命去战斗！

后记

在我的父亲即将100周年诞辰纪念之际,我特将此书献给我最亲爱的父亲和母亲。

我的父亲马慧明,原名马梦秀,出生在江西省永新县溪岗村一个农户家中。父亲自幼聪慧,饱读诗书,1932年在红色潮流的激励之下参加了红军,从此走上了革命的道路。

感谢命运女神的眷顾和厚爱,给了他一个救死扶伤、至真至善的职业——医生。他为了这个崇高的职业义无反顾、任劳任怨、孜孜不倦地奋斗了一生。

无论他身处艰苦的战争年代还是美好的和平年代,都能保持勇往直前的革命情怀和宠辱不惊的大家风范与胸襟。

他曾经亲手创办了三年游击战争中的"森林医院",抗日战争中的"水上医院",解放战争中的"手推车医院",抗美援朝战争中"卫生列车医院"。

他有乐观的不断进取的性格和学而不厌严谨扎实的作风;他有高尚的精神品格,深厚的文化修养与宽阔的革命情怀。在经历了一场又一场荡涤灵魂的风风雨雨中,他以无与伦比的热情为伤员、为病人、为一切因为伤病而痛苦的人服务。他从不追求什么名誉、地位、职务;他爱憎分明,热爱人民,憎恨敌人;他廉洁奉公从不贪图高官厚禄。

虽然他是老红军、老革命,德高望重,为革命做出过突出贡献,但因为他的岗位所限,在职务上不会有更大的突破。他的上级领导曾给他做工作让他脱离医疗卫生工作,转行搞行政工作,均被他婉言谢绝,他离不开他所热爱的工作和伤病员,离不开他追求一生的医疗卫生事业。

在1955年解放军授军衔时,虽然他没有被授予将军军衔,但他在战友们的心里,是真正的"无衔将军"!

我的母亲王琪,原名汪玉琪,出生在上海一个普通职员家庭。我外婆的父亲当时在上海滩是一个小银行家,家境富有,但他看中了外公的人品,就将自己宝贵的小女儿下嫁给了外公。

后来,虽然外公去世很早,但母亲被外婆培养成知书达理的大家闺秀。母亲特别喜欢读书,她能将《古文观止》等书倒背如流。

1941年,皖南事变后,因为同情新四军,在地下党的组织引导下母亲和教会护士学校的另外七个同学一起参加了新四军,走上了革命的道路。

她们参加革命后,只有一个同学因不能忍受新四军的艰苦生活和残酷的战斗环境而在中途当了逃兵,嫁给了一个资本家;四个同学壮烈牺牲,母亲和另外二人看到了新中国的成立。

我的母亲在抗日战争和解放战争中经历了各种艰苦的磨炼和生死考验,她光明磊落,顾全大局,襟怀坦白,淡泊名利,严于律己,以身作则,为我树立了光辉的榜样。

我父亲的堂哥马铭是一个坚定的共产主义战士,曾经担任湘赣边区苏维埃主席等要职,在王明"左倾"的错误路线中,遭到迫害,跳崖自尽。

我父亲的大哥马敬秀也是一名优秀的共产党员,他在红军长征后不幸被国民党还乡团杀害。

我们永远不会忘记父亲母亲等老一辈无产阶级革命家为了民族的独立和国家的存亡浴血奋战、抗击敌寇,换来了今天独立富强的新中国。

我还要提及的是父亲的小姐姐马苏秀,父亲和他的小姐姐从小相依为命，患难与共，据说她后来是跟一个国民党的军官走了，从此下落不明，父亲为了纪念她，将我取名为"小苏"。

我还想说明的是："溪岗村"还是台湾地区前领导人马英九的祖先所在地。马英九的姐姐曾代表马英九到"溪岗村"拜祭祖先，他们这一支后迁入湖南。

但最后要提及的是，书中的大部分内容、人物以及事件纯属虚构，并对一些情节进行了必要的调整、充实和升华，请熟悉我父亲和母亲的读者予以理解。我愿意就有关问题和大家进行探讨和商榷，请读者提出宝贵意见，不吝赐教！

马小苏
2018年10月